横溝正史の日本語

Japanese of
Yokomizo Seishi
Konno Shinji

今野真二

春陽堂書店

目次

II 横溝正史のテキスト 103

初出でよむ

文庫でよむ

III 横溝正史の作品世界 285

ジュブナイル作品をよむ　334

凡例

●本書で言及する資料の著者や筆者と区別するため、本書の著者を「稿者」とする。
●本書で言及する資料の頁数と区別するため、本書の頁数はアラビア数字で記す。
●本書において、引用も含め、漢字は、当該漢字が「常用漢字表」に載せられている場合は、表が示している漢字字体を使用し、表に載せられていない場合は、稿者が適宜判断をして使用する漢字字体を決めることにする。
●引用中、「かなづかい」はもとのままとする。拗音、促音に小書きの仮名をあてるかも、もとのままとする。
●引用中、繰り返し符号「ゝ」、「ヽ」、「々」、「〱」はもとのままとする。
●引用中、振仮名は省くことがあるが、その場合はその旨をことわる。
●引用中、もとの改行位置を「／」で示すことがある。
●引用中、稿者による補足は［　］で示す。
●本書でいう「文字化《もじか》」は、あることばを文字であらわすこと（どのような文字であらわすか）を意味する。
●本書でいう「現代日本語母語話者《げんだいにほんごぼごわしゃ》」は、現代において日本語を母語として話す人を意味する。
●年号は基本的には西暦を使用し、必要に応じて和暦を併記する。
●左記の底本を略称で記すことがある。

本書で使用する主な底本〈略称〉

大日本雄弁会講談社『傑作長篇小説全集5 横溝正史 八つ墓村 犬神家の一族』（一九五一年）
…〈傑作長篇5〉
講談社『横溝正史全集』全十巻（一九七〇年）……………………〈黒版全集〉
講談社『新版横溝正史全集』全十八巻（一九七四年～一九七五年）…〈白版全集〉

角川文庫（一九七一年～）

柏書房『由利・三津木探偵小説集成1 真珠郎』（二〇一八年）
柏書房『横溝正史ミステリ短篇コレクション2 鬼火』（二〇一八年）
柏書房『横溝正史少年小説コレクション3 夜光怪人』（二〇二一年）
春陽文庫『人形佐七捕物帳全集』（一九七三年～一九七五年、新装版一九八四年）…〈春陽文庫版全集〉
春陽堂書店『完本人形佐七捕物帳』全十巻（二〇一九年～二〇二一年）…〈春陽堂完本全集〉
丸善雄松堂「オンライン版 二松学舎大学所蔵 横溝正史旧蔵資料」（二〇二二年）…〈オンライン版自筆原稿〉

はじめに

■明治・大正・昭和の日本語

横溝正史《よこみぞせいし》は一九〇二（明治三五）年五月二四日に生まれ、一九八一（昭和五六）年一二月二八日に没している。したがって、正史が使った日本語は明治、大正、昭和にわたっていることになる。

稿者は「日本語の歴史＝過去の日本語の観察・分析・記述」と「日本語の表記＝日本語をどのように文字化《もじか》するか」ということにずっと興味をもってきた。稿者は大学の教員であるので、そうしたことにかかわる授業を担当し、話をしてきている。授業の名称としては、「日本語学」というような名称になる。稿者が属している学会の名前も「日本語学会」だ。

では、「日本語学」という学問において、「日本語の歴史」を考えるにあたって、一九〇二（明治三五）年から一九八一（昭和五六）年までを一つのまとまった日本語、すなわち「共時態」としてとらえ、その日本語について観察し分析することはあるかといえば、それはほとんどないだろう。もしもそういう研究発表をしたら、「なぜ明治三五年から昭和五六年を共時態として設定したのですか」という質問が、必ず出るだろう。

しかし、横溝正史という具体的な言語使用者を考えた時には、それが不自然ではなくなる。さきほどの質問には「横溝正史が使った日本語ということです」と答える。

稿者が大学生の頃の「日本語の歴史」は「国語史」と呼ばれていた。日本語を「国語」と呼ぶことについては、議論が必要になるので、そのことについてはここでは措く。「日本語の歴史」の教科書は、奈良時代の日本語、平安時代の日本語、鎌倉時代の日本語、室町時代の日本語、江戸時代の日本語というように章立てがされていた。これは日本の歴史における政治史の時代区分をそのまま「日本語の歴史」にあてはめたものといってよい。

元号が平成から令和に変わった瞬間に日本語に変化が生じるはずはない。そのように、江戸時代が明治時代になったからといって、すぐに日本語に変化が生じるわけではない。しかしまた、過去においては、政治の体制が変わることが社会のありかたに大きく影響を与え、社会のありかたが変わり、そのことが、当該社会で使われる言語に影響を与えるということは、今日よりもあったといえるだろう。そう考えると、政治史の時代区分を「日本語の歴史」にあてはめることには相応の理由があるという「みかた」は成り立つ。

明治から大正、大正から昭和への移行も、そうした面は少なからずあったと思われる。しかし、明治・大正・昭和を言語上の一つのまとまりととらえる発想は案外とうまれにくいように感じる。「横溝正史の日本語」あるいは「江戸川乱歩の日本語」という枠組みは、そうした日本語学の、固定化した発想を破る、かっこうの枠組みといってよい。

個と共有

稿者が勤務している大学の学科は「日本語日本文学科」という名称を採っている。「日本語」と「日本文学」について学ぶ学科ということを名称によって示している。稿者が授業で繰り返し学生に伝えるのは、言語は共有されている、共有されているのが言語だ、ということだ。一方、文学研究は「個」を起点として行なわれることが多い。この作品は夏目漱石がつくった、ということをぬきにしては、文学研究は成り立ちにくい。稿者などは「日本語という言語によって、文学作品と呼ばれるようなテキストがどのようにしてつくられているか」ということを観察、分析してもおもしろそうだと思うが、多くの場合は「誰がつくったか」ということが作品の分析にふかくかかわっているように感じる。

本書では、横溝正史の作品が載せられている雑誌にも注目している。それは、雑誌に発表されたテキストが、公表された初めてのテキスト＝「初出」であるということをおもな理由にしているが、そればかりではない。正史の作品が発表された雑誌に、どのような広告がでていて、他にはどのような人の作品が載せられているかにも目を配ってみたい。「日本語学」「日本文学」という枠組み＝柵がどこにあるかについては気にしながらも、できるだけその柵、埒の外へ出て自由に動きまわることも目標の一つとしたいと思っている。

膨大な横溝正史のテキスト

横溝正史作品のリストとしては、例えば『探偵小説五十年』（一九七二年、講談社）に附録されている、中島《なかじま》河《かわ》太郎《たろう》編「著書目録」や、『別冊幻影城』第一号（一九七五年）に載せられている、島崎博編「横溝正史書誌」中の「著者目録」、創元推理倶楽部秋田分科会編『定本金田一耕助の世界』（二〇〇二年）に収められている「横溝正史著書目録」「横溝正史少年小説収録書目録」などがある。また横溝正史生誕百年にあたる二〇〇二年以降二〇〇八年までのものについては『横溝正史研究』創刊号（二〇〇九年、戎光祥出版）に附録されている浜田知明編「横溝正史著書目録・平成14年（生誕100年）以降分」がある。

江戸川乱歩の場合であれば、平凡社版の『江戸川乱歩全集』一三巻（一九三一年五月～一九三二年五月）、春陽堂版の『江戸川乱歩全集』一六巻（一九五四年一二月～一九五五年一二月）、桃源社版の『江戸川乱歩全集』一八巻（一九六一年一〇月～一九六三年七月）、講談社版の『江戸川乱歩全集』二五巻（一九七八年一〇月～一九七九年一一月）、光文社文庫版の『江戸川乱歩全集』三〇巻（二〇〇三年八月～二〇〇六年二月）がある。こうした全集によって、乱歩作品のすべてを読むことができるわけではないが、それでもほとんどの作品を読むことができる。

正史の場合、講談社から『横溝正史全集』一〇巻（一九七〇年一月～一九七一年八月）と『新版横溝正史全集』一八巻（一九七四年一一月～一九七五年七月）とが出版されている。前者は外箱が黒を基調としているために「黒版」、後者は白を基調としているために「白版」と呼ばれることもある。これらの全集は「全集」という名称ではあるが、そもそも横溝正史作品のすべてを収めることを企図していない。東方社からは『由利・三津木探偵小説選』（一九五六年～一九六一年）が、東京文芸社からは『金田一耕助探偵小説選』（第一期一九五四年、第二期一九五五年、第三期一九五六年）、『金田一耕助推理全集』（一九五八年〜一九六一年）が出版されるなど、正史の作品はさまざまなテキストとして出版されている。「人形佐七捕物帳」もある。翻訳やジュブナイルもある。まず、横溝正史作品すべてを読むこと自体がいろいろな意味合いで難しい。同一の作品が何度も出版されることも乱歩以上といってもよいかもしれない。

稿者の興味の一つは、繰り返し出版される正史の作品が、それぞれのテキストにおいてどのように文字化されているか、ということにある。それは稿者が「日本語の表記＝日本語をどのように文字化するか」ということにずっと興味をもってきたことと重なる。「日本語をどのように文字化するか」という問いは小さな問いにみえるかもしれない。しかし、その文字化に、当該時期の日本語のありかたがふかくかかわっていることも少なくない。文字化のしかたをとおして日本語の歴史をよみとく、というと「大風呂敷」風であるが、そうした気持ちである。そして、横溝正史という「書き手」がつくりだしたテキストが公表され、その公表されたテキストをもとにして新たなテキストがうみだされる時に何が起こるのか。「何が起こるのか」というと「事件」のようであるが、それは「テキストの変容」という枠組みの中で起こった「事件」といってもよいし、「テキストはなぜ変容していくのか」という問いといってもよい。

「transform」という英語がある。小型の英和辞典でこの語を調べると、〈変形・変容させる・別の物質に変える〉などと説明されている。テキストの中の一字を変えただけではテキスト全体は変わらない、「同じ」だという「みかた」は当然あるだろう。しかし、逆に一字違えば別の「異なる」テキストになるのだ、という「みかた」もあるだろう。

「同じ」と「異なる」には必ず観点が必要になる。「同じ」という「みかた」は観点に基づいた主張でなければならないし、「異なる」という「みかた」にもそうした「みかた」を支える観点が必要になる。つまり、「同じ／異なる」を論じるためには、観点を示しことがらを掘り下げる必要がある。

本書のタイトルは「横溝正史の日本語」である。正史の使った日本語に着目するということが本書の基本的な枠組みになる。その枠組みの中で、テキストの変容に着目したい。それを「transform」と表現してみよう。膨大なテキスト群は「transform」を考えるためにはうってつけで、「相手にとって不足なし」であるが、それをできるだけわかりやすいかたちで提示していきたい。

■ことがら情報＋感情情報

稿者は、人が他者に伝えようとしている「情報」には、ことがらを軸とした「ことがら情報」と、気持ちや感情を軸とした「感情情報」とがあって、この二つの「情報」がないまぜになって言語化されアウトプットされるというモデルを考えている。

本書においてもこのモデルに従って、考え、述べていくことにしたい。さて、42頁にも掲げた横溝正史の色紙のことば「謎の骨格に論理の肉附けをして浪漫の衣を着せましょう」「論理の骨格にロマンの肉附けをし愛情の衣を着せませぅ」をこのモデルにあてはめるならば、「論理の骨格＝トリック＋論理」が「ことがら情報」、「浪漫の衣」が「感情情報」に対応すると思われる。40頁に引いた山村正夫の言説では「草双紙趣味にもとずくロマンチシズム」「妖美耽異の世界」「怪奇」などと表現されている。あるいは中島河太郎は角川文庫版『真珠郎』の「解説」において、横溝正史作品について、「妖艶（な物語）」（二六八頁二行目）、「濃艶（な愛憎絵巻）」（二六九頁五行目）、「凄艶妖美のロマンティシズム」（同六行目）、「耽美的な浪漫世界」（同八行目）、「耽美趣味（と謎解き）」（二七〇頁八行目）といった表現を使っている。

稿者はしばらく前から、人が自身の気持ちや感情をどのように言語化するか、ということに興味をもっている。正史の作品が「耽美趣味と謎解き」を特徴とするのであれば、その「耽美趣味」という「浪漫の衣」はどのようにして「謎の骨格」に着せられているのか。これを観察することに意義があろう。先の「transform」に合わせてこれを「roman」と呼び、「roman」と「transform」とを本書の二つの観点としたい。

I

横溝正史のロマンとトランスフォーム

「真珠郎」はどこにいる

■「真珠郎」の初出と初版

横溝正史「真珠郎」は博文館から出版されていた月刊雑誌『新青年』の一九三六（昭和一一）年一〇月号から一九三七（昭和一二）年二月号まで連載された。連載が始まる前の九月号で、小栗虫《おぐりむし》太郎《たろう》の「二十世紀鉄仮面」が完結している。一九三七年四月には単行本『真珠郎』（六人社）として出版された。単行本『真珠郎』は題字（外箱及び表紙の背文字）を谷崎潤一郎が書き、江戸川乱歩の「序文」が添えられ、口絵を松野一夫、装幀を水谷準が担当している。

谷崎潤一郎（一八八六～一九六五）、江戸川乱歩（一八九四～一九六五）についての説明は省くが、松野一夫（一八九五～一九七三）は一九二一年に発行された『新青年』五月号の表紙絵を描き、その後一九二二年三月号から一九四八年三月号までの二十六年間、『新青年』の表紙絵と挿画を担当している。水谷準（一九〇四～二〇〇一）は一九二九年から一九四五年まで、一九三八年を除いて、『新青年』の編集長を務めている。

乱歩の「序文」に続いて、水谷準の「紫の弁」という装幀についての文章が収められているが、そこで水谷準は「以前に江戸川乱歩氏が『柘榴』を全部黒で装釘して出したので、横溝ならば紫だ、といふ観念がすぐ来たせゐである」「乱歩氏が『柘榴』に何故黒を用ひたか、その理由は知らぬが、横溝の本を紫にして出してやつて初めて『柘榴』の黒にもいろいろ面白い意味が生ずるやうな気がする」と述べている。右には「柘榴」とあるが、書名は「石榴」で、江戸川乱歩『石榴』（一九三五年、柳香書院）は黒一色の表紙で出版されている。水谷準の文章は「いづれにしても装釘などゝいふ仕事は、僕のやうな俗務多端の人間のやることではない。とんでもない事を引受けたものだ。横溝よ、この次には、僕が浮浪人生活をするやうになつたら、精魂を打ち込んだ装釘をしてやるよ。長生きをしようぜ」と結ばれており、気楽に書かれているといってよい（六人社版『真珠郎』は、一九七六年九月二〇日に角川書店から復刻版が出版されており、引用は復刻版に依る）。しかし、乱歩の『石榴』の装釘が黒だから、正史を紫にした、正史の本が紫ということになると、乱歩の黒にも「いろいろ面白い意味が生ずるやうな気がする」と述べていることには注目したい。

言語においては、他の要素との「差・違い」が重要になる。Xという語は他の語Yの語義と少しだけではあっても「差・違い」があるから存在することができる。存在価値は、その「差・違い」がうみだす。XとYとがまったく同じ語義をもっているのだったら、どちらか一つがあればよい。他の要素との「差・違い」によって言語が成り立っているということは、言い換えれば言語が構造的あるいは体系的であるということである。一つ一つの要素は他の要素と関係をもっている。

水谷準のおそらくはごく気楽な言説は、乱歩と正史とが深いかかわりをもっていると述べており、乱歩によって正史の意味づけがうまれ、正史によって乱歩の意味づけがうまれると述べている点において興味深い。

正史の「真珠郎」はもちろん「真珠郎」という一つの作品としてよめばよい。しかし、その「真珠郎」が単行本として出版されるにあたって、文学作品のつくりてである谷崎潤一郎と乱歩とがかかわり、挿画家として松野一夫がかかわり、装幀に編集者でもあった水谷準がかかわった。

日下三蔵は、由利・三津木探偵小説集成1『真珠郎』（二〇一八年、柏書房）の「編者解説」において、「諸家の横溝に対する友情が結集したような一冊であった」（四八三頁）と述べている。そういうことであろう。しかし、稿者にとっては「友情」という語以上のことを示唆している興味深い言説に思われる。本書【初出でよむ】においては、作品が発表された雑誌誌面で作品をよみとく。それは「初出」であるからということはいうまでもないが、同時に、当該作品が載せられている雑誌には他にどのような人のどのような作品が掲載されているかについても目次などをあげて観察していきたい。それは作品を「共時的」にとらえるということでもある。

水谷準は「横溝の作品はいつまで経つても完成されない。何か邪魔なものがうようよしてゐる。しかもその邪魔なものがお互ひに有機的にもつれ合つて、一種の光や香気を放つてゐる」（『真珠郎』一九七六年、角川書店、一一頁）とも述べている。これはもっぱら正史内部についての謂いであろう。正史の内部には何が「うようよしてゐる」のだろうか。その「邪魔なものが」「有機的にもつれ合つて、一種の光や香気を放つてゐる」さまを、作品をかたちづくる言語＝日本語のよみときによって窺うことが、本書の目的といってよいだろう。

「真珠郎」について、中島河太郎《なかじまかわたろう》は角川文庫版『真珠郎』（一九七四年）の「解説」において、「耽美的な浪漫世界に身を浸しながら、謎解きの興味とを融合させようという、思い切った試みを実現したのがこの長編「真珠郎」である」（二六九頁）と述べている。「耽美的な浪漫世界」はなんとなくわかる。しかし、それが「真珠郎」という具体的な「言語によってかたちづくられている作品＝テキスト」に貼られた「レッテル」であるならば、その「レッテル」は、どのような言語表現と結びついているのかを説明してほしいとも思う。

ヒトという生物は、感覚器官で対象を「具体的」にとらえ、それを「抽象的」な認識に置き換えることがある。それがヒトの認知なのだとすれば、その「具体／抽象」の「抽象」側にあるのが「レッテル」ということになる。本書においては、正史が作品をかたちづくるために使った日本語をできるだけ具体の側で観察していきたい。

■「真珠郎」の諸テキスト・本文

由利・三津木探偵小説集成1『真珠郎』（二〇一八年、柏書房）の「編者解説」（日下三蔵）を参考にしながら、まず「真珠郎」のテキストについて整理しておきたい。

① 『新青年』（一九三六年一〇月号から一九三七年二月号まで連載）……初出
② 『真珠郎』（一九三七年四月、六人社）……初版
③ ロック探偵叢書1『真珠郎』（一九四六年九月、筑波書林）
④ 『真珠郎』（一九四九年三月、モダン画報社）
⑤ 現代大衆文学全集9『夜歩く・本陣殺人事件・真珠郎其他』（一九五〇年五月、春陽堂）

⑥『真珠郎』（一九五四年八月、東方社）
⑦由利・三津木探偵小説選『カルメンの死』（一九五七年、東方社）所収
⑧『鬼火 完全版』（一九六九年、桃源社）所収
⑨『横溝正史全集1真珠郎』（一九七〇年九月、講談社）（黒版全集）
⑩『真珠郎』（一九七四年一〇月初版、二〇一八年五月改版、角川文庫）
⑪『新版横溝正史全集1真珠郎』（一九七五年五月、講談社）（白版全集）
⑫『真珠郎』（一九七六年九月、角川書店）……②の復刻版
⑬昭和ミステリ秘宝『真珠郎』（二〇〇〇年一〇月、扶桑社文庫）
⑭由利・三津木探偵小説集成1『真珠郎』（二〇一八年、柏書房）

右のうち、二〇二三年七月時点で、新本として購入できるものは⑩と⑭。⑭は⑦をあげていない。

図1は『新青年』第一七巻第一四号（一九三六年一二月一日発行）に載せられた「真珠郎」第三回の冒頭（一二二～一二三頁）である。挿絵は吉川英治『鳴門秘帖』、江戸川乱歩『魔術師』などの挿絵も手がけた、岩田専太郎（一九〇一～一九七四）が担当している。

図1の左頁を翻字してみる。『新青年』は漢数字を除くすべての漢字に振仮名が施されているが、基本的には振仮名を省いて示す。必要な箇所については振仮名を表示した。説明のために、便宜的に行に番号を附した。

初出本文

第九章　秋のわかれ

これを要するに、われわれの捜索はちよつとも前進してゐなかつたと、いふことが出来るだらう。

なるほど、われわれはずゐぶんいろんな事を知つた。恐ろしい秘密や、不可思議な事実が、われわれのまへで明るみにさらけ出された真珠郎のやうな男が、どういふふうにしてうまれたか、またあのやうな悪虐な魂が、いかにして育まれたか、それらの点について、私たちは遺憾なきまでに、詳細な智識を蒐集することが出来た。

しかし、われわれがその時求めてゐたものは、このやうな智識よりも、むしろ率直な実体なのだ。どうして真珠郎がうまれたかといふ、過去の事実よりも、『真珠郎は何処にゐる』といふ現在の問題こそ、われわれにとつては必要だつたのである。しかも、それについて私たちはいつたい、何を知つてゐたゞらう。あの洞窟のくらやみを出ていつて以来、真珠郎はまるで空気のやうに消えてしまつたのだ。それこそ、大海

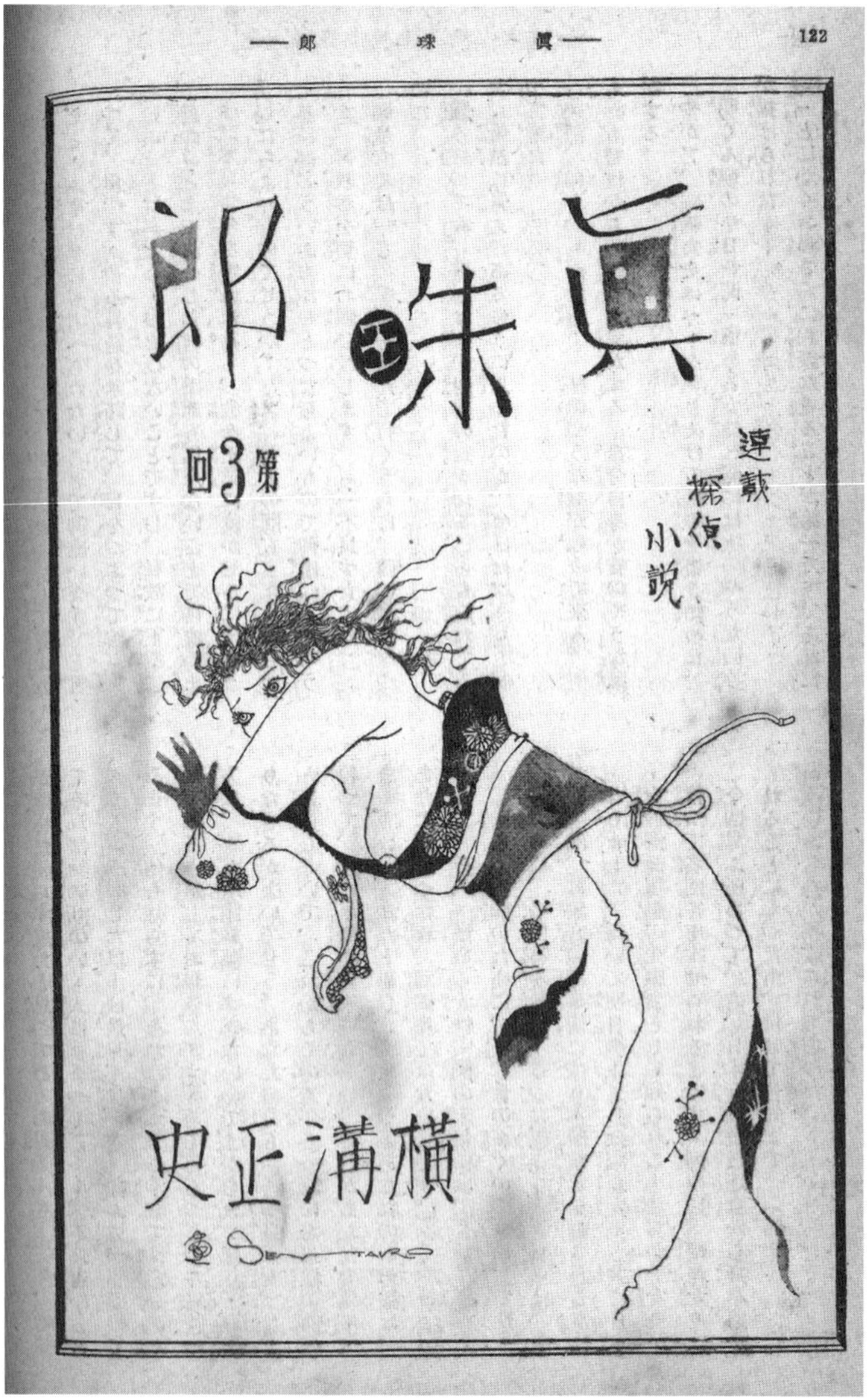

図1　「真珠郎」第3回（『新青年』17-14）

第《だい》九章《しやう》　秋《あき》のわかれ

これを要《えう》するに、われわれの捜索《さうさく》はちよつとも前進《ぜんしん》してゐなかつたと、いふことが出來《でき》るだらう。

なるほど、われわれはずゐぶんいろんな事《こと》を知《し》つた。恐《おそ》ろしい祕密《ひみつ》や、不可思議《ふかしぎ》な事實《じじつ》が、われわれのまへで明《あか》るみにさらけ出《だ》された眞珠郎《しんじゆらう》のやうな男《をとこ》が、どういふふうにしてうまれたか、またあのやうな惡虐《あくぎやく》な魂《たましひ》が、いかにして育《はぐく》まれたか、それらの點《てん》について、私《わたし》たちは遺憾《ゐかん》なきまでに、詳細《しやうさい》な智識《ちしき》を蒐集《しうしふ》することが出來《でき》た。

しかし、われわれがその時求《ときもと》めてゐたものは、このやうな智識《ちしき》よりも、むしろ率直《そつちよく》な實體《じつたい》なのだ。どうして眞珠郎《しんじゆらう》がうまれたかといふ、過去《くわこ》の事實《じじつ》よりも、『眞珠郎《しんじゆらう》は何處《どこ》にゐる』といふ現在《げんざい》の問題《もんだい》こそ、われわれにとつては必要《ひつえう》だつたのである。しかも、それについて私《わたし》たちはいつたい、何《なに》を知《し》つてゐたゞらう。あの洞窟《どうくつ》のくらやみを出《で》ていつて以來《いらい》、眞珠郎《しんじゆらう》はまるで空氣《くうき》のやうに消えてしまつたのだ。それこそ、大海《たいかい》に垂《た》らした一滴《てき》の水《みづ》のやうに、この世《よ》から、完全《くわんぜん》に姿《すがた》をくらましてしまつたのである。

ある日《ひ》、私《わたし》は湖畔《こはん》で志賀《しが》司法主任《しはふしゆにん》にあつた。思《おも》ひがけない難捜査《なんそうさ》にぶつかつて、いくらか焦《あせ》り氣味《ぎみ》に見《み》えた志賀氏《しがし》は、私《わたし》の顏《かほ》を見《み》ると打沈《うちしづ》んだ調子《てうし》で、

『いよいよ、御歸京《ごききやう》なさるさうですね。』

と、聲《こゑ》をかけた。

『えゝ、いつまでかうしてゐてもはてしがありませんから、一先《ま》づ引《ひ》き揚《あ》げようと思《おも》つてゐます。しかし、御用《ごよう》があればいつでも馳《は》せ參《さん》じますよ。東京《とうきやう》の住所《ぢうしよ》は、乙骨君《おつこつくん》がよく知《し》つてゐる筈《はず》ですから。』

『おや。』と、志賀氏《しがし》は眉《まゆ》をひそめて、『それぢや乙骨《おつこつ》さんはお殘《のこ》りになるのですか。』

『えゝ、殘《のこ》ると言《い》つてゐます。何《なに》しろ由美《ゆみ》さんには親戚《みより》といつて、ひとりもないさうですし、かたがたかういふ事件《じけん》の後《あと》でもあり、男手《をとこて》がどうしても必要《ひつえう》でせうからね。僕《ぼく》ももう少《すこ》し殘《のこ》つてゐたいんですが、學校《がくかう》のはうの都合《つがふ》もありますから。……』

『さうでせうとも。』

志賀氏《しがし》は何《なに》か考《かんが》へるふうで、ぢつと湖《みづうみ》のうへに眼《め》をやつてゐた。

その時《とき》、私《わたし》たちはいつか奇怪《きくわい》な老婆《らうば》に會《あ》つた、あの丘《をか》のうへに立《た》つてゐたのである。私《わたし》たちの周圍《しうゐ》には、しつとりと露《つゆ》を帶《お》びた赤《あか》まんまや螢草《はたるぐさ》がいつ

岩田專太郎畫

に垂らした一滴の水のやうに、この世から、完全に姿をくらましてしまつたのである。

　ある日、私は湖畔で志賀司法主任にあつた。思ひがけない難捜査にぶつかつて、いくらか焦り気味に見えた志賀氏は、私の顔を見ると打沈んだ調子で、

『いよいよ、御帰京なさるさうですね。』

　と、声をかけた。

『えゝ、いつまでかうしてゐてもはてしがありませんから、一先づ引き揚げようと思つてゐます。しかし、御用があればいつでも馳せ参じますよ。東京の住所は、乙骨君がよく知つてゐる筈ですから。』

『おや。』と志賀氏は眉をひそめて、『それぢや乙骨さんはお残りになるのですか。』

『えゝ、残ると言つてゐます。何しろ由美さんには親戚《みより》といつて、ひとりもないさうですし、かたがたかういふ事件の後でもあり、男手がどうしても必要でせうからね。僕ももう少し残つてゐたいんですが、学校のはうの都合もありますから。・・・・』

『さうでせうとも。』
志賀氏は何か考へるふうで、ぢつと湖のうへに眼をやつてゐた。
その時、私たちはいつか奇怪な老婆に会つた、あの丘|のうへに立つてゐたのである。私たちの周囲には、しつとりと露を帯びた赤まんまや蛍草がいつ

■初出と初版――かなづかいの違い

初版のテキスト②は、基本的には、初出に基づいて編まれる。6行目「さらけ出された」の後には句点があってよさそうで、②はそこに句点を補っており、⑭もそのかたちに従う。

9行目と11行目とで使われている「智識」は、②においてはいずれも「知識」となっているが、⑭は初出の「智識」を採る。

4行目「ずゐぶん」は漢語「ズイブン（随分）」を文字化《もじか》したものと思われるが、漢語「ズイブン（随分）」の「かなづかい」は、現代では「ずいぶん」と考えられている。この箇所については、初出も「ずゐぶん」のかたちを採る。

右の初出1~41の「かなづかい」は全体としてみれば、「古典かなづかい」と一致しているものが多く、一見すれば「古典かなづかい」を使っているようにみえるが、右で指摘したように、（これ

だけの範囲内であっても）「古典かなづかい」に一致しない「かなづかい」がみられる。それは、『新青年』第一七巻第一四号が出版された一九三六年一二月一日時点での「事実」といってよい。「事実」は状況と言い換えてもよいので、一九三六年一二月一日時点での「日本語の状況」ということになる。

初出の「ずゐぶん」は「古典かなづかい」に一致しないけれども、初版は初出のまま「ずゐぶん」とする。想像をたくましくすれば、初版の「つくりて」は、「ずゐぶん」が「古典かなづかい」に一致しないということには気づかなかった。「つくりて」という表現は、「気づかなかった」のはその「つくりて」個人の能力のためという主張にきこえるだろうが、当該時期の日本語使用者の多くがそうであった可能性もある。初版の「つくりて」がうっかりした、ということでないのであれば、「ずゐぶん」が「一九三六年一二月一日時点での日本語の状況」ということになる。その「日本語の状況」をまずは正確にとらえることが必要になる。そしてその次には、そういう「日本語の状況」であったことを未来に「情報」としてつなぎたいと稿者は思う。そう思わない人もいるだろう。漢語「ズイブン（随分）」は「ずゐぶん」と文字化しても「ずいぶん」と文字化しても、現代日本語母語話者が発音すればどちらも同じ発音で、結局は漢語「ズイブン（随分）」であることはわかるという「みかた」も成り立つ。しかし、やはり将来のためにも、今捕捉できる「日本語の状況」は捕捉しておきたいと考える。

初版は当然のことながら、初出をもとにしてつくられる。初版の「本文」は、初出の「本文」の「再生産（reproduction）」であることになるが、それが機器を使った「複写」でなく、「生産」のための（編集）プロセスを含む場合には、そこに「変化」が生じることが少なくない。あるいは宿命的に「変化」を内包しているというべきかもしれない。

■初出と初版――漢字の違い

初出38行目には「丘」とあるが、初版では「岡」が使われている。例えば、現在日本で出版されている中で、最大規模の漢和辞典である『大漢和辞典』（大修館）を調べてみると、「丘」は「をか。自然の小山。一説に、四方が高く、中央の凹んだ山」と説明され、「岡」は「をか。㋑山の脊」「㋺さか」「㋩みね」「㊁小山」と説明されている。「丘」と「岡」とは形が異なるので、中国語をあらわす文字としての漢字に関していえば、もともとは字義が異なっていることになる。『大漢和辞典』が説明しているのは、そうした「中国語をあらわす文字としての漢字」についての説明であるが、その説明も、「丘」「岡」ともに、まっさきに「をか」と説明されていることからすれば、「丘」「岡」の字義の違いを説明するのはたやすくないことを思わせる。字義がちかい漢字は、使っているうちに、字義の違いがはっきりしてくることもあるが、逆に曖昧になっていくこともあることが予想される。「丘」「岡」は曖昧になっていっているようにみえる。これは中国語をあらわす文字としての漢字についてのことであるが、日本語をあらわす文字としての漢字の場合はさらにそうなりやすい。

純粋の日本語＝和語を漢字によって文字化する場合、和語と語義に重なり合いがある中国語をあらわす漢字を使うのがもっとも自然であろう。しかし、日本語と中国語とは異なる言語であるので、つねに日本語と中国語とが（語を単位として）一対一で対応するわけではない。日本語にある語Xにぴったりと対応する中国語が存在しないということはある。あるいは語Xにぴったりと対応する中国語は存在しないが、だいたい対応する中国語が複数あるということもあろう。

和語「オカ」をどのように説明すればよいかと思うが、例えば、小型の国語辞書である『岩波国語辞典』第八版（二〇一九年）は見出し「おか【丘・岡】」を「小高くなった土地。山の低いもの」と説明している。今この「小高くなった土地。山の低いもの」が和語「オカ」の語義だということにする。この語義と重なり合う中国語は何かということになる。「小山」を「山の低いもの」と考えるならば、『大漢和辞典』の「丘」の説明に「自然の小山」とあり、「岡」の説明に「㈡小山」とあることをもって、「丘」も「岡」も和語「オカ」に対応すると考えることができる。つまり、和語「オカ」には二つの中国語が対応しそうで、そうであれば、その二つの中国語をあらわす二つの漢字が和語「オカ」に対応することになる。

結局、和語「オカ」を文字化するにあたって、使えそうな漢字は一つではなく、「丘」「岡」があることがわかった。『岩波国語辞典』が見出しに「丘・岡」二つの漢字を掲げているのは、どちらも使えるということを示している。ちなみにいえば、二〇一〇（平成二二）年に内閣告示された改定「常用漢字表」には「丘」「岡」いずれも載せられている。「丘」には音「キュウ」、訓「おか」が、「岡」には訓「おか」のみが認められている。一九八一（昭和五六）年に内閣告示された「常用漢字表」に「岡」は含まれておらず、岡山県、福岡県などの都道府県名に使われている漢字として改定「常用漢字表」に載せられている。

二〇一八年に柏書房から出版されているテキスト⑭由利・三津木探偵小説集成1『真珠郎』の末尾には次のようにある。

本選集は初出誌を底本とし、新字・新かなを用いたオリジナル版です。漢字・送り仮名・踊り字等の表記は初出時のものに従いました。角川文庫他各種刊本を参照しつつ異同を確認、明らかに誤植と思われるものは改め、ルビは編集部にて適宜振ってあります。

「新字・新かな」は具体的に説明されていないが、この表現に即して想像するならば、「新字・新かな」の対極には「旧字・旧かな」がありそうに思われる。「旧字」を厳密に定義するならば、一九四六（昭和二一）年に内閣告示された「当用漢字表」に載せられた漢字の、「当用漢字字体表」に載せられていない、漢字字体ということになる。内実としていえば、中国において一七一六年につくられた『康熙字典《こうきじてん》』に載せられている漢字字体＝康熙字典体にほぼ重なる。その「旧字」に対して、「当用漢字表」「当用漢字字体表」に載せられている漢字字体が「新字」であるが、「常用漢字表」が告示されているのに「当用漢字表」「当用漢字字体表」の漢字字体を指すとは考えにくい。したがって、これまた想像するならば、ということになるが、この「新字」はおそらくは「常用漢字表」に載せられている漢字については、そこに示されている漢字字体を使ったということであろう。そう理解した上で、次には「漢字・送り仮名・踊り字等の表記は初出時のものに従いました」をどう理解するか、ということになる。「新字」を使うが、「漢字の表記は初出時のものに従いました」は、「常用漢字表」に載せられている漢字については、その載せられている漢字字体を使うが、「常用漢字表」に載せられていない漢字については、「初出」に従ったと理解するのがもっとも自然であろう。

初出の翻字1〜41の範囲には、「常用漢字表」に載せられていない漢字は使われていないので、この範囲では判断できないが、例えば初出一二六ページ下段の「氷柱《つらら》のやうな襤褸《ぼろ》がブラ下《さが》つてゐるのだ」は、⑭では「氷柱《つらら》のような襤褸《ぼろ》がブラ下っているのだ」（三八六頁下段）とあることで、右の理解があたっていることがわかる。

「なんなら乙骨君《おっこつくん》を證人《しょうにん》に呼《よ》んで來《き》てもいゝですよ」（初出一二七頁上段）は、⑭では「なんなら乙骨君を証人に呼んで来てもいゝですよ」（三八七頁上段）となっている。「證人」が「証人」になっているのは、「證」が「常用漢字表」に載せられておらず、「証」が載せられているからであるが、「證」が「証」の「旧字」であることによってこのようなことになる。「證」を「証」に変えたのは「新字」ルールによることになる。しかし、おそらくそれは一般の読者にはきわめてわかりにくい。漢字表記は「初出時のものに従いました」ではないのか、ということになりそうである。

■初出と初版——使われている語の違い

初出30行目には「親戚《みより》」とある。「由美《ゆみ》さんには親戚《みより》といつて、ひとりもないさうですし」は現代日本語で発音するならば、「ユミサンニワミヨリトイッテヒトリモナイソウデスシ」と発音することになる。これは初出発行時でも同じである。つまり「書き手」である横溝正史はこのくだりで

「ミヨリ」という語を使うことを選択した。その選択した「ミヨリ」という語を文字化するにあたって、漢語「シンセキ（親戚）」にあてる漢字列「親戚」を使った。こうした文字化が可能であるのは、和語「ミヨリ」の語義と、漢語「シンセキ（親戚）」の語義とがある程度重なり合うからである。

ところが（と言っておくが）、初版のテキスト②には「親戚《しんせき》」（一五九頁）とある。この場合は漢語「シンセキ（親戚）」が選択されたことになる。初出では和語「ミヨリ」、初版では漢語「シンセキ（親戚）」を選択したとすれば、文に使う語そのものの選択が変わったことになる。そう考えた時には、この、語の選択の変更に、「書き手」である正史が関与しているのかいないのか、ということを知りたくなる。つまり、初出に基づいて初版をつくることになり、初版の編集過程、例えば校正などにおいて、正史が関与し、その編集過程で「書き手」としていわば積極的に「手入れ」をしたのか、そうではなくて、何らかの「過誤」であったか、ということである。しかし、このことを明らかにすることは難しい。正史が手入れをしたことが確実な校正刷りが残っているなど、何らかの「物証」が必要になる。

「書き手」すなわち正史の意思、意図を重視すればそういうことになるが、変わっているという「事実」だけをおさえるのであれば、初出「親戚《みより》」が初版では「親戚《しんせき》」となっているということが「事実」である。

「使われている語の違い」ではなく、漢字列に施す振仮名を変えただけではないかという「みかた」もあろう。あるいは「変えた」のではなく初版の編集過程において、不注意から初出と異なる振仮名が施されたとみることもできる。先に述べたように、右のことに正史がかかわっているかどうかは不分明であり、そうであれば、「積極的に変えた」のか「不注意による事故で変わってしまったのか」もわからないことになる。それは「なぜそうなっているか」という「なぜ」の解明を重視した「みかた」といってよい。「なぜ」ではなく、それでテキストが成立するということを重視すれば、和語「ミヨリ」と漢語「シンセキ（親戚）」の語義にある程度の重なり合いがあり、和語、漢語ともに同じ漢字列「親戚」によって文字化できるということによって、初出、初版両テキストが成立していることになる。

　言語をめぐる、「同じ／異なる」は言語使用者によって感じ方が異なる。「親戚《みより》」と「親戚《しんせき》」とがまったく異なると思う人もいれば、たいして変わらないと感じる人もいるだろう。初出第三回の第九章末尾ちかくに「その後《あと》から、秋《あき》の野分《のわけ》が悲《かな》しげな音《おと》を立《た》てゝ吹《ふ》きわたつていくのを、私《わたし》はいつまでもいつまでも見送《みおく》つてゐたのである」（一三二頁下段）というくだりがある。初版②もまったく同じである。手元にあるテキストで確認すると、③⑤⑦⑧⑨⑩⑪⑬は振仮名のない「野分」、⑫は②の復刻版なので当然初版と同じで、⑭には「その後から、秋の野分《のわき》が悲しげな音を立てゝ吹きわたっていくのを、私はいつまでもいつまでも見送っていたのである」（三九〇頁下段）とあって、確認したテキストでは、⑭のみが「野分《のわき》」となっている。稿者にしてみると、この「野分《のわき》」はどこからでてきた「本文」なのだろうか、とまず思う。

「ノワケ」「ノワキ」について『日本国語大辞典』第二版を調べてみると、どちらも見出しになっている。あげられている使用例や古辞書に載せられているかどうかなどから判断すると、「ノワキ」がおもに使われていた語形であることが推測できる。しかし「ノワケ」も十八世紀に使われていたことが確認できる。「ノワケ」は、過去における使用が確認できない語形ではない。そのことからすれば、初出の「野分《のわけ》」を退ける理由はないといってよい。稿者などは、初出の「野分《のわけ》」は、おもに使われてはいなかったであろう語形、言い換えれば非標準的な語形「ノワケ」が一九三六年に使われていたことを示す貴重な例と思ってしまう。「ノワケ」「ノワキ」は母音［e］と母音［i］が交替した母音交替形ということになる。したがって、発音もちかく、語義は同じといってよい。「ノワケ」でも「ノワキ」でも同じだ、という「みかた」はある。その一方で、やはり「ノワケ」は「ノワケ」、「ノワキ」は「ノワキ」という「みかた」もある。稿者は当然「ノワケ」と「ノワキ」とは「違う」と思っているので、こういうことが気になる。なぜ⑭は初出、初版と異なる「野分《のわき》」を「本文」として採用しているのだろうか。

■振仮名をはずした本文

先に行なった確認で、初出①と初版②は基本的に、漢数字以外のすべての漢字に振仮名を施すいわゆる「総ルビ」であったが、テキスト③⑤⑦⑧⑨⑩⑪⑬は、ほとんど振仮名を使わない「本文」であることがわかった。それぞれのテキストが振仮名を使わない理由はあるだろう。「本文」の活字のサイズが小さくなれば、振仮名に使う活字はそれよりもさらに小さくなり、そもそも見にくいということもあるだろう。

山本有三《ゆうぞう》（一八八七〜一九七四）が末尾に「この本を出版するに当つて―国語に対する一つの意

見―」を附して『戦争と二人の婦人』（岩波書店）を出版したのが一九三八年四月三〇日のことである。この言説は「山本有三の振仮名廃止論」と呼ばれ、振仮名をめぐっての言説の一つとしてしばしば採りあげられてきた。[注1]

例えば、テキスト③が出版されたのは一九四六年九月で、第二次世界大戦の終結から一年ほど経過した時期にあたる。そもそも「ロック探偵叢書」という叢書が出版できること自体が、戦時とは異なるといえようが、それでも③の「本文」用紙はいわゆる「仙花紙」といってよく、「総ルビ」の印刷をするという状況ではなかったことが推測される。仮に山本有三が振仮名廃止を主張しなくても、戦中、戦後の印刷をめぐる環境によって「総ルビ」の印刷が行なわれなくなっていったと推測できる。

このことについては、さらに慎重に、かつできるかぎり総合的に観察し、考えていくことにしたい。『新青年』が「総ルビ」であることからすれば、『新青年』が創刊された一九二〇（大正九）年頃は「総ルビ」はごく一般的な形式で、それが次第に行なわれなくなっていき、第二次世界大戦後はほとんど行なわれなくなる、という「流れ」であることになる。先の「野分」の場合もそうであるが、具体的にいかなる語が当該漢字列によって文字化されているかを明示しているのが振仮名といってよい。したがって、振仮名の施されていない漢字列「野分」が「ノワケ」という語を文字化したものであるか、「ノワキ」という語を文字化したものであるかは振仮名が施されていなければ「読み手」にはわからないことになる。

初出第三回でいえば、a「自分《じぶん》の頭脳《あたま》の悪《わる》い」（一二四頁下段）、b「私《わたし》は前後《あとさき》を見廻《みまは》してから」

（一三一頁上段）、c「私《わたし》の乗《の》つた自動車《くるま》は、海嘯《つなみ》のやうに、ほかの沢山《たくさん》な自動車《くるま》に取《と》りまかれて、みるみるうちに肝腎《かんじん》の自動車《くるま》を見失《みうしな》つてしまつたのである」（一三四頁上段）、d「この出来事《できごと》は私《わたし》に非常《ひじやう》に大《おほ》きな衝動《ショツク》をあたへた」（一三四頁上段）、e「混雑《ひとごみ》にまぎれてぢつとあたしたちのはうを見《み》てゐるの」（一三九頁下段）、f「何《なに》か伝言《ことづて》があるなら承《うけたま》はつておきませうと言《い》つても」（一四四頁上段）、g「由美《ゆみ》は筋斗《もんどり》うつてうしろへ倒《たふ》れた」（一四八頁上段）、h「息《いき》を吸《す》ひこむやうな歔欷《すゝりなき》」（一四八頁上段）のうち、「頭脳《あたま》」「前後《あとさき》」「自動車《くるま》」「海嘯《つなみ》」「衝動《ショツク》」「混雑《ひとごみ》」「伝言《ことづて》」などは振仮名をはずすと、「ズノウ」「ゼンゴ」「ジドウシャ」「カイショウ」「ショウドウ」「コンザツ」「デンゴン」という語をあらわしている可能性が原理的には生じる。前後に使われている語の調子、語性によって、だいたいの場合は、いかなる語を文字化したものであるかはわかるとしても、「アトサキ」か「ゼンゴ」か、「クルマ」か「ジドウシャ」か、「コンザツ」か「ヒトゴミ」か、「デンゴン」か「コトヅテ」かは、前後からも判断できないといってもよい。

例えば、テキスト③はabc（「海嘯《つなみ》」には振仮名なし）dhには振仮名を施しているが、efgには振仮名がない。また、gでは漢字列が「翻筋斗」になっている。「混雑にまぎれて」の漢字列「混雑」は漢語「コンザツ」を、「何か伝言があるなら」の漢字列「伝言」は漢語「デンゴン」を文字化したとみるのがもっとも自然で、振仮名が施されていない漢字列「混雑」「伝言」が、和語「ヒトゴミ」「コトヅテ」を文字化したものだとは通常は思わないであろう。そうだとすると、テキスト③の「本文」はこれらの箇所において、初出①、初版②と異なることになる。

テキスト⑭はa～hの振仮名をいずれも残している。しかし、gにおいては「翻筋斗《もんどり》」となっており、テキスト③同様、初出①、初版②とは異なる漢字列を使う。[注2] またテキスト⑭はcの「海潚《つなみ》」を「海嘯《つなみ》」とする。「潚」には〈はやい・きよい〉という字義があり、「嘯」には〈うそぶく〉という字義がある。和語「ツナミ」には漢字列「海嘯」があてられることはある。ただし、テキスト⑭は「新字」を使うが「漢字・送り仮名・踊り字等の表記は初出時のものに従」うことを謳っており、「明らかに誤植と思われるもの」を改めたといっているのであり、そのことからすると初出①・初版②・テキスト③の「海潚」を「誤植」と判断したことになりそうであるが、そうだとすれば、どのような手続きを経て「誤植」と判断したのかという疑問がある。

■論理の骨格にロマンの肉附け

ミステリー作家である山村正夫（一九三一～一九九九）は「怪奇ロマンの本格派の巨匠・横溝正史」（『幻影城』第二巻第六号、一九七六年）において次のように述べている。

> それにしても、戦前の氏の作風を考えると、戦後の作風は百八十度の転換をしたごとく見えるが、事実はそうではない。昭和二十二年の十一月に、江戸川乱歩が岡山の横溝氏の許を訪ね、氏と共に地元新聞主催の講演会に望〔ママ〕んだことがあるが、そのあと乞われて横溝氏が認めた色紙に、「謎の骨格に論理の肉附けをして、浪漫の衣を着せましょう」というのがある。これを見ても明らかな通り、氏の草双紙趣味にもとず〔ママ〕くロマンチシズムに対する憧憬は、戦後も一貫して変っておらず、従来からの妖美耽異の世界に、論理性やトリックを融合させ、独自の怪奇本

格の領域を切り拓いた点に、氏の第三期の作風ともいうべき、新たな特色があるのである。

（一〇六頁）

右の色紙について、WEBサイト「横溝正史エンサイクロペディア」には「最近になって、「謎の骨格に論理の肉付《［ママ］》けをして、浪漫の衣を着せましょう」と記された美術印刷の色紙［引用者補：横溝自筆色紙の複製色紙］が、ブーム当時出回っていたことを知りました。山村正夫のいう昭和22年当時のものとは違うと思われるが、記載内容［色紙に記されていることば］は同一である。さらに、「色紙と私」というエッセイまで付いているのである。この色紙の内容に似ている筆蹟［色紙］を、昭和三十年代に刊行された文学全集に見ることができる。それは、『現代国民文学全集8 江戸川乱歩・木々高太郎・横溝正史集』（角川書店、1957／9）の、p・204に収録されている。（中略）微妙に言葉が異なる理由は、「色紙と私」に記されている[注3]」とある。

『現代国民文学全集8』には、江戸川乱歩の「孤島の鬼」、木々高太郎《きぎたかたろう》の「人生の阿呆」、横溝正史の「八つ墓村」が収められているが、三人の「筆蹟」がそれぞれの作品の前に掲げられている。乱歩は「うつし世はゆめ よるの夢こそまこと」というよく知られている色紙、木々高太郎は「探偵小説は知慧の勝利を謳う文学―基督暦一九〇〇年代にいたって人類がはじめて発見したものである」ということば、そして正史は「論理の骨格にロマンの肉附けをし愛情の衣を着せませう」の色紙を掲げる。

注3に記したように、正史の色紙のことばには二種類ある。

謎の骨格に論理の肉附けをして浪漫の衣を着せましょう
論理の骨格にロマンの肉附けをし愛情の衣を着せませう

「謎」を「トリック」、「論理」を「トリックを支える論理」、「浪漫の衣」を「妖美耽異的趣向」ととらえると、「論理の骨格」は「トリック＋論理」ということになり、二つのことばは重なり合う。

■ロマンの衣

「真珠郎」の冒頭をテキスト⑪『新版横溝正史全集1真珠郎』（講談社、白版全集1）によって引用してみよう。傍線は稿者が付した。


真珠郎《しんじゆろう》はどこにいる。

あの素晴らしい美貌の尊厳を身にまとい、如法闇夜《にょほうあんや》よりもまっくろな謎の翼にうちまたがり、突如として世間の視聴のまえに躍りだしたかと思うと最初は人里離れた片山蔭に、そしてその次には帝都のまっただ中に、世にも恐ろしい血の戦慄を描き出した奇怪な殺人美少年。いったい、あいつは、どこへ消えてしまったのだろう。

美貌というものは時によると、もっとも人眼につき易い看板みたいなものである。殊に真珠郎の場合はそうであった。彼の特徴のある美貌はあらゆる新聞に掲げられ、あらゆる人々の口から口へと喧伝された。そういう眼に見えぬ網の目を潜って完全に世間から隠れおおせるということは、それ自身がひとつの奇蹟みたいなものだった。しかも真珠郎は見事にその奇蹟を演じおおせたのだ。

蝶のように白い両手を、一人ならず二人三人まで、殺人《ひとごろし》の血で真紅に染めながら、あれよあれよと立ち騒ぐ世間を尻眼に彼はまるで空気のように消えてしまった。大海に垂らした一滴の水のように、完全に世間の視聴の外へ姿を隠してしまったのである。まったく、魔法使いも及ばぬほどの巧妙さだった。

なんという不思議な男だろう。なんという恐ろしい男だろう。世間が瞠目したきり、言う言葉も知らなかったのは、まことに無理からぬ話だった。

しかし、だいたい真珠郎という、少なからずロマンチックな名前を持ったこの男は、その出生からして既に、世にも怪奇な、伝奇的色彩につつまれていたのである。

第一彼には真珠郎という呼名があるだけで姓もなければ、むろん籍などどこにもない。つまり彼は最初からこの世に、まるで存在しなかった人も同じなのだ。(略)

真珠郎だって?

いったい、そんな人間がほんとうに生きているのか。それは夏の夜の幻想ではなかったのか。あの大自然の非常時に畏怖した人々が、その瞬間われにもなく空中に描き出した、ひとつの蜃気楼的な存在ではなかったのか。

世間にはそういう疑問を抱いている人々も少なくないようだ。しかし、私はそれらのひとつに向かって、断乎として「否！」と答えることが出来る。なるほど最初の惨劇の当時の、あの怖ろしい周囲の光景は、われわれにとっては、狂おしいほどの大きな衝動だった。私は敢えてそれを否定しようとは思わない。しかしその時私たちは、理性をすっかり失いきっていたわけではないのだ。われわれにはまだ多分に物を判断する力が残っていた。（二一四頁上段）

作品の冒頭であるので、まだ「真珠郎」はいわば何もやっていない。登場人物の「私」は、「読み手」にとっては、その未知の存在である「真珠郎」が「美貌」の持ち主であることを述べ、「殺人《ひとごろし》」であることを述べ、その出生が「世にも怪奇な、伝奇的色彩につつまれていた」ことを述べ、「真珠郎」という名前を「ロマンチック」だと述べる。「私」がまず「ロマンチック」だと述べてしまうという「手法」は説明的といえば説明的であり、陳腐という「みかた」がなされないとも限らない。しかし、そうした危険をおかしながらも、横溝正史は自身の「耽美的な浪漫世界」を自信をもって提示しているようにみえる。

「真珠郎」という作品に「ロマンの衣」を着せるにあたって、真珠郎が「ロマンチックな名前」であると言ってしまう。「書き手」である正史が、登場人物である「私」に積極的にロマン趣味の「レッテル」を貼らせて、「読み手」の「イメージ」作りに働きかける。「真珠郎」がロマンティックな作品だと「読み手」に思ってもらうためには、早いほうがいい。だから、冒頭で「ロマンチック」という語を使い、「怪奇な」「伝奇的色彩」という語を使う。そうしたことに自覚的であったのが正史であるとするならば、横溝正史作品はそもそも「イメージ」豊か、映像的であったといえるだろう。

正史の「本陣殺人事件」は一九七五年にＡＴＧが映画化しヒットする。翌一九七六年には石坂浩二主演の「犬神家の一族」が映画化され、石坂浩二主演の金田一耕助シリーズがつくられ、古谷一行主演による毎日放送でのテレビドラマ化も行なわれる。さまざまな要素、条件の上にそうしたことが成り立っていると思われるが、その根底には横溝正史作品が映像化しやすいということがあったと推測する。

引用した「世間には」から始まる段落において「私」が登場し、そこまでの一人称の語りがその「私」によるものであったことがわかる。そしてその「私」は第一章「ヨカナーンの首」の冒頭で、「X大学の英文科に講師として席をおいている私、椎名耕助《しいなこうすけ》は、今まで自分を運命論者《フェータリスト》だなと思ったことはいちどもない、寧ろその反対に、学校における私の評判は、大変散文的で、且つ実際的な人物であるということになっているらしい」(⑪二二六頁上段)と説明されている。「一人称の語り」という作品の枠組みが「私」を規定することで具体化された瞬間といってよい。

『横溝正史研究4』(二〇一三年、戎光祥出版)には「真珠郎」と「白蠟変化」の草稿の一部が紹介されている。「真珠郎」第一章の冒頭部分が写真とともに紹介されているが、草稿においては「私は自分を運命論者《フェータリスト》であるとは思ってゐない。寧ろその反対に、学校に於ける私の評判は、大変散文的で、実際的な人物であるといふことになってゐるらしい」となっている(二四〇頁。『真珠郎』草稿①には「自分のことを」とあるが写真には「のこと」がない)。草稿を紹介し、解説している山口直孝は現行本文においては「語り手の自己紹介が行われているのに対して、草稿では名のりがないという相違があるのは見逃せない。一人称形式の『真珠郎』は、深夜湖のほとりで蛍と戯れる真珠郎の姿を綴った「序詞」で幕を開ける。幻想的な描写に語り手のプロフィールを織り込むことはなじまず、作者はどこかでそれに言及する必要があった。草稿からは、この段階で椎名耕助の情報を入れる場所について、正史がなお迷っていたことがうかがえる」（二四一頁）と述べている。

「椎名耕助の情報」は「ことがら情報」にあたる。作品を現実世界のものとするためには、具体的な「ことがら情報」によって骨格をつくらなければならない。そこに「トリック＋論理」を入れ、「ロマンの衣」を着せる。「序詞」という章外の導入部をつくり、そこで存分に「ロマン」を見せ、第一章の冒頭に語り手である「私」の具体的情報を置くことによって、「真珠郎」という作品が「本当の探偵小説」（「自序」）としてすっくりと立ち上がる。正史の巧みな構成といってよいだろう。[注4]

江戸川乱歩は「真珠郎」の「序」の冒頭において次のように述べ、「真珠郎」の「本格の探偵小説」としての構成やトリックを高く評価している（振仮名を省いて引用した）。

この小説をお読みになる読者諸君に真先に申上げたいことがあります。それはこの小説には、作者の従来の名作『鬼火』『蔵の中』古くは『面影双紙』などには全く見られなかつた一つの重大な魅力が附加はつて、その完璧さに於て、横溝探偵小説の一つの頂点を為すものかも知れないということです。

この作家は探偵作家でありながら、初期のごく僅かの例外を除いては、従来殆んど本格の探偵小説を書いてゐないのですが『真珠郎』はハツキリ探偵小説といふことが出来ます。僕はこの小説の読後、フイルポツツの『赤毛のレドメイン家』を思ひ出しました。作の後半に登場する由利麟太郎といふ白髪の紳士は、その重厚さ、こせ〳〵と物的証拠などを求めない点に於て、大探偵ガンスを連想せしめます。又作全体の構成、所謂トリックも、あのフイルポッツの意外さ、フイルポッツの恐ろしさに匹敵します。

「大探偵ガンス」は「赤毛のレドメイン家」に登場する初老の探偵「ピーター・ガンズ（ギャンズ）」のこと。「赤毛のレドメイン家」ではロンドン警視庁の若手刑事「マーク・ブレンドン」と「ピータ・ガンズ」の捜査が描かれている。ガンズは「白髪のやや肥満体の紳士」「鬚をきれいに剃《そ》った顔はどこかしら犀《さい》を連想させた」（安藤由紀子訳『赤毛のレドメイン家』一九九九年、集英社文庫、二二九頁）と描写されている。「頭を見ると、まるで七十歳のお爺さんみたいに真っ白なの。それでいてそんなにお年寄りかと思うと、そうではなさそうなの。そうね、四十五、六という御年輩ではないでしょうか」（⑪二七七頁下段）と描写されている「由利麟太郎」と重なり、若手刑事「マーク・ブレンドン」は「椎名耕助」と重なる。[注5]

■ヨカナーンの首

「真珠郎」第一章は「ヨカナーンの首」を章題としている。ガリラヤの太守ヘロデの義理の娘サロメが恋をし、所望したのが預言者ヨカナーン（洗礼者ヨハネ）の首である。オスカー・ワイルドの戯曲『サロメ』の英訳版（一八九四年）に使用されているビアズリーの挿画を知っている人もいるだろう。「真珠郎」には次のようなくだりがある。

あの年の七月のはじめごろ、九段の高台から、遥か西の空に望見した夕焼け雲の形だけは、ひどく暗示的であったと、今でも私は、思い出す度に妙な気がしてならないのである。（略）梅雨《つゆ》の名残りが、どこかまだその辺にさ迷っていそうな、妙に蒸し暑い夕方だった。西の空いったい、目の細かい銀粉を撒き散らしたように、どんよりと煙っていて、その中に唯ひとつ、その奇妙な雲だけが、むくむくと黒い雑木林のうえに頭をもたげていたのである。

その時私は、まったくどうかしていたのに違いない。二、三日頼まれて夜学の試験に立ち会ったり、その答案を徹夜で見させられたりしたので、神経が疲労していたのかも知れない。兎に角私は、その雲を見ると思わずぎょっとしてそこに足をとめたのである。

それはちょうど、人間の首とそっくり同じ恰好をしていた。横向きになった鼻の高い、額のひろい、そして長く伸ばした髪の毛を首のあたりで縮らせた、そういう恰好の雲が、黒い雑木林のうえに、西日をうけて真っ紅《まっか》に、それこそ血が垂れそうなほど真っ紅に燃えているのである。しかもその首の切れ目にあたるところに、横に一文字に、別の雲が棚引いているのが、ちょうど一枚の盆か皿のように見えるのだ。つまりその雲は、盆の上にのせて、サロメの前に差し出された、ヨカナーンの首と、そっくり同じ恰好をしているのだった。

（『新版横溝正史全集1』、二一六～二一七頁）

テキスト⑪『新版横溝正史全集1真珠郎』（講談社、白版全集1）には、初版②の冒頭に置かれている「自序」と末尾の横溝正史による「私の探偵小説論」が収められていない。テキスト⑬『真珠郎』（扶桑社文庫）には収められている。

「自序」において正史は「私はこれでも、この小説を本当の探偵小説を書くつもりで書いたのである。そして探偵小説の中でも最もポピュラーなテーマの一つである、《顔のない屍体》と、真向から取り組んでみようと試みた。私が探偵小説について、どのやうな考へを抱いてゐるか、これは巻末に附した《私の探偵小説論》について見て頂きたい」（⑫一五頁）と述べ、「真珠郎」が「顔のない屍体」をテーマにした作品であることを作品にさきだって述べている。

また、「私の探偵小説論」の末尾には「顔のない屍体」と題された文章があり「探偵小説に於ける「顔のない屍体」は、「一人二役」や「密閉された部屋における殺人事件」などとともに、最も顕著なトリツクの一つである、どんな作家も、一度は必ずこのトリツクと取つ組んで見ようといふ衝動にかられるらしい。近頃私は偶然、この「顔のない屍体」を取り扱つた小説を矢継早に四篇読んだ。フイルポツツ氏の「赤毛のレドメーン一家」と、クヰーン氏の「埃及十字架の秘密」ステーマン氏の「殺人環」それから江戸川乱歩氏の「柘榴」である。（略）こゝに一つの屍体があつて、何等かの手段—例へば首を切り取るとか（埃及十字架）屍体そのものがないとか（赤毛のレドメーン）硫酸で顔の識別がつかなくなつてゐるとか（柘榴）—によつて、その顔がなくなつてをり、しかも、その屍体が着衣その他によつて、Aなる人物と推定された場合には、劫を経た読者は直ちに、これを、Aは被害者ではなくて、むしろ犯人であることを推定することが出来るのである」（⑫三六四〜三六五頁）と述べられている。

横溝正史作品の角川文庫版の表紙はほぼすべて杉本一文が担当しているが、『真珠郎』の表紙に描かれている真珠郎とおぼしき人物は明らかに女性で、いわゆる「ネタバレ」しているといってよい。稿者は先に「言語が構造的あるいは体系的であるということである。一つ一つの要素は他の要素と関係をもっている」（21頁）と述べた。要素同士の関係、連鎖を観察することは「よみとき」全般にとって重要であろう。稿者が注目したいのは、正史が初版に「私の探偵小説論」を（わざわざといっておくが）収録して、フィルポッツの「赤毛のレドメイン家」、エラリー・クイーンの「エジプト十字架の秘密」、ステーマンの「殺人環」、江戸川乱歩の「柘榴」を具体的にあげていることである。正史はこうした「連鎖」を隠そうとしていない。乱歩の「序」においても「僕はこの小説の読後、フィルポッツの『赤毛のレドメイン家』を思ひ出しました」と述べている。[注6]『横溝正史全小説案内』（二〇一二年、洋泉社）は「真珠郎」の解説ページにおいて「E・フィルポッツが「赤毛のレドメイン家」で用いた手法を、横溝は巧みに応用したわけである」（四七頁）と述べている。

■初出雑誌をよむ

先に述べたように、「真珠郎」は雑誌『新青年』第一七巻第一二号（一九三六年一〇月）から第一八巻第三号（一九三七年二月）まで連載されている。

初出雑誌によって作品をよむことには、いろいろな意味合いがある。まずはなんといっても、初出によって作品がひろく公表されるということがある。ひろく公表されることによって、「読み手」を得、作品が「書き手」の手を離れたとみることもできる。

文学研究において「同時代評」が採りあげられることがある。ある作品が、当該作品が発表された時にどのような評価を受けたかが「同時代評」であるが、この「みかた」は言語研究の「共時的なみかた」と重なる。言語研究においては、横溝正史が「真珠郎」をあらわすのに使った日本語は同時代の人に共有されているという「みかた」を基本とする。正史が独自の日本語を使っていたとはまずは考えない。もしもそういう主張をするならば、当然のことではあるが、同時代の日本語はこうで、だから正史の日本語に独自性があるという証明のしかたをする必要がある。しかし、そう述べるのは簡単であるが、「同時代の日本語」のありかたをつかむことは容易ではない。量的にいえば、いったいどのくらいの日本語を観察すれば「同時代の日本語」といえるのか、質的にいえば、どれだけの「分野」のテキストを観察すれば「同時代の日本語」といえるのか、ということがある。

しかしそれでも、何らかの工夫をして、「同時代の日本語」といえそうなものをつかむしかない。その何とかつかんだ「同時代の日本語」を対置させることによって、正史の日本語に独自性があるかどうかを論じることができる。

言語には個人差がある。稿者は、標準的な言語形式が共有されていて、その周辺に非標準的な言語形式があるというモデルを使って考察している。その非標準的な言語形式にはいわゆる方言のような地域的な言語もあれば、個人性がつよい言語もあるだろう。そういう非標準的な言語形式が露出＝アウトプットされることもある。しかし、あくまで標準的な言語形式は共有されている。

雑誌『新青年』のある号に載せられている作品、文章はもっとも明確なかたちで共有されているといってよい。その号を買った「読み手」がすみからすみまで読む。基本的には読めるはずだ。

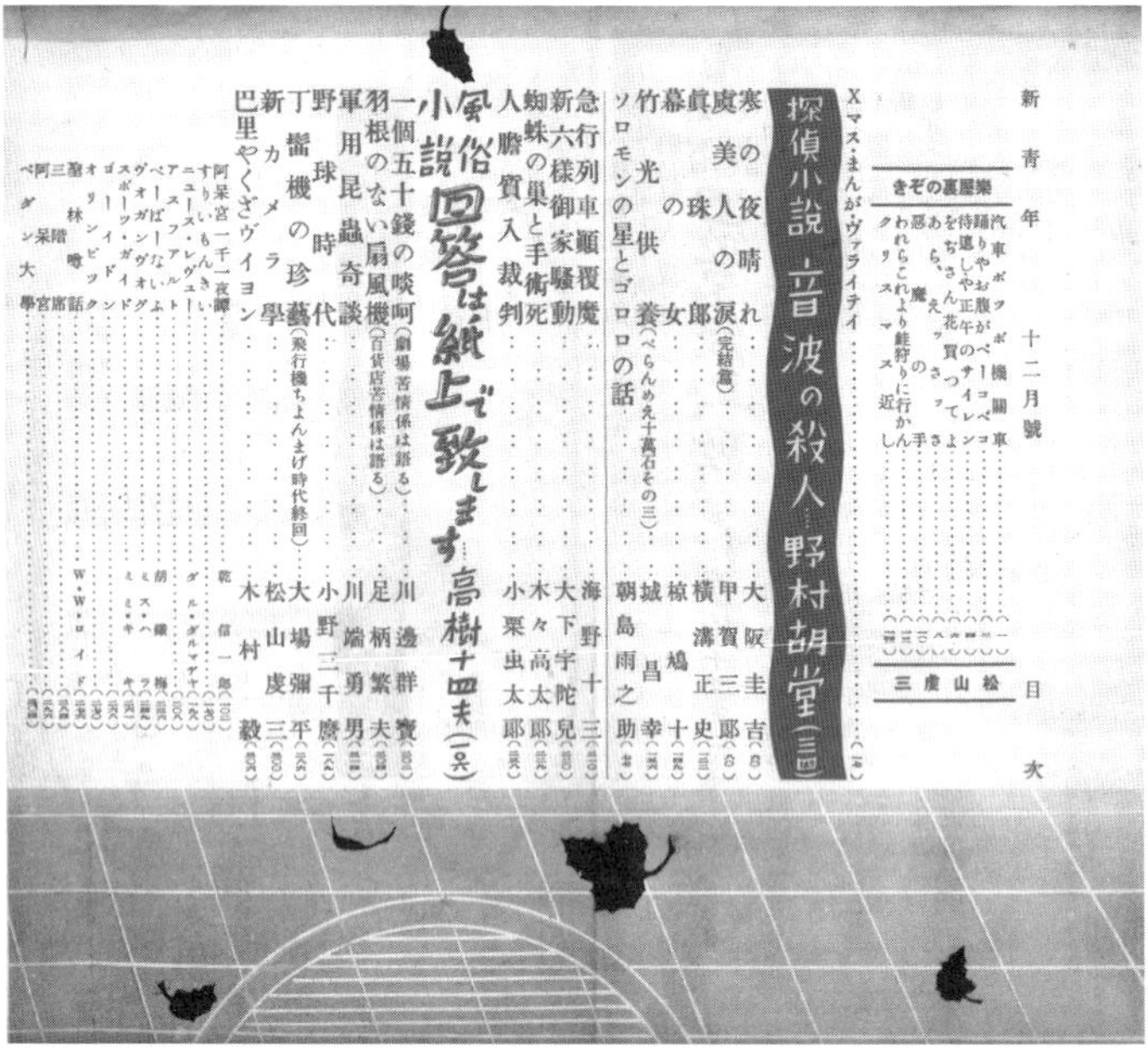

図2　『新青年』17-14　目次

「書き手」がさまざまであっても、その号の日本語はたしかに共有されている。

さて、具体的に考えてみよう。図2は『新青年』第一七巻第一四号の目次の右半分である。クリスマスがちかいためか、目次の上下にはヒイラギを思わせるイラストが入っている。右端にはひときわ大きく、野村胡堂《こどう》の「探偵小説 音波の殺人」とあるが、これが巻頭にあたる。野村胡堂（一八八二〜一九六三）といえば、「銭形平次捕物控」であるが、「探偵小説」と呼ばれるような作品もつくっていたことがわかる。『キング』第二七巻第一〇号（一九五一年一〇月）には横溝正史の「女王蜂」と野村胡堂の「百草園の娘」が同時に掲載されている。一つの雑誌に、「毛色」が異なる作品が掲載されることはもちろんある。だからこそ、雑誌なのであるが、それを「抽象的」に、同じ雑誌に掲載されているとみれば、「隣り合わせ」と呼べなくもない。本書においては、その「隣り合わせ」にも注目したい。

甲賀三郎（一八九三〜一九四五）の「虞美人の涙」は図2の第一七巻第一四号が「完結篇」で、それに続いて横溝正史の「真珠郎」が掲載され、椋鳩十《むくはとじゅう》（一九〇五〜一九八七）の「幕の女」が続く。椋鳩十は「片耳の大鹿」や「大造じいさんとガン」などの作品によって、動物文学の書き手として知られているが、「幕の女」には「山窩悲恋物語」という副題がついている。『広辞苑』第七版（二〇一八年、岩波書店）は見出し「さんか」を「（多く「サンカ」と書く）村里に定住せず山中や河原などで家族単位で野営しながら漂泊の生活を送っていたとされる人々。主に川漁・箕作り・竹細工・杓子作りなどを業とし、村人と交易したという。山家。さんわ」と説明している。[注7] この号には海野十三《うんのじゅうざ》（一八九七〜一九四九）の「急行列車転覆魔」、大下宇陀児《うだる》（一八九六〜一九六六）の「新六様御家騒動」、木々高太郎（一八九七〜一九六九）の「蜘蛛の巣と手術死」、小栗虫太郎（一九〇一〜一九四六）の「人胆質入裁判」も載せられている。正史は一九〇二年生まれなので、ほぼ同年代の作家たちといってよい。

さて、「真珠郎」の第七章「真珠郎日記」において、登場人物の「由美」は「真珠郎」について次のように述べている。

この人の体内には、父系と母系の両方から蒸溜されて来た、最も純粋な『悪』の血が流れているのです。この人の父の血統は代々殺人者と発狂者とを出したということです。現にこの人の父という人も、十何犯という悪事を重ねて、後には牢獄で狂死したということです。この人の母は美しい山窩《さんか》だったといいます。嘘つきで、無節操で、手癖が悪く、しかも非常に残虐な性癖をもった一種の白痴だったのです。伯父はそういう二人を、自分の計画の選手として、どこからか見つけて来ると、まっくらなこの蔵の中で結婚をさせました。二人の間には間もなく、一人の子供がうまれました。それが真珠郎だったのです。つまり真珠郎は一つの伯父の創作物だったのですわ。

(『新版横溝正史全集1』、二五五頁下段)

「真珠郎」の母親は山窩だったということになっている。「真珠郎」だけを読んでいる時には「山窩」という語をよみながしてしまうかもしれない。しかし、『新青年』で「真珠郎」を読んでいた人は、「山窩悲恋物語」という副題をもつ、椋鳩十の「幕の女」を同時に読んでいる。「真珠郎」の母のイメージは椋鳩十の「幕の女」によって支えられ、増幅されているといってもよいだろう。[注8]

最近はそういう話をあまり聞かなくなったような気がするが、「電子辞書」が流通し始めた時には、よく「紙の辞書がいいか、電子辞書がいいか」という話題になった。その時に「紙の辞書」は調べようとしている見出しの前後の見出しも目に入るから、しらずしらずのうちに勉強になる、というような「説」があった。稿者はこの「説」については、現在でも半信半疑であるが、そのことは措く。雑誌によって作品を読む場合は、一つの作品を読むためにそれが掲載されている雑誌を購入するということはないとはいえないが、そうでもあっても、(読まない作品もありそうだが)めあての作品以外のものも幾つかは読むだろう。そう考えると、ある作品は単独で存在しているのではない、とみることもできそうだ。雑誌を一つの「構造体」とみると、その一つの要素として一つの作品があることになる。そもそも、雑誌には編集をしている人がいる。その編集者、編集長の考える「ラインアップ」があって、それを実現させようとしているはずだ。その「ラインアップ」を何らかのまとまりのある「構造体」ととらえることはむしろ自然であろう。

言語学（日本語学）においては、「文」がまとまりをもって集積したものが、「文章」で、「文章」がまとまりをもって集積したものが「テキスト」であるとみる。雑誌のまとまりは、編集者、編集長によって保たれている。そう考えると、初出によって作品を読むにあたっては、初出が掲載された媒体全体にも目配りをする必要もあることがわかる。

■蔵の中・暗夜行路

「真珠郎」は全体が十七章に分けられているが、その第三章の章題が「蔵の中」、第十五章の章題が「暗夜行路」である。「蔵の中」は、宇野浩二（一八九一～一九六一）が『文章世界』第一四巻第四号（一九一九年四月）に発表した短編小説のタイトルであり、一九一九年一二月には聚英閣から単行本として刊行されている。「暗夜行路」は、志賀直哉（一八八三～一九七一）の長編小説のタイトルである。

第三章では、「由美」が「蔵の中」を案内する場面が描かれているので、「蔵の中」は一般的な語ともいえる。江戸川乱歩は一九二六年二月に発行された雑誌『探偵趣味』第五輯に「宇野浩二式」という文章を載せている。そこには次のように記されている。光文社文庫版『江戸川乱歩全集』第二四巻（二〇〇五年）によって引用する。

私が始めて横溝君に逢った時、同君は私の「二銭銅貨」を宇野浩二が匿名で書いたのではないかと思ったと云われた。そう云えばあの文章（何々なのである、というのは、ことである等々の癖）は、幾分宇野氏のそれに似ているかも知れないのだ。やっぱりその時であったが、私は横溝君に近頃の小説では誰のものを愛読しますかと聞いた所、同君は速座に宇野浩二氏をあげられた。そこで、私は大いに共鳴したものであった。（一九二頁）

一体探偵小説という奴は、ともすれば子供らしく幼稚になり勝ちなものである。我々は色々の手段を講じて、それを幼稚に見せまいとする。浩二式文章はその色々な手段の一つなのではあるまいか。だから、探偵小説家二三、他の文章青年より以上に、浩二式を真似ることに意味があるのではないだろうか。又年若な横溝君が、無意識に、若さを隠す手段としてああした文章を書くのは、当然だとも云えるのではないだろうか。

殆ど何も云わない内に枚数を超過したから、これで擱筆しなければなるまいが、要するに、私は浩二式文章は必ずしも探偵小説に向かぬものではないこと、あの文章が最も適当である探偵小説もあり得ること、そして、探偵小説好きの横溝君や私が、大の浩二びいきであることを云いたかったのである。（一九五頁）

あるいはまた、横溝正史自身が「谷崎潤一郎と宇野浩二」（小林信彦編『横溝正史読本』一九七九年、角川文庫所収）において、宇野浩二の「不遇時代に「少女の友」に書いたのに、「国境の峠に注ぐ涙の雨」って長い題のがあるんだ。それが後に因縁話になってるの、大人の小説で。すっかり同じ小説ですけどね、「少女の友」に書いたのと因縁話とはだいぶ違ってますけど、「老女お鳥の物語」とサブ・タイトルがついて、あの人一流の大阪弁で書いてる。そういう意味で宇野さんが好きになったらしいんですね」（一三頁）と述べ、乱歩についても「谷崎と宇野とでしょう、あの人も」（同前）と述べている。

乱歩、正史と宇野浩二の文体の相似については、中島河太郎が「横溝正史の転身」（『日本推理小説史』第三巻、一九九六年、東京創元社、第二十七章）において指摘している。[注9]

そもそも正史は「真珠郎」に先立って、一九三五年の『新青年』八月号に「蔵の中」を発表し、同年九月に春秋社から出版された単行本『鬼火』にその「蔵の中」を収めている。正史にとって「蔵の中」は、宇野浩二の作品名であると同時に自身の作品名でもあり、それをまた「真珠郎」の章題に使ったことになる。武田信明は「三つの「蔵の中」」（『群像』第四七巻第一三号、講談社、一九九二年一二月）において、乱歩が『サンデー毎日秋季特別号 小説と講談』（一九二六年一〇月）に発表した「人でなしの恋」が、もともとは『新青年』第七巻第一一号（一九二六年九月号）の次号予告で「倉の中」と予告された作品であったことを指摘し、「三つの「蔵の中」の存在は、決して偶然ではない。第二第三の「蔵の中」は、明らかに第一の［引用者補：宇野浩二の］「蔵の中」をなぞることを主要な目的のひとつとして書かれたのであり、つけくわえれば、ほとんど知られていない江戸川乱歩の幻の「倉の中」の存在すら、第三の「蔵の中」の作者横溝正史は誰よりも熟知していたはずなのである。『新青年』大正十五年九月号の綴込みの次号予告には、創作欄の筆頭に乱歩の名と共に「倉の中」という表題が印刷されている。だが、翌月号に「倉の中」の名前はない。掲載されたのは、乱歩の代表作のひとつとされている「パノラマ島奇談」（初出では「パノラマ島奇譚」）の連載第一回である。「パノラマ島奇談」が、その内容からして、どう考えても〈倉の中〉と題される余地がない以上、作品は差し替えられたと考えるのが至当であろうが、乱歩に「パノラマ島奇談」連載を強く勧めたのが、当時『新青年』の編集部にいた横溝なのである。乱歩の「倉の中」の行方は杳として知れない。だがこの時期、乱歩が〈蔵の中〉の作品化に、異様な執着を持っていたことは、同年七月の「人でなしの恋」の存在からもうかがい知ることができよう」と述べている。

宇野浩二、谷崎潤一郎、江戸川乱歩、横溝正史という人の「連鎖」があり、その人の「連鎖」の具体的なあらわれとして、「蔵の中」という作品があることになる。「蔵の中」ということば＝言語表現の「イメージ喚起力」にも注目しておきたい。

「暗夜行路」はすぐに志賀直哉の作品を想起させるが、「真珠郎」が発表された時点では「暗夜行路」は完結していなかったことを、山口直孝が指摘している（二「純粋小説」としての『白蠟変化』―一九三〇年代の横溝正史の一断面」『横溝正史研究４』戎光祥出版、二〇一三年）。

「はじめに」で述べたように、本書は「ロマン（roman）」とテキストの変容＝「transform」とを二つの観点として、「横溝正史の日本語」を観察していこうと思う。本章はその最初の章として、具体的にどのようなやりかたで「roman」と「transform」とを話題にしていくかという「モデル」

を示した。「連鎖」は本書のもう一つの観点といってよい。本書の一つ一つの章は他の幾つかの章とかかわりをもつ。その「連鎖」も楽しんでいただければと思う。

注1 「この本を出版するに当つて―国語に対する一つの意見―」には次のようにある。

次に、このなかの文章について、ちよつと述べておきたいと思ひます。私は考へるところがあつて、この書物では、いつさい、ふり仮名を使はないことにいたしました。ふり仮名をつけないといふことは、ことさらお断りをするほど、特別な書き方ではありません。国民が守らなければならない法律の條文には、ふり仮名がありません。学者の書く論文にもありません。しかし、かういふ文章は、残念ながら大多数の国民には読めません。もつとも、学術上の研究論文のやうなものは、特殊のものですから、いつぱんの人に理解出来なくつても、やむを得ないと思ひますけれども、国民が日常知つてゐなくつてはならない法律のやうなものが、現在のやうな文章であることは、どういふものでせう。もう少し民衆に親しめる、分りよいものにはならないものでせうか。

また、「改造」や「中央公論」のやうな雑誌に出てゐる文章にも、ふり仮名がついてをりません。ふり仮名をつけない点は、私も大いに賛成なのですが、あれに載つてゐるものの大部分は、かなりむづかしい文章なので、いつぱんのものは手に取らうともしないやうです。もちろん、かういふ雑誌は知識階級を読者とするのであつて、大衆を相手にするものではないのでせうが、もと〱、専門の学術雑誌ではないのですから、もう少し書きやうがあると思ひます。あの中には、たいへん立派なものがいくらも載つてをりながら、—さういふものこそ、大勢の人の目にふれなくつてはいけないと思ふものがありながら、文章が固いために、一部の人にしか読まれないのは、実に残念なことです。よい論文、よい作品といふものは、知識階級にだけ読まれゝば、それでよいといふものではありますまい。文章をやさしく書いたからといつて、執筆者の品位や、雑誌のガラが落ちるものでは、断じてありません。（略）

いつたい、立派な文明国でありながら、その国の文字を使つて書いた文章が、そのまゝではその国民の大多数のものには読むことが出来ないで、いつたん書いた文章の横に、もう一つ別の文字を列べて書かなければならないといふことは、国語として名誉のことでせうか。（略）これからの世の中は、ます〳〵せはしくなつて行くばかりなのに、同じ意味のことを、年中二重に書いたり、二重に印刷してゐるやうなことで、今後の時代によく対応して行けるでせうか。世界の一流国をもつて任ずる国家が、その国の文章をかういふまゝで放任しておくといふ事は、まことに解しかねる次第です。

しかし、現在の日本では、ルビをつけることを、さして怪しむ人はないやうです。誰でもこれを当りまへの事のやうに思つて、へいきな顔をしてゐます。が、考へやうによると、こんなさけない国字の使ひ方をしてゐるのは、文明国として実に恥かしいことだといはなければなりません。近頃私はルビを見ると、黒い虫の行列のやうな気がしてたまりません。なぜ、あのやうな不愉快な小虫を、文章の横に這ひまはらしておくのでせう。

注2

『日本国語大辞典』第二版は見出し「もんどり」「もどり」「とんぼがえり」を次のように説明し

ている。

もんどり【翻筋斗】〔名〕（「もどり（翻筋斗）」の変化した語）からだを空中で一回転させて立つこと。宙返りをすること。とんぼがえり。＊元亀本運歩色葉集〔１５７１〕「筋斗モンドリ」＊俳諧・桜川〔１６７４〕夏一「もんとりや山彦のやまほとときす〈維舟〉」＊俳諧・五万才〔１８０１〜０４〕四「山雀ももんどり仕込む秋の閑」＊随筆・嬉遊笑覧〔１８３０〕四下「とんぼがへり蜻蜓の飛さまをいふ。先へさしてゆき仰に返りうつをいふもんどりといふ是なり」

もどり【翻筋斗】〔名〕「もんどり（翻筋斗）」に同じ。＊俳諧・崑山集〔１６５１〕九・秋「山からはくるりくるみのもとり哉〈政信〉」

とんぼがえり【蜻蛉返・筋斗返】〔名〕（勢いよく飛んでいたトンボが、急に後ろへ身をひるがえすさまからいう。「とんぼかえり」とも）（一）空中で身体を回転させること。宙返りをすること。また、両手・両足を開いて、身体を車輪のように横へ回転させていく遊戯。とんぼうがえり。＊俳諧・たれが家〔１６９０〕二「浮鴨の頭からげの水櫛ぞ〈才麿〉筋斗（トンホカヘリ）を胡（きた）のたはぶれ〈其角〉」＊浮世草子・新色五巻書〔１６９８〕一・四『是は二座に付ておきや』と、欲に目玉のとんぼがへり」＊咄本・軽口機嫌嚢〔１７２８〕二・めかりせぬは人形も「きん所のともだち子共十四五人、大かぐらやらとんぼがへりやら、こころまかせにくるはして」＊蒲団〔１９０７〕〈田山花袋〉三「お膳の筋斗（トンボ）かへりを打つのにも頓着しなかったが」＊桐の花〔１９１３〕〈北原白秋〉春を待つ間・戯奴「ほこりかにとんぼがへりをしてのくるわかき道化に涙あらすな」（二）ある場所へ、行ってすぐひき返してくること。とんぼうがえり。＊浮世草子・御前義経記〔1700〕八・二「一家不残（のこらず）とんぼがへりして湊に出むかひ」＊滑稽本・七偏人〔1857〜63〕四・下「自己（おいら）の所へ来ようといふ盃が、後のはうへ蜻蛉（トンボ）がへりをして仕舞たア」＊土〔1910〕〈長塚節〉四「彼は蜻蛉返（トンボガヘリ）に返って来た」＊月は東に〔1970〜71〕〈安岡章太郎〉一「トンボ返りに帰ってはならないという理由はなさそうだからだ」（以下略）

現代日本語においても、「とんぼがえり」には〈宙返り〉と〈目的地へ行って用事をすませ、すぐに引き返すこと〉と二つの語義があるが、過去においてもそうであった。〈宙返り〉が「モドリ」「モンドリ」にあたる。見出し「もんどり」の使用例としてあげられている、元亀本『運歩色葉集』によって、漢字列「筋斗」と「モンドリ」とが、十六世紀においてすでに結びついていたことが確認できる。見出し「とんぼがえり」の使用例の中にも漢字列「筋斗」を確認することができる。

漢字列「筋斗」は〈もんどりうつこと・とんぼがえり〉という語義をもつ漢語「キント」にあてられるもので、そのことからすれば、初出の「筋斗《もんどり》」を退けなければならない理由はまったくないといってよい。

注3　エッセイ「色紙と私」について、WEBサイト「横溝正史エンサイクロペディア」には「当時私は岡山県吉備郡岡田村字桜というところに疎開していて、本格探偵小説なるものを書いていた。

田舎にいるとすぐ名士にされてしまう。ある席でどうしても色紙を書かざるをえないはめになって、苦しまぎれに書いたのが、／謎の骨格に／論理の肉附けをして／愛情の衣を着せましょう／と、いうメイ文句である。その後、愛情はいささか星や菫すぎると思ったので、浪漫の衣を着せましょうと改めた」とある。「色紙と私」の引用はさらに「字のヘタな私には少し字数が多すぎる。もっと短いメイ文句はないかと思っているころ、さる開業医さんのご招待を受けた。そこの座敷の扁額に「鬼手佛心」と、書いてあるのを見て感心した。なるほどこれが医家の心構えかと思ったので、この言葉は「獄門島」に採用させてもらった。それをいろいろもじっているうちに、／「鬼想佛心」／と、いう言葉が出来あがった」と続く。

『日本国語大辞典』第二版は「鬼手仏心」を「見た目には情け容赦がないようだが、実は相手のためを思う意向に発すること。外科医の、身体を切り開く残酷な手術と、それによって患者を救おうとする心のことなどにいう」と説明している。「鬼手仏心」は実際には「獄門島」ではなく、「八つ墓村」にみられることも「横溝正史エンサイクロペディア」が指摘している。

注4　中田耕治は『鬼火（完全版）』（一九六九年、桃源社）の「解説」において、「この作品集におさめられた八篇は、『面影双紙』が昭和八年、『孔雀屛風』が昭和十五年に発表されているほか、あとは十年、十一年に集中している。もとより偶然にすぎないが、文学史的に見れば、上海事変、満州事変、さらに中日戦争に発展して行く時代のなかで、右翼文学の急速な退潮、いわゆる昭和十年作家たちの擡頭といった動きのなかで書かれたものである。このことはやはり考察しておく必要があるのだが、ここではふれる余裕がない。ただ、横溝正史の語りくち（ナレイティヴ・スタ

イル）が、まず報告、説明といった要素をもち、そこから小説としてのムーヴメントが起って事件の分析に移り、最後にそれをしめくくる枠組をもっていることが、私の興味を惹く。具体的にいえば、岡本綺堂の『半七捕物帳』のナレーションに近い。と同時に、江戸川乱歩のナレーションをもつよく連想させるものである。このスタイルは横溝正史が完成したものと私は考える。論証は避けるが、このナレーションが彼の妖美な想像をささえたところにまさしく独創性があり、たとえば『真珠郎』のもつトランスヴェスティズム（女装、男装の趣味）があれほど迫真的にあらわれたことに私は横溝の特殊な構想力、特殊な精神の異相をみとめる。ここには、乱歩の『大暗室』のような類型的な描写はない。ここに作家としての横溝の大きさもあった。『蔵の中』で、主人公は生前に愛していた人形や、オルゴール、遠眼鏡、草双紙など、さまざまな過去の幻や魑魅魍魎にとりかこまれ、姉の形見の友禅の振り袖を身にまとって化粧し、自殺する。このトランスヴェスティズムの描写の妖しさは、『真珠郎』の最後の意外性の美しさと共通しているし、この作家のエロティシズムへの志向の性質を物語っている。と同時に、眼に見えない災禍が、くろい雲をひろげてのしかかっているような旧家の悲劇が、のちの『本陣殺人事件』につながっていることに、一つの主題（シャーロック・ホームズが『ぶなの木群れ』The Copper Beeches で旧家の悲劇について正史とほぼおなじ思想を表明している。横溝がホームズを意識したことは疑いを入れない。「金田一耕助」は、彼のホームズなのだ）をひたすら熟化させ、深めてゆく姿勢がある」（三一八〜三二〇頁）と述べている。中田耕治が正史の語りの「枠組み」をとらえていることには注目しておきたい。右では主題を「熟化させ、深めてゆく」と述べられている。そうした「みかた」

はもちろん成り立つが、稿者は、むしろできあがった「かたち」に安住できず、別の「かたち」に変えていく、「トランスフォーム」に正史の特徴があるとみたい。

注5 「真珠郎」はいわゆる「由利麟太郎物」であるが、三回のテレビドラマ化（一九七八年のTBS「横溝正史シリーズⅡ」（全三話）・一九八三年のテレビ朝日系土曜ワイド劇場「横溝正史の真珠郎金田一耕助の愛した女〝怪しい美少年の正体は……〟」・二〇〇五年のTBS月曜ミステリー劇場「名探偵・金田一耕助シリーズ32 神隠し真珠郎」）にあたっては、「金田一耕助物」に変えられている。「椎名耕助」は「金田一耕助」を思わせるのであって、そのことから、最初からそうした「芽」を内包していたとみることもあるいはできるか。

注6 江戸川乱歩は『幻影城』の巻末付録において「黄金時代ベスト・テン」を発表している。その第一位がフィルポッツの「赤毛のレドメイン家」であった。以下、二位はルルウの「黄色の部屋」、三位はヴァン・ダインの「僧正殺人事件」、四位がロスの「Yの悲劇」、五位がベントリーの「トレント最後の事件」、六位がクリスティーの「アクロイド殺し」、七位がカーの「帽子蒐集狂事件」、八位がミルンの「赤色館の秘密」、九位がクロフツの「樽」、十位がセイヤーズの「ナイン・テイラーズ」で、「別格」としてルブランの「８１３」、シムノンの「モンパルナスの死」があげられている。「赤毛のレドメイン家」は乱歩が選ぶ黄金時代ミステリーBEST10①『赤毛のレドメイン家』（一九九九年、集英社文庫）に収められている。「赤毛のレドメイン家」と『真珠郎』とのかかわりについては、中沢弥が「美しき不在―『真珠郎』と一九三〇年代」（二〇一三年）において、「まず、『真珠郎』が下敷きとしたとされるのが、フィルポッツの『赤毛のレドメイン家』（一九二

二年）である。殺人事件の渦中にいる人物が探偵役をつとめて誤った方向に導かれてしまうところは、『真珠郎』における椎名耕助の役どころに重なるし、自然に恵まれた湖畔が舞台になるなど、正史が取り入れた要素は多い。フィルポッツの作品は、ちょうど翻訳が『世界探偵名作全集1』（柳香書院 一九三五年）に「赤毛のレドメイン一家」として収録されて刊行されたばかりであった。正史の回想によれば、上諏訪で静養中にこの翻訳を読んだという。正史は、作中に登場するコモ湖のたたずまいを静養先にある諏訪湖と重ねて読んでいたかも知れない。そうすると『真珠郎』に登場するN湖畔は、設定上は異なるが諏訪湖のイメージをも含む可能性がある」（『横溝正史研究』4、一三三〜一三四頁）と述べている。正史は諏訪湖にちかい上諏訪で静養をしていた。その時にフィルポッツの「赤毛のレドメイン家」を読んだ。「赤毛のレドメイン家」にはコモ湖が描かれている。だから、「真珠郎」の「N湖畔」には「赤毛のレドメイン家」を通じて正史が思い描いたコモ湖のイメージが投影されている、ということであれば理解できるが、「コモ湖のたたずまい」を「諏訪湖と重ねて読んでいたかも知れない」から、「N湖畔」には「諏訪湖のイメージをも含む可能性がある」ということになると、「真珠郎」の「N湖畔」にはコモ湖と諏訪湖と双方のイメージが投影されているということなのだろうか。そういう主張であるならば、ここの描写はコモ湖のイメージ、ここの描写は諏訪湖のイメージと、分けて指摘する必要があろう。「可能性がある」という指摘であれば、さまざまな「可能性」がつねにあることになる。言語表現としてアウトプットされている作品があるイメージを含むと主張するのであれば、その主張を言語表現のレベルで提示する必要があると稿者は考える。

注7『日本近代文学大事典』第三巻（一九七七年、講談社）の見出し「椋鳩十」には「父は牧場経営、少年時代父に伴われ、伊那、赤石山系を渉猟した体験が、後年の山窩小説、動物文学への志向につらなる」「この時期［引用者補：法政大学を卒業して加治木高等女学校の教師になった時期］に、かねての山野渉猟の体験を生かして山窩小説をまとめる。短篇集『山窩調』（昭八・四 私家版）で椋鳩十のペンネームを使用、『鷲の唄』（昭八・一〇春秋社）を出版し、山窩小説家として注目され『山窩譚』（「毎日新聞」）『山の天幕』（「朝日新聞」）などを発表した。浪漫的で人間主義的な山窩生活を、自然と野性の動物と密着した一体感をもって描きあげた。やがて日華事変が起こり軍国主義の高潮につれて反時局的と目される山窩小説は、しだいに発表の場を失っていく。「少年倶楽部」の編集にたずさわっていた須藤憲三にすすめられ少年のための動物小説を書きはじめる。これが動物文学への転機となった」とある。

注8　例えば、山窩小説傑作選『サンカの民を追って』（二〇一五年、河出文庫）には田山花袋「帰国」、堺利彦「山窩の夢」、小栗風葉《おぐりふうよう》「世間師」、岡本綺堂「山の秘密」、国枝史郎「山窩の恋」、中村吉蔵「無籍者」、椋鳩十「盲目の春」、葉山嘉樹《よしき》「凡父子」、井伏鱒二「九月十四日記 山窩の思い出」、細島喜美《ほそじまよしみ》「野性の女」が収められている。岡本綺堂（一八七二～一九三九）の父親は英国公使館につとめており、綺堂は十代からすでに洋書に親しんでいたことが知られている。日下三蔵編、怪奇探偵小説傑作選1『岡本綺堂集青蛙堂鬼談』（二〇〇一年、ちくま文庫）の「解説」には「イギリスでコナン・ドイルが執筆していたシャーロック・ホームズものを愛読していたという。大正五（一九一六）年、綺堂四十四歳のときに、ホームズ譚の江戸版を意図して書き始めたのが今も読

み継がれる名作〈半七捕物帳〉であった。ホームズものが発表されたのは、一八九一年から一九二七年にかけてだから、まさに同時代に生まれつつあった近代的推理小説を、逸速く取り入れた訳で、そのセンスには驚かされる。なにしろ、横溝正史のデビューが大正十年、江戸川乱歩のデビューが大正十二年であるから、綺堂は日本における本格ミステリの先駆者でもあった訳だ。そんな綺堂の業績のなかで、もう一つ見逃すことの出来ないのが、怪奇小説の分野での活躍である」「綺堂は少年時代から怪談ものの草双紙を愛読していたというから、その怪奇趣味は筋金入りで、長じて洋書を渉猟するようになってからは、探偵小説と同時に怪奇小説にも広く目を通していた。綺堂は昭和四年、当時流行だった文庫版ハードカバーの叢書〈世界大衆文学全集〉（改造社）の一巻として、『世界怪談名作集』を編訳しているが、その作品選択の見事さには驚嘆の他はない」（四九四〜四九五頁）とある。「捕物帳」「怪奇探偵小説」「外国文学の翻訳」という要素は正史とぴったりと重なり合う。

注9　中島河太郎は「乱歩も正史も作家になる前から宇野浩二の作品が好きで、正史が乱歩との初対面で、「二銭銅貨」を読んだとき、宇野が変名で書いたのではないかと思ったといった。乱歩は「お世辞にもせよ、そういわれると悪い気持はしなかった」と書いているが、これは人のよさをまる出しにしたもので、乱歩がいかに宇野の文体をそっくり真似ていたかということの裏返しにもなる」（『日本推理小説史』第三巻、一九九六年、東京創元社、一九二頁）と述べている。なお、WEBサイト「横溝正史エンサイクロペディア」の「三つの「蔵の中」を読む—宇野浩二・江戸川乱歩・横溝正史」においては、この『日本推理小説史』にふれながら、「中島河太郎は、『新版横溝

正史全集2　白蠟変化』（講談社、1975／6）解説や、『蔵の中・鬼火』（角川文庫緑302・21、1975／8、旧タイトル『鬼火』）解説においても、同様な文章を記している」と述べられているが、『新版横溝正史全集2』「解説」には「かつて乱歩は本篇［引用者補：「面影双紙」のこと］以後の作品に触れて、著者［横溝正史のこと］が谷崎潤一郎の作品を愛し、「意識してか無意識にかその着想を借りて来ることがしばしばである」といい、本篇と「或る少年の怯れ」、「鬼火」と「金と銀」、「蔵の中」と「呪われた戯曲」とには、一部ではあるがその明らかな類似を見ると述べたことがある」（三〇〇頁上段）とあり、谷崎作品と横溝作品との「明らかな類似」を乱歩が語ったことについては述べられているが、宇野浩二については述べられていない。角川文庫『鬼火』「解説」にも「江戸川乱歩は著者［横溝正史のこと］が谷崎潤一郎の作品を愛し、「意識してか無意識にかその着想を借り来ることがしばしばである」といい、『鬼火』と『金と銀』、『面影双紙』と『ある少年の怖《おそ》れ』、『蔵の中』と『恐ろしき戯曲』とには、一部ではあるがその明らかな類似を見ると述べている」（二七一頁）とあり、やはり宇野浩二についてはふれられていない。

「鬼火」のテキスト群

■「鬼火」の初出と初版

「鬼火」は横溝正史の大患後第一作として雑誌『新青年』の第一六巻第三号（一九三五〈昭和一〇〉年二月）と第一六巻第四号（同三月）に連載された。図1は第一六巻第三号の冒頭の見開きページ（一八・一九ページ）、図2は同号の三六ページと四七ページである。挿画は竹中英太郎。ともに、日本近代文学館に蔵されている『新青年』当該号の複写をもとにした画像である。後者にはページを破りとったようなあとが少しみられるが、この号の三七〜四六ページは、削除されている。そのことについて、正史は『横溝正史全集1』の「作者付記」において次のように述べている。

この小説は「新青年」の昭和十年二月号と三月号の二回にわたって分載されたものだが、第一回分は雑誌発表後ただちに差し押えられ、数ページ削除の憂き目にあった。当時の「新青年」の編集長、水谷準君の説によると、姦通のシーンが、検閲当局の忌避に触れたのであろうと。作者はやむなく、後日単行本として出版する際、削除された部分を適当に改訂しておいたのだが、その時作者の処置に慎重な配慮を欠いたがために、改訂以前の原作は作者の手許から失

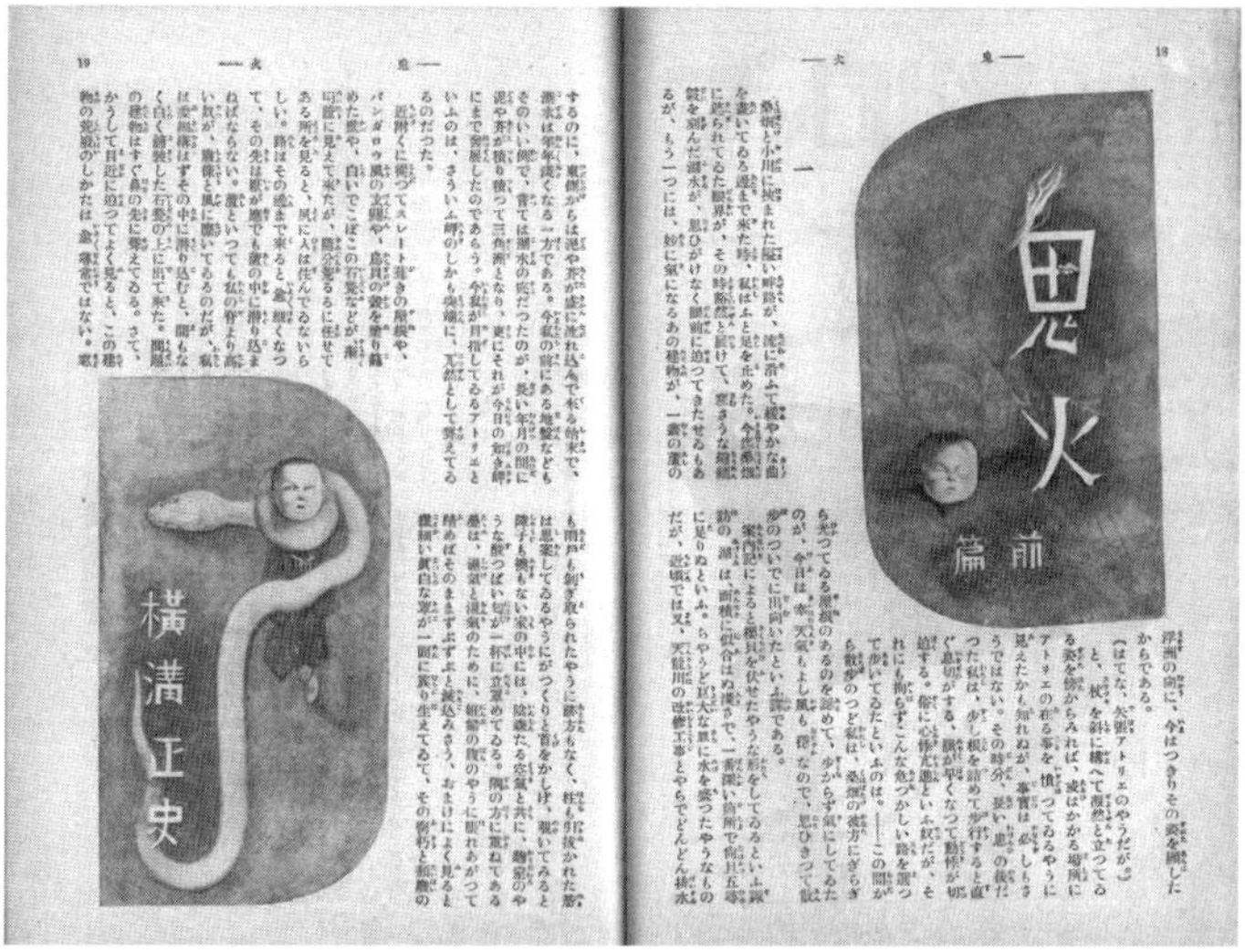

図1「鬼火」第一回 18・19頁（『新青年』16-3）

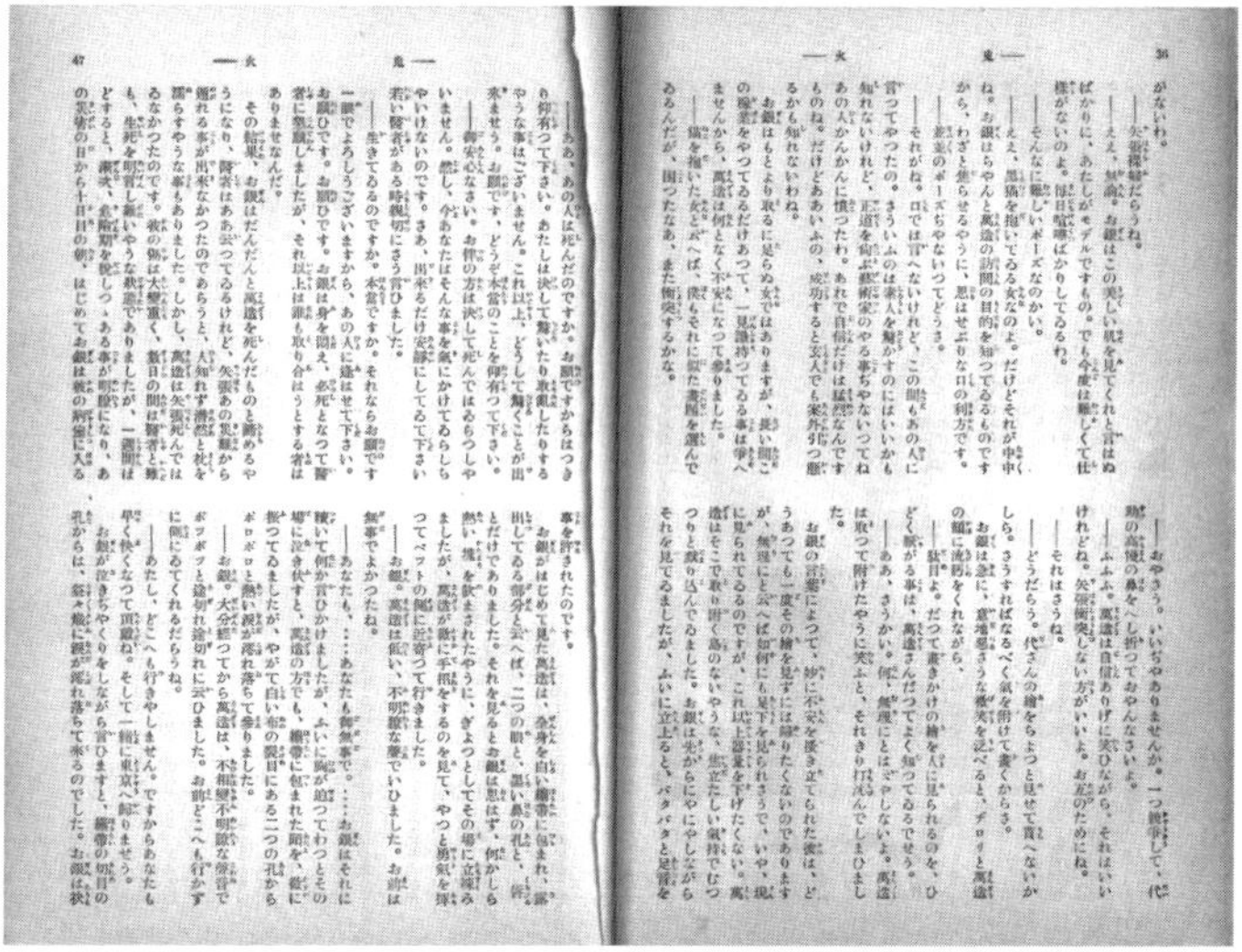

図2「鬼火」第一回 36・47頁（『新青年』16-3）

われてしまった。従って戦後幾度か刊行されながら、それらはすべて改訂版によるものであった。

ところが昨年「桃源社」からこの小説を刊行する際、中井英夫氏（塔晶夫氏）が削除以前の「新青年」を所持していられることが判明し、氏の親切な申し出によって、はじめて削除された部分が、改訂版の末尾にゴチック活字として陽の目を見た。

作者はこの小説を本全集に入れるに当たって、桃源社版を参照して、もう一度削除以前の原作に復原しようと試みたのだが、改訂版には改訂版としての存在があり、それをいま復原するということが、いかに困難な仕事であるかを痛感した。したがって桃源社の編集氏の故智にならって、改訂版の末尾に削除された文章を付け加えるだけにとどめておいた。そのほうが桃源社の編集氏も指摘していられるとおり、当時の検閲制度の一端を、御推察いただけるかと思ったからである。

いまこの小説を全集に収めるに当たって、改めて中井英夫氏並びに桃源社の編集氏に厚く御礼を申し上げるしだいである。

昭和四十五年六月十五日 作者誌是

（『横溝正史全集1』一九七〇年、講談社）

したがって、「鬼火」には『新青年』に発表された「初出版本文」と『鬼火』（一九三五年九月、春秋社）出版にあたって削除箇所を（結果として）書き改めた、右で正史が「改訂版」と呼んでいる「初版本文」とがあることになる。

■「鬼火」の諸テキスト

日下三蔵編、横溝正史ミステリ短篇コレクション2『鬼火』（二〇一八年、柏書房）には「「鬼火」を表題とする横溝正史の著書」（四八五頁）があげられているので、それを参考にしながら整理する。

①『鬼火』（一九三五年、春秋社）……初版
②『鬼火』（一九四七年、美和書房）
③『鬼火』（一九五一年、岩谷書店）
④『鬼火』（一九五六年、東方社）……初版本文（一九六一年・一九六三年版あり）
⑤『鬼火 完全版』（一九六九年、桃源社）……初版本文＋末尾に初出本文（一九七二年、一九七五年版あり）
⑥『横溝正史全集1真珠郎』（一九七〇年、講談社）（黒版全集）……初版本文＋末尾に初出本文
⑦『新版横溝正史全集2白蠟変化』（一九七五年、講談社）（白版全集）……初出本文
⑧『鬼火』（一九七五年、角川文庫）……初版本文
⑨『日本探偵小説全集9 横溝正史集』（一九八六年、創元推理文庫）……初版本文
⑩ふしぎ文学館『鬼火』（一九九三年、出版芸術社）……初版本文
⑪『怪奇探偵小説傑作選2 横溝正史集』（二〇〇一年、ちくま文庫）……初版本文
⑫『怪奇ホラーワールド1 妖美の世界』（二〇〇一年、りぶりお出版）……初出本文
⑬「鬼火 オリジナル版」（二〇一四年七月号『小説野性時代』）
⑭『鬼火オリジナル完全版』（二〇一五年、藍峯舎）

⑮　横溝正史ミステリ短篇コレクション2『鬼火』（二〇一八年、柏書房）

⑮の「編者解説」において、⑧では「本文中に削除部分を入れる形で復元がなされたが、全体的なテキストは、改訂バージョンがそのまま活かされた折衷《せっちゅう》バージョンとなっている」、⑨は「部分的に改訂版を採用（十一、十二章の一部。および十三章が改訂版）」、⑩⑪も「これに倣っている」（四八七頁）と述べられており、さらに⑬について、「著者による直筆原稿が発見されたことから、角川書店の文芸誌「小説野性時代」二〇一四年七月号に「鬼火」オリジナル版」として原稿から起こしたテキストが掲載され、初出の「新青年」から引き継がれてきた数々の誤植が訂正された」と述べられている。

⑭について⑮の「編者解説」は「初出時の竹中英太郎《たけなかえいたろう》の挿絵を原画から復刻した限定二五〇部の豪華本である（現在は完売）」と述べている。⑮については「角川文庫版のテキストを収録した上で、ご遺族から直接原稿をお借りして新たに活字を組んだオリジナル版も収録した。ただ、本書では改訂版の改訂箇所が判らなくなってしまう。そこで、改訂版から折衷版で差し替えられた部分を抜粋して巻末にまとめておいた」（同前）と述べている。ちなみにいえば、⑮は、「鬼火を表題とする横溝正史の著書」について述べているので、⑥⑦⑫についてはふれられていない。それはそれで一つの「みかた」であろうが、「鬼火」を一つのまとまったテキストと考えれば、それが「表題」になっているかどうかはかかわりがない、ともいえよう。

■検閲がうんだ改訂バージョン

テキスト⑬には日下三蔵が執筆した「生原稿「鬼火」解説」が添えられている。この「解説」には次のようにある。「鬼火」テキストの「本文」の違い及び自筆原稿についてわかりやすくまとめられているので、引用しておくことにしたい。

「「鬼火」は」「新青年」に前後篇として掲載された力作であったが、前篇の愛欲シーンが当局の忌諱《きき》に触れ、検閲で削除を命じられてしまう。いま読むとたいした描写でもないのにと驚かされるが、そういう時代だったのである。

そのため三五年に春秋社から作品集『鬼火』が刊行された際に、正史は削除部分を補って改訂バージョンとした。以後、四七年の美和書房版、五一年の岩谷書店版、五六年および六二年の東方社版など、「鬼火」のテキストには、この改訂バージョンが使われてきた。

状況が変わったのは六九年に桃源社から『鬼火 完全版』が刊行されてからである。『虚無への供物』で知られる作家の中井英夫が、たまたま削除を免れた「新青年」の当該号を所持しており、その提供によって削除部分が改訂バージョンの末尾にゴチック体で付記されたのだ。七〇年に講談社から刊行された『横溝正史全集』でも桃源社版と同じ形で収録されている。

七五年に角川文庫で短篇集『鬼火』が刊行された際には、削除部分が復元されているが、全体的なテキストは、改訂バージョンがそのまま活かされている。以後はこの折衷バージョンがスタンダードとなり、八六年の創元推理文庫『日本探偵小説全集9 横溝正史集』、九三年の出版芸術社『ふしぎ文学館 鬼火』、二〇〇一年のちくま文庫『怪奇探偵小説傑作選2 横溝正史集 面影双紙』などには、若干の異同があっても基本的に折衷バージョンで収録されている。

この度、この「鬼火」の生原稿がご遺族の厚意で本誌に再録されることとなった。単行本化の際の改訂箇所をすべて初出の形に戻したテキストがあれば、それにもっとも近いものといえるが、正史は削除箇所以外にも大幅に手を加えているので、詳細に見比べてみると細かい部分に異同があって興味をそそられる。

また「鬼火」の枚数は、正史の回想でも百六十枚としてあるものと百八十枚としてあるものがあったが、実際は百五十六枚であることが分かった。

同じ折衷バージョンでも、角川文庫版が改訂版から削除箇所を復元しているのに対して、創元推理文庫版は初出を対照し、部分的に改訂版を採用している。出版芸術社版とちくま文庫版も同じテキストであり、今回の生原稿にかなり近い。

最終章に当たる第十三節は、生原稿では約十三枚の分量だが、改訂版では加筆されて二十五枚ほどになっている。

（四一〜四三頁）

ここまで述べてきたことがらを整理しておきたい。

a　横溝正史が「鬼火」の原稿を書く。……自筆原稿a

b　自筆原稿ａに基づいて『新青年』が発行される。……削除のない初出
c　初出の一部が削除される。……削除された初出
d　横溝正史が削除部分を補う。……自筆原稿ｂ　改訂バージョン
e　自筆原稿ｂに基づいて『鬼火』（春秋社）刊行。……公表された改訂バージョン

「解説」を執筆しているような方、実際の原稿に触れている方には、いわなくてもわかることなのかもしれないけれども、ここまでの「情報」で稿者がつかみかねているのは次のようなことだ。春秋社から作品集『鬼火』が刊行されるにあたって、横溝正史が初出削除部分を補った原稿をつくったことはわかるが、その原稿は、「鬼火」全体分があるのか、削除部分の原稿だけなのか。先に引用したテキスト⑬の「生原稿「鬼火」解説」によれば、「今回、亮一氏にお借りした生原稿」は「百五十六枚」とのことであるので、この「生原稿」は「鬼火」全体の原稿であることがわかる。⑬の四四頁には「正史が肺結核の療養中に復帰作として日に数枚ずつ書き上げた傑作を、検閲や後の加筆修正が入る以前の、生原稿でお送りします」と記されており、そのことから⑬が依拠しているのは「自筆原稿ａ」とみるのが自然であることになる。

「生原稿「鬼火」解説」には「正史は削除箇所以外にも大幅に手を加えている」とあるが、これは「初出」と「公表された改訂バージョン」を対照すればわかることになる。

先に、⑥『横溝正史全集１』（黒版全集）の正史による「作者付記」を引用したが、その中の「作者はやむなく、後日単行本として出版する際、削除された部分を適当に改訂しておいたのだが、そ

の時作者の処置に慎重な配慮を欠いたがために、改訂以前の原作は作者の手許から失われてしまった」とある「改訂以前の原作」が「自筆原稿ａ」にあたるものと思われ、それが⑬が依拠している「生原稿」であることになると思われる。

■初出テキストのゆくえ

「自筆原稿ａ」を誤植なく文字化《もじか》して発行すれば、「自筆原稿ａ」と「初出」とは（ほぼ）「同じ本文」ということになる。「ほぼ」は手書きと活字印刷とが「完全に同じ」であることは原理的にはないだろうという推測に基づく表現で、実際はそれは当然のこととして考慮しないことが多い。今は話柄を絞るためにそのことについてはふれないことにする。したがって、もしも「初出」の誤植箇所が、「自筆原稿ａ」と対照しなくてもわかるのであれば、それを修正すれば、「自筆原稿ａ」に限りなくちかい「本文」が得られることになる。

中井英夫が所持していた「削除のない初出」によって削除箇所がどのような「本文」であったかが具体的にわかった。⑤は「鬼火」に「附記」を加え、そこで「本篇は雑誌《新青年》へ発表当時削除処分を受けた為、その後の通行本は全て著者の削除加筆したもののみが流布されて参りました。完全なる原作の再現を期すべく、以下に原《もと》の形をそのまま雑誌より転載して読者各位の参考に供し、併せて当時の検閲制度の一端を御推察戴きたいと思います。（ゴチック体が削除部分）」と述べる。

先に整理するにあたって、⑤については「初版本文＋末尾に初出本文」と述べた。「初版本文」は「公表された改訂バージョン」なので、「完全版」を謳う⑤桃源社版の「本文」は「改訂バージージョン全体」と「削除部分にあたる初出バージョン」とがわかるようになっている「折衷バージョン」であることになる。

『横溝正史研究4』（二〇一三年、戎光祥出版）には、浜田知明による「「鬼火」新旧対照表―削除処分にともなう改訂箇所」が掲載されている。「新旧対照表」の解説においては次のように述べられている。


「作者付記」にもあるとおり、「鬼火」は初出誌で頁切り取りの削除処分を受け、初刊本（春秋社、昭和十年九月）で当該箇所が書き改められた（正史はこれを「改訂版」と記している）。

その後はこの改訂版が流布し、桃源社の『鬼火 完全版』（昭和四十四年十一月）で、改訂版の末尾に付記する形で初出版が復元された。講談社の全集版（昭和四十五年九月）でも、その形が踏襲されている。

その後は改訂箇所を初出版で置き換えた形で流布するようになり（唯一、例外は、講談社版をテキストにした、りぶりお出版の大活字本『怪奇ホラーワールド1 妖美の世界』平成五年三月）、かつてとは逆に改訂版の方が読めなくなっている。

本号では、初出版と改訂版を上下段に配して参照しやすくし、普及本の該当頁を付記した。

角川…角川文庫（7版で文字遣いを改めたため頁数に異同が生じている。17版以降は『鬼火・蔵の中』と改題）

創元…創元推理文庫『日本探偵小説全集9・横溝正史集』

出版芸術…出版芸術社　ふしぎ文学館『鬼火』
ちくま…ちくま文庫『怪奇探偵小説傑作選2・横溝正史集』
◎テキストには講談社の全集版を用い、初出誌・初刊本と校合した。結果として、両者を新かな・新字体としたものになっている。（浜田知明）
（一三二頁）

「初出」は〈はじめてでること〉であるので、文字化されて初めて公表されたテキストが初出テキストということになる。「鬼火」の場合は、雑誌『新青年』に公表されたものが「初出テキスト」にあたる。右の解説では「初出版」という表現が使われている。ことがらをわかりやすくするために、少し整理してみる。中井英夫が所持していた無削除の『新青年』がまさしく「初出テキスト」ということになる。上の段に、この「初出テキスト」の画像を置き、下の段に、①のテキスト、すなわち一九三五年に春秋社から出版された『鬼火』の「本文」を置くとしよう。右の解説では「改訂版」とされる。このようにすれば、アウトプットされた「初出本文」と「改訂版」すなわち「初版本文」を（それをみた人自身が）対照することができる。

⑤の『鬼火完全版』（桃源社）は末尾（六二一〜六四頁）に、「初出テキスト」の、削除された箇所のみをゴチック体で掲げている。「新旧対照表」は、この「初出テキスト」において削除された箇所についての「対照表」で、「初出テキスト」全体と「初版テキスト」（春秋社版）全体の対照表ではない。そしてまた、一九七〇年九月に出版されている「講談社の全集版」（黒版全集）の「本文」を「初出テキスト」の削除箇所として掲げている。

図2として掲げた、削除された『新青年』の「本文」をみればわかるように、「初出テキスト」はいわゆる「総ルビ」で、漢字字体は「康熙《こうき》字典体」、「かなづかい」は「現代かなづかい」ではなく、促音には並字の「つ」をあてている。「講談社の全集版」(黒版全集)はどこにもそれが明示されていないと思われるが、全集としての編集方針はあるはずで、今それを稿者が推測すれば、漢字については一九四六年に内閣告示された「当用漢字表」に、「かなづかい」については同じ年に内閣告示されている「現代かなづかい」に従っていると思われる。それは「完全版」を謳うテキスト⑤においても同様で、中井英夫が所持していた「初出テキスト」に基づいて、公表された削除箇所は、最初から、いわゆる新字・新仮名に変えられており、「初出テキスト」そのものではなかった。つまり、漢字字体や「かなづかい」は「本文」にはかかわらないことがらとみなされていたといってよい。そうした「本文観」は現在までそのまま続いているといえるだろう。

「新旧対照表」は「新字・新仮名に変えられた初出テキストの削除箇所」と「新字・新仮名に変えられた初版テキストの対応箇所」とを対照したものということになる。わかりやすい対照であるが、その一方で、稿者などは、「薄い膜越しの対照」に感じる。

それはそれとして「鬼火」の初出本文と初版本文とがどのように異なるかについては、右の「新旧対照表」によってわかるし、テキスト⑤や⑥によってもわかる。

■テキストの文字化《もじか》

ここからは、日本近代文学館所蔵の『新青年』第一六巻第三号より図1(71頁)の翻字を示し、これを起点としてテキストの文字化について稿者の考えを述べることにする。
　初出本文は漢数字以外のすべての漢字に振仮名を施す、いわゆる「総ルビ」であるが、ひとまず振仮名を省いて示し、振仮名にかかわることがらについて述べるにあたっては補うことにする。また漢字字体は本書の「凡例」の方針に従って、常用漢字表に当該漢字が載せられている場合は、載せられている漢字字体に従い、載せられていない場合は、適宜判断する。行頭に番号を附す。

翻字

1　　桑畑と小川に挟まれた隘い畦路が、流に沿ふて緩やかな曲
2　を画いてゐる辺まで来た時、私はふと足を止めた。今迄桑畑
3　に遮られてゐた眼界が、その時豁然と展けて、寒さうな縮緬
4　皺を刻んだ湖水が、思ひがけなく眼前に迫つてきたせゐもあ
5　るが、もう一つには、妙に気になるあの建物が、一叢の蘆の
6　浮洲の向に、今はつきりその姿を顕した
7　からである。
8　《はてな、矢張アトリエのやうだが。》
9　　と、杖を斜に構へて凝然と立つてゐ
10　る姿を傍からみれば、或はかかる場所に
11　アトリエの在る事を憤つてゐるやうに

見えたかも知れぬが、事実は必しもさうではない。その時分、長い患の後だつた私は、少し根を詰めて歩行すると直ぐ息切がする、脈が早くなつて動悸が切迫する。俗に心悸亢進といふ奴だが、それにも拘らずこんな危つかしい路を選つて歩いてゐたといふのは。――この間から散歩のつど私は、桑畑の彼方にぎらぎら光つてゐる屋根のあるのを認めて、少からず気にしてゐたのが、今日は幸天気もよし風も穏なので、思ひきつて散歩のついでに出向いたといふ訳である。

　案内記によると桜貝を伏せたやうな形をしてゐるといふ諏訪の湖は、面積に似合はぬ浅さで、一番深い箇所で尚且五尋に足りぬといふ。ちやうど巨大な皿に水を盛つたやうなものだが、近頃では又、天龍川の改修工事とやらでどんどん排水するのに、東側からは泥や芥が盛に流れ込んで来る始末で、湖水は年年浅くなる一方である。今私の前にある地盤なども そのいい例で、嘗ては湖水の底だつたのが、長い年月の間に泥や芥が積り積つて三角洲となり、更にそれが今日の如き岬にまで発展したのであらう。今私が目指してゐるアトリエといふのは、さういふ岬のしかも突端に、兀然として聳えてゐるのだつた。

　近附くに従つてスレート葺きの屋根や、バンガロウ風の玄関や、烏貝の殻を塗り籠めた壁や、白いでこぼこの石甃などが、漸明瞭に見えて来たが、随分荒るるに任せてある所を見ると、夙に人は住んでゐないらしい。路はその辺まで来ると愈細くなつて、その先は厭が応でも蘆の中に潜り込まねばならない。蘆といつても私の脊より高い奴が、蕭條と風に靡いてゐるのだが、私は委細構はずその中に潜り込むと、間もなく白く舗装した石甃の上に出て来た。問題の建物はすぐ鼻の先に聳えてゐる。さて、かうして目近に迫つてよく見ると、この建物の荒廃のしかたは愈尋常ではない。窓も雨戸も剥ぎ取られたやうに跡方もなく、柱も引抜かれた簷は思案してゐるやうにがつくりと首をかしげ、覗いてみると障子も襖もない家の中には、陰森たる空気と共に、麹室のやうな酸つぱい匂が一杯に立罩めてゐる。隅の方に重ねてある疊は、湿気と温気のために、妊婦の腹のやうに脹れあがつて踏めばそのままずぶずぶと滅込みさう、おまけによく見ると繊細い真白な蕈が一面に簇り生えてゐて、その腐朽と頽廃の

『鬼火 完全版』を謳うテキスト⑤の「解説」（中田耕治執筆）には「ところで、『鬼火』は、《新青年》昭和十年二月、三月号に連載されたものだが、発表されたのち、当時の検閲の忌避にふれて削除処分をうけた。したがって、これまで原作の完全な復原はなされずに終った。この桃源社版の『鬼火』は完全な復原であることを附記しておく。（中井英夫氏提供）」（三二〇～三二一頁）とある。

また、「新版」全集を謳うテキスト⑦の末尾に附された中島河太郎《なかじまかわたろう》による「解説」には「鬼火」について、「発表当時はその描写が当局の忌諱《きき》に触れ削除を命じられた箇所がある。著者は単行本に収めるに際して、適宜改訂したが、四十四年に無削除版の雑誌が見つかったので、ここでは発表当時のままに戻して収録した」（三〇一頁）と述べている。この「解説」からすれば、⑦白版全集2の「本文」は「発表当時のまま」すなわち「初出本文」と同じであることになる。

テキスト⑤の「完全な復原」はそのまま受けとめれば、『新青年』「本文」の復原ということにな

るだろうが、そうではない。テキスト⑤のどこにも、編集方針や「本文」構築のための「凡例」が示されていない。このことは、テキスト⑤においてはそうしたことが編集の「埒外」にあることを思わせる。

右に翻字した「初出」（一九三五年）、⑤『鬼火 完全版』（一九六九年）、⑦『新版横溝正史全集2』（一九七五年）を対照してみる。漢字字体の違い、促音、拗音の小書きについては基本的には採りあげないことにする。初出の振仮名は基本的には省くが、必要な場合は示した。後で採りあげる例には★を附した。

行	初出	テキスト⑤	テキスト⑦
1	沿ふて	沿うて	沿うて
2	辺《あたり》	辺り	★あたり
3	寒さうな	寒そうな	寒そうな
4	思ひがけなく	思いがけなく	思いがけなく
4	せゐ	せい	せい
6	向《むかう》	向う	向う
8	二重括弧（（ ））	一重括弧（ ）	一重括弧（ ）
8	やうだが	ようだが	ようだが
9	斜《しゃ》	★斜《ななめ》	斜《しゃ》
9	構へて	構えて	構えて

9 立つてゐる
10 或《あるひ》は
11 アトリエの在《あ》る事
11 憤つてゐるやうに
12 必《かならず》しも
12 さうではない
13 長い患《わづらひ》
16 といふ
17 拘《かゝは》らず
18 歩いてゐた
18 といふのは
20 光つてゐる
20 気にしてゐた
21 幸《さいはひ》
21 穏《おだやか》
21 思ひきつて
23 伏せたやうな
23 してゐるといふ

立っている
或いは
アトリエの在る事
憤っているように
必ずしも
そうではない
長い患い
という
拘らず
歩いていた
というのは
光っている
気にしていた
幸い
穏か
思いきって
伏せたような
しているという

立っている
或いは
★アトリエのある事
憤っているように
必ずしも
そうではない
長い患い
という
★かかわらず
歩いていた
というのは
光っている
気にしていた
幸い
穏か
思いきって
伏せたような
しているという

24	似合はぬ	似合わぬ	似合わぬ
24	尚且《なほかつ》	尚且	★なおかつ
25	といふ	という	という
25	ちやうど	ちょうど	ちょうど
25	盛つたやうな	盛ったような	盛ったような
26	又《また》	又	★また
26	天龍川	★天竜川	天竜川
27	盛《さかん》に	盛んに	盛んに
28	年年《ねん々々》	年々	年々
29	嘗《かつ》ては	嘗ては	★かつては
30	更《さら》に	更に	★さらに
31	あらう	あろう	あろう
31	といふのは、さういふ	いうのは、そういう	いうのは、そういう
32	聳えてゐる	聳えている	聳えている
34	近附《ちかづ》く	近附く	近付く
36	漸《やうやく》	漸く	★ようやく
37	荒るる	★荒れる	荒るる
38	夙《とく》に	夙《とく》に	★とくに

38	住んでゐない	住んでいない	住んでいない
39	辺《へん》	辺	辺
39	愈《いよいよ》	愈々	愈々
41	脊	★背	背
42	靡いてゐる	靡いている	靡いている
43	構はず	構わず	構わず
45	聳えてゐる	聳えている	聳えている
46	かうして	こうして	こうして
46	目近《まぢか》	目近《まじか》	目近
47	愈《いよいよ》	愈々	愈々
48	やうに	ように	ように
48	柱も引抜かれた簷	★柱を引抜かれた簷	柱も引抜かれた簷
49	思案してゐるやうに	思案しているように	思案しているように
50	やうな	ような	ような
51	匂《にほひ》	匂い	匂
52	姙婦	姙婦	妊婦
52	やうに	ように	ように
52	脹《は》れあがつて	★膨れあがって	脹れあがって

53	滅込《めりこ》みさう	滅り込みそう	滅込みそう
54	生えてゐて	生えていて	生えていて

■漢字とかなづかいの違い

漢字に関しては、一九四六（昭和二一）年一一月一六日に内閣告示された「当用漢字」があり、一九四九（昭和二四）年四月二八日に内閣告示された「当用漢字字体表」がある。その後一九八一（昭和五六）年に「常用漢字表」が内閣告示され、二〇一〇（平成二二）年一一月三〇日に改訂された「常用漢字表」が内閣告示されて現在に至っている。

「かなづかい」に関していえば、やはり一九四六（昭和二一）年一一月一六日に内閣告示された「現代かなづかい」があり、一九八六（昭和六一）年七月一日に内閣告示された「現代仮名遣い」があって、現在に至っている。

一九六九年に出版されている⑤『鬼火 完全版』も、一九七五年に出版されている⑦『新版横溝正史全集2』も、「当用漢字表」と「現代かなづかい」とのもとにあったことになり、両者のそうした意味合いでの「枠組み」は同じであることになる。テキスト⑦で★を附したものは、「初出」が漢字を使って文字化していた語（句）を仮名のみで文字化した例にあたる。品詞としてみれば副詞が多いが、動詞、名詞も含まれている。テキスト⑦の「発表当時のまま」というとらえかたには、こうしたものが含まれている。そのことからすればテキスト⑦は、24行目の初出「尚且」と「なおかつ」とは「同じ」とみていることになる。しかしまた、（極端なもののいいになるが）「初出」すべてを仮名によって文字化しているのではないことからすれば、この「同じ」にはテキスト⑦の編集者の、「表記にかかわる心性」がはたらいていることが推測できる。しかしそれは、テキスト⑦のどこにも明示されていない。

「当用漢字表」に載せられている漢字字体を「新字」、かつて使われていた漢字字体を「旧字」と呼んだ場合、「旧字」の多くは『康熙字典』が掲げる漢字字体、「康熙字典体」に重なる。

テキスト⑤、テキスト⑦は漢字に関しては「新字」を使うという「方針」があると覚しいが、41「背」の音は「ハイ」で〈せ・せなか・うしろ〉という字義をもち、「脊」の音は「セキ・シャク」で〈せ・すじ〉という字義をもっており「新旧関係」ではない。26「天龍川・天竜川」の「龍・竜」は「新旧関係」といってよいが、固有名詞に関わる日本語母語話者の「心性」は独特と言ってよいようにみえ、そのことからすると「天龍川」を「天竜川」とすることはどうかという「みかた」はあるだろう。

52「膨」の字義は〈はれる・ふくれる〉であるが、「当用漢字表」が「膨」に認めている訓は「ふくらむ・ふくれる」であることからすれば、振仮名が施されていないテキスト⑤の52「膨れあがって」は「はれあがって」を文字化したとは考えにくいのではないだろうか。ちなみにいえば「常用漢字表」も「膨」には「ふくらむ・ふくれる」のみを訓として認めている。そもそも、なぜ初出の「脹」を「膨」に変えたか。「当用漢字表」には「脹」がある。ただし訓が認められていない。しかし「膨」に認められている訓は「ふくらむ・ふくれる」であるので、文字変更の意図が不分明である。37の初出「荒るる」をテキスト⑤は「荒れる」とするが、これは不注意であろう。48「柱も引抜かれた簷」も編集者自身が使用する日本語に影響された不注意にみえる。また9では初出の振仮名「しや」を「ななめ」に変えており、このことによって、テキストで使われている語が変わってしまうことになる。これもあるいはテキスト⑤の不注意か。

結局、「原作の完全な復原」を謳うテキスト⑤、「発表当時のまま」と述べるテキスト⑦、いずれも、「初出」のわずか二頁の範囲において、右のように少なくない箇所に変更がみられることがわかった。稿者はそうは思わないが、9「シャニカマエル」も「ナナメニカマエル」も、37「アルル」も「アレル」も「同じ」であるという「みかた」があるかもしれない。そうであれば、ここまで贅言を重ねてきたことになるが、言語によって成り立っている文学作品の生命は「あらすじ」＝何をかくかではなく、言語表現＝どのようにかくかにあると稿者は考える。

テキスト⑮の末尾には「本選集は初出誌を底本とし、新字・新かなを用いたオリジナル版です。漢字・送り仮名・踊り字等の表記は初出時のものに従いました。角川文庫他各種刊本を参照しつつ異同を確認、明らかに誤植と思われるものは改め、ルビは編集部にて適宜振ってあります」と記されている。「新字・新かな」は現在みられない表現であるので、「新字」は「常用漢字表に載せられている漢字の字体」、「新かな」は「現代仮名遣い」を意味しているとひとまずは考えることにする。

そうであれば、過去につくられた「テキスト」を現在において文字化して示す場合に、漢字字体は「常用漢字表に載せられている漢字であればその載せられている字体」にしたがって示し、「かなづかい」はもととなっている「テキスト」がどのような「かなづかい」であっても「現代仮名遣い」に変えて示すという「編集方針」はさほど奇異なものではないといえよう。むしろそれがひろくみられる「編集方針」といってよい。

その「編集方針」はどのような観点に基づく方針かといえば、「現代日本語によって、現在言語生活を行なっている人がわかりやすい」という方針といえるだろう。つまり、「テキスト」を現代日本語寄りに文字化するという方針だ。これは「過去に文字化されているテキストをできるだけそのまま保存する」方針ではない。

右の「編集方針」にしたがうと、「石甃《いしだゝみ》」（初出一九頁上段一〇行目）は、「常用漢字表」に「甃」が載せられていないので、そのまま使うことになる。「蕭條《しょうでう》」（同一六行目）、「妊婦《にんぷ》」（同下段五行目）、「頽廢《たいはい》」（同七行目）はそれぞれ「蕭条」「妊婦」「頽廃」と文字化することになる。「鬼火」を例にとって説明するならば、「鬼火」が『新青年』に発表されたのは一九三五年で、この時点では、一九四六年に内閣告示された「当用漢字表」も一九八一年に内閣告示された「常用漢字表」も存在していない。つまり、作品成立時、作品発表時にはなかった「漢字表」にしたがって文字化するという「方針」であることになる。それが「テキストをできるだけそのまま保存する」「方針」ではないことはいうまでもない。そして、漢字についていえば、そうすることによって、「テキストそのままの漢字」と「テキストそのままではない漢字」が確実に「同居」する。この「方針」は、「テキストそのままの漢字とテキストそのままではない漢字の同居」は原理的にも、自身の「感覚」「心性」としても「なんら問題ない」という人向けの「方針」といってもよい。

「原理的」とは、「頽廢」と「頽廃」とすなわち「廢」と「廃」とは「完全に同じである」とみるということである。それは、「廢」と「廃」とは形が異なっていても、漢字が担う「言語情報」は「完全に同じ」とみるという「みかた」で、漢字の三要素「形・音・義」の「音」と「義」とを重視する「みかた」といってよい。この「みかた」は言語学（日本語学）上は成り立つ。というよりも、そもそも漢字を電子的に扱い始めた当初、漢字にJISコードを与え始めた当初はそういう考え方であった。

例えば「常用漢字表」には音「カツ」、訓「くず」を認められている漢字「葛」が載せられている。「常用漢字表」の「備考」欄には「＊［（付）第2の3参照］」とあり、「（付）字体についての解説」の「第2 明朝体と筆写の楷書との関係について」の3「筆写の楷書字形と印刷文字字形の違いが、字体の違いに及ぶもの」の（2）「点画の簡略化に関する例」の最初に「葛」が採りあげられている。[注1]

「葛」と注1で述べた「葛」とが存在していても、それは形が違うだけで「音」「義」は「同じ」であるとみることはいわば「事実」でもあるし、一つの「みかた」であるので、それでよい。それは「廃」と「廢」とは「情報」上は「同じ」であるとみることに通じる。しかしまた、「廃」と「廢」との視覚上の「形」は誰が見ても異なっているのであり、「当用漢字表」が内閣告示される以前においては「旧字」と呼ばれることがある「廢」が使われていたことを認識している人にとっては、右の「方針」にしたがって漢字の置き換えをしているテキストは「旧字」と「新字」とがいりまじったテキストにみえるであろう。

■振仮名の違い

また、例えば⑬「鬼火 オリジナル版」は「初出」の振仮名をすべてそのままにしているわけではない。「原文の振りがなに加えて難読と思われる語には初出誌「新青年」昭和十年（一九三五年）二月号・三月号を参照して振りがなを付しました」の「原文」は、「初出」ではなく「自筆原稿a」であるために、「初出」の振仮名がそのまま施されていないのであるが、例えば「妙に気になるあの建物が、一叢《むら》の蘆の浮洲の向に、今はっきりその姿を顕したからである」の「向」が「ムコウ」を文字化したものであることが現代日本語使用者にすぐわかるだろうか。「初出」には「向《むかう》」とある。ちなみにいえば⑮には「向こう」（五五頁上段）とある。「振仮名」が施されていれば「送り仮名」はなくてもよい。「送り仮名」は「振仮名」とセットで考えるべきものである。現代日本語は「振仮名」を使わないことを基調としているので、「送り仮名」に「ルール」が必要になる。その「ルール」に慣れている現代日本語使用者は、「送り仮名」ゼロでかつ振仮名のない「向」が「ムコウ」を文字化しているものであるとは思いにくい。したがって、⑬の「本文」は現代日本語使用者にはよみやすいものではなかったことが推測される。

あるいは⑬（四七頁中段一行目）も⑮の「オリジナル版」（八頁下段三行目）も「恰《あたか》も甕《かめ》を担うが如く左の手で怪物の鎌首を抱え」となっている。「初出」の「本文」は「恰《あだか》も甕《かめ》を擔《にな》うが如《ごと》く左《ひだり》の手《て》で怪物《くわいぶつ》の鎌首《かまくび》を抱《かゝ》え」（二二頁上段一七～一八行目）となっており、「恰」の振仮名は「あだか」である。『日本国語大辞典』第二版の見出し「あたかも」には次のように記されている。

あたかも【恰―・宛―】〔副〕（後世は「あだかも」とも）（一）（多く「似る」「如し」「よう」などの語をあとに伴って）よく似ている物事にたとえる場合に用いる語。さながら。まるで。まさしく。ちょうど。＊万葉集〔８Ｃ後〕一九・四二〇四「わが背子が捧げて持てる厚朴（ほほがしは）安多可毛（アタカモ）似るか青き蓋（きぬがさ）〈恵行〉」＊今昔物語集〔１１２０頃か〕一七・一四「泣々（なくな）く没後を訪（とぶら）ひ報恩を送けり、宛かも師君の恩を報ずるに不異（ことなら）ず」＊大唐西域記長寛元年点〔１１６３〕三「方なる石は榻の如く、宛（アタカモ）工の成せるが若し」＊日葡辞書〔１６０３～０４〕「Atacamo（アタカモ）デイチュウノハチスノゴトシ」＊和英語林集成（初版）〔１８６７〕「ツキノヒカリサヤカニシテadakamo（アダカモ）ヒルノゴトク」＊浮雲〔１８８７～８９〕〈二葉亭四迷〉二・九「恰も人を辱める特権でも有（もっ）てゐるやうに」＊破戒〔１９０６〕〈島崎藤村〉四・一「二面の平野は、宛然（アダカモ）戦場の光景であった」（二）ある時期や時刻にちょうど当たる、また、ある事とほとんど同時に、他の事が起こることを表わす語。ちょうど。ちょうどその時。＊帰省〔１８９０〕〈宮崎湖処子〉六「今宵は宛（アタカ）も陰暦の七月十五日なりければ、露けき瓦屋の上なる満月は」＊多情多恨〔１８９６〕〈尾崎紅葉〉後・九・二「お種は茶の間へ徙（うつ）った、恰も三時である」＊永日小品〔１９０９〕〈夏目漱石〉下宿「恰（アタカ）もアグニスは焼麺麭（トースト）を抱えて厨から出て来た」

『日本国語大辞典』が掲げている使用例からすれば、「アタカモ」がまずあり、明治期には「アダカモ」という第二拍濁音形が確認できる。小型の国語辞典、例えば『岩波国語辞典』第八版は「あたかも」を見出しにし、「「あだかも」とも言った」と記している。このことからすれば、現代日本語においては第二拍清音形「アタカモ」が標準であることになる。これは稿者の認識とも一致している。そうであれば、この語は「アタカモ」→「アダカモ」→「アタカモ」と語形が変化したか、明治期に「アダカモ」が使われたが、結局は「アタカモ」がずっと標準形であったか、どちらかでありそうなことが推測される。となると、「初出」の「恰《あだか》も」は一九三五年（昭和一〇）年に「アダカモ」が使われていた、貴重な例であることになり、⑬⑮がこれを「あたかも」という振仮名に変えた理由はわからないけれども、あるいは「誤植」とみなしたか。いずれにしても、横溝正史が使った（と推測される）「アダカモ」は「消された」ことになる。「誤植」であるかどうかの判断は、どうしてもその判断をしている人の使用している言語に基づいて行なわれる。昭和一〇年頃の日本語と令和の日本語とは「変わらない」といえば変わらない。しかし、「違う」という立場にたてば確実に違う。「テキスト」にふれた人が自身の使用言語に基づいて「テキスト」に改変を加えることによって、時期時期の「テキスト」が生まれていく可能性はたかい。それは「宿命」かもしれないが、そこまで考えると「オリジナル」とは何か、という問いもうまれる。

a　周章《あわて》てヴエランダの外《そと》へ飛《と》び出《だ》した。（初出二〇頁上段二〇行目）
b　章周《あわて》てヴェランダの外へ飛び出した。（⑬四六頁中段一四行目）
c　周章《あわ》てヴェランダの外へ飛び出した。（⑮七頁上段一三〜一四行目）
d　唯不思議《たゞふしぎ》なのは女《をんな》の表情《へうじやう》で（初出二一頁上段二〇〜二一行目）
e　誰《ただ》不思議なのは女の表情で（⑬四七頁中段六行目）

f　唯不思議なのは女の表情で（⑮八頁下段八行目）

先に述べたように、⑬は「自筆原稿ａ」と思われる「原文」、⑮は「初出誌を底本」としている。ｂ「章周」・ｅ「誰」の左側には「（ママ）」と印刷されており、⑬の「本文」作成者が、「原文」すなわち「自筆原稿ａ」に疑問をもっていたことがわかる。「自筆原稿ａ」にｅのように「唯」ではなく「誰」とあったとすると、正史の「勘違い」による誤記とみるのが自然であろう。ｂは本書310頁で述べたように、雑誌『探偵小説』に掲載された「鍾乳洞殺人事件」に複数回みられるかたちであり、正史とは関係なく、一般的にみられる字順の逆転とみるか、あるいは正史が「周章」を「章周」と思い込んでいたか。いずれにしても、言語使用の実態としては興味深いといってよい。

稿者は、言語がどういうかたちに文字化されるかということの観察をずっと続けてきている。それが言語観察の起点といってもよい。次にはそれがいかなる語を文字化したものであるかを考える。観察に基づく推測であるが、この「観察」「推測」に錯誤があると、当該言語について考えようとした時に、そもそも起点に錯誤があることになり、続く考察が意義を失う可能性がでてきてしまう。そうであるから、そもそもの起点がわかるということはきわめて重要なことになる。「自筆原稿」が残されていて、その「自筆原稿」に基づいて印刷された「初出」があり、最初に単行本となった「初版」があるのだったら、そのすべてを自身の眼で確認したい。[注2] それがかなわないのであれば、「自筆原稿」を再現できる「編集方針」に基づいた「翻字」が公開されていてほしい。「編集方針」がきちんとした方針で、その方針がわかりやすく明文化されていれば、その「編集方針」から「自筆原稿」が（ある程度にしても）再構築できる。この「わかりやすく明文化された編集方針」は案外と示されない。中には何をもとに「本文」を構築しているかが示されていないテキストもある。もちろん一般的な読書のためのテキストであればそれでもいいかもしれない。しかしそれでも、何をもとに「本文」を構築しているかは示すべきであろう。テキストの「本文」は、大事にされているようで、案外とそうでもない。

これまでも何度かいろいろなところで主張してきたが、今がその時のように感じる。さまざまなテキストが出揃っている。しかしその「さまざまなテキスト」をしっかりとした「編集方針」のもとに整理したり、統合したりすることが必ずしもうまく行なわれていないように感じることがある。正史の複雑な「テキスト」群は、右で述べたことの試金石になるのかもしれない。

■テキストを鳥瞰する

「旧字」「旧仮名」「新字」「新仮名」はできれば使いたくない用語であるが、ここではことがら全体の把握をわかりやすくするためにあえて使うことにする。「促音並字」は促音にあたる箇所に「つ・ツ」を使うこと、「促音小書き」は「っ・ッ」を使うことを指す。「総ルビ」は漢数字以外のすべての漢字に振仮名を施すこと、「パラルビ」は必要と思われる箇所のみに振仮名を施すことを指す。

①　初出『新青年』　一九二一年……旧字・旧仮名・総ルビ・促音並字
　　初版　春秋社版　一九三五年……旧字・旧仮名・総ルビ・促音並字

② 美和書房版　一九四七年……旧字・旧仮名・促音並字・振仮名無
④ 東方社版　一九五六年……新字・新仮名・促音並字・振仮名無
⑤ 桃源社版　一九六九年……新字・新仮名・促音小書き・パラルビ
⑥ 黒版全集　一九七〇年……新字・新仮名・促音小書き・パラルビ

先に述べたように、一九四六（昭和二一）年に「当用漢字表」と「現代かなづかい」とが内閣告示されている。したがって、②美和書房版の出版時には「当用漢字表」「現代かなづかい」が示されていたが、急に切り換えることができなかったのであろう。②は仙花紙ではないにしても、紙の質もあまりよくない。小さな活字で二段組みされており、振仮名を施す余裕がなかったようにみえる。②の冒頭の一行は「桑畑と小川にはさまれたせまい畔路が、流に沿ふてゆるやかなカーブをゑがいてゐるあたりまで來たとき私はふと足を止めた」となっている。初出と対照すればすぐにわかるが、初出の「挟まれた」「狭い」「緩やかな」「畫いて」「邊」が②では仮名に変えられている。

右をみわたすと、一九四六年あたりを境にして、「旧字・旧仮名」が「新字・新仮名」に切り替わっていくこと、そのあたりから「総ルビ」という表記形式も「前景」から退き始めていることが窺われる。一九五六年に出版されている④が、「新字・新仮名」で「促音並字」であることには注目しておきたい。「促音小書き」がいつ頃から一般化するかについては、さらにひろく文献にあたる必要があるが、「旧仮名」の中に「促音並字」が含まれているわけではないことに留意したい。

注1　「常用漢字表」は内閣告示されており、表全体は公文書といってよいと思われるが、説明のための文、文章に整っていないところが散見する。この箇所では「明朝体と筆写の楷書との関係について」とまずある。「明朝体」は漢字の字体であり、「筆写の楷書」は「の」でつながれている「筆写」と「楷書」との関係がそもそもわかりにくい。おそらくは「楷書体」を筆写した字形、あるいは「筆写した楷書体」ということであろうが、いずれにしても「字形」（あるいは字体）と表現しなければ「明朝体」と助詞「ト」でつなぐことはできないだろう。そして、「第2」では「明朝体と筆写の楷書との関係について」とあったが、その内部の3には「筆写の楷書字形と印刷文字字形の違いが、字体の違いに及ぶもの」とあって、ここには「筆写の楷書字形」とあって、上位にある「第2」で使っている表現、概念とその内部の3で使われている表現、概念が一致していない。そしてまたさらにわかりにくいことは、「筆写の楷書字形と印刷文字字形の違いが、字体の違いに及ぶ」と述べられていることがわかりにくい。「葛」を例として説明をしてみたい。「葛」は三画の草冠で、全体は十三画になる。『康熙字典』には草冠が四画の形が載せられているが、これが「康熙字典体」ということになる。今十三画の「葛」を使って話を進めることにする。「葛」は草冠三画の下に四画の「日」を置いて、その下に六画で成る形がある。この部分は「包」の外側の「つつみがまえ」二画の中に二画の「人」と三画の「⼕（はこがまえ）」の第一画のない形（これを以下では便宜的に「L」で表示する）とが入っている。「つつみがまえ」の中の形が「人＋L」である「葛」は「葛飾区」の「葛」であるが、「つつみがまえ」の中の形が「ヒ」である字形「葛」が奈良県葛城市で使われている。ちなみにいえば、十二世紀に成立したと考えられている漢字辞書、観智院本

『類聚名義抄』（僧上二十五丁表三行目）においては、「葛」「葛」の順番で二つの字が掲出されている。「葛」と「葛」とは字形に小異がある「異体字」とみるのが自然であろう。そうであれば、「葛」と「葛」とは、文字が担っている「情報」すなわち「音」と「義」とは「完全に同じ」で「形」のみが異なることになる。そう考えるのであれば、「葛」を代表字形（すなわち字体）とみなし、「葛」と「葛」とは「葛」に「包括・包摂」されているとみればよい。そして、電子化にあたっては、「葛」を使い、日常的な言語生活においても「葛」を使うというのが一つの「みかた・考え方」であろう。「葛城市」が「葛」を使うに至った経緯については、葛城市のホームページに掲載されている。

注2　初出「本文」と初版「本文」とには異なりがある。例えば初出が「向《むかう》」（一八頁下段一行目）とする箇所は初版には「向《むかふ》」（三頁八行目）とあり、初出の「杖《ステツキ》を斜《しや》に構《かま》へて」（一八頁下段四行目）が初版には「杖《ステツキ》を斜《なゝめ》に構《かま》へて」（三頁一〇行目）とある。前者は「ムコー」という語をどのように仮名によって文字化するかであるが、『日本国語大辞典』第二版には次のように記されている。

むこう【向】【一】〔名〕（動詞「むかう（向）」の終止形・連体形の名詞化した語とみて、歴史的かなづかいは「むかふ」とするが、他に連用形「むかい（むかひ）」のウ音便形とみて「むかう」とする説もある）

『日本国語大辞典』の記事からすれば、初出「むかう」、初版「むかふ」いずれもがあり得る文字化であることになり、はからずも（といっておくが）「あり得る文字化」が初出と初版とに使われていることになる。後者は、あるいは「シャニカマエル」という表現に気づかずに、正史ではない人物が「斜」に「なゝめ」と振仮名を施した可能性もあろう。

Ⅱ

横溝正史のテキスト

横溝正史の日本語

■横溝正史の言語形成

横溝正史は一九〇二（明治三五）年五月二五日に、神戸市東川崎町三丁目に生まれている。父、宣一郎は岡山県浅口郡船穂村字柳井原の旧家の出身だった。母はまの生家について、正史は「岡山県吉備郡の柿の木、総社の町のすぐちかくにあり、これはそうとうの豪農だったらしい」（「書かでもの記」『横溝正史自伝的随筆集』二〇〇二年、角川書店、一七頁）と述べている。そして、「明治二十九年宣一郎とはまは手に手をとって柳井原を駈け落ちし」、「神戸の東川崎という町へ落ちついた」（同前）。父宣一郎は、「伊勢鉄工所という東川崎きっての町工場の支配人的立場」にあり、その一方で、「家業として生薬屋《きぐすりや》を営んでいた」（同前一九頁）。正史が五歳の時に生母はまが死去し、その翌年に父、宣一郎は岡山県吉備郡久代《くしろ》村出身の浅恵と再婚する。

正史は「続・書かでもの記・1」に「暗い町の暗い思い出話」として次のようなことを述べている。

私はその時昼なお暗い三畳の寝床のなかに仰向きに寝かされていた。母のはまがそばに附き添っていて、むき出しにされた私の胸のうえに、ハッカの匂いのぷんぷんする液体で湿したガーゼをおいていた。そしてそのうえにゴワゴワする油紙をおきながら、そばにいるどこかのおばさんと話していた。

「この子はなあ、ここのところに患いのタネを持っておりましてなあ」

それは非常に抑揚の強い岡山弁であった。

父と母が岡山の郷里を出奔し、東川崎へ落ち着いたのは明治二十九年のはずである。明治四十年［引用者注：横溝正史の母のはまが死去したのが明治四十年なので、母の記憶はもっとも遅いものでも明治四十年までのものという意味合い］では神戸へ落ち着いてから十年を越えているのに、母は最後まで岡山弁が抜けなかった。母はうまれつきそうだったのか、それとも境遇上そうなったのか、決して多弁なひとではなかったようだが、それでもなおかつ、私は母の抑揚にとんだ岡山弁をきくのが好きだった。それはドギつい神戸弁にくらべると、歌うようでもあり、語るようでもあり、なんとなく雅《みやび》やかに耳にひびいた。

（四一頁）


右が仮に一九〇七（明治四〇）年のことだったとすると、正史は五歳で、五歳の正史が「母の抑揚にとんだ岡山弁」を「ドギつい神戸弁」と区別できていたことになる。区別できたのは、正史が神戸弁を使っていたからであろう。つまり、正史の「母語」は「明治末年の神戸方言」ということになる。

一九三三年一月に『新青年』第一四巻第一号に発表された「面影双紙」は「この物語は大阪時代の私の友人R・Oが、数年以前、彼自身の部屋の中で語ってくれたところのものである」（『新版横溝正史全集2』一四〇頁上段）と始まる。そして「R・Oは生粋の大阪人であるから、その語りくちの持っている上方人一流の言葉の甘さと、粘りっこさが、この物語に一入《ひとしお》の古めかしさと、夢のような物凄さを添えていた」（同前）と説明されている。中島河太郎《なかじまかわたろう》はこの白版全集2の「解説」において、「関西移住後の谷崎［引用者補：谷崎潤一郎のこと］の新境地開拓」にふれながら、「当時続けざまに好んで古典的世界に材を採っていた谷崎に学ぶところがあったに違いない」と述べ、さらに、正史の「なじんだ大阪弁をまじえて、著者［横溝正史のこと］とゆかりのある売薬問屋の若主人の話になっているから、それこそ自家薬籠《やくろう》中の世界であった」（三〇〇頁上段）と述べている。

また、「人形佐七捕物帳」シリーズにも「大阪者」が登場する。シリーズ第十八話「螢屋敷」に次のようなくだりがある。

> 巾着の辰、ちかごろはなはだ威勢がいいが、それにはこういうわけがある。お玉が池の佐七のもとへ、ちかごろあたらしく弟子入りした男がひとりある。
> 名前は豆六《まめろく》といって大阪者だが、御用聞きが志望とやらで、音羽のこのしろ吉兵衛をたよって、はるばる上方からのぼってきたのを、吉兵衛から、いま羽振りのいい佐七のもとへあずけられたのだ。
> （『完本人形佐七捕物帳一』四三〇頁下段）

この「豆六」は「さよさよ、寛政十年午《うま》どしうまれやさかい、兄さんより二つ年下、ひとつ可愛がっておくれやすな」（同四三二頁下段）というようなことば使いをする設定になっている。「人形佐七」は江戸お玉が池に住んでいることになっており、作品の舞台は江戸で、大阪弁を話す手下が登場しなければならない必然性はおそらくまったくない。江戸を舞台とする作品に大阪弁を話す「豆六」が登場することで、関東方言話者が少々もてあます、ということも絶無ではなさそうだ。しかしそれでも正史が大阪弁を使う「豆六」を登場人物にしたのは、自身の母語への何らかの気持ちであろうか。あるいは関西に生まれ、東京で暮らすようになった自身の二面性のようなものを「うらなりの豆六」と「巾着の辰」に投影したのであろうか。神奈川県に生まれ育った稿者は、関東方言話者で、大阪弁、神戸弁、岡山弁の違いがわからない。これらを「関西方言」と括ってしまうことはいささか乱暴にも思われる。そして、神戸弁を母語とする正史が、大阪弁話者の「豆六」に大阪弁を使わせることで、気持ちがやすらぐかどうかはわからないとしかいいようがない。

しかしそれでも正史にとってはそこに意味があったのではないかと推測する。「推測する」というよりは「推測したい」といったほうがいいかもしれない。「人形佐七捕物帳」シリーズは一九三八年に「羽子板娘」が発表されてから、一九六八年に「梅若水揚帳」が発表されるまで、三十年にわたって書き継がれ、その間、正史は登場人物「豆六」に（ほぼ）自身の母語といってよい関西方言を使わせ続けることができた。母語によって文学作品を書くということは重要なことと思われ、「豆六」の存在が、正史の気持ちのバランスをとっていたということはないだろうか。

さて、七歳になった正史は、神戸市の東川崎尋常小学校に入学し、十三歳になると兵庫県立第二神戸中学校（現在の兵庫県立兵庫高等学校）、「神戸二中」に入学する。正史はこの神戸二中で西田徳重と出会う。西田徳重、西田政治《まさじ》兄弟のことについて、正史はいろいろなところで述べているが、

『探偵小説五十年』（一九七七年、講談社）の「西田兄弟のこと」には次のように記されている。

西田徳重は私に優るとも劣らぬ、探偵小説のマニヤであった。私の読んでいるほどの探偵小説は、すべて彼も読んでいた。不思議なことには彼もまた、三津木春影の「古城の秘密」を前篇しか読んでおらず、私どうよう切歯扼腕しているほうであった。（のちにふたりともとうとう、図書館で読むことが出来たのだが）

私が西田徳重とあいしったのは、中学の二年の時であったから、お互いにかぞえどしで十五であった。質素剛健自重自治を四綱領としている神戸二中では、ふたりともいたって目立たない、モッサリとした存在であった。われわれはほかのだれとも交際しようとはせず、いつも校庭の隅っこであきもせず探偵趣味について語り合っていた。日本の探偵文壇の不振を歎き、黒岩涙香以来、これという翻訳家の現われないのをかこち合った。

まえにもいったとおり、じっさいそれは探偵小説の暗黒時代であり、しかも、幼いわれわれにはよき指導者もなかった。谷崎潤一郎の「金と銀」によって、オーギュスト・デュパンなる、シャーロック・ホームズに匹敵する名探偵がいるらしいことは知っていても、それがだれの小説に出てくるのか、それすら知らなかった。それでいて「黒猫」や「アモンティラドウの樽」によって、ポーの名前は知っていた。当時はそんな状態だったのである。

ただここにひとりだけ、西田徳重の背後に指導者らしき人物が、いたことはいたのである。それが徳重の兄さんの政治である。この人がのちに私の人生の方向を大きくかえる、跳躍台みたいな役割を果たしたのだが、私はしかし、徳重の生前、政治とは、ついに相会う機会がなかった。

と、いうのはこの兄弟、兄弟とはいっても年が九つちがっていた。(中略)神戸の大地主の長男にうまれた政治は、経済的にも恵まれており、あっぱれ蔵書家でもあった。私が黒岩涙香をはじめて読んだのは、小学校の六年のときで、ものは「巌窟王」であった。その後、中学へ入って涙香のものを数多く読むことが出来たのは、徳重がこっそり持ち出して貸してくれる、西田政治の蔵書によるのであった。

私はこのほかにも西田蔵書には、大きな恩恵に浴しており、夏目漱石なども全部西田蔵書で読んでいる。西田政治はまた趣味のひろい人物で、博文館から出た第一期の帝国文庫を全部持っていたらしく、私はその蔵書によって、江戸時代の読本や洒落本、黄表紙、合巻本などを読んでいるのである。そして、そのことがのちに捕物帳を書くにいたる場合、大きなプラスになったことを、当の本人の西田政治は、つい最近までご存じなかったらしい。

右に「その蔵書によって、江戸時代の読本や洒落本、黄表紙、合巻本などを読んでいるのである」とあることには留意しておきたい[注1]。

正史は『探偵小説五十年』に収められている、雑誌『推理文学』No.2陽春特別号(一九七〇年四月)に載せられた「読み本仕立て」において次のように述べている。振仮名を省いて示す。

人間の感受性、ことに文学などにたいする感受性がいちばん強く培われるのは、旧制の中学時代ではないかと思われるのだが、いまから自分の過去をふりかえってみるに、私が中学時代、もっとも耽読したのはおはもじながら、江戸の読み本だったように思われる。（中略）家がまずしくて、雑誌でさえ古本でしか買えなかった当時の私が、わりにいろんな本を読むことができたのは、多読乱読家の、西田政治さんの蔵書におうところが多いのである。そのなかに、昔博文館から出た帝国文庫があった。この帝国文庫はおなじ博文館から、昭和年代に出たものではなく、明治三十年代の初期に出たもので、そのなかには江戸時代の読み本のほかに、合巻本や人情本、黄表紙や洒落本、浄瑠璃集から脚本集などもおさめられていたらしいのだが、私はもっぱら読み本を読みあさった。当時心情いまだ幼く、しかも、神戸のような地方都市にうまれて育った私には、江戸の通人の書いた、黄表紙や洒落本の妙味などわかろうはずはなく、三馬の「浮世床」や「浮世風呂」でさえ、そのおもしろさがいくらかでも、わかるようになったのは、ずっと後年になってからのことである。私はもっぱら筋の変化にとんだ読み本に、うきみをやつしたものである。（中略）読み本というものは空想的な構成と、複雑な筋を発展させながら、しかも仏教的因果応報と、道徳的教訓の線にそって書かれているものだから、そこにはほとんど人間というものが描かれていない。馬琴の「南総里見八犬伝」といえども例外ではなく、主人公の八犬士なども、仁、義、礼、智、忠、信、孝、悌という、馬琴のもつ儒教的理想と、仏教的因果応報思想を追究しながら、なおかつ複雑な筋を展開していくための傀儡にすぎない。そこには血の通った人間などひとりもいないのである。そして、そのことが謎と論理の本格探偵小説に一脈相通ずるものがあるといえば、ひとびとは驚くだろうか。（中略）登場人物がすべて傀儡にすぎなくて、しかもなおかつ、読者の心を捉えてはなさぬ読物、そこに江戸時代の読み本とのあいだに、共通点が見出せるといえば、あまりにも牽強附会にすぎるだろうか。だからといって、それゆえにこそ戦後私は、本格探偵小説のみちをえらんだのだというわけではない。ただ幾篇か書いていくうちに、しだいに、読み本の影響が強くあらわれはじめたことは否定できないようだ。しかし、それもこれも本号の編集担当者、山村正夫氏が、私に課した命題というのが、「おまえのロマン趣味について述べよ」と、いうようなことだったので、こういう一文を草したまでのことで、これも牽強附会のひとり合点であるかもしれない。

（七〇〜七一頁）

右によれば、正史は帝国文庫によって、読み本を読んでいた。「南総里見八犬伝」は江戸期あるいは明治期に出版された版本ではなく、帝国文庫に収められたものであったということだ。当然「合巻本や人情本、黄表紙や洒落本」も帝国文庫に収められたもので読んだとみるのが自然であろう。

稿者は、正史についての「草双紙趣味」という表現について疑問をもっている。その疑問は稿者の感覚にすぎないといってよいのだが、正史はどんな草双紙を実際に読んでいたのだろうということである。正史の作品について「草双紙趣味」というように表現している人も、そこに具体的な草双紙の名前をあげていることは少ないのではないか。正史について「草双紙趣味」と述べる以上、そう述べている人が江戸期に出版された草双紙類を読んでいなければ、そのようにみなすことができないはずであるが、「書き手」である正史、それを評価する「読み手」、双方ともに江戸期に出版された草双紙類をどのくらい読んでいるのか、という疑問である。「草双紙趣味」といった場合の「草双紙」がどのような「要素」を指しているのかということが明確にはされないままに「草双紙」という「レッテル」がひとり歩きしているということはないのだろうか。[注2]

神戸二中を卒業した正史は、一九二一（大正一〇）年十九歳で大阪薬学専門学校に入学し、同年「恐ろしき四月馬鹿《エイプリル・フール》」で作家デビューする。一九二四年に専門学校を首席で卒業し、薬種業に従事する。一九二五年に江戸川乱歩と会い、一一月には乱歩とともに上京する。一九二六年、正史二十四歳の時に乱歩の招きによって博文館に入社する。この一〇月から雑誌『新青年』の編集をするようになる。一九三三年一月に「面影双紙」を『新青年』に発表するが、五月七日に喀血する。七月には正木不如丘《まさきふじょきゅう》の指示によって長野県諏訪郡にある富士見高原療養所に入る。この富士見高原療養所には竹久夢二、堀辰雄、棋士の呉清源《ごせいげん》も療養のために入所していた。竹久夢二は、この療養所で死去している。呉清源のお見舞いに川端康成もこの療養所を訪れている。正史は三ヶ月間療養して帰京するが、翌一九三四年には執筆を停止して、上諏訪に転地し、療養生活をすることになる。翌一九三五年には『新青年』に「鬼火」「蔵の中」を発表する。一九四五年四月一日には岡山県吉備郡岡田村字桜に疎開し、ここで終戦をむかえることになる。一九四八年、四十六歳の時に東京にひきあげる。

このように、正史の「動き」を整理すると、正史は神戸弁を母語とし、二十四歳の時に東京に住むようになり、長野県諏訪郡の富士見高原療養所に三ヶ月入った後、上諏訪で転地療養をする。疎開していた岡山で終戦をむかえ、その後東京にひきあげている。先に述べたように、関西方言を使った作品は多くはなく、「人形佐七捕物帳」シリーズの「豆六」が大阪弁を使用する登場人物としていわば目立つ。

■横溝正史のオノマトペ

拙書『乱歩の日本語』（二〇二〇年、春陽堂書店）で、江戸川乱歩が「虫」において、「それを見ると、彼はギョクンとして思わず手を離した」（『江戸川乱歩全集2』春陽堂、二一一頁上段）のようにオノマトペ「ギョクン」を使っていることを紹介した。この時点では、横溝正史のオノマトペについては把握できていなかったが、正史も同じ語を使っているという「情報」があった。「犬神家の一族」に次のようなくだりがある。


「君、君、君はこのひとに見憶えはない？」

女中はこわごわ男の顔をのぞきこんだが、

「あら、若林さんだわ！」

その一言に耕助の心臓はギョクンとおどった。

ふたたびかれは茫然として、立ちすくんでしまったのである。

（『新版横溝正史全集10』講談社、一七頁上段）


『日本国語大辞典』第二版は「ギョクン」を見出しにしていない。また、「擬音語・擬態語4500」

を謳い四五〇〇のオノマトペを収めた、小野正弘編『日本語オノマトペ辞典』（二〇〇七年、小学館）も「ギョクン」を採りあげていない。しかし、「ギョクン」は乱歩以外に正史も使うオノマトペであった。

『日本語オノマトペ辞典』においては、冒頭に置かれた「オノマトペのたのしみ」の中で、一般的に考えられている「擬音語」と「擬態語」とを「まとめた言葉」として「オノマトペ」という語を使うことを述べている。本書においても、「オノマトペ」を、ひろく、音に由来すると思われる「擬音語」と、何らかの状況を、音から喚起される「感覚・イメージ」で表現する「擬態語」とを併せたものと考えることにする。両者は截然と区別しにくいし、またオノマトペを一般語と区別することも難しいので、そうしたことについてはふみこまない。実際の音、というよりは音から喚起される「感覚・イメージ」をいわば起点にもつオノマトペは、いろいろな語形としてアウトプットされる可能性をつねにもつ。したがって、そのアウトプットされた語形の「独自性」を話題にすることにはさほど積極的な意味合いはないといってもよいが、語形のバリエーションには注意しておきたい。「真珠郎」には次のようなオノマトペが使われている。

まったく、このまっくらな地底の洞窟のなかで、唇を歪め、舌を出してゲラゲラと笑っている真珠郎の恐ろしさといったら、なんとも形容の言葉がないほど、不快極まるものであった。提灯の光をまともにうけたその美少年の額には、二本の血管が角のようにニューッと膨れあがり、黒い瞳が、玉虫のようにチロチロと光っている。（『新版横溝正史全集1』二四五頁上段）

真珠郎はこうして、恐怖に酔い痴れたように立ちすくんでいる私を尻眼にかけて、ふいにキャラキャラと笑いだした。

（『新版横溝正史全集1』二四六頁上段〜下段）

「ゲラゲラと笑っている」と「キャラキャラと笑いだした」とでは、笑いを補助的に説明するために添えられていると思われるオノマトペが異なる。『日本語オノマトペ辞典』は、「ゲラゲラ」を「大声で笑う声。遠慮なしにばかにした笑い声」、「キャラキャラ」を「かん高く明るく笑うさま。からから」と説明している。

「キャラキャラ」は「ゲラゲラ」を一方に置けば、それよりは「軽い」ことを思わせる。「ゲラゲラ」に対しては「ケラケラ」も「軽い」はずであるが、そうではなく正史は「キャラキャラ」を使った。それがなぜか、という問いには実は答えにくい。笑いが異なるのだという説明はもちろんできるが、それは「ゲラゲラ」と「キャラキャラ」とが異なるということから導き出されているので、何も説明していないともいえる。そして、さまざまなオノマトペを使っているから、その使い手が「語感」に敏感だという「みかた」も、結局はさまざまなオノマトペを使っているということを言い換えたにすぎないともいえる。そう考えると、オノマトペについて、論じることができる内容は案外と少ないということになる。しかしまた、正史がオノマトペを多く使っているとはいえるだろう。ただし、「多く使っている」ととらえる以上、「何に対して多いのか」ということを示す必要がある。つまり比較の対象がなければ「多い」とはいえない。また、どうやって比較すればよいかということもある。同じような長さ（言語量）の作品を比べるのは一つのやりかたではあるが、その作品でなければまた違う結果になるということがありそうで、オノマトペを多く使っているかどうか、ということもきちんととらえるのは案外と難しい。したがって、右の「多く使っている」はそう感じるという程度にとらえておいてほしい。

ここでは、一九四八（昭和二三）年から翌年にかけて雑誌『男女』（後の『大衆小説界』）に連載された「夜歩く」を観察対象とした。『新版横溝正史全集7』より引用する。作品内で使われているオノマトペをゴシック体で示し、五十音順に並べてみることにする。『日本語オノマトペ辞典』に収められている語をオノマトペとして認めることにする。

◎守衛のやつが**イライラ**するのも無理はなかろう。（二〇頁上段）
◎やがて、**いらいら**した調子で（四七頁上段）
◎関係者にとっては妙に**いらいら**とした、落ち着かぬインターヴァルだった。（八六頁上段）
◎いやいや、直記は私よりもはるかに**イライラ**しているのだ。（九一頁上段）
◎蜂屋が**うとうと**していたから枕元に水をおいてきた（一二六頁下段）
◎質の悪い西洋紙のように黄ばんで**カサカサ**している。（六一頁上段）
◎顎ばかり**ガタガタ**ふるえている。（三二頁上段）
◎そしていま、姫新線の**ガタガタ**列車にゆられているのである。（八八頁下段）
◎やがて文字盤の符号があうと、**ガタン**と音がして金庫の扉がひらいた。（四〇頁上段）

◎**カチカチ**というような雷鳴が爆発すると（一〇〇頁下段）
◎耳を聾する雷鳴が、**カチカチ**と私たちの頭上で炸裂した。（一〇六頁上段）
◎私はなんともいえぬ恐ろしさがこみあげて来て、**ガチガチ**と歯が鳴るかんじだった。（九二頁下段）
◎私は何んだか歯が**ガチガチ**と鳴る感じだった。（一〇七頁上段）
◎そのとき何やら、**カチャリ**と靴の爪先にあたったものがある。（一一七頁上段）
◎**ガチャン**とコーヒー茶碗を皿のうえにおいたので（七一頁下段）
◎いつかはわれわれ親子に**ガチン**と一撃くらわせてやろうと（一六頁上段）
◎と、そのとたん**ガッキリ**と視線のあった男がある。（八八頁下段）
◎やがて**がぶり**とコップの酒を呷ると（五四頁下段）
◎金田一耕助はいかにもうれしそうに、頭のうえの雀の巣を、**ガリガリ**と掻きまわした。（一一四頁下段）
◎金田一耕助はうつろな声をあげて笑うと、**ガリガリ**とやけに頭をかきまわした。（一三六頁上段）
◎金田一耕助はまた、**ガリガリ**と頭をかきまわし（一三八頁上段）
◎脳細胞のひとつひとつを**ガンガン**叩いているような気持ちであった。（七四頁下段）
◎心臓が**ガンガン**鳴って、呼吸をするさえ苦しくなった。（七五頁上段）
◎四方太の**キイキイ**声のあとにつづいて（八四頁上段）
◎昂奮して、**キーキー**とわめき立てる四方太の口から（八一頁上段）
◎守衛はそれをきくと、**ギクッ**と椅子から立ち上がり（三六頁上段）
◎蒼黒い顔に**ギタギタ**脂がういて、瞳が異様にうわずっている。（一二三頁上段）

◎八千代をとりまいて、**キャンキャン**わめきたてているだけのことなのさ。(三八頁上段)

◎**ぎょっ**として相手の顔を見直した。(一一頁下段)

◎そこまで考えて来て、私は突然、**ギョッ**として立ち止まった。(七五頁上段)

◎**ぎょっ**としてふりかえると(一〇九頁上段)

◎突然、私は**ギョッ**とした(一一二頁上段)

◎私は**ギョッ**としてふりかえった。(一一三頁上段)

◎不安そうな眼で**キョロキョロ**あたりを見廻し(九三頁上段)

◎滝のように頬をつたって流れる汗が、月の光に玉簾《たますだれ》のように**キラキラ**光った(一四八頁上段)

◎酒の酔いが雲母《うんも》の粉をふいたように**ぎらぎら**と浮かんでいる。(五頁上段)

◎**ギラギラ**光る眼があやしく熱をおびて、だんだん調子が凄んで来た。(一七頁上段)

◎**ギラギラ**する日本刀を大上段にふりかぶっているのである。(二二一頁下段)

◎あの熱っぽい、**ギラギラ**光る眼光は、いったい何を意味していたのだろう。(二五頁下段)

◎**ギラギラ**するような眼で、しばらく直記を見つめていたが(三六頁上段)

◎直記はまた**ギラギラ**する眼で私をにらんだ。(四八頁上段)

◎酒の酔いが**ギラギラ**と熱っぽく噴いて、そういう眼付きを見ていると、直記の酔ったときにそっくりだと思わざるを得なかった。(五四頁下段)

◎直記の眼に、急に**ギラギラ**とした脂のようなものが浮いて来た。(九七頁上段)

◎**ギラギラ**と脂のういたような眼で(一二七頁上段)

◎その人物が**ギラギラ**するようなダンビラをさげて（一二九頁上段）

◎血走った眼を**ギラギラ**させている（一二九頁下段）

◎月の光に額の汗が、**ギラギラ**と光っている（一四七頁上段）

◎私は**キリキリ**奥歯を鳴らした（一四七頁上段）

◎鉄之進はわれわれの姿を見ると、**ギロリ**とした眼をおびえたように見張って（五三頁上段）

◎直記はひとりで、**ぐいぐい**ウイスキーを呷りながら（一二三頁下段）

◎**グズグズ**しているのとまた一喝をくう。（三九頁下段）

◎小市は骨を抜かれたように、**クタクタ**とキャバレーの床に倒れたのである。（九頁上段）

◎**グッショリ**濡れたその裾を（八二頁下段）

◎防水帽も**ぐっしょり**濡れて、緑の周囲から滝のような滴が流れ落ちる。（一〇七頁上段）

◎じめじめと湿った土に、**ぐっしょり**としみこんだ黒い汚点（一一六頁上段）

◎むろん、**ぐっしょり**血にぬれている。（一一六頁下段）

◎咽喉仏が**グリグリ**おどって（一二四頁上段）

◎金田一耕助は、大きくみはった眼を、**くるくる**廻転させながら（一一九頁下段）

◎**グルグル**と出鱈目にダイアルを廻していると（四〇頁下段）

◎水の中を眺めながら、手を叩いて**ゲタゲタ**わらっている。（二三頁上段）

◎突然直記が大声をあげて**ゲラゲラ**笑い出したのである。（五七頁上段）

◎谿谷の底からは、**ごうごう**と岩を噛む水の音がきこえて来る。（一〇八頁上段）

◎私の書きためておいた、『岩頭にて』より以前の記録を、**コツコツ**指ではじきながら（一五九頁下段）
◎やがて何と思ったのかニヤリと不敵な笑みをうかべて、**コトコト**と向こうのほうへ立ち去った。（二一三頁下段）
◎守衛はピアノのそばをはなれると、**コトコト**と向こうのソファへ歩いていったが（二六頁下段）
◎仙石はまぶしそうに私の視線をさけながら、**ゴトゴト**部屋のなかを歩きだした。（四七頁上段）
◎**ゴトゴト**部屋のなかを歩きまわりながら（四七頁下段）
◎間もなく私たち三人を乗せた牛車は、**ゴトゴト**と駅の前を出発した。（九〇頁上段）
◎**ゴロゴロ**と咽喉を鳴らす牝猫のような感じがあったからだ（一〇四頁上段）
◎直記のかしてくれた毛布にくるまって、**ごろり**とソファに横になった。（四一頁下段）
◎どこか**ジージー**と油蟬がないている。（九一頁下段）
◎背筋が**ジーン**と冷たくなるのをおぼえた。（五二頁上段）
◎あまりの驚きに手足が**ジーン**としびれるかんじだった。（九三頁下段）
◎そして、**じっとり**と血のにじんだ毛布のはしに手をかけると（四五頁下段）
◎私は背を流れる冷や汗を、**じっとり**と気味悪く感じずにはいられなかった（一三一頁下段）
◎失神の一歩手前にあった直記は、それでやっと**シャッキリ**した。（四六頁上段）
◎直記は持参のサントリーを、**ジャブジャブ**グラスに注ぐとまたひといきに飲み干した。（五頁上段）
◎裾の濡れるのもかまわずに**ジャブジャブ**と水のなかへ入っていった。（七九頁上段）
◎見かけは**ショボショボ**とした、なんの取柄もない男だが（一五四頁下段）

◎直記は額から**ジリジリ**と脂汗をながしながら（一三二頁上段）
◎それがあのじゃじゃ馬を**じりじり**させたのだ（一四八頁上段）
◎この二、三日、あたしを**ジロジロ**見てばかりいるじゃないの。（七二頁上段）
◎直記は**ジロリ**と私の顔を見ると、意地の悪いわらいをうかべながら（五一頁上段）
◎お喜多婆アは底意地の悪そうな眼で、**ジロリジロリ**と一同を睨《ね》めまわしながら（六六頁下段）
◎穢いものでも吐き出すように、ペッと池のなかへ唾を吐くと、そのまま**スタスタ**と池をまわって
いった。（二四頁上段）
◎私をみるとすぐくるりと背をむけて、**スタスタ**と上へあがっていった。（三七頁上段）
◎すっかりヒステリーを起こして、**ズタズタ**に破ってしまったんだ。（一七頁下段）
◎わなわなと唇をふるわせていたが、急に**すっく**と立ち上がると、泳ぐような恰好でふらふらと小
市のほうへちかづいていったかと思うと（九頁上段）
◎すると、ふいに**すっく**と八千代さんが立ったのである。（三五頁上段）
◎建物全体に、落ち着きと、**ずっしり**とした重量感をあたえている。（二一頁上段）
◎みんないい気持ちで**すやすや**眠っているのだろうか。（一〇一頁上段）
◎さきに立って**ずんずん**歩き出した。（一二一頁上段）
◎守衛は**ぜいぜい**肩でいきをしながら（三二頁上段）
◎気味が悪いんだ。なんとなく**ゾーッ**とするんだ。（一一頁下段）
◎私は世にも恐ろしいある想像につきあたって、思わず**ゾーッ**と身をふるわせた。（六九頁上段）

◎**ゾーッ**とするような鬼気を感じた。（六九頁下段）

◎おりゃア何んだか気味が悪くてたまらないんだ。**ゾクゾク**するんだ。背筋が寒くなるんだ。（三四頁下段）

◎すると**ゾクリ**と冷たい戦慄が、背筋をつらぬいて走るのを禁ずることが出来ないのだ。（二五頁下段）

◎私は首筋へ毛虫でも入れられたように**ゾクリ**とした。（二九頁上段）

◎私もあの刹那の戦慄を思い出して、思わず**ゾクリ**と肩をすぼめた。（二九頁下段）

◎それから急に**ゾクリ**と身顫いをすると（九三頁上段）

◎思い出しても**ぞッ**とするらア。（三〇頁下段）

◎私は思わず**ゾッ**と鳥肌の立つのをかんじた。（三九頁下段）

◎兄さんと密会するなんて、考えただけもいやらしい、**ゾッ**とするわ。（六〇頁上段）

◎やがて、**ゾッ**とするような声でこういった。（六六頁上段）

◎ああ、思い出しても**ゾッ**とする。（一〇〇頁下段）

◎ああ、恐ろしい、**ゾッ**とする（一四〇頁下段）

◎なんともいえぬ恐ろしさが、足下から**チリチリ**と這いあがって来る。（一一七頁上段）

◎額から**ツルリ**とひとしずく、汗が頬にながれ落ちた（一二四頁上段）

◎さすがに一同も**どきっ**としたように、一瞬、言葉がなくひかえていたが（六六頁下段）

◎私は**ドキッ**とした思いで、また直記の顔をぬすみ視た。（一三七頁下段）

◎私の心臓はにわかに**ドキドキ**しはじめ（一四二頁上段）

◎私たちは**ドキリ**として眼を見交わした。(六〇頁下段)

◎**ドシン**と音を立てて椅子のなかに腰をおとした。(五九頁上段)

◎**ドヤドヤ**と入り乱れた足音と罵りあう男の声がきこえて来る。(一〇一頁下段)

◎やっと安心して**とろとろ**とまどろんだが(一二九頁下段)

◎意味もなく**ニヤニヤ**とわらいながら(三〇頁下段)

◎蜂屋は**ニヤリ**と意地の悪い微笑をうかべて(三二頁下段)

◎みみずのような血管を二本、**ニューッ**と無気味に走らせながら(一六頁上段)

◎そしてそのベッドの毛布の下から、靴をはいた男の足が二本**ニューッ**と出ており(四五頁下段)

◎浅黒い皮膚なども、蛙の肌のように**ヌラヌラ**濡れているかんじである。(五四頁上段)

◎石にはいちめんに苔がむして、**ヌラヌラ**した感触が気味悪かった。(八〇頁上段)

◎血走った眼といわず、全身の皮膚といわず、**ヌラヌラ**とした酒気と怒りが浮き出しているが(一〇二頁下段)

◎**ネチネチ**と女のくさったようにしじゅう何か胸にたくらんでいる男だ。(五六頁上段)

◎**ねっとり**額ににじんでいる汗を(一一三頁上段)

◎どんな危険なことがあっても、**ノコノコ**とかえって来る女だ。(八七頁上段)

◎池のほとりを**ノロノロ**歩く。(七八頁上段)

◎牛方はふりむきもしないで、**ノロノロ**と牛の鼻面をとって歩いていく。(九二頁上段)

◎ズブ濡れになった着物が、風に**ハタハタ**ひらめいているのが(一一〇頁下段)

◎大正の大不況時に華族が**バタバタ**倒産した際もこれを無事に切り抜けた（一四頁上段）
◎**バタン**と小箪笥の戸をしめて（五七頁下段）
◎**バチャバチャ**と水をわたってこっちのほうへ引き返して来た。（七九頁下段）
◎鉄之進は**バチン**と音を立てて、起こしていた石を水のなかに落とした。（七九頁下段）
◎いま**ピカッ**と光ったろう。（一〇八頁上段）
◎ズボンの折目もちゃんと筋が立っているし靴も**ピカピカ**光っている。（八頁下段）
◎警部補が異動させた懐中電燈の光のなかに、**ピカリ**と浮き出したのは日本刀だ。（一一六頁下段）
◎われわれは思わず**ビクッ**とうしろへ身をひいた。（三一頁上段）
◎おそろしく怒張した血管が、みみずのように**ヒクヒク**と痙攣した（一三五頁下段）
◎その後ろ姿が**ビクビク**はげしくふるえているところを見ると（二六頁下段）
◎そんなふうに考えて**ビクビク**しているんでしょ。（三五頁下段）
◎守衛は**ビクリ**とからだをふるわせたようである（二七頁下段）
◎守衛は毛虫にでもさわられたように、**ビクリ**と眉をふるわせたが（二八頁下段）
◎鉄之進の体が**ピクリ**とふるえた（一〇三頁上段）
◎直記は**ピクリ**と顔をあげた（一三六頁下段）
◎そのとたん、直記は**ピシャリ**と音を立てて窓をしめた。（四四頁上段）
◎たしかに軽いスリッパの音が、**ひたひた**と階段をあがって来るのである。（四二頁下段）
◎それはさておき古神家の殺人事件も、ここまで来ると**ピタリ**と停止してしまった。（八六頁上段）

◎八千代さんが雲をふむような足取りで、**ひょうひょう**と飛んでいくのを（一〇八頁上段）

◎金田一耕助は**ヒラリ**と車からとび降りた。（九一頁下段）

◎私は咽喉が**ヒリヒリ**と、いがらっぽくひりつくのをおぼえた。（一二〇頁下段）

◎ずんぐりとした胡麻塩頭《ごましおあたま》、**ピン**とはねた太い八字髭（二二頁上段）

◎それはちょうどクライマックスに達したとたん、**プッツリ**切れたフィルムのように（八六頁上段）

◎何か**ブツブツ**呟きながら、隣り座敷を歩きまわる直記の気配を耳にすると（一四二頁上段）

◎つまりペンで書きのこしておく部分は、そこで**プツン**と切れる筈だったのだ（一四一頁上段）

◎病気を起こして、**フラフラ**とはなれへ出向いていかれたのですね（六一頁上段）

◎わざと**フラフラ**歩いてみせたんです（一三三頁下段）

◎投げ出された村正は、ぐさっときっさきを床に突っ立てると、二、三度**ぶらぶら**とゆれていたが（五二頁上段）

◎少し**ブラブラ**歩いてみたいですから。（九一頁上段）

◎大きく眼を見張り、**ブルブル**肩をふるわせていやアがったぜ（三〇頁上段）

◎**ブルブル**と痙攣するようにふるえている。（四四頁上段）

◎全身におぼろの月光をあびて、**フワリフワリ**と宙をふむような足どりで（七五頁下段）

◎いささかおそれをなした態で、**ヘタヘタ**と椅子のなかにくずれてしまった。（三七頁上段）

◎血溜まりのなかに**ベタベタ**とスリッパの跡がいちめんについているんだ（六一頁上段）

◎**べっとり**と血にそまった刀身をながめていたが（五二頁上段）

◎私はほとんど立てつづけに、ひとりで**べらべら**しゃべっていた（一一五頁上段）
◎犬のように**ペロリ**と舌なめずりをすると（一七頁上段）
◎別の人間となって更生し、かげで**ペロリ**と赤い舌を出している（一一二頁下段）
◎お柳さまの耳たぼが**ボーッ**と紅くなった。（五四頁上段）
◎**ポカン**と口をひらいて私たちの顔を見ていたが（五九頁上段）
◎四方太は**ぽかん**と口をあけて（一三七頁下段）
◎直記はわざと素っ気なく、**ポキポキ**と木の枝を折るような口調でいう。（九二頁下段）
◎額から**ポタポタ**と汗が流れおちて（一三五頁下段）
◎その瞬間**ボチャン**と大きな水の音がすると（二三頁上段）
◎どこかで鯉がはねたらしい。**ボチャン**という生ぬるい音がきこえたかと思うと（七八頁下段）
◎それでも**ミシリ**と床が鳴ったときには（一四二頁上段）
◎小心でこすっ辛いと来ているから、**ムカムカ**するような事が始終ある。（一五頁下段）
◎胸が**ムカムカ**して嘔吐を催しそうであった。（四九頁下段）
◎えたいの知れぬ無気味さが、**ムズムズ**と背中を這うかんじであった。（一八頁下段）
◎やがてその波紋の中心から**ムックリ**と首をもたげたのは鉄之進老人だ。（二三頁下段）
◎**むっちり**とした乳房がのぞいている。（三七頁下段）
◎**ムッチリ**とした乳房や膝頭もあらわに、必死となって両手で髪をおさえているが（一〇三頁上段）
◎私は急に**ムラムラ**と妙な疑惑に胸をどきつかせた。（三三頁上段）

◎蜂屋は、戦後**メキメキ**売り出した新進画家で、自ら新思潮派と称している。（一一〇頁上段）

◎この**もじゃもじゃ**頭の風采のあがらぬ（一一四頁下段）

◎ベットのほうから、直記が**もそり**とした調子で声をかけた。（四二頁上段）

◎ゆるやかな波紋が、月の光に明暗をきざみながら、**ユラユラ**とひろがって来る。（七八頁下段）

◎**ユラリ**と一歩かれはうごいた。それからそろそろ歩きだした。（七八頁下段）

◎私がむろん、**よたよた**とそのあとからついていったことはいうまでもないが（三七頁上段）

◎私は好奇心で胸が**ワクワク**するおもいで、ふたりの顔を見くらべていた。（一二一頁下段）

◎ウイスキーをつぐ手が**わなわな**ふるえて（一二四頁下段）

同じオノマトペであっても、これから述べることとかかわって複数掲げたものもあれば、複数使用されていても一つしか掲げていないものもある。また、「夜歩く」に使われていて、『日本語オノマトペ辞典』に載せられているオノマトペを厳密にすべて掲げてはいない。

それでも、紙幅を使って多くの使用例を示した。右ですぐにわかることが幾つかある。まず、同じ語形のオノマトペであっても、片仮名で文字化《もじか》されているものと平仮名で文字化されているものがあることがわかる。

例えば「イライラ」であれば、「イライラするのも無理はなかろう」（二〇頁上段）、「いらいらした調子」（四七頁上段）、「妙にいらいらとした」（八六頁上段）、「はるかにイライラしているのだ」（九一頁上段）のように、片仮名、平仮名がそれぞれ複数回使用されている。こういう「事態」に対して、現代日本語母語話者は、何か「使い分け」があるのではないかと、反射的に思い、その「使い分け」を探りたくなる。それは、現代日本語が、全体としては「同じ語は同じ文字化をする」という志向があることに起因する。「同じ語は同じ文字化をする」が徹底していると、「異なる文字化をされている語は異なる」ことになる。そうなると「イライラ」と文字化されている語と「いらいら」と文字化されている語は、わずかであっても何か異なるはず、ということになり、そのわずかな異なりを何とかつきとめたくなる。「イライラ」の場合は、片仮名、平仮名が複数回使われているが、例えば「ゾット」の場合は、「ぞッと」が一例のみで、他が「ゾッと」である。こういう場合だと、一例のみ存在している「ぞッと」が印刷上のミスではないかというようなところまで考えるかもしれない。もちろん可能性というとらえかたをするならば、そうした可能性はある。そもそも一般的に使われる場合の「可能性」は単に「考え得ること、あり得ること」を意味していることが多く、論理的に矛盾が含まれていないということも前提になっていない場合がある。印刷に際して誤植はつねにおこり得るから、「ぞッと」が誤植である可能性は否定できないという意味合いにおいて、誤植である可能性はある。

複数回出現している「ゾット」のうち「ぞッと」と文字化したのは一回だけであるから、それが誤植である可能性はたかいのではないかという主張があるかもしれない。複数回のうちの一回というところに論理的なみかたが含まれているということかもしれない。しかし、この主張は、「同じ語は同じ文字化をする」を前提にしていることになる。正史はどうだろうか。それがはっきりとわかるので、紙幅を使って、多くの例をあげた。「ゾット」以外にも、片仮名による文字化と平仮名による文字化の両方がみられる語が複数ある。「ポカンと口をひらいて」(五九頁上段)と「ぽかんと口をあけて」(二三七頁下段)は、完全に同じ文言ではないにしても、口をあけるということについて使われており、ほぼ同じ表現といってよい。表現としては同じであるにもかかわらず、一方は片仮名によって「ポカンと」、もう一方は平仮名で「ぽかんと」と文字化されている。表現がほぼ同じなのだから「使い分け」とはいいにくい。「グッショリ濡れた」(八二頁下段)と「ぐっしょり濡れて」(二〇七頁上段)も、完全に同じではないが、ほとんど同じ表現といってよい。

■横溝正史の文字化《もじか》

右のことから自然に導き出される「みかた」は、横溝正史が片仮名による文字化と平仮名による文字化と、ともに行なっていたということだ。ここでまた、「同じ語は同じ文字化をする」という「心性《メンタリティ》」は読み手には「使い分け」の基準がみえないが、正史には何かそうした基準があって「使い分け」をしていたと考えたくなるかもしれない。稿者は、読み手に基準のみえない「使い分け」は「使い分け」とはいえないと考えている。これまた、正史に基準があった可能性はある。作家である正史が文字化に関して、他者には理解しにくい文字化の基準をもっていたという可能性である。

ここにも、「作家は一般の言語使用者とは異なる言語使用基準をもつことがあり得る」という前提が含まれていて、それを認めた上での「可能性」ということになる。この前提についても稿者は疑いをもっている。言語は共有されている、共有されているのが言語である、という大前提からすれば、作家が「一般の言語使用者とは異なる言語使用基準をもつ」という前提は簡単には認められない。「一般の言語使用者とは異なる言語使用基準」があるのだったら、作家がつくった作品が一般の言語使用者、すなわち一般的な読み手に過不足なく受けとめられなくなるはずである。新聞や雑誌に発表される作品は、新聞読者、雑誌読者が読み手であることが書き手にもわかっている。そうした読み手と共有されている言語によって作品をつくるのが自然であろう。正史に関していえば、角川文庫によって多数の読者を得ている。それが正史にしかわからない日本語で書かれているということはおよそ考えにくい。

そう考えてくると、片仮名で文字化された「グッショリ」も平仮名で文字化された「ぐっしょり」も、「等価」つまり同じであるとみるのがもっとも自然であることになる。日本語には「正書法」がない。ある語はこのような文字化しかないというのではなく、つねに選択肢がある。漢字を使ってもよいし、仮名を使ってもよい。仮名も、平仮名を使ってもよいし、片仮名を使ってもよい。そうした選択肢がある。書き手はある語に関して、いろいろと考えた末に、文字化のしかたを決めるということがあるだろう。一貫した基準をもっていることもあるだろう。しかしそうした書き手の「選択」や「基準」は、基本的にすべて「選択肢」の中でのことだ。そしてその「選択肢」は当然のことながら、同時期の「読み手」にも理解されている。では、その選択肢を、そこで選んだ理由はわかるだろうか。書き手はわかっているはずであるが、それはその瞬間だけ、ということもあろう。正史に、この語はなぜこう文字化したのですか、と質問して、すべての作品のすべての語について、明確な答えがかえってくるだろうか。明確な答えがない場合がほとんどではないだろうか。行動の「意図」すなわち「なぜそうしたか」は行動主体にもつかめていないことがあるはずで、行動主体につかめていないような「意図」をあれこれと想像するのが楽しいということもあるかもしれない。だから、想像することを否定するわけではない。しかしそのことについて、「議論」はできないだろう。「夜歩く」という一つの作品についてだって同じだろう。この「グッショリ」はなぜ片仮名で文字化して、こちらはなぜ平仮名で文字化したか、正史が答えてくれるだろうか。正史の「意図」は正史にもわからないことがある。となると、他者が仮にわかったと思ったとしても、それは他者がみている「幻影」かもしれない。読み手が確認できることは、例えば「夜歩く」のオノマトペはこのように文字化されている、という「事実」だ。その「事実」は他の読み手と共有できる。あるいは、正史の（初期に書かれた）この作品では、この語がXのように文字化されているという「事実」、このテキストでは、その同じ語がYのように文字化されているという「事実」だ。初期に書かれたその作品を書いた時には、正史はその語をXと文字化しようと思った。あるいはXと文字化したかった。しかし、時間が経過して、正史はその語をYと文字化しようと思った。この瞬間に正史は、自分はかつてはXと文字化していたな、と想起したかもしれないし、想起しなかったかもしれない。Xという文字化じゃなくて、Yという文字化が今の「好み」だと思ったかどうかも他者にはわからない。そうしたことを他者が「判断」するための「情報」がない。つまり「判断」の根拠となるようなものがない。「判断」の根拠がなければ、それは「判断」ともいいにくい。単なる想像に限りなくちかい。

「夜歩く」が一九四八（昭和二三）年から翌年にかけて雑誌『男女』に発表されたことは先に述べた。「夜歩く」という作品を「テキスト」ととらえた時、その「テキスト」は一九四八年に、雑誌

『男女』に発表された、という具体的な時日、具体的な場とともにある。正史は「夜歩く」が『男女』に発表されることを承知していただろうし、それがどのような雑誌であったかも承知していただろう。それは「読み手」を想定していたということでもある。作品が具体的なかたち＝テキストとしてアウトプットされる以上、作品は一つ一つが独立した「テキスト」ということになる。その「テキスト」を並べてみることができるのは、「テキスト」が出揃った時空にいる人物のみということになる。

正史は一九八一年一二月二八日に死去している。死去後に、かつてつくられていた作品がみつかって公表されることはあるが、正史が新しい作品をつくることができない。正史の死去後、例えば、二〇二三年に、それまでに公表されている横溝正史作品をすべて並べることはできる。それを仮に「横溝正史の全テキスト」と呼ぶことにしよう。その「横溝正史の全テキスト」をすべて電子化したとする。電子化をすれば、横溝正史作品に検索をかけることができる。この検索によって「グッショリ」という語を正史がどのように文字化したか、という完全なデータが得られる。「グッショリ」が何回、「ぐっしょり」が何回、経時的に変化があるのかないのか。「使い分け」のようなものがあるのかないのか、ということをつかむことができる。何回使われたかは「事実」、経時的に変化があるのかないのかも「事実」、一方で「使い分けのようなものがあるのかないのか」は観察、分析に基づく考察にちかいので、「事実」ではなく、「事実に基づいた読み取り」ということになる。「読み取り」だから、読み取りをする人によって、判断が異なるかもしれない。しかし、全体のデータはみえているので、読み取りの幅は狭い、つまり読み取る人による違いはそれほどないだろう。

「読み取りの幅」が狭いとなれば、それが推測ではあっても、「事実」にちかいものとみてもよい。

文字化のしかたに、初期にはX、晩年はYというような経時的な変化があった場合であっても、晩年だからYが正史の求めていた文字化だとはいえないし、初期だからXが正史の好みの文字化だとはいえない。先に述べたように、正史の「意図」は原理的には、他者にはつかめない。わかるのは初期がX、晩年がYということだけだ。となれば、どちらも正史の文字化とみるのがもっとも自然なことになる。一つ一つのテキストすなわち公表された作品は、公表された具体的な時空を背景とし、その具体的な時空のもとに成立しているのだから、そうした具体性を捨てなければ、すべてのテキストを一つのものとしてとらえることはできない。いろいろな条件下に成立したテキストは、その条件下に一つのテキストとしてうまれてきているし、基本的にはそれぞれのテキストを正史が認めているとみるのが自然だろう。たとえ、正史が気持ちとしては納得していなかったとしても、その「気持ちとしては納得していなかった」かどうかを論議の場に持ち出すことはできない。したがって、大衆向けに、出版社がつくったテキストであることが想像できたとしても、それは正史にとっては不本意だったはずだからテキストとして認める必要がない、とはいえないだろう。実際に不本意だったかもしれない。しかし、いわゆる海賊版のようなものであったとしても、存在しているテキストは存在しているテキストとしかいいようがないだろう。音楽においては、海賊版が価値をもつこともあるし、後に評価されることもある。いいたとえにはなっていないかもしれないが、あるテキストを否定することは、そのテキストによって作品を享受した読み手も同時に否定することになる。このテキストは出版社がいろいろと手を入れてしまっているから、正史は納得していなかった。正史が納得していたのは、初出テキストなのだと主張するとしたら、初出テキストではないテキストによって横溝正史作品を享受している読み手は、「残念な読み手」ということになるのだろうか。そして、そういうことを主張できるのはいったい誰なのか、ということになる。

ここまで「夜歩く」という一つの作品内でのオノマトペ使用に注目し、正史が使ったオノマトペをあげ、文字化が一定していないことについて述べてきた。一つの作品内で、文字化が一定していないことから推測されるのは、異なる作品においては、いっそうそうであろうということである。稿者は、正史は文字化のしかたをあまり気にはしていなかったと思うに至っている。

■声が頭に響く作家

本書199頁でも採りあげているが、横溝正史の代表的な作品と考えられている「獄門島」は雑誌『宝石』の第二巻第一号（一九四七〈昭和二二〉年一月）から第三巻第八号（一九四八〈昭和二三〉年一〇月）まで連載されている。

一九四六（昭和二一）年に「当用漢字表」「現代仮名づかい」が告示されていて、「獄門島」は、告示直後ともいえる時期に発表されている。しかし、『宝石』に発表されている「獄門島」は「当用漢字表」に載せられている漢字字体で印刷されていないし、「現代仮名づかい」も使っていない。つまり、『宝石』に発表されている「獄門島」テキストは、「当用漢字表」「現代仮名づかい」の下にはないとみてよい。このテキストの校正に正史がどの程度関与していたかは不分明としかいいようがない。しかし、「本陣殺人事件」が好評であったことをうけて、「本陣殺人事件」の最終回の翌月から連載が開始された「獄門島」に、正史が無関心であったはずはないだろう。この「ないだろう」は常識的な想像ではあるが、今ここではその常識的な想像を前提として、雑誌『宝石』に発表された「獄門島」テキストには正史がかかわり、正史によって「承認」されたテキストであるという仮説をたててみよう。引用は第八回が載せられている『宝石』第二巻第九号による。

◎村長の荒木さんがそれにつゞいて、重つくるしく口を**ひらい**た。(五五頁中段)
◎誰もそれに**こたへる**者はなかつた。(五五頁中段)
◎人間の**かず**だつて知れてゐます(五五頁下段)
◎鵜飼といふ**ひと**の手紙をふところに持つてゐた(五五頁下段)
◎花子がこゝをぬけ出して、こつそり寺へ**いつ**たのは(五五頁下段)
◎あの**ひと**の**うしろ**についてゐる**ひと**たちはどうですの(五六頁上段)
◎和尚は、いくらか聲を**やはらげる**と(五六頁上段)
◎そんなことを**きく**と、どのやうな尻を持つて來ないものでもない(五六頁上段)
◎**ひとしづく**ポトリと涙が膝の**うへ**に落ちた(五六頁中段)
◎だから、それ、**ほか**の**ひと**の煙草に**ちが**ひないわ(五六頁下段)
◎**うへ**からみてもわかる**とほり**(五七頁中段)
◎**おり**るかと思へばまた**あが**り、うねりくねりと曲つてゐて(五七頁中段)
◎その**さき**に、わたり廊下がついてゐた(五七頁中段)

◎さう**いひすて**ると、小走りに渡り廊下を**わた**つていつた。（五七頁中段）
◎こけら葺きの家が一軒**たつ**てゐる（五七頁中段）
◎耕助は清水さんをそこに**のこ**したまゝ（五七頁下段）
◎仰向きに寝てゐる横顔や鼻の**たか**いところが（五八頁上段）
◎早苗は格子の**そと**にぶらさがつてゐる（五八頁上段）
◎早苗はそれを格子の**あひだ**から突つこむと、（五八頁中段）
◎するすると、盆を**てまえ**へ**ひきよせ**た（五八頁中段）

「てまえ」は古典かなづかいでは「てまへ」であることからすれば、なお校正が不十分である可能性はある。しかし、右に掲げた例がすべて校正もれ、ということは考えにくい。これらが、正史が雑誌『宝石』にわたした原稿通りであるとすれば、正史は右でゴシック体にした語を平仮名によって文字化していたことになる。そうであった場合も、正史が自筆原稿の文字化を忠実に印刷してほしいと思っていたかどうかも不分明である。

書き手が自筆原稿に書いたとおりに、初出は印刷するべきだという「心性」は、明治期においてもあったと考える。それは例えば、森鷗外の「文づかひ」の自筆原稿と対照すると、初出である「新著百種」の印刷は、自筆原稿を再現しようとしていることがわかるからである。しかしそれは森鷗外の「文づかひ」という具体的なケースにおいて確認できていることであって、その「心性」が時空を異にしてもずっと継続されていたかどうかは別途確認する必要がある。

一つの想像としていえば、正史はかなりのスピードで原稿を書き、原稿を書いている時点では、文字化のしかたをあまり吟味していなかった。だから仮名で文字化していることもあった。その自筆原稿が編集者にわたされ、編集者は自筆原稿を尊重して印刷を行なった。それが例えば、『宝石』に掲載された「獄門島」ではないか。一回アウトプットされてかたちをもったテキストはそのかたちが尊重され、この初出テキストが継承されていくということはあろう。しかしそれを正史は否定していない、という「筋道」ではないだろうか。否定していないということは、どちらでもいい、とも想定できる。

右の例文にはいわゆる「会話文」が少なからず含まれている。実際の会話は基本的には文字を媒介としないで行なわれる。この語をどう文字化するか、ということから会話は離れている。そのことからすれば、「会話文」が仮名勝ちに文字化されていることは首肯できる。「人形佐七捕物帳」シリーズは仮名勝ちに文字化されているようにみえるが、それはそもそも「会話文」が多いからだろう。

ここからは稿者の「妄想」「臆測」である。正史が雑誌の編集者にわたす原稿はもちろん文字化されたテキストということになる。その原稿が場合によっては仮名勝ちに文字化されていたのではないかというのが稿者の「憶測」である。さて、正史はどのくらいのスピードで原稿を書いていたのだろうか。頭に浮かんできたことばをどんどん文字化していく。頭に浮かぶことばにスピードがあると文字化が追いつかなくなる。「書くのがもどかしい」というような気持ちといえばよいだろうか。そういうタイプの作家であると、文字化のしかたに「揺れ」が生じるであろうし、そもそもどう文字化するかということをあまり重視しないだろう。「声が頭に響く作家」といえばよいだろうか。

それに対置されるのは「文字が頭に浮かぶ作家」だろう。正史は「声が頭に響く作家」だったのではないか。少なくともそういう傾向があったのではないか、というのが稿者の「妄想」である。

正史は「論理の骨格にロマンの肉附けを」するということを標榜している。「ロマン」はいろいろなとらえかたがありそうだが、人間の「気持ち・感情」と結びついているというとらえかたは自然であろう。「本陣殺人事件」を読むとわかるが「いかにしてではなくなぜ」を重視している。「いかにして」はまさしく「論理の骨格」であろうが、「なぜ」は、例えば行為者がそうした行為をするに至った理由であり、それは行為者にもわからないかもしれない。それでも「なぜ」が気になるのであれば、それはやはり人間の「心理」ひいては「気持ち・感情」の側が気になるということといってよい。「論理の骨格」があって、それに「ロマンの肉附け」をするという表現は、「ロマン」が「衣裳」のようにみえてしまうが、正史は「ロマン」という表現でくくられることがらの中に、人間の「気持ち・感情・心理」を含め、「論理の骨格」を重視するのと同じように「ロマン」を重視していたのではないだろうか。丁寧に整えられた「書きことば」によって自身の作品を文字化するということよりも、人間の「気持ち・感情・心理」に彩られた「論理の骨格」を作品としてつくりあげることを目指していたのではないか。

■横溝正史が使った日本語

「真珠郎」に「その後《のち》、人《ひと》に聞《き》きますと諏訪《すは》の糸取《いとと》り女工《じよこう》をしてゐるといふやうな話《はなし》がありました」（初版二九七頁）というくだりがある。『日本国語大辞典』第二版は「いととりじょこう」を見出しにしていない。それは、「イトトリジョコウ」は「イトトリ」と「ジョコウ」の複合語で、それぞれの語義から「イトトリジョコウ」の語義が容易に推測できるからであろう。しかしそうだとしても、とにかく「イトトリジョコウ」は『日本国語大辞典』が見出しにしていない語ということになる。こういう語を横溝正史作品から探し出すことはできる。それは、一九〇二（明治三五）年に生まれ一九八一（昭和五六）年に没し、明治、大正、昭和の日本語を使って作品をかたちづくっていた横溝正史が、どういう日本語を使っていたかという、日本語の歴史という枠組みの中での観察ということになる。そして、そのことは多巻大型国語辞典である『日本国語大辞典』であっても、まだこの時期の日本語については、「情報」をとりこむ余地があることを示唆している。

しかしまた、この時期の印刷物ということを考え併せた場合、誤植であるかどうかの判断が現代日本語母語話者には難しい場合がある。例えば「真珠郎」には「この湖畔《こはん》の洞窟《どうくつ》は、むろん、それほど、大規模《おほきぼ》なものではなかつたであらう」（初版一〇〇頁）というくだりがある。漢字列「大規模」には「おほきぼ」と振仮名が施されている。『日本国語大辞典』は「おおきぼ」を見出しにしていない。現代日本語では「ダイキボ」という語形を使っている。そのことを起点にすると、「おほきぼ」は誤植だと判断したくなる。判断してしまう。しかし、ほんとうに「オオキボ」という語形は使われたことがないのかどうか。こうした判断には慎重でありたい。あるいは「真珠郎」に「乙骨《おつこつ》はまた一段《だん》と痩《や》せて、もとより骨《ほね》ばつた顔《かほ》はいつさう棘立《とだ》つて、少くともこれが新婚《しんこん》の幸福《かうふく》に酔《よ》つてゐる良人《をつと》とは見《み》えなかつたのが、なんとなく私《わたし》の心《こゝろ》を軽《かる》くしたのである」（初版一八六頁）というくだりがある。漢字列「棘立」には「とだ」と振仮名が施されている。施されている振仮名からすれば、「トダツ」という語があることになるが、『日本国語大辞典』は「とだつ」を見出しにしていない。これなどは、「トゲダツ」の誤植の可能性がたかい。しかしそれでも、誤植と速断はしたくない。稿者としては「誤植か」としておきたい。

さて、「人形佐七捕物帳」第十話「屠蘇機嫌女夫捕物」に「さんばら髪でお縄にかかった九十郎をまえにして、神崎甚五郎はあっけにとられた顔色である」（『定本人形佐七全集二』講談社、三二頁上段）というくだりがある。『日本国語大辞典』第二版は「さんばら」「さんばらがみ」を見出しにする。

さんばら〔名〕（形動）（「ざんばら」とも）結っていた髪などがくずれて、ふり乱れている様子。＊俳諧・七柏集〔1781〕炭俵の頃「荷取のはしる鬢のざんばら いつぞやの借を投込はした銭〈蓼太〉」＊青春〔1905～06〕〈小栗風葉〉夏・五「『屹度もうおサンバラの、男だか女だか分からないやうな…』と言半（いひさ）して」＊われ深きふちより〔1955〕〈島尾敏雄〉「髪をさんばらにした妖婆」

さんばらがみ〔名〕（「ざんばらがみ」とも）ふり乱れた髪。みだれがみ。ちらしがみ。＊浄瑠璃・仮名手本忠臣蔵〔1748〕一〇「さんばら髪（ガミ）で居る者を、嫁にとろとは云ぬはやい」＊雑俳・川柳評万句合・安永七〔1778〕智四「さんばらがみて茶やへ来る気のとくさ」＊落語・星野屋〔1893〕〈三代目春風亭柳枝〉「星野屋の檀那が髪は散破落髪（ザンバラガミ）で何処で打被為（ぶちなすっ）たか血塗（だら）けん成て浅間処（し）い姿で御在（いで）被為（なさる）から」

小栗風葉《おぐりふうよう》は一八七五年生まれ、一九二六年没、島尾敏雄は一九一七年生まれ、一九八六年没であるが、「サンバラ」という語形を使っていたことがわかる。『完本人形佐七捕物帳十』（二〇二一年、春陽堂書店）の「解題」中には「校訂通則―全巻校訂を終えて」が添えられている。そこには、次のように記されている。

「居住まいをなおす」「一といって二とはさがらぬ」「さんばら」は、漢字の開き違いや誤植として、「居住まいを直《ただ》す」「一といって二とは下《くだ》らぬ」「ざんばら」に訂した。

（五五五頁下段〜五五六頁上段）

『日本国語大辞典』が見出しとし、昭和期まで使われていたことが確認できる「サンバラ」という語形が校訂で「誤植」と判断されて退けられている。稿者も現代日本語を母語としている。過去の日本語テキストにふれ、その日本語を理解しようとするにあたって、現代日本語についての「感覚」がはたらくことは自然であろう。その「感覚」はおおいに助けになる。しかしその一方で、過去の日本語をすみからすみまで理解しているわけではない。自身の「感覚」でおかしいと感じても、過去においてもそうであったかどうかはわからない。「誤植」である、すなわち間違いである、という判断はよくよく調べ、よくよく考えてから、といつも思う。

注1　横溝正史は「蜘蛛と百合」「蠟人」「貝殻館綺譚」「面」「猫と蠟人形」「噴水のほとり」「舌」「身替り花婿」「かいやぐら物語」「薔薇と鬱金香」を収めた『薔薇と鬱金香』（一九三六年、春秋社）に自ら解題を附している。解題末尾には「昭和十一年十月／上諏訪《かみすわ》にて　著者」とあるので、一九三六（昭和一一）年、正史三十四歳の時ということになる。そこでは「貝殻館綺譚」について「これは『改造』に発表されたものだが、草双紙仕立探偵小説の最も顕著な一例であろう。ストオリイの不自然さを文章の妙な調子で隠蔽《いんぺい》しようとしたのだが、その苦心が失敗して見事に馬脚を現わしてしまった。お伽噺《とぎばなし》としても、もう少し気の利いた書きかたがあった筈《はず》だと、今もって読む度に、恥しさに顔の紅《あか》らむのを感ずるのである」（引用は『横溝正史ミステリ短篇コレクション2　鬼火』二〇一八年、柏書房、四六六頁下段より）と述べており、自身の作品「貝殻館綺譚」を「草双紙仕立探偵小説」と呼ぶ。しかしその「草双紙仕立探偵小説」は「ストオリイの不自然さを文章の妙な調子で隠蔽しようとした」もので、「その苦心が失敗して見事に馬脚を現わしてしまった」というのが、正史の「自己評価」であろう。正史が「論理の骨格にロマンの肉附け」をすることを標榜していたことを考え併せれば、「論理の骨格」であるはずの「ストオリイ」が不自然で、それを「ロマンの肉附け」すなわち「文章の」調子でカバーしようとしたが、失敗したということであって、正史が「論理の骨格」を軸にした本格的な探偵小説作品をつねに一方に置いていることを窺わせる言説といってよい。

　この引用中「草双紙仕立」は、正史の作風を表現するにあたってしばしば使われる「草双紙趣味」という表現と通う。正史によって横溝正史作品はつくりあげられ、公開されて「読み手」を得た瞬間に、正史から切り離されたものになる。その切り離された作品を「書き手」である正史が「客観的」に観察し評価したものが「自己評価」ということになる。正史が「草双紙仕立探偵小説」という語で呼び、「読み手」がそれを「草双紙趣味」という語で呼んだとすれば、呼称においては通っているけれども、正史の「自己評価」はあまりたかくはなく、「読み手」の評価はたかいということはあるだろう。例えば、角川文庫「緑三〇四」版の『鬼火』の「解説」において中島河太郎は正史の作風を「おおまかに三期」に分け、一九三三年に雑誌『新青年』に発表された「面影双紙」を「作風の転機を示すもので、著者のユニークさを遺憾なく発揮して、妖艶幽美の新しい境地を開拓したものである」（二六九頁）と述べている。この角川文庫版『鬼火』には「鬼火」「蔵の中」「かいやぐら物語」「貝殻館綺譚」「蠟人」「面影双紙」が収められているが、「本巻は第二期の粒よりを揃えたもので、もっとも愛惜するにふさわしい」（二七五頁）と述べ、中島河太郎自身の「愛惜」を表明している。また、角川文庫「緑三〇四」版の『幽霊座』（一九七三年）に附された大坪直行による「解説」には「この頃の正史は『鴉』といい『悪魔が来りて笛を吹く』『幽霊座』と、人間消失、死んだはずの人間が徘徊するというようなある意味で似かよったトリックに挑戦しながら草双紙趣味と当時の世相などをストーリィの中に完全に溶け込ませていることに気づく」（三〇八〜三〇九頁）とある。

正史が言語化している「自己評価」にしても、それが「本音」であるかどうかも正史自身以外にはわからないとしかいいようがない。また探偵小説としては失敗したと思っていても、作品としては愛着があるということだって当然あるだろうから、そのことからすれば、正史は愛着はあって、その点において「読み手」と正史とが一致しているというみかたもあるだろう。探偵小説としても満足ができ、草双紙趣味としても満足ができるような作品、それがすなわち「論理の骨格にロマンの肉附け」をした作品で、それをずっと追求していたために、正史は書き続け、映像化も認めた、というみかたはできないだろうか。映像化を「ロマンの肉附け」ととらえ、自身の作品の別のかたちとみていたとしたら、まさにtransformationということになる。

注2　例えば、横溝正史時代小説コレクション捕物篇③『奇傑一平』（二〇〇四年、出版芸術社）の浜田知明の「解説」中には「『夜光虫』自体、フランスの怪盗アルセーヌ・ルパン冒険譚の『金三角』を、草双紙スリラーとして巧みに再生した作品だったので、そこからさらに再構成された「金座太平記」にも、冒頭の花火や、母娘二代にわたる邪恋、変貌をとげた父の姿など、『金三角』から取り込んだ要素が残されている」（三七六頁）とある。ここでは、正史の「夜光虫」について、一九一七年に発表されているモーリス・ルブランの「金三角」（*Le triangle d'or*）を「草双紙スリラーとして巧みに再生した作品」と述べられているが、この場合の「草双紙スリラー」の「草双紙」はどのようなことを指しているのだろうか。あるいは昭和ミステリ秘宝『真珠郎』（二〇〇〇年、扶桑社）の日下三蔵の「解説」中においては、「面影双紙」について「草双紙趣味を発揮して耽美的な世界を描いた」と説明されている。本書46〜47頁に引用しているが、一九三七年に六人社から出版された『真珠郎』には江戸川乱歩による「序」が附されている（扶桑社文庫版『真珠郎』にも収録）。その「序」中で、正史が乱歩の「闇に蠢く」の書き出しについて、「涙香《るいこう》の『怪《あやし》の物《もの》』の匂がすると云ったこと」を紹介し、「そのお返しとして」「真珠郎」の「前半に同じ『怪の物』

の匂がすると」述べ、「美少年真珠郎の何ともえたいの知れない妖気《ようき》は、叢《くさむら》を這《は》い廻る蛇性の『怪の物』」であると述べている。加えて「正直を云いますと、僕は『真珠郎』の前半を読みながら、作者は例の怪奇の嗜好《しこう》に余りにも耽《ふけ》りすぎる、化物屋敷と生人形《いきにんぎょう》と覗きからくりと芳年《ほうねん》と芝居の殺し場の興味に浸《ひた》りすぎると感じた」と述べている。乱歩は、いわゆる「無惨絵」で知られる月岡（大蘇）芳年（一八三九～一八九二）という固有名詞をあげているが、その他には固有名詞をあげていないし、「草双紙」あるいは「合巻」になぞらえてもいない。乱歩の蔵書を収めていた土蔵の写真が「江戸川乱歩」を特集している『太陽』三九六号（一九九四年、平凡社）に「蔵の中の幻影城」として公開されているが、そこには明らかに版本と思われる「白縫物語」がみられる。「白縫物語」は一八四九年に初編が刊行され、一八八五年に九十編が出版されて完結している。柳下《りゅうか》亭種員《ていたねかず》、二世柳亭種彦（笠亭仙果）、柳水亭種清が書き継ぎ、画も三世歌川豊国、二世歌川国貞らが担当した、合巻中の最長編作品である。乱歩は実際に江戸期に出版された草双紙、合巻類を読んでいた。その乱歩が「草双紙」という語を使っていないことには注目すべきではないか。現時点においては、横溝正史作品について「草双紙」「合巻」という語を使って評するようになったのはいつ頃のことか不分明であるが、日常的な言語空間に江戸期から明治期にかけて出版された草双紙、合巻テキストがあった時期ではない時期、例えば、大正期以降に生まれた人物という可能性があるのではないか。ここから先は、そうであるならば、という仮定のことになるが、そうであるならば、現代日本語母語話者が「草双紙」という語から喚起されるイメージによって、横溝正史作品を語り続けていることになる。

自筆原稿でよむ

■横溝正史の自筆原稿

二〇〇六年に世田谷の横溝邸から横溝正史の未発表原稿、自筆原稿など、一九三〇年代から一九七〇年代までの期間に書かれた七六〇〇枚以上の原稿・草稿が発見された。それらの資料は現在、二松学舎大学が保管している。二〇二二年一一月には、その自筆原稿をはじめとする資料が「オンライン版二松学舎大学所蔵横溝正史旧蔵資料」として、丸善雄松堂株式会社によってデジタル画像として公開された。ここでは、そのデジタル画像（以下オンライン版と呼ぶことがある）を使って正史の自筆原稿をよんでみることにしたい。

■「八つ墓村」

「八つ墓村」は雑誌『新青年』の一九四九（昭和二四）年三月号から一九五〇（昭和二五）年三月号まで連載されたが、横溝正史の健康がすぐれなかったために、その後休載していた。しかし、その休載期間中に雑誌『新青年』そのものが廃刊となる。そのため、「八つ墓村」は発表の場を雑誌『宝石』に移し、『宝石』の一九五〇（昭和二五）年一一月号、一九五一（昭和二六）年一月号に二回分を掲載して完結するという異例のかたちを採った。『宝石』の経営も必ずしも順調ではなく、一九五七年の八月号からは江戸川乱歩が編集長となり、一九六二年までは表紙に「江戸川乱歩編集」と記されていた。『宝石』誌上で作品が完結した後、一九五一年五月には大日本雄弁会講談社の『傑作長篇小説全集5横溝正史　八つ墓村　犬神家の一族』（以下、傑作長篇5）として単行本の形態で出版される。

オンライン版には「八つ墓村」の原稿・草稿が十五点（資料ナンバー一〜十五）収められている。例えば、資料ナンバー一には、第六回の冒頭一枚（原稿ナンバー記載なし）・原稿ナンバー3・原稿ナンバー5・原稿ナンバー6・原稿ナンバー記載なし、原稿用紙合計五枚のPDF画像が収められている。後に述べるように、資料ナンバー二には、「八つ墓村／第七回」と朱書きされた表紙が附され製本された原稿一一二枚が収められている。原稿ナンバー21（その上に「23村」と朱書きされている）には、「新青年⑧」と朱書きがあり、この一連の原稿が『新青年』掲載時のものであることを推測させる。

『新青年』に掲載された「八つ墓村」第六回には「英泉の旅行」という小題が附されている。オンライン版自筆原稿の資料ナンバー一、冒頭の一枚には次のようにある。

　わたしはもうへとへとに疲れてしまった。何を考へる力もなくなった。あゝ、もう、たくさんだ。人間の緊張と昂奮にたえる力には、

> おのづから限界があるものだ。その限界をこえると、緊張の糸はプッツリ切れ、昂奮の袋

傑作長篇5では、同じ箇所が次のようになっている。

> 私はもうへとへとに疲れてしまつた。何を考へる力もなくなつた。
>
> あゝ、もう、たくさんだ。
>
> 人間の緊張《きんちやう》と昂奮《かうふん》にたへうる力には、おのづから限界がある。その限界をこえると、緊張の糸はプッツリ切れ、昂奮の袋

自筆原稿は『新青年』のためのものと思われるので、まずは原稿と『新青年』の「本文」とを対照すべきではあるが、その『新青年』の「本文」をもとにしてつくられたと思われる傑作長篇5の「本文」と原稿との間には小異があることがわかった。

オンライン版自筆原稿で、第六回冒頭に続いて収められている原稿ナンバー3（図1）には次のようにある。

図1「八つ墓村」第六回　資料一／原稿3

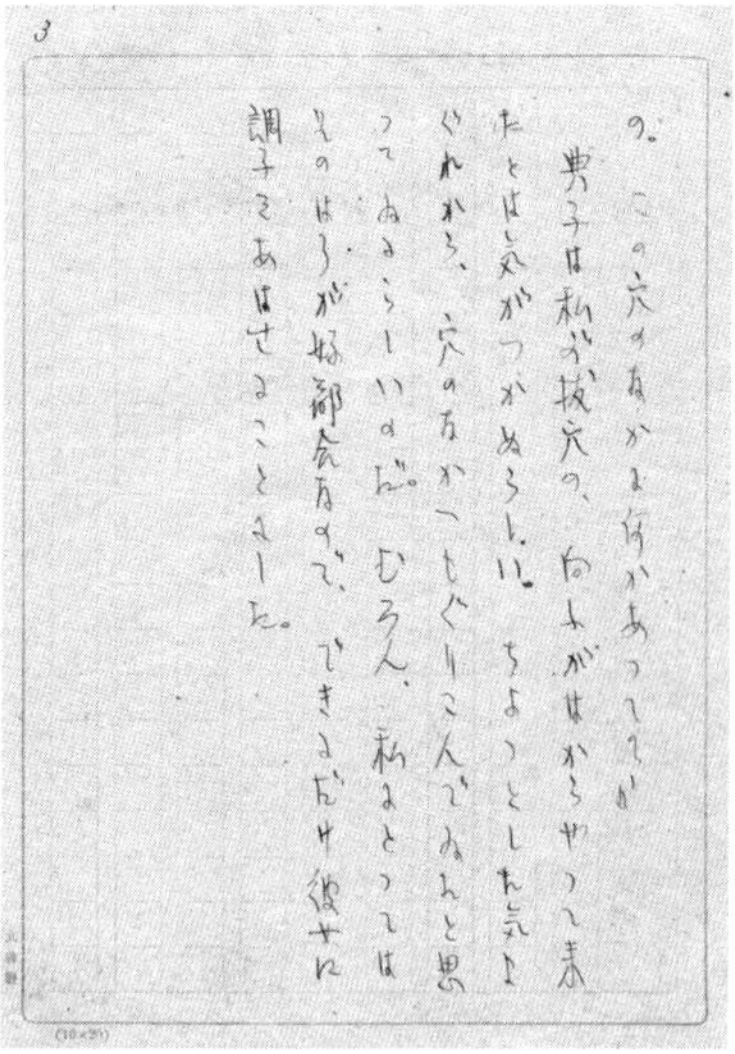

の。この穴のなかに何かあつて？』
　典子は私が抜穴の、向ふがはからやつて来たとは気がつかぬらしい。ちよつとした気まぐれから、穴のなかへもぐりこんでゐたと思つてゐるらしいのだ。むろん、私にとつてはそのはうが好都合なので、できるだけ彼女に調子をあはせることにした。

小異はあるが、これは『新青年』第八回「典子の戀」の冒頭ちかくの箇所に相当する。オンライン版で同じ資料ナンバーを附してまとめられている原稿は一連のものではない場合もあることがわかる。

先に述べたように、資料ナンバー二には「八つ墓村／第七回」と朱書きされた表紙が附され製本された原稿一一二枚が収められている。この資料は『横溝正史全小説案内』（二〇一二年、洋泉社）に採りあげられ、「状態から察するに、雑誌への掲載が済んでから、編集者が製本して返却したものか」（一五頁）と述べられている。原稿には朱書きでもナンバーがふれられ、「八っ墓村　第七回／横溝正史／恐ろしき籤」と記されている原稿ナンバー1には、雑誌掲載にあたっての活字の大きさの指示も朱書きされている。

正史が「ヤツハカムラ」を「八っ墓村」と「つ」を小書きにして文字化していることは興味深い。
オンライン版自筆原稿の資料ナンバー二、原稿ナンバー1から3までを翻字してみよう。

（原稿1）

八っ墓村　第七回

横溝正史

1 　恐ろしき籤

2 『や、や、や！　こ、こ、これは、どうも。…

3 こ、こ、これは、どうも。……』

4 　ひどい吃りやうである。

5 『そ、そ、それぢやこれが、こ、こ、今度の

6 一聯の殺人事件の、ど、ど、ど、動機だとい

（原稿2）

1 ふんですか。』

2 　と、びっくりしたのか、嬉しいのか、それ

3 とも昂奮してゐるのか、無闇矢鱈と、もぢや

4 もぢや頭をかきまはしたのは、金田一耕助と

5 いふ、小柄で奇妙な探偵さんである。あまり

6 頭をかきまはすので、細かいフケが、きらゝ

7 のやうに飛んで散乱した。

『畜生！』

と、鋭い舌打ちをしたのは磯川警部だ。それきりふたりは、凍りついたやうに黙りこんで、手帳のきれはしを視詰めてゐる。

（原稿3）

　金田一耕助はあひかはらず、ガリガリ、ガリガリ、めったやたらと、もぢやもぢや頭をかきまはしながら、ガタガタと、脚でしきりに貧乏ゆすりをやつてゐる。磯川警部は眼を皿のやうにして、手帳のきれはしに書かれた文字を視詰めてゐる。紙を持つ手が、アル中患者のやうにブルブルふるへ、血管がおそろしくふくれあがって、顔にはねっとりと脂汗。

……

　先に述べたように、この第七回のタイトルは「八っ墓村」と記されている。「つ」は小書きされているが、発音が「ヤツハカムラ」であるならば、この小書きの「つ」はどのような意図であろうか。その一方で、原稿2の2行目「びっくり」の促音には小書きの「つ」が使われているようにみえる。また、原稿3の5「やつてゐる」の促音にあてられている「つ」は並字にみえる。右では、稿者が認識したように翻字したが、正史が促音に小書きの「つ」をあてているか、そうではなく並字をあてているかは判断しにくい。

それはそれとするが、右の、原稿用紙三枚分の範囲を、『新青年』第三〇巻第九号（一九四九年一〇月号）と対照すると、原稿2の7「散乱」が「散亂」、原稿3の1、原稿3の7の「視詰めてゐる」が「視詰めてゐる」である他は異なりがない。また原稿にも修正がみられず、基本的にこの原稿は『新青年』印刷用の浄書原稿であると思われる。ただし、少しの修正はみられる。

一二枚の原稿には印刷にかかわると思われる朱書きの指示の他に、青いペンで書き込みがなされている箇所がある。原稿ナンバー10（朱で「12村」と記されている原稿）を採りあげて説明する。

1 ら端《たん》を發してゐるのだ。
2 　この事件の犯人は、ひよつとすると、救ひ
3 がたい迷信から、お竹様の杉が雷に引裂かれ
4 たことをもつて、八つ墓村に大きな祟《たい》りのあ
5 る前兆とかんがへ、さてこそ、八つ墓明神のい
6 かりを鎭めるために、お竹様の杉をもふくめて、
7 八つの生贄をそなへようとしてゐるのではあ
8 るまいか。しかも、それには、お梅様の杉、
9 お竹様の杉と、二本ならんだ神杉の、一本が

10　倒れたことにヒントを得て、村で並立《へいりつ》、ある

1の「端《たん》」、4の「祟《たい》り」、10の「並立《へいりつ》」の振仮名は青あるいはブルーブラックのインクのペンで書き込まれているようにみえる。「本文」とは筆記具が異なること、また振仮名のために筆致はわかりにくいが、原稿の「た」とは異なる筆致であることなどからすれば、正史以外の人物によって書き込まれている可能性がたかい。右の振仮名が施された箇所の「本文」がことさら判読しにくいようにはみえないが、原稿16の「まがまがしい謎の解決」の草書的に記されている「解」を楷書的に書かれた「解」に修正し、同じ原稿16の九行目においてやはり草書的に記されている「一歩」の「歩」を修正している箇所などは、正史の自筆原稿の文字が判読しにくく、印刷に際して「事故」が起きることを防ぐために、入稿前に、編集担当者が書き込んだものとみるのが自然であろう。十行目の末尾は「以前にも」と終わっているが、そのあとに「まして」とペンで書き込まれている。次の原稿17は一行目の一字目が抹消され、「濃くなって来たのだ」とあるが、あるいは原稿16に続く一枚が廃棄されたためにつながりが不整になり、そのことに気づいた編集担当者が（あるいは自らの判断で）「まして」を加筆したのではないか。

さて、原稿10において振仮名が施されている「端《たん》」「祟《たい》り」「並立《へいりつ》」の三箇所は、『新青年』の一○八頁の中段にあるが、いずれにも振仮名が施されて印刷されている。『新青年』はほとんどの振仮名を施していないので、これらの箇所にはわざわざ振仮名を施しているようにみえる。しかし、右で述べたように、これらの振仮名が、印刷のために編集担当者が書き込んだものであるならば、

「本文」としては振仮名が必要な箇所ではなかったことになる。大げさにいえば、正史の意図ではなく、「本文」に振仮名が施された箇所で、それはそもそも正確に印刷されるためのもので、文選、植字が原稿どおりに行なわれれば、振仮名は必要なかった。

この箇所の直前に、「梅幸尼の死體」の「そばに落ちてゐた」「奇妙な紙片」のことが話題になっている。その「紙片」には次のような「文字」が書かれていたことになっている。『新青年』のかたちで引用する。

双生兒杉　お梅様の杉
　　　　　お竹様の杉

博勞　井川丑松
　　　片岡吉藏

分限者　東屋、田治見久彌
　　　　西屋、野村　莊吉

坊主　麻呂尾寺の長英
　　　蓮光寺の洪禪

尼　濃茶の尼、妙蓮
　　姨ケ市の尼、梅幸

「八つ墓村」の作品としての結構にかかわることがらが記されている「紙片」であるが、この「紙片」のことを、作品中では「この事件が、その表《ひやう》からかんがへられるやうに、迷信にこりかたまつた、気ちがひめいた人間の犯行ならば、あなたのおつしやるとほりかも知れません。しかし…」（『新青年』一〇九頁中段）のように、「表《ひやう》」と呼んでいる。ただ「表」とあるとわかりにくいという編集担当者の配慮からか、この「表」に振仮名が施されている。『新青年』においてはそれがことごとく、振仮名付きの「表《ひやう》」というかたちで印刷されている。はじめ、『新青年』の「本文」を読んだ時には、なぜ「表」に振仮名が施されているかわからなかった。しかし、自筆原稿をみて、他の振仮名同様、青のペンで記されていることがわかり、印刷のための、いわば注意喚起のために施された振仮名が、そうとは気づかれずに、そのまま「本文」として印刷されたということがわかった。ささいなことではあるが、こうしたことは自筆原稿を見なければなかなかわからないことといってよい。そして、大げさな物言いが許されるならば、このようなことによっても、テキストが変容していくということになる。ちなみにいえば、傑作長篇5においても、「表《へう》」（九五頁下段一二行目）、「端《たん》」（同前一六行目）、「祟《たゝ》り」（同前一九行目）、「並立《へいりつ》」（同前二三行目）のように振仮名が施されている。ただし、この傑作長篇5においては、『新青年』において振仮名が施されていなかった箇所にも振仮名が施されている。

■「八つ墓村」第七回　テキストの対照

自筆原稿には横溝正史ではなく、編集担当者が加えた振仮名があると思われることについては述べた。『新青年』の第七回に相当する自筆原稿、『新青年』（一九四九年）、『傑作長篇小説全集5』（一九五一年）、『新版横溝正史全集8』（講談社、一九七四年／以下、白版全集8）、角川文庫『八つ墓村』（一九七一年初版、一九七七年第四十二版）それぞれの「本文」における振仮名について整理してみよう。

まず自筆原稿でどうなっているかを示し、当該箇所がそれぞれのテキストでどうなっているかを示す。一覧にすると、自筆原稿と文字化のしかたそのものが変わっている、文字化は自筆原稿と同じでも振仮名の有無など、各テキストにおける表記の差がみられた。

「所在」は、角川文庫第四十二版の該当箇所を「ページ数・行数」で示す。

	自筆原稿	新青年（初出）	傑作長篇5（初刊）	白版全集8	角川文庫第42版	所在
1	無闇矢鱈	無闇矢鱈	無闇矢鱈《むやみやたら》	無闇矢鱈《むやみやたら》	むやみやたら	一八五・一四
2	小柄	小柄	小柄《こがら》	小柄	小柄	一八五・一五
3	視詰めて	視詰めて	視詰《みつ》めて	見詰めて	見つめて	一八六・六
4	脂汗	脂汗	脂汗《あぶらあせ》	脂汗	脂汗	一八六・七
5	呕きさう	嘔きさう	嘔《は》きさう	嘔《は》きそう	吐きそう	一八六・九
6	倦怠感	倦怠感	倦怠感	倦怠感《けんたいかん》	倦怠感《けんたいかん》	一八六・九
7	紙片	紙片	紙片《しへん》	紙片	紙片	一八六・一三
8	抹殺	抹殺	抹殺《まつさつ》	抹殺	抹殺《まっさっ》	一八七・一六
9	表《ひやう》	表《ひやう》	表《へう》	表	表	一八八・三

10	引裂かれた	引裂かれた	引裂《ひきさ》かれた	引き裂かれた	引き裂かれた	一八八・四
11	端《たん》	端《たん》	端《たん》	端	端	一八八・六
12	崇《たゝ》り	崇《たゝ》り	崇《たた》り	崇《たた》り	崇《たた》り	一八八・八
13	前兆	前兆	前兆《ぜんてう》	前兆	前兆	一八八・八
14	生贄	生贄	生贄《いけにえ》	生贄《いけにえ》	生贄《いけにえ》	一八八・九
15	並立《へいりつ》	並立《へいりつ》	並立《へいりつ》	並立	並立	一八八・一一
16	咽喉	咽喉	咽喉《のど》	咽喉	のど	一八八・一七
17	痰	痰	痰《たん》	痰《たん》	痰《たん》	一八八・一七
18	表《ひやう》	表《ひやう》	表《へう》	表	表	一八九・四
19	雑作	雑作	造作《ざうさ》	造作《ぞうさ》	造作《ぞうさ》	一八九・六
20	表《ひやう》	表	表	表	表	一八九・一四
21	表《ひやう》	表	表《へう》	表	表	一八九・一五
22	咽喉	咽喉	咽喉《のど》	咽喉	のど	一九〇・八
23	痰	痰	痰《たん》	痰	痰	一九〇・八
24	表《ひやう》	表《ひやう》	表《へう》	表	表	一九〇・一七
25	表《ひやう》	表《ひやう》	表《へう》	表	表	一九一・一三
26	表《ひやう》	表《ひやう》	表	表	表	一九一・一四
27	硬張つた	硬張つた	硬張《こはば》つた	硬張《こわば》った	強張《こわば》った	一九二・三

28	強ひて	強いて	強ひて	強《し》いて	強《し》いて	一九二一・三
29	刷りこんで	刷りこんで	刷《す》りこんで	刷りこんで	刷りこんで	一九二一・八
30	鋏	鋏	鋏《はさみ》	鋏	鋏《はさみ》	一九二一・八
31	呪はれた	呪はれた	呪《のろ》はれた	呪われた	呪われた	一九二一・一一
32	何曜日	何曜日	何曜日《なにえうび》	何曜日	何曜日	一九三一・六
33	野次馬	野次馬	野次馬《やじうま》	弥次馬	弥次《やじ》馬	一九三一・一六
34	窶《やつ》れた	窶《やつ》れた	窶《やつ》れた	窶《やつ》れた	やつれた	一九四一・二
35	頬	頬	頬《ほ》	頬	頬	一九四一・二
36	隈《くま》	隈《くま》	隈《くま》	隈	隈《くま》	一九四一・二
37	靴	靴	靴	靴	靴《くつ》	一九四一・五
38	新《に》居《ゐ》君	新《に》居《い》君	新居君	新居君	新居君	一九四一・九
39	解剖	解剖	解剖《かいぼう》	解剖	解剖	一九四一・一一
40	診て	診て	診《み》て	診て	診て	一九四一・一四
41	誤診	誤診	誤診《ごしん》	誤診	誤診	一九四一・一六
42	瘧患者	瘧患者	瘧《おこり》患者	瘧《おこり》患者	瘧《おこり》患者	一九五一・二
43	不養生	不養生	不養生《ふやうじやう》	不養生	不養生	一九五一・七
44	検屍	檢屍	検屍《けんし》	検屍	検屍《けんし》	一九五一・九
45	間違《まちがひ》なし	間違なし	間違なし	間違いなし	まちがいなし	一九五一・一〇

46	澁面	澁面	澁面《じふめん》	渋面	渋面	一九五・一四
47	鞄	鞄	鞄《かばん》	鞄	カバン	一九六・一
48	顎	顎	顎	顎《あご》	あご	一九六・一一
49	額	額	額《ひたひ》	額	額	一九六・一一
50	弾かれた	彈かれた	彈《はじ》かれた	弾《はじ》かれた	弾《はじ》かれた	一九六・一三
51	嚙みつき	嚙みつき	嚙《か》みつき	嚙みつき	嚙《か》みつき	一九六・一五
52	呆気《あつけ》	呆氣《あつけ》	呆氣《あつけ》	呆気	呆気《あつけ》	一九七・六
53	咽喉	咽喉	咽喉《のど》	咽喉	のど	一九七・八
54	鋏	鋏	鋏《はさみ》	鋏《はさみ》	鋏《はさみ》	一九七・一五
55	色艶	色艶	色艶《いろつや》	色艶	色艶《いろつや》	一九八・四
56	余人《よじん》	余人《よじん》	餘人《よじん》	余人	余人	一九八・七
57	見憶え	見憶え	見《み》憶《おぼ》え	見憶え	見覚え	一九八・一〇
58	訊問	訊問	訊問《じんもん》	訊問	尋問	一九八・一三
59	鉾先	鋒先	鋒先《ほこさき》	鉾先《ほこさき》	鋒先《ほこさき》	一九八・一三
60	お齋《とき》	お齋《とき》	お齋《とき》	お斎《とき》	お斎《とき》	一九九・四
61	苦虫	苦虫	苦蟲《にがむし》	苦虫	苦虫	一九九・六
62	お齋	お齋	お齋《とき》	お斎	お斎《とき》	二〇〇・七
63	お齋《とき》	お齋《とき》	お齋《とき》	お斎	お斎	二〇一・七

64	憶えて	憶えて	憶《おぼ》えて	憶えて	覚えて	二〇一・一二
65	濃茶《こいちゃ》	濃茶《こいちゃ》	濃茶《こいちゃ》	濃茶	濃茶	二〇二・一五
66	濡縁	濡縁	濡縁《ぬれえん》	濡縁	濡《ぬ》れ縁	二〇三・七
67	埃まみれ	埃まみれ	埃《ほこり》まみれ	埃《ほこり》まみれ	埃《ほこり》まみれ	二〇三・七
68	藁草履	藁草履	藁草履《わらざうり》	藁草履《わらぞうり》	わら草履《ぞうり》	二〇三・八
69	綺麗好き	綺麗好き	綺麗《きれい》好き	綺麗好き	きれい好き	二〇三・九
70	主《ぬし》	主《ぬし》	主《ぬし》	主	主	二〇三・一二
71	扁平足	扁平足	扁平足《へんぺいそく》	扁平足《へんぺいそく》	扁平足《へんぺいそく》	二〇三・一五
72	草履	草履	草履《ざうり》	草履	草履	二〇三・一六
73	埃まみれ	埃まみれ	埃《ほこり》まみれ	埃まみれ	埃まみれ	二〇三・一六
74	賽銭箱	賽銭箱	賽銭《さいせん》箱	賽銭箱《さいせんばこ》	賽銭箱《さいせんばこ》	二〇四・六
75	供米	供米	供米	供米	供米《くまい》	二〇四・七
76	洗濯物	洗濯物	洗濯物《せんたくもの》	洗濯物	洗たく物	二〇四・八
77	不愍	不愍	不愍《ふびん》	不愍《ふびん》	不愍《ふびん》	二〇四・九
78	糠味噌	糠味噌	糠味噌《ぬかみそ》	糠味噌《ぬかみそ》	糠《ぬか》みそ	二〇四・一六
79	雀の巣	雀の巣	雀の巣	雀の巣	雀《すずめ》の巣	二〇五・九
80	探偵譚	探偵譚	探偵譚《たんていたん》	探偵譚	探偵譚《だん》	二〇五・一四
81	仁蔵	仁蔵	仁蔵《にざう》	仁蔵	仁蔵	二〇七・一

82	箸	箸	箸《はし》	箸	箸《はし》	二〇七・八
83	際どい	際どい	際《きは》どい	際どい	きわどい	二〇七・九
84	理詰め	理詰め	理詰《りづ》め	理詰め	理詰め	二〇八・三
85	刺戟	刺戟	刺戟《しげき》	刺戟	刺激	二〇八・一〇
86	訊ねる	訊ねる	訊《たづ》ねる	訊ねる	尋ねる	二〇八・一一
87	口籠つた	口籠つた	口籠《くちごも》つた	口籠った	口ごもった	二〇九・一
88	尾羽打枯らす	尾羽打枯らす	尾羽打枯《をはうちか》らす	尾羽打ち枯らす	尾羽打ち枯らす	二〇九・七
89	頻繁	頻繁	頻繁《ひんぱん》	頻繁《ひんぱん》	頻繁《ひんぱん》	二〇九・一〇
90	解《げ》せなかった	解《げ》せなかつた	解《げ》せなかつた	解せなかった	解せなかった	二一〇・三
91	呆れて	呆れて	呆《あき》れて	呆れて	あきれて	二一〇・三
92	眞っ赧	眞つ赧	眞《ま》つ赧《か》	真っ赧	真っ赤	二一〇・四
93	遺瀬	遺瀬	遺瀬《やるせ》	遺瀬《やるせ》	やるせ	二一〇・五
94	納戸	納戸	納戸《なんど》	納戸	納戸	二一一・三
95	蓋	蓋	蓋《ふた》	蓋	ふた	二一一・三
96	梃	挺	挺《てこ》	梃《てこ》	梃《てこ》	二一一・五
97	縦孔	縦孔	縦孔《たてあな》	縦孔《たてあな》	縦孔《たてあな》	二一一・八
98	双生児	双生兒	双生兒《ふたご》	双生児	双生児	二一一・一一
99	何人《なにびと》	何人《なにびと》	何人《なにびと》	何人	何人	二一一・一三

100	額	額	額《ひたひ》	額	額	二一一・一五
101	蠟燭	蠟燭	蠟燭《らふそく》	蠟燭	ろうそく	二一二・一
102	灯	灯	灯《ひ》	灯	灯	二一二・一
103	梃	挺	挺《てこ》	梃	梃	二一一・四
104	跳ね	跳ね	跳《は》ね	跳ね	跳ね	二一二・七
105	梃	挺	挺《てこ》	梃	梃	二一二・八
106	囲繞	圍繞	圍繞《ゐねう》	囲繞	囲繞《いにょう》	二一二・一六
107	嶮しく	嶮しく	嶮《けは》しく	嶮《けわ》しく	険しく	二一三・一
108	鍾乳洞	鍾乳洞	鍾乳洞《しょうにうどう》	鍾乳洞	鍾乳洞《しょうにゅうどう》	二一三・四
109	洞壁	洞壁	洞壁	洞壁	洞壁《どうへき》	二一三・七
110	縞	縞	縞《しま》	縞《しま》	縞《しま》	二一三・七
111	鍾乳筍	鍾乳筍	鍾乳筍《しょうにうだけ》	鍾乳石《しょうにゅうせき》	鍾乳石	二一三・八
112	躍る	躍る	躍《をど》る	躍る	躍る	二一三・一〇
113	呆気	呆氣	呆氣《あつけ》	呆気	呆気《あっけ》	二一四・二
114	片袖	片袖	片袖	片袖	片袖《そで》	二一四・一一
115	額	額	額《ひたひ》	額	額	二一四・一三
116	キレツ	キレツ	キレツ	割れ目	割れ目	二一四・一七
117	四つん這ひ	四つん這ひ	四つん這《ば》ひ	四つん這い	四つんばい	二一五・二

118	鍾乳筍	鍾乳筍	鍾乳筍	鍾《しょう》乳《にゅう》筍《じゅん》	鍾《しょう》乳《にゅう》筍《じゅん》	二一五・五
119	三四本	三四本	三四本	三四本	三、四本	二一五・五
120	梃	棟	挺《てこ》	梃	梃	二一五・六
121	梃	棟	挺《てこ》	梃	梃	二一五・七
122	鍾乳筍	鍾乳筍	鍾乳筍	鍾乳筍	鍾乳筍	二一五・一一
123	二岐	二岐	二岐《ふたまた》	二岐《ふたまた》	二また	二一六・五
124	個所	個所	個所	個所	箇所	二一六・五
125	途方	途方	途方	途《と》方《ほう》	途方	二一六・六
126	煽られ	煽られ	煽られ	煽《あお》られ	あおられ	二一六・一三

右に抽出した一二六例をもとにして、「自筆原稿」、「『新青年』（初出本文）」、「傑作長篇5（初刊本文）」、「角川文庫第四十二版本文」「白版全集8本文」について考えてみることにしたい。

■『新青年』の編集方針を窺う

まず、先にも述べたように、右で観察している自筆原稿に基づいた「初出本文」が印刷されていることは確実であると思われるので、それをまず前提とする。そうであるならば、「自筆原稿」と「初出本文」とは基本的には（文字化も含めて）一致していなければならない。一致していないのは3・5・19・20・21・28・35・38・45・50・51・52・59・66・71・74・76・79・81・88・90・92・

93・94・96・97・98・103・105・106・112・113・120・121・125の三十五例。

96・103・105・120・121は自筆原稿の「梃」を「初出本文」が「挺」あるいは「棟」としている例にあたる。例えば、96の箇所、自筆原稿には「何やら／固い梃のやうなものが私の手にさはった」(原稿八〇)とあり、「梃」は「テコ」を文字化したものと思われる。『新青年』は当該箇所に「挺」を使うが、「挺」の字義は〈ぬく・ひきぬく〉で、別字になる。『傑作長篇小説全集5』は漢字は『新青年』の「挺」を使いながら、「てこ」と振仮名を施している。角川文庫は文意から、あるいは『新青年』の振仮名「てこ」から、使われている語が「テコ」であるとみて、漢字を「梃」に変えたか。「初出本文」は「梃」にかかわる認識に過誤がありそうにみえるが、「梃」を「棟」とした120・121は疑問。

5においては、横溝正史が「嘔」の旁《つく》りを「区」としているために、それを「呕」として表示した。「呕」は「言語の個人的使用」にあたるといってよく、活字印刷に反映されないことは自然なことといってよい。文字は自然に習得するものではなく、言語生活を営む中で、教育などを通じて、比較的意識的に習得されていく。したがって、言語使用者がどのような言語生活を営んだか、どのような教育を受けたかということに深くかかわる。そして、そうした言語生活が個人を単位として蓄積されていく以上、文字使用には「言語の個人的使用」が露出しやすいとみることもできる。「呕」の形で実現している「嘔」に正史が接したことがあるかどうかはわからない。それがなくても、「區」と「区」とが対応することを認識していれば、「原稿用紙に書く」という「場」においてそうした省略字形が使われることは十分に考えられる。「呕」に接していないにもかかわらず、正史が「區」と「区」との対応をいわば応用して「嘔」を「呕」と書いたのであれば、それは漢字の形を構成要素を単位としてとらえるというとらえかたがあったことを示しており、かつそうしたとらえかたに基づいた「類推」があるということを示唆していることになる。

『新青年』の奥付には印刷所として「文京区久堅町一〇八」「共同印刷株式会社」の名前が記されている。この印刷所が備えている活字によって『新青年』を印刷しているということからすれば、（足りない活字を何らかの方法で調達することはあるとしても）基本的には印刷所が備えている活字の範囲で印刷をするしかないことになる。そして、活字による印刷は「同じテキスト」を大量に作り出すことを目的としているとみるのであれば、活字による印刷とは「言語の共有」を前提とした文字化の「制度（system）」であるとみることもできるだろう。そうであるならば、自筆原稿が活字によって印刷される「場」とは「言語の個人的使用」と「共有されている言語」とがぶつかり合う「場」といってもよい。

振仮名にかかわっていないために、右には示していないが、例えば自筆原稿5に「あの奇妙な紙片を發見してから」（角川文庫一八六頁一三行目）の「發見」の「發」を正史は「並」の第一画第二画第三画をはずしたような形の下に「弓×矢」の形の字の行草書体を書いている。この形は「發」の草書体にみられる形で、対応する活字がなければ、結局は準備されている「發」などの、何らかの活字に包摂されることになる。この場合の「包摂」は「言語の個人的使用」が「共有されている言語」に「回収」されるということでもある。

81は自筆原稿は「仁蔵」、92は自筆原稿の促音にあてられている「つ」はどちらかといえば小書きにみえるので、そのように扱った。98は自筆原稿には「双生児」、113は「呆気」とある。『新青年』は「仁藏」「双生兒」「呆氣」と印刷しており、「旧字体」と呼ばれることのある、いわゆる「康熙《こうき》字典体」(33頁参照)が使われている。しかしまたその一方で、56においては「余人《よじん》」、61においては「苦虫」と印刷し、「餘」「蟲」を使っていない。当然のことといえば当然のことであるが、「八つ墓村」第七回が乗せられた『新青年』のどこにも、「漢字字体は康熙字典体によって統一的に印刷を行なった」とは記されていない。現代日本語を母語とする者は、「『新青年』は康熙字典体で統一的に印刷されている」という「印象」をもち、そう認識するであろうが、それはいわば「謳われていないこと」で、実際は、印刷にあたった印刷所がその時に備えていた活字によって印刷されているにすぎない、ともいえるだろう。「余」も「餘」も活字としては備えていて、自筆原稿に「余人」とあったから「余人」と印刷したという可能性はあるだろうか。

一九四六(昭和二一)年一一月一六日に「当用漢字表」が、一九四九(昭和二四)年四月二八日には「当用漢字字体表」が内閣告示される。「八つ墓村」第七回が乗せられた『新青年』は一九四九年一〇月一日に発行されている。「当用漢字字体表」の告示後ではあるが、「当用漢字字体表」に合わせて活字が作られていたとは考えにくい。そうであれば、例えば「気」は活字としては備わっておらず、「氣」が備わっていた。自筆原稿には「呆気」とあるが、それを「呆氣」と印刷しただけのことというみかたが成り立つのではないか。「合理的であること」をどう定義するかは難しいが、印刷にまわされてきた正史の自筆原稿を、できるだけ原稿通りに活字印刷するという「方針」

は「合理的」といってよい。「できるだけ」であるので、なにがなんでもということではないし、その「できるだけ」が印刷所に備わっている活字の範囲で、ということであっても、「非合理」とまではいえないだろう。

現代日本語母語話者が、いわば勝手に、『新青年』は「康熙字典体で統一的に印刷されている」ととらえ、康熙字典体が使われていない箇所について、「過誤」とみなしたり、「不統一」とみなすことこそが「非合理」とみることもできよう。

振仮名についていえば、自筆原稿において振仮名が施されている箇所で、『新青年』が振仮名を施していないのは、20・21・45のみ。20・21は18とちかかったために、あるいは省いたか。しかしそれはそれで、「恣意的」（非合理）ということにはなる。45は自筆原稿は「間違」を草書的に書いていた。「間」はともかくとして、「違」は一見しただけでは字の判読がきわめて難しい。オンライン版でみると、自筆原稿はそのもともと書かれていた草書的な「間違」を青ペンで「間違」と書き直し、右傍にやはり青ペンで「まちがひ」と記されている。その状態で入稿されたために、印刷所で「まちがひ」を振仮名と認識しなかった可能性があるだろう。20・21は自筆原稿＝『新青年』という前提に抵触する事例といってよく、その点において、『新青年』の「方針」は徹底しないともいえようが、「前提」は認めてよいと思われる。

■『傑作長篇小説全集5横溝正史　八つ墓村　犬神家の一族』の編集方針を窺う

『傑作長篇小説全集5』（講談社）は一九五一年五月一〇日に刊行されているので、一九四九年一〇月一日に発行されている『新青年』の「本文」に基づいて「本文」を作っているとみるのがもっとも自然であるが、先に述べたように、『新青年』印刷のための自筆原稿が傑作長篇5の印刷前に横溝正史に返却されていたとすれば、自筆原稿を使って「本文」を作ることもできる。右の抽出一二六例から、そうしたことについてどの程度の推測が可能であろうか。

まず、自筆原稿に振仮名が施されていない箇所、それはすなわち『新青年』においても振仮名が施されていない箇所ということになるが、そうした箇所であっても、傑作長篇5が振仮名を施している箇所が多数あることがわかる。そのことからすれば、傑作長篇5は独自に振仮名を施すことがあったということをまず認める必要があるだろう。『新青年』の「本文」をもとにしていたとすれば、本書157頁の26は『新青年』が「表《ひやう》」の振仮名を施しているにもかかわらず、傑作長篇5が振仮名を施していない箇所にあたる。これは『新青年』にもみられた、同じ振仮名が比較的ちかい位置で繰り返し使われた場合、その一部を省くという「傾向」にあたる。現在行なわれている印刷においては、初出箇所のみ振仮名を施す、あるいは見開きを単位としてその初出箇所のみに振仮名を施すということが行なわれることがあるが、似た「心性」といってよい。現代側からいえば、現在のそうした「心性」は少なくとも七十年ぐらいは遡れるということになる。

19では自筆原稿、『新青年』が使う漢字列「雑（雑）作」を「造作」に変えている。「ゾウサ」には古本室町時代に編まれた辞書『節用集』において、すでに「雑作」「造作」いずれもあてられている。明治二四年に刊行を終えた辞書『言海』が「造作」を「普通用」として見出し直下に示していることからすれば、明治期以降は「造作」が多く使われた可能性がある。振仮名も施されていることからすれば、傑作長篇5の編集者が「ゾウサ」を漢字列「雑作」によって文字化するとわかりにくいと判断した可能性があるか。もしもそうであるならば、編集担当者がそうした修正を行なうことがあったということになる。もちろんそうであっても、出版前に正史が校正をみて、「承認」していた可能性もある。

56では『新青年』の「余人《よじん》」を「餘人《よじん》」に、61では「苦虫」を「苦蟲《にがむし》」に変えている。これは、傑作長篇5の印刷所である「新日本印刷株式会社」が活字「餘」「蟲」を備えていて、それを使ったとみることができる。

さて、拙書『乱歩の日本語』（二〇二〇年、春陽堂書店）においても述べたが、江戸川乱歩の「虫」という作品を収めている『江戸川乱歩作品集I』（二〇一七年、岩波文庫）の巻末「解説」には次のように記されている。

> 『改造』昭和四年六月―七月号に発表された作品だが、当初は『新青年』に発表の予定で、同誌昭和四年五月号に、「蟲蟲蟲蟲蟲蟲蟲…」と縦二〇文字横四列に同じ文字が続く予告が載せられた。「肉体を蝕む微生物（蛆ではない。もっと小さな目に見えない肉食菌）の恐ろしさを書いて見たいと思った」（『探偵小説四十年』）というモチーフに沿ったものであろう。類似の視覚表現は本文中にもある。本書は底本に従い原則として新字体を採用しているが、右の事情に鑑み作品本文中の表記も含め「蟲」を用いた。
>
> （四九五頁）

右では「視覚表現」と述べられている。文学作品は基本的には言語による表現によってかたちづくられているとみるが、その中に「視覚表現」が「ある」といった時の「ある」は現代日本語母語話者が「ある」と感じるということか、あるいは乱歩が意図的に「視覚表現」を行なっている、ということか。乱歩が意図的に行なっているということを乱歩以外の人が指摘するのであれば、意図的であることが誰にでもわかるように説明する必要があるだろう。指摘者がそう感じるということであるならば、それは乱歩の意図ではないことを含み、同時代にもそのようにうけとめられたことはない、という可能性もある。しかしまた、だからこそ、その指摘に（現代的な）意義があるという「みかた」が成り立つのかどうか。言語活動は「情報」の「発信者」がいて「受信者」がいるという「双方向的な活動」であるとみるのが基本的な「みかた」であろう。そうであれば、「発信者」が意識していない「情報」を特定の「受信者」がうけとめるということは、「言語の共有」という枠組みの外での「うけとめ」ということになる。

乱歩は一八九四年に生まれ、一九六五年に没している。正史は一九〇二年に生まれ、一九八一年に没しているので、乱歩が正史よりも八歳年上ということになる。正史は自筆原稿に「苦虫」と書いており、「蟲」を使っていない。それは「ニガムシ」という語で、具体的な「ムシ」とはかかわりがないからだ、ということであれば、具体的な「ムシ」には「蟲」を使うがそうでなければ「虫」を使うという、（稿者にとっては）奇妙な漢字使用ということになる。乱歩は「蟲」字を使うことを重視し、少し年下の正史はそうではないのだとすると、そのような「みかた」そのものが成り立つか、ということになるだろう。

■角川文庫・『新版横溝正史全集』の編集方針を窺う

角川文庫は一九七一年四月三〇日に初版が発行されている。今ここでは、一九七七年七月三〇日に発行されている第四十二版を使用する。第四十二版を使ったのは、初版が入手できていなかったということが第一の理由であるが、第四十二版と初版とは同じであろうという推測があった。

書誌学においては「版」と「刷り」とは区別されていて、「版」が異なるということは、まさしく印刷の元になっている版が変わるということであるので、当然のことながら視覚的な異なりがあることになる。それに対して「刷り」が異なるということは、同じ版であることを前提としているので、視覚的な異なりはきれいに印刷できるかどうか、といったようなことがらに限定される。現在の出版においては、「版」と「刷り」とが区別されていないことが少なからずある。国語辞書などでは、初版と第二版とはまさしく「版」が異なる。文庫本の場合は、第四十二版といっても、四十二の異なる版があるのではなく、この場合の「版」は「刷り」と同じ、すなわち同じ「版」(版下)を使って四十二回印刷しているととらえるのが一般的であろう。「発売即重版」は初版の初刷りを発売したらすぐに売り切れたから初版の二刷りをすぐに発売した、ということの謂いで、すぐに版を変えたということではない。

そのような、いわば現代的な「版」「刷り」の感覚を前提にして、角川文庫第四十二版を初版と同じ版と推測しての対照作業及び分析であった。しかし、本書校正段階になって、角川文庫初版を見ることができ、確認してみたところ、初版と第四十二版とは異なることがわかった。つまり、ここで第四十二版と呼んでいるテキストは初版の第四十二刷りではなくて第X版であった。この「X」に入る数字を確定させるためには、第二版から第四十二版まですべての版にあたる必要がある。しかしそれは簡単にはできることではない。したがって、ここでは、初出と角川文庫との「本文」の異なりを第四十二版を使って測定するという作業、分析を行なうという意味合いで、第四十二版を使うことにする。なお一九七一年の時点では、「当用漢字表」「当用漢字字体表」はひろくいきわたり、活字も両表に対応しているとみることができる。

例えば、本書158頁の34において、自筆原稿・初出本文（『新青年』）・傑作長篇5の「窶《やつ》れた」を「やつれた」としているのは、「窶」が「当用漢字表」に採用されていないからであると推測することができる。では、「当用漢字表」に採用されていない漢字は使用しない「方針」であるかといえば、42においては「当用漢字表」に採用されていない「瘧」字を使っており、一貫しない。58において、自筆原稿・初出本文・傑作長篇5の「訊問」を「尋問」に変えているのは、「訊」が「当用漢字表」に採用されていないために、一九五六（昭和三一）年七月五日の第三十二回国語審議会総会で文部大臣あてに報告された「同音の漢字による書きかえ」（当用漢字表にない漢字を同音の別の漢字に書き換える指針）に従って、書き換えたものと思われる。

47においては、自筆原稿・初出本文・傑作長篇5・白版全集8の「鞄」を「カバン」と文字化しており（角川文庫初版では「鞄」）、こういうこともあることがわかる。83において、自筆原稿・初出本文・白版全集8の「際どい」、傑作長篇5の「際《きは》どい」を「きわどい」と文字化している。「当用漢字表」は「際」を採用し、和訓「きわ」を認めている。したがって、「当用漢字表」下で、「際どい」は「キワドイ」を文字化したものであることはわかることになるが、なぜかここでは仮名書きに変えられている。こうした点についても「方針」がみえない。その他、1「無闇矢鱈」を「むやみやたら」、93「遣瀬」を「やるせ」、95「蓋」を「ふた」、101「蠟燭」を「ろうそく」、126「煽られ」を「あおられ」と文字化するなど、仮名による文字化を積極的に行なっているようにみえる（いずれも角川文庫初版では漢字で表記されており、初版から第四十二版の六年間で改版されている）。ただし「当用漢字表」に採用されていない漢字を仮名書きするというような「方針」ではないことも明らかで、やはり「方針」がみえない。

また、75においては、角川文庫のみ漢字列「供米」に「くまい」と振仮名を施しており、独自に振仮名を施すことがあることがわかる。

111においては、自筆原稿・初出本文・傑作長篇5の「鍾乳筍」を角川文庫と白版全集8は「鍾乳石」とする。その一方で、118の「鍾乳筍」は「鍾乳筍《しようにゆうじゆん》」としており、これも一貫しない。『日本国語大辞典』は「鍾乳筍」を見出しにしておらず、かつ使用例の中にも漢字列「鍾乳筍」はみられない。あるいは横溝正史が「石筍」と「鍾乳石」とから混淆語形を意図的にうみだしたか、そうではなく、そうした語形があると思ったか。傑作長篇5の111には、とにもかくにも「鍾乳筍《しようにうだけ》」とあり、角川文庫、白版全集8の118には「鍾乳筍《しようにゆうじゆん》」とあることからすれば、これらが何らかの「事情」のもとに使われているとしても、その使われたということを「事実」とみるならば、「ショウニュウダケ」「ショウニュウジュン」という語形があった、と認めてもよいことになる。

116においては、自筆原稿・初出本文・傑作長篇5が「キレツ」で、角川文庫と白版全集8とが

「割れ目」となっている。「キレツ（亀裂）」を「ワレメ」に変えるのは、語の選択の変更で、編集担当者が行ないにくい。そうであれば、角川文庫出版時に、正史自身が手入れをした可能性があることになる。ただし、正史が自筆原稿に「キレツ」を書いたのは、漢字列「亀裂」がすぐに思い浮かばなかったため、という可能性もあるのではないか。印刷に際しては、漢字列「亀裂」が使われることを前提に、仮に「キレツ」と書いたものがそのまま印刷され、傑作長篇5までそれが継承された。それを角川文庫出版時に修正した可能性はあろう。

そして、この箇所に注目するならば、白版全集8は少なくともこの箇所に関しては、角川文庫初版の「本文」を参照していることになる。ただし、85・92・93などからすれば、白版全集8は「初出本文」・傑作長篇5のいずれかを参照していることも明らかであろう。85において角川文庫は初版から「刺戟」の「戟」を「激」に書き換えている。しかし、白版全集8は角川文庫の「刺激」を踏襲するのではなく、自筆原稿・初出本文・傑作長篇5にみられる「刺戟」を採用している。しかし、33においては、自筆原稿・初出本文・傑作長篇5の「野次馬」ではなく角川文庫の「弥次馬」を使う。10においても「引裂かれた」ではなく「引き裂かれた」とする。

例えば、『新青年』・傑作長篇5が出版された一九四九年から一九五一年にかけての頃の出版において一般的に実現していた「表記体」を想定してみる。ここまで述べてきたように、この時期にはすでに「当用漢字表」「現代かなづかい」が告示されているが、それが一般的に実現していた「表記体」にはなっていない過渡期といってよく、「康煕字典体ベース+歴史的かなづかい」の「表記体」とみてよいだろう。白版全集8は、そうした「表記体」を基調としながら、「かなづかい」は

「現代かなづかい」を使っており、かつて存在したことのない、「つくりだされた表記体」で印刷されているように感じ、そうした意味合いにおいて落ち着きがよくない。

角川文庫は一九七一年に発行されている。その時点で、どのような「方針」に基づいて「本文」が構築されているかは、角川文庫自体にも記されていないし、右のようにさまざまに検討してみても、一貫性のある「方針」がみえてこない。「一貫性のある方針」は「合理的」であろうから、それがみえてこないことは「非合理」ということになる。非合理は身近にある。

右で述べたことを整理すると次のようになる。

a　自筆原稿に基づいて「初出本文」が印刷されている。

b　傑作長篇5は独自に振仮名を施すことがあった。

c　傑作長篇5の「本文」は「初出本文」に依拠しているが、漢字については、「康熙字典体」を使うことがある。

d　角川文庫は「当用漢字表」に採用されていない漢字については、平仮名で文字化する場合、「同音の漢字による書きかえ」を行なう場合がある。どのような場合にどうするかについては不分明である。

e　角川文庫出版時に、正史が「本文」に手入れをした可能性はある。

f　白版全集8は角川文庫初版を参照しているが、「初出本文」・傑作長篇5の「本文」も参照している。

図2「八つ墓村」第七回　資料二／原稿23

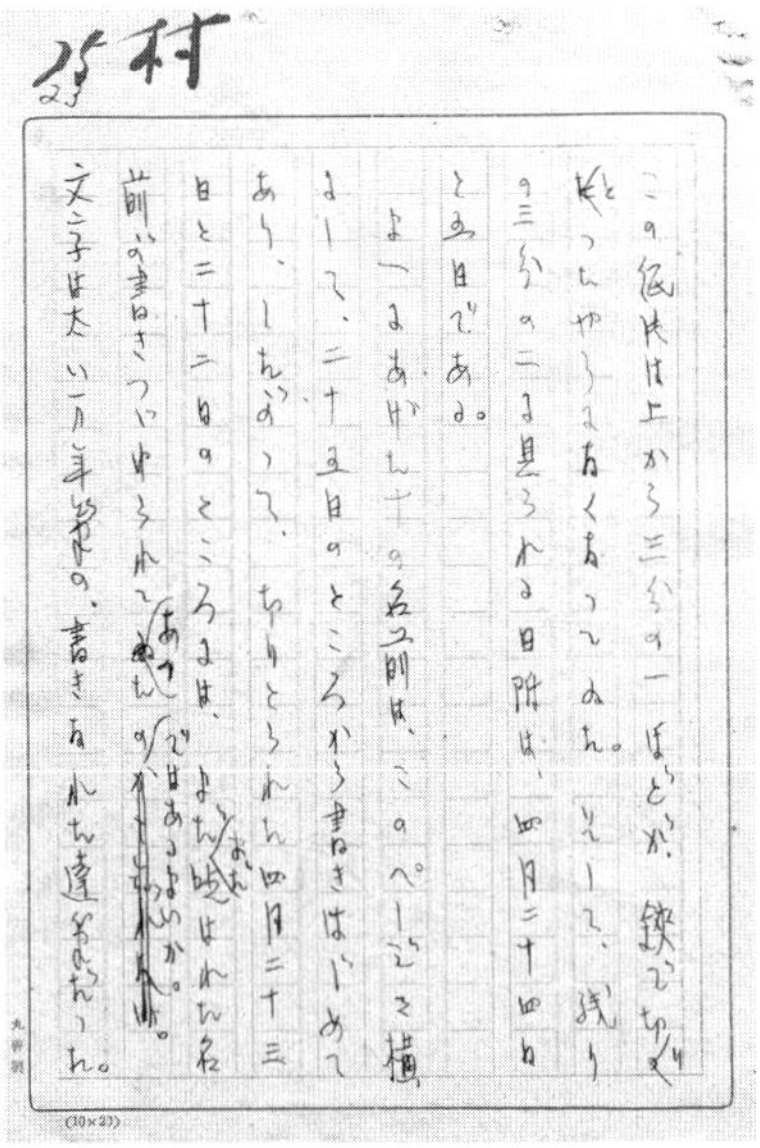

■振仮名を加えたのは誰？

本書158頁の31においては、傑作長篇5が「呪《のろ》はれた」と振仮名を施している。横溝正史は、自筆原稿の当該箇所に、図2にあるような「呪」（うしろから三行目）とは通常は判読できないような字を書いている。『新青年』（初出）には「呪はれた」とあるので、正史の字は、『新青年』の印刷にあたっては、正しく判読されていたことになる。傑作長篇5が自筆原稿においても、『新青年』においても、振仮名が施されていない箇所に振仮名を施すことはある。したがって、この箇所も、傑作長篇5の編集担当者が自身の判断で振仮名を加えた可能性はあるし、正史自身が傑作長篇5の出版時の校正において振仮名を加えた可能性は「可能性」ということでいうならば、「ある」ことになる。しかしそうであっても、「呪はれた」に振仮名が必要かどうか、と思わざるをえない。傑作長篇5が依拠した「本文」は『新青年』の「本文」であるとみるのがもっとも自然で、本稿もそれを大前提としている。しかし、図2の自筆原稿に書かれている「呪」をみると、そのように正史が書いた原稿をもとに傑作長篇5が印刷されたという「可能性」をわずかであっても考えたくなる。その「呪」が「呪」と判読しにくいために、正史以外の人物が「そのように正史が書いた原稿」に「のろ」と注記的に振仮名を加えた。その、いわば「印刷組版用の注記的な振仮名」が傑作長篇5に姿をあらわしているという「可能性」である。「そのように正史が書いた原稿」がオンライン版として公開されている自筆原稿である可能性はないのだろうか。この自筆原稿は、先に述べたように、製本されている。出所が横溝邸であることからすれば、『横溝正史全小説案内』が推測しているように、『新青年』の印刷後に、「編集者が製本して」正史に「返却した」可能性がたかい。『新青年』は博友社から出版されており、傑作長篇5は大日本雄弁会講談社から出版されている。傑作長篇5の印刷にあたって、正史に返却されていた自筆原稿が使われた可能性はあまりたかくはないと思われるが、それでも、この傑作長篇5の「呪《のろ》はれた」というかたちは、そこに「何かがある」可能性を思わせる。

80における角川文庫の「探偵譚《だん》」の振仮名ははっきり「だん」であり疑問（初版には振仮名なし）。90において自筆原稿の「解《げ》せなかった」の振仮名は青ペンではないようにみえ、この振仮名のみはあるいは正史が施したものかもしれない。傑作長篇5のみ、「額」に振仮名を施しているところが複数箇所あるが、なぜ振仮名を施しているか不明。123の「二岐」は自筆原稿ではいったん「二又」と書いてから修正されている。

9・18・20・21・24・25・26の漢字「表」は自筆原稿に、正史ではない人物が施したと思われる振仮名「ひやう」が書き込まれている。それは先に述べたように、正史が書いた漢字が「表」であることを示すための、いわば注記的な振仮名であったと推測する。傑作長篇5は右のうち20と26とを除いた箇所に「へう」と振仮名を施している。

自筆原稿が書かれた時期も、『新青年』が印刷された時期も、傑作長篇5が印刷された時期も、「表」の発音は「ヒョー」であった。当用漢字表が内閣告示された一九四六年には「現代かなづかい」も内閣告示されている。この「現代かなづかい」に依るならば、「ヒョー」は「ひょう」と文字化することになる。しかし、「八つ墓村」が載せられている『新青年』は「現代かなづかい」を採用していないし、傑作長篇5も同様である。「現代かなづかい」は内閣告示されてすぐに浸透したのではないことがわかる。

漢字音をどのように仮名で文字化するかという「かなづかい」は「字音かなづかい」と呼ばれることがある。「字音かなづかい」は漢字音についての「歴史的かなづかい」といってもよい。その「字音かなづかい」では、「表」は「へう」と書くことになっている。すなわち傑作長篇5の「へう」は「字音かなづかい」にかなったものであることになる。つまり、正史の自筆原稿に青ペンで「ひやう」と書き入れた人物は「字音かなづかい」ではない書き方を使っていたことになる。「字音かなづかい」の「ひよう（氷など）」「ひやう（評・兵など）」「へう（表・票など）」が「現代かなづかい」では「ひょう」となるが、いずれにしても、発音は「ヒョー」であり、そのことからすれば、「ひよう」をことさら問題にする必要はないともいえる。『新青年』は自筆原稿のまま「ひやう」という振仮名を施している。傑作長篇5がことさらに正則であることを標榜し、『新青年』がそうではなかったとも考えにくい。そうであれば、むしろ「ひよう」「へう」が併存していたとみるのが自然であろう。

ここでは自筆原稿、初出本文、傑作長篇5、白版全集8、角川文庫における振仮名に着目しながらテキストを対照し、その結果をもとに、初出本文以下のテキストがどのように「本文」を構築しているかを推測した。振仮名の有無という、限定的なことがらであっても、よみとることができることは少なくない。そしてまた、振仮名の有無という事実としての「具体相」を丁寧によみとることによって、初めて深度のあるよみとりが可能であるともいえよう。「抽象相」におけるよみとりは、「大きな流れ」のよみとりにつながり、「具体相」におけるよみとりは、深部へのよみとりにつながると考える。

表紙に第七回と朱書されているひとまとまりは「100」と記された原稿用紙で終わる。原稿用紙の末尾三行には次のように記されている。

『あら、お兄さまだわ。』

いかにも嬉しげな声を立てゝ、私の胸にすがりついて来た。典子だつたのだ。(以下次号)

この後の原稿用紙欄外には「愈々佳境に入つたこの面白さ、次号は正に最高/潮、絶対御期待をして□。」と正史とは異なる筆致のペン書きがなされ、「9ゴチ」と指示がある。このペン書きの筆致が振仮名の筆致と同じにみえる。□は疑問。ただし、このペン書きに対応しそうな記事は『新青年』にはみあたらないので、結局はこの形では印刷されなかったか。編集後記にあたる「揚場町だより」には「◇「八つ墓村」は文字どおり愈々佳境に入つた。特に前號の面白さは、どこへ行つても好評さくさく。てきめんに雑誌がぐんと賣れたのでうれしいよりもいさゝか驚ろいた。そして今月はもつと喫驚させられるかも知れぬと編者の期待は大きい」と記されており、「愈々佳境に入つた」というペン書きと同じ表現がみられる。

また、第八回が掲載されている『新青年』第三〇巻第一〇号（一九四九年一一月一日発行）の目次にも「愈々佳境に入る」と謳われている。目次の前には、この号に作品が載せられている作家の写真が掲げられているが、冒頭は横溝正史で、三橋一夫、火野葦平《ひのあしへい》、江戸川乱歩と続く。この号は冒頭に、「怪奇探偵」と銘打たれた、火野葦平の「亡霊の言葉」が掲載されている。

■「八つ墓村」第八回　自筆原稿と『新青年』

オンライン版の資料ナンバー二、「八つ墓村」第七回は、裏表紙の後に、「原稿ナンバー22・23・ナンバーなし・25・34・37・44・45・46」が置かれている。「次号」である『新青年』の第八回には「典子の戀」というタイトルが附されている。この「原稿ナンバー22」から「原稿ナンバー46」は「典子の戀」の原稿にあたる。

資料ナンバー三に第八回の原稿がまとめられているので、『新青年』の「本文」と対照してみたい。

自筆原稿ナンバー13
灯のいろがさしてをり、その灯のいろが、植
附けをおはつたばかりの田圃にうつつて綺麗

『新青年』一二四頁中段
灯のいろがさしてをり、その灯のいろが、
植附けをおはつたばかりの田圃にうつつて美

であつた。空にはいつぱいんの星屑で、天の
川が乳色にけむつてゐる。
典子はしばらくうつとりと、その天の川

しかつた。空にはいつぱいの星屑で、銀河が
乳色にけむつてゐる。
典子はしばらくうつとりと、美しい星空を

自筆原稿の「綺麗であつた」は「美しかつた」となっている。原稿の「空にはいつぱいんの星屑」の「いつぱいん」は表現として疑問であるが、原稿にはそう書かれている。原稿の「天の川」は『新青年』では「銀河」となっている。「キレイ」と「ウツクシイ」、「アマノガワ」と「ギンガ」が正史の「心的辞書」では隣り合わせにあって選択肢となっていることがわかる。

自筆原稿ナンバー15
からなかつたんだけど……すると、ふいに
どういふわけか、お兄さまのことが思ひ出さ
れたのよ。えゝ、お兄さまにはじめてお眼に
かつつたときのことやなんかいろいろと…
…すると、どうしたんでせう、ぎゆつと胸
を緊めつけられるやうな氣がして、

『新青年』一二四頁中段〜下段
からなかつたんだけど……すると、ふい
にどういふわけか、お兄さまのことが思ひ出
されてきたのよ。えゝ、お兄さまにはじめて
お眼にかゝつたときのことやなんか、いろい
ろと……すると、どうでせう、急に胸が切な
くなつて……ぎゆつと胸を緊めつけられるや
うな氣がして……

『新青年』の「急に胸が切なくなつて……ぎゆつと胸を緊めつけられるやうな氣がして」は「ムネ」が重複して使われており、むしろ原稿の形がすっきりとしているようにも思われるが、あえて重複的な表現にしたとすれば、「典子」の気持ちを前面に出したことになる。「八つ墓村」は「私は強く典子を抱きしめてやつた。そして、ちかくうまれるであらうこの新しい生命には、決して自分のなめてきたやうな、惨《みじ》めな半生をあたへまいと誓つた」（傑作長篇5、二四五頁上段）という表現で終わる。すなわち「辰弥」と「典子」は結婚することになる。そうであっても、「典子」の印象は「美也子」と比べると薄い。劇場映画としてつくられ、一九七七年に公開された「八つ墓村」や古谷一行主演の一九七八年、一九九一年のテレビドラマでは「典子」は登場しない。映画やテレビドラマが「わかりやすさ」を追求しているとばかりはいえないであろうが、そうした作品で「典子」が登場しないことには注目してもいいと考える。「典子の戀」のくだりは、「八つ墓村」全体からすると、「トーン」が異なるように感じるが、それは正史が「八つ墓村」にはそうした「トーン」が必要だと考えていたことのあらわれであろう。

自筆原稿ナンバー18
ることができよう。私の心のどこをさぐつて
みても、典子に対する愛情など微塵もない。

『新青年』一二五頁上段
ることができようか。私の心
のどこをさぐつてみても、典子に對する愛情
など微塵もないのだ。

自筆原稿ナンバーなし

私を愛してゐたのか
私はあまりだしぬけだつたので、とまどひした感じで典子の顔を見直した。

『新青年』一二四頁下段

私を愛してゐたのか。
何しろあまりだしぬけだつたので、私はすつかり面喰らつたかたちで、返す言葉もなく、たゞまじまじと、典子の顔を見直してゐた。

自筆原稿の「とまどひした感じ」が「面喰らつたかたちで」に変えられている。「返す言葉もなく、たゞまじまじと」を加えて表現を増幅していることがわかる。

自筆原稿ナンバー11

ぞきこむ。彼女には他の思惑だの世間の噂などといふことは、少しも気にならないらしいのだ。いや、気にならないといふよりも、はじめから、そんなことは知らないのだ。典子はうまれたての赤ん坊のやうに天眞爛漫であつた。
それでも彼女はしひて自説を固持しようと

『新青年』一二四頁上段

ぞきこむ。彼女には他の思惑だの、世間の噂などといふことは、一向氣にならないらしいのだ。いや、氣にならぬといふよりも、はじめから、そんなことは知らないのだ。典子はうまれたての赤ん坊のやうに、天眞爛漫の女であつた。
それでも彼女は、しひて自説を固持しよう

はせず、やがて藪のなの小径を出ると、ゆるやかな傾斜をしてゐる草つ原を見つけて、そこで休んでいくことになつた。草は夜露にぬ

とはせず、やがて藪のなかの小徑をぬけると、ゆるやかな傾斜をしてゐる草つ原をみつけて、そこで休んでいくことになつた。草はじつとり夜露にぬれてゐたが、そんなことに

自筆原稿「藪のなの」は「藪のなかの」の誤記であろう。自筆原稿の「少しも」が「一向」に変えられている。「じつとり」も加えられている。

自筆原稿ナンバーなし

のよ。』
　典子のこたへには少しも澁滞するところがない。おそらく彼女は、私がなぜこんな質問を切出すのか、考へようともしなかつたであらう。

『新青年』一二五頁中段

の大嫌ひなのよ。』
　典子のこたへには少しも澁滞するところがなかつた。おそらく彼女は、私がなぜこんな質問を切出すのか、考へようともしなかつたであらう。

「澁滞するところがない」が「澁滞するところがなかつた」に変えられている。

自筆原稿ナンバーなし（図3）

『新青年』一二三頁下段

『あたしね、淋しくて、淋しくてたまらなかつたのよ。それで、いろんなことを考へてると、しまひには悲しくなつて……とてもひとりでおうちにゐられないやうな気がして来たの。それで夢中でとび出してきて、そこらを歩きまはつてゐるうちに、あなたお兄さまに

『あたしねえ、淋しくて、淋しくてたまらなかつたのよ。それで、いろんなことを考へてると、なんだか急に悲しくなつて…とてもひとりでおうちにゐられないやうな氣がして來たの。それで夢中でとび出して、そこらを歩きまはつてゐたのよ。』

図3の自筆原稿は「あなた」を抹消して「お兄さ」に修正している。「あなた」は「典子」の気持ち寄りの呼称といってよいが、正史の中の「典子」の位置づけを示しているといえよう。

自筆原稿ナンバー8（図4）

『あたしね、淋しくて、淋しくてたまらなかつたのよ。それで、いろんなことを考へてると、なんだか急に悲しくなつて……とてもひとりでおうちにゐられないやうな気がして来たの。それで、夢中でとび出して、そこらを歩きまはつてゐるうちに、お兄さまにバツタリ出遭つたのよ。』

『新青年』一二三頁下段

『あたしねえ、淋しくて、淋しくてたまらなかつたのよ。それで、いろんなことを考へてると、なんだか急に悲しくなつて…とてもひとりでおうちにゐられないやうな氣がして來たの。それで、夢中でとび出して、そこらを歩きまはつてゐたのよ。』

『典子さんのおうちどこ？』

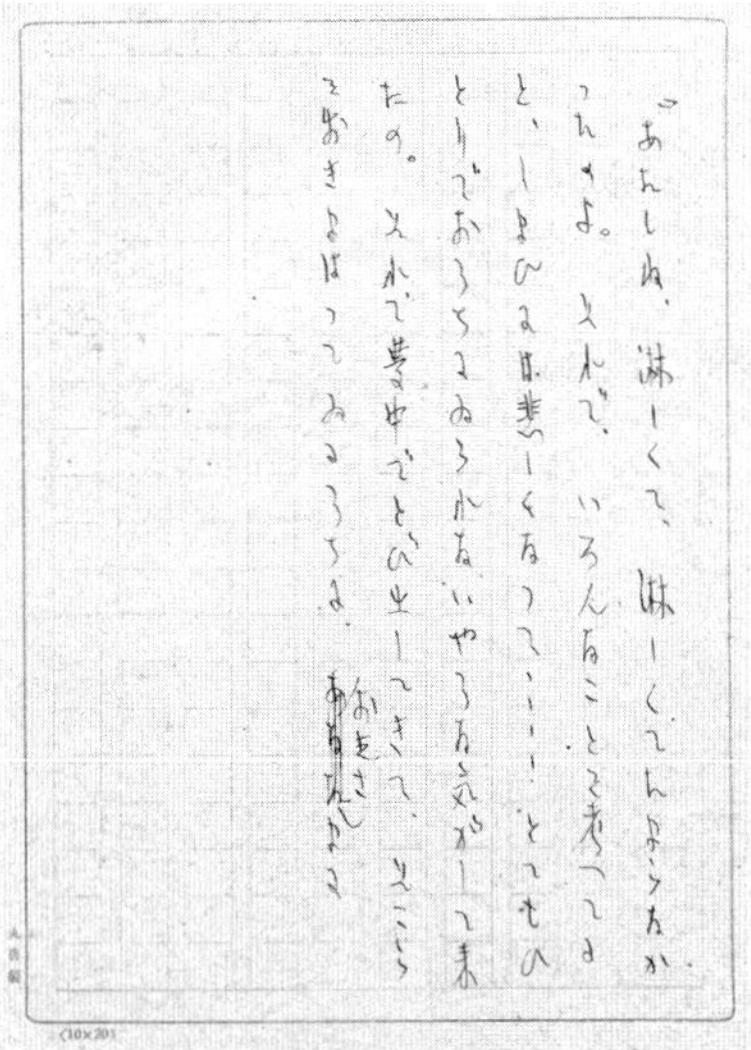

図3「八つ墓村」第八回 資料三／原稿ナンバーなし

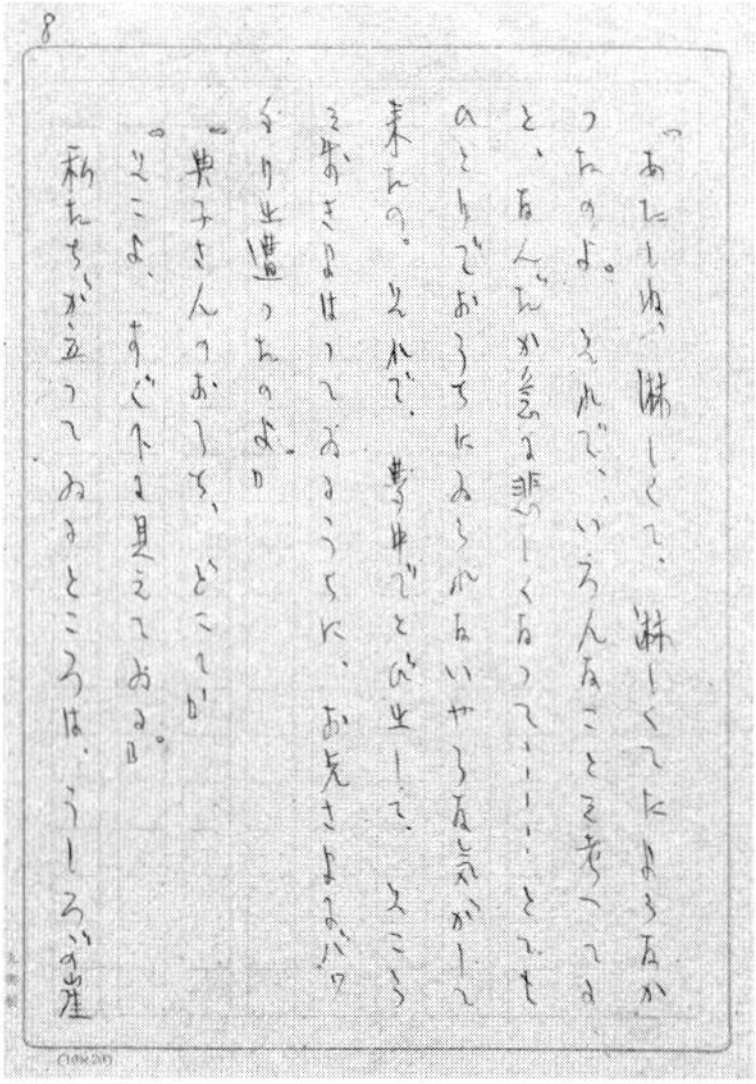

図4「八つ墓村」第八回 資料三／原稿8

『典子さんのおうち、どこ？』
『そこよ、すぐ下に見えてゐる。』
私たちが立つてゐるところは、うしろが崖

『そこよ、すぐ下に見えてるでせう？』

私たちの立つてゐるところは、坂の途中をきりひらいた隘い、幅二三尺の阻しい路で、うしろの崖のうへも、まへのゆるやかな傾斜

図4の自筆原稿の「私たちが立つてゐるところは、うしろが崖」は、『新青年』では「私たちの立つてゐるところは、坂の途中をきりひらいた隘い、幅二三尺の阻しい路で、うしろの崖のうへも」

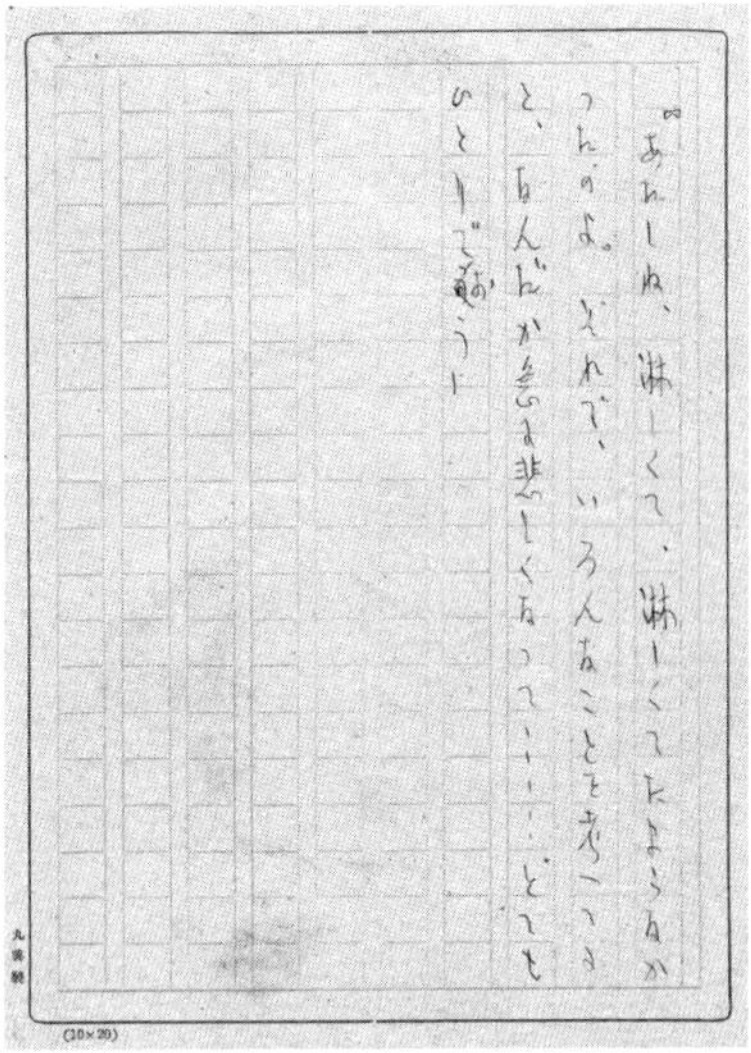
『あたしね、淋しくて、淋しくてたまらなかつたのよ。それで、いろんなことを考へてると、なんだか急に悲しくなつて……とてもひとりでおう

図5「八つ墓村」第八回 資料三／原稿ナンバーなし

となっており、情景描写が具体的になっている。こうしたところが加筆されることがわかる。

自筆原稿ナンバーなし（図5）

『あたしね、淋しくて、淋しくてたまらなかつたのよ。それで、いろんなことを考へてると、なんだか急に悲しくなつて……とてもひとりでおう

図5は『新青年』とほとんど変わらない。

ここまで自筆原稿をよんできた。自筆原稿は、書き手の言語情報がかたちをもつ瞬間を記しとどめているといってよい。書き直した原稿には、語の選択や文字化に使う文字の選択の変更、表現を具体的に肉付けしていくさま、逆に抽象的に整理していくさまなど、言語にかかわるさまざまな事象を観察することができて興味が尽きない。まさに書き手の「脳内辞書・心的辞書」を開くような趣がある。そしてまた、自筆原稿に書き手が経験してきた言語生活がほの見えることがある。それは書き手個人という点においても興味深いものであるし、書き手を含む共時的な言語態という点においても興味深いものといってよい。

初出でよむ

■初出からテキストの変容が始まる

ここでは、横溝正史作品が最初に公表された「初出」を採りあげることにしたい。「初出」は最初にアウトプットされたという点にまず注目したい。「初出」の「本文」に基づいて単行本、すなわち「初版」として出版されたり、作品集などとして出版されていく、その起点が「初出」といえよう。テキストの変容ということでいえば、「初出」から変容が始まることになる。

日本語ということでいえば、一九四六（昭和二一）年に漢字使用にかかわる「当用漢字表」、「かなづかい」にかかわる「現代かなづかい」が内閣告示されている。これらは告示後の言語生活に大きな影響を与えた。この「当用漢字表」「現代かなづかい」の告示前か後かという点において、一九四六（昭和二一）年は「画期」となる。促音、拗音に小書きの仮名をあてるかどうかということは、ひとまずは「かなづかい」とは別のことがらとしてあると思われる。したがって、「非現代かなづかい＋促音・拗音並字」「現代かなづかい＋促音・拗音並字」「現代かなづかい＋促音・拗音小書き」という三つの枠組みがあったことになる。「当用漢字表」が告示され、日常的に使用する漢字の字種が（見かけ上、といっておくが）絞られたために、仮名による文字化《もじか》がひろく行なわれる

「傾向」がみられるテキストもある。

紙の質や、印刷用の紙を充分に使えるかどうかといったことも、振仮名の使用にかかわっているようにみえる。「本文」用の活字の大きさよりも振仮名用活字の大きさは小さいことからすると、紙が充分にないために二段組みをするとなれば、「本文」用の活字が相応に小さくなり、ために振仮名を使わないということもあったと思われる。テキストの「本文」のみを注視している時には、こうしたことはテキストにかかわらないといってもよいであろうが、テキストを具体的な存在、物理的な存在としてとらえた場合は、右に述べたようなことが、一つ一つテキストを形成する「要素」になるといってもよいだろう。そうしたことは、現代の印刷技術によって、現代印刷されている「全集」の「本文」からは想像しにくい。そうしたことはテキストの「本文」とはかかわらないという「みかた」はあるだろう。しかし「初出」すなわち初めてこの世にかたちをもった「テキストの本文」をみることによって、気づくことは少なくないと考える。

また、横溝正史作品の「初出」の多くは雑誌に発表されている。雑誌は、当該雑誌が想定している読者のために、いろいろな記事を提供している。その「いろいろな記事」中の、おもに文学作品に着目することによって、当該時期にどのような「読み物」すなわちテキストが求められていたかを窺うことができる。文学作品は「書き手」ごとに採りあげられて読まれ、研究されることが多いので、「書き手」が時期的に、どのように重なり合っているかについては案外とわかりにくい。雑誌の目次は、その重なり合いを明瞭に示しているといってよい。また、雑誌の「雑」に注目すれば、どのような作品が並んでいるかもわかる。文学研究においては、研究の側で、作品に「大衆文学」

「大衆小説」「通俗小説」といったいわば「レッテル」を貼り、研究対象とする作品を絞る傾向がないだろうか。「プロレタリア文学」などもそうした「レッテル」の一つにみえる。

正史の作品が掲載された『新青年』『宝石』などの雑誌では、作品に「軽いレッテル」を角書きとして附すことが少なくない。そうした「軽いレッテル」は当該時期の作品のとらえかたを示しているともいえ、そのようなことにも注目したい。

■「本陣殺人事件」

「本陣殺人事件」は『宝石』第一巻第一号（一九四六〈昭和二一〉年三月）から第一巻第九号（同年一二月号）に連載され、一九四七年一二月には、単行本『本陣殺人事件』（青珠社）として出版されている。

図1は『宝石』創刊号の表紙（左側）である。『宝石』は岩谷書店を発行所としているが、裏表紙には岩谷書店「探偵小説叢書」の江戸川乱歩『恐怖の世界』、城昌幸『猟奇商人』の広告が載せられ、「続刊予定」として横溝正史、海野十三《うんのじゅうざ》、渡邊啓助、水谷準、大下宇陀児《うだる》の名前が挙げられている。

「宝石函」と名づけられた編輯後記には「敗戦の厳しい現実から土筆のやうに萠え出す衆望に応へて誕生したと自負するに足る材料がこの楽しい宝石函の中にある」「あらゆる種類の雑誌が簇出してゐる今日、探偵小説専門雑誌の一つや二つ出てもよからう、いや、在る可きだ、と思ふ。本誌はその在る可き筈の雑誌の一つたらんと欲するものだ。御期待を乞ふ。今度、この『宝石』を創刊するに当つて、僕は同志諸氏の厚い友情に撃たれた。江戸川先生を初め大下、水谷、横溝、海野諸氏が、欣然として就筆を快諾されたことは何といつて御礼を申上げてよいかわからぬ」「煖炉の前で、或は芝生の椅子で探偵小説を読む快味は、人生に於る最大の幸福である。そして、かうした境地が、所謂、文化の賜物といふものだ。人生は、かうしたことから豊富に幸福になれるのだ」と記されている。こうした「雰囲気」の中で『宝石』が創刊されたことがわかる。「発行兼編輯人」として岩谷《いわや》満《みつる》の名前が記されている。岩谷満は、鹿児島県出身の実業家で岩谷商会会長であった岩谷松平《まつへい》（一八五〇～一九二〇）の弟の孫で京城商事社長などを務めた岩谷二郎の子にあたる。『真説　金田一耕助』（一九七九年、角川文庫）において正史は次のように述べている。

図1　『宝石』創刊号　表紙

　東京の城昌幸から「宝石」という探偵小説専門雑誌を創るから、なにか長編をという要請があったのは昭和二十年の暮れか、二十一年の初頭であったろう。私がただちに快諾の返事を書いたのは、在京作家諸氏のなかには家を焼かれた人物もあり、そうでないひとたちも食糧確保に狂奔していて、とても小説など書ける心境ではないので、かくは私みたいな三流探偵作家にお鉢《はち》がまわってきたのであろうと、わりに気易く引き受けられたのである。

そのとき私が今後本格一本槍でいこうと決心していようとは、城昌幸のみならずおそらくだれもしらなかったにちがいない。

私は私で城昌幸を詩人で怪奇幻想的コントの作家であると同時に、「若さま侍《ざむらい》捕物帳」の作家としてしかしらなかった。バックに強力な金主がついていることが、城昌幸の手紙のなかに書いてあったかどうか記憶にないが、たとえ書いてあったとしても世事にうとい私は、それがどういう人物かわからなかったであろう。だから城昌幸には失礼ながら、この雑誌三号くらいで潰《つぶ》れるかもしれない、しかし、潰れてもよいではないか、しっかりしたものさえ書いておけば、あと書き足して単行本として世に問うという手もあると、ことほどさように本格探偵小説というものに飢えていた私が、ひたむきな情熱を傾けて書きはじめたのが「本陣殺人事件」である。

（八六～八七頁）

私の疎開していた農家は天井も柱も長押《なげし》も全部紅殻塗《べんがらぬ》りであった。そのことが私に「黄色の部屋」を連想させ、こういう家を舞台に純日本式構成で、密室殺人が書けないものかと工夫をこらしはじめた。「プレーグ・コートの殺人」では四方を泥《どろ》にかこまれた離れのなかで起こる密室殺人である。その離れを取りかこむ、広い泥濘《でいねい》地帯のどこにも足跡がないというのが作者の味噌《みそ》なのである。それを雪におきかえてみたらどうであろうか。

（八八頁）

「黄色の部屋」はガストン・ルルーの「黄色い部屋の秘密」（*Le Mystère de la chambre jaune*, 1907）、「プレーグ・コートの殺人」（*The Plague Court Murders*, 1934）はカーター・ディクスン（ジョン・ディクスン・カー）の作品である。[注1]「本陣殺人事件」においては、登場人物である「一柳三郎」の蔵書を見て「金田一耕助」が驚く場面があり、その後「探偵小説問答」という章が設けられている。

耕助がそんなにも驚いたのも無理はない。そこには内外のありとあらゆる探偵小説が網羅されているのであった。古いところでは涙香《るいこう》本から始まって、ドイル全集、ルパン物、更に博文館や平凡社から発行された翻訳探偵小説全集、日本物では江戸川乱歩、小酒井不木、甲賀三郎、大下宇陀児、木々高太郎、海野十三、小栗虫太郎と、そういう人たちの著書が、一冊あまさず集められているばかりではなく、未訳の原本、エラリー・クイーンや、ディクソン・カー、クロフツやクリスチー等々々、まったくそれは探偵小説図書館といってもいいほどの偉観であった。

（『新版横溝正史全集5』六七頁上段）

内外の探偵小説作品名、探偵小説作家名は「固有名詞」ということになる。「固有名詞」を示すことによってひろい意味合いでは「引用」しているともいえるだろう。

図2は目次。「宝石函」で名前があがっている江戸川乱歩、大下宇陀児、水谷準、横溝正史、丘《おか》

図2 『宝石』創刊号 目次

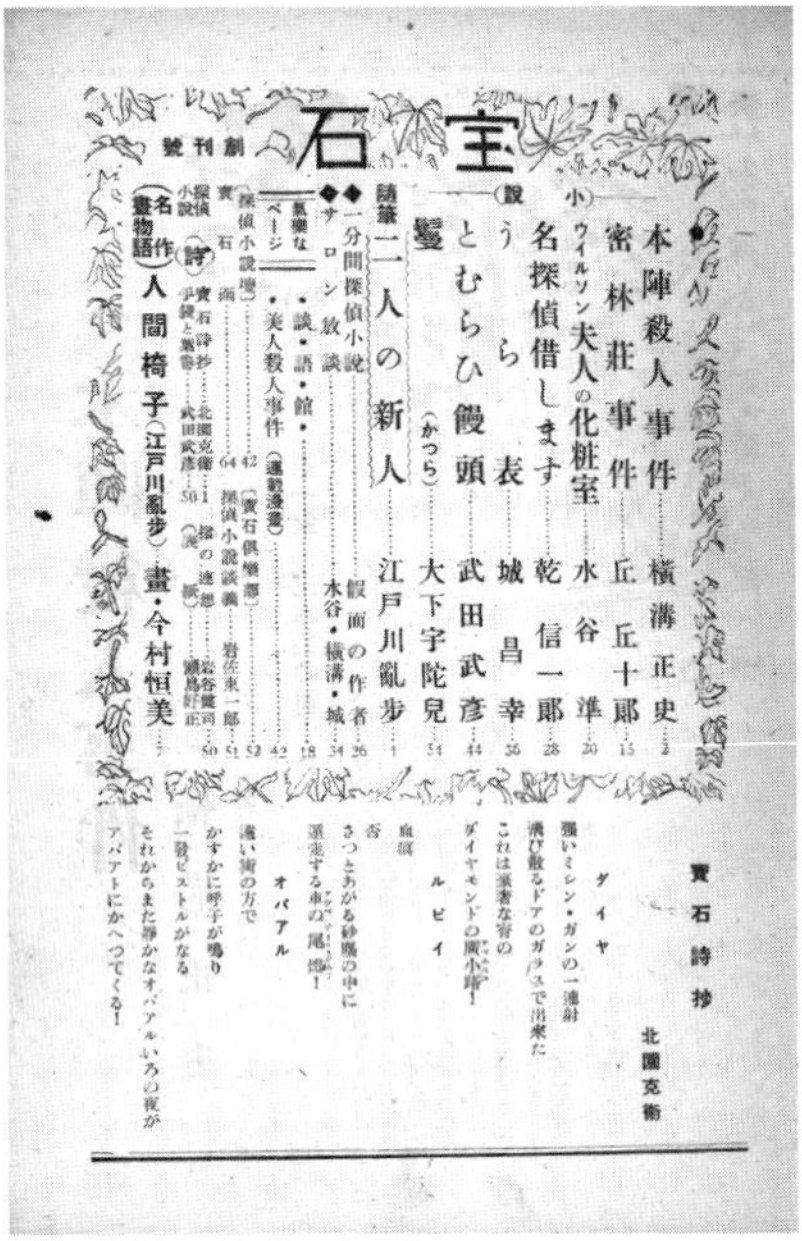

創刊號
寳石

小説

本陣殺人事件……横溝正史 2
密林荘事件……丘丘十郎 15
ウィルソン夫人の化粧室……水谷準 20
名探偵借します……乾信一郎 28
うら表……城昌幸 36
とむらひ饅頭……武田武彦 44
鬘（かつら）……大下宇陀兒 54

隨筆 二人の新人……江戸川亂歩 1

◆一分間探偵小説……假面の作者 26
◆サロン放談……木谷・横溝・城 34
氣樂なページ ・談・語・館・……18
・美人殺人事件（連載漫畫）……42

名作畫物語 人間椅子（江戸川亂歩）畫・今村恒美……7

寳石詩抄

北園克衛

ダイヤ

強いミシン・ガンの一連射
飛び散るドアのガラスで出來た

ルビイ

オパアル

遠い街の方で
かすかに呼子が鳴り
一發ピストルがなる
それからまた靜かなオパアルいろの夜が
アパアトにかへつてくる！

丘十郎《おかじゅうろう》の名前を使っている海野十三の他に乾《いぬい》信一郎、城昌幸、シャーロック・ホームズ物を初めとするドイルの作品やウエルズの作品をおもに少年少女向けに翻訳していた武田武彦（一九一九〜一九九八）の作品が載せられていることがわかる。武田武彦は岩谷書店から「信濃の花嫁」という現代詩集を一九四七年に出版している。『宝石』第二巻第二号（一九四七年三月二五日発行）巻末に載せられている「出版部通信」には「毎号本紙で好評をうけてゐるところの武田武彦氏の詩集『信濃の花嫁』と、岩谷健司氏の『哀しき渉猟者』が、紙質装幀共に限定版にふさわしき外観で出版される」とある。

図2からわかるように、目次下部には北園克衛《きたぞのかつえ》の「宝石詩抄」が載せられ、目次中には詩人の岩佐東一郎《とういちろう》（一九〇五〜一九七四）の名前もある。岩佐東一郎は北園克衛とともに一九四六年に『近代詩苑』を創刊している。正史が述べているように、城昌幸（一九〇四〜一九七六）は城左門という名前で詩作をしている詩人であった。乱歩は自身が編纂した「日本探偵小説傑作集」の序文中で、

城昌幸のことを「人生の怪奇を宝石のように拾い歩く詩人である」と述べている。探偵小説と現代詩とが雑誌『宝石』においては隣り合わせにあった。

「本陣殺人事件」は「金田一耕助」が初めて登場する作品として知られている。『宝石』第一巻第五号の「本陣殺人事件」第五回の扉ページには、「金田一耕助」の後ろ姿が描かれている。

図3に基づいて、『宝石』創刊号に掲載されている「本陣殺人事件」の冒頭を翻字してみよう。漢字字体は保存しないことにする。便宜的に行に番号を附す。

1　此の稿を起すにあた
2　つて、私は一度あの恐
3　ろしい事件のあつた家
4　を見ておきたいと思つ
5　たので、早春のある午
6　後、散歩かたがたステ
7　ツキ片手にぶらりと家を出かけていつた。
8　　私が岡山県のこの農村へ疎開して来たのは
9　去年の五月のことだが、それ以来、村のいろ
10　んな人たちから、きつと一度は聴かされるの
11　が、一柳家のこの妖琴殺人事件である。

本陣殺人事件（第一回）

横溝正史

畫・松野一夫

第一章　三本指の男

此の稿を起すにあたつて、私は一度あの恐ろしい事件のあつた家を見ておきたいと思つたので、早春のある午後、散歩かたがたステツキ片手にぶらりと家を出かけていつた。

私が岡山縣のこの農村へ疎開して來たのは去年の五月のことだが、それ以來、村のいろんな人たちから、きつと一度は聽かされるのが、一柳家のこの妖琴殺人事件である。

いつたい人は私が探偵小說家であることを知ると、きつと自分の見聞した殺人事件などを話してくれる。この村の人たちも御他聞に洩れずそれだつたが、その人たちの誰でもがきつと一度は持出すのがこの話であつた。それほどこの事件は土地の人々にとつて印象的だつたと見えるのだが、それでゐてその人たちの多くは、まだこの事件のほんたうの恐ろしさは知つてゐなかつたのである。

いつたい人が語つてくれるさういふ話に、

2

図3「本陣殺人事件」第一回（『宝石』創刊号）

「密室の殺人」!
探偵小說の世界に
於て最も興味深き
隨一のトリツク!
堂々半歳に及ぶ連
載の待望小說!

語手が感じてゐる程も面白い事件はほとんどないといつてよかつた。ましてやそれが小說の材料になるといふやうな事は、少くとも私には今迄一度もなかつたことだが、しかしこの事件はちがつてゐるのである。私ははじめてこの話の片鱗をきいたときから、非常な興味を覺へたのだが、やがて、この事件にもつとも精通してゐるF君から、事の眞相を聞くに及んで、何んともいへぬ大きな昂奮にとらへられたものである。それはふつうの殺傷事件とまるで違つてをり、そこには犯人の綿密な計畫があり、しかもなんとこれは「密室の殺人」に相當するのであつた。

およそ探偵小說家をもつて自負するほどの誰でもが、きつと一度は取組んでみたくなるのが、この「密室の殺人」事件である。犯人の入るところも出るところもない筈の部屋の中で行はれた殺人事件、それをうまく解決することは、作者にとつて何んといふ素晴らしい魅力だらう。だからたいていの探偵小說家がきつと一度はこれを取扱つてゐるし、畏友井上英三の說によると、デイクソン・カアの如きはその全作品が「密室の殺人」の變型であるといふ事だ。私も探偵小說家冥利に、いつか一度はこのトリツクと眞向から取組んで

いつたい人は私が探偵小説家であることを知ると、きつと自分の見聞した殺人事件などを話してくれる。この村の人たちも御他聞に洩れずそれだつたが、その人たちの誰でもがきつと一度は持出すのがこの話であつた。それほどこの事件は土地の人々にとつて印象的だつたと見えるのだが、それでゐてその人たちの多くは、まだこの事件のほんたうの恐ろしさは知つてゐなかつたのである。

一九七五年に出版された『新版横溝正史全集5』（白版全集5、一八頁上段）の「本文」は次のようになっている。初出と異なる箇所はゴシック体にして示した。

この稿を起**こ**すにあた**っ**て、私は一度あの恐ろしい事件のあ**っ**た家を見ておきたいと思**っ**たので、早春のある午後、散歩かたがたステ**ッ**キ片手に**、**ぶらりと家を出かけてい**っ**た。

私が岡山県のこの農村へ疎開して来たのは**、**去年の五月のことだが、それ以来、村のいろんな人たちから、き**っ**と一度は**、**聴かされるのが、一柳《いちやなぎ》家《け》のこの妖琴殺人事件であ

6 る。
7 いったい人は私が探偵小説家であることを知ると、きっと自分の見聞した殺人事件な
8 どを話してくれる。この村の人たちもご多分に洩れずそれだったが、その人たちの誰で
9 もが、きっと一度は持ち出すのが、この話であった。それほどこの事件は、土地の人々に
10 とって印象的だったと見えるのだが、それでいてその人たちの多くは、まだこの事件の
11 ほんとうの恐ろしさは知っていなかったのである。

促音には外来語も日本語も小書きの「っ・ッ」をあて、「現代かなづかい」を使っていると思われる。送り仮名にも違いがある。8「ゴタブン」の「タブン」には「多分」があてられるので、初出の「御他聞」を修正していると思われる。また初出にはない読点がある。

角川文庫（一九七三年四月初版／使用したのは一九七七年六月に出版された第三〇版）は、5「聴かされる」「妖琴殺人事件」に「聴《き》かされる」「妖琴《ようきん》殺人事件」と、8「洩れず」に「洩《も》れず」と振仮名を施している。その他の箇所は、8から9にかけての「誰でもが」の後ろなどに追加された読点も含めて、白版全集と同じであるが、「初出」「白版全集5」「角川文庫」の「本文」は少しずつ異なる。

■「獄門島」

「獄門島」は雑誌『宝石』の第二巻第一号（一九四七〈昭和二二〉年一月）から第三巻第八号（一九四八〈昭和二三〉年一〇月）まで連載された。挿絵は、黒田清輝《せいき》に師事し多くの雑誌の挿絵をてが

けていた嶺田弘《みねだひろし》（一九〇〇〜一九六五）。嶺田弘は講談社の絵本や『世界名作全集』の挿絵も担当した。第二巻第二号（一九四七年三月発行）の目次によると、この号には「長篇百枚」を謳った、角田喜久雄の「霊魂の足」が巻頭に置かれ、式場《しきば》隆三郎「肉体の火山」が掲載されている。武田武彦の詩「告白」も掲載されている。

「獄門島」は「本陣殺人事件」に続いて「金田一耕助」が登場する。「獄門島」は『週刊文春』が一九八五年に企画した「東西ミステリーベスト100」で国内編一位になり、二〇一三年にも国内編一位となっている。一九四九年と一九七七年の二回映画化されている。一九七七年版は市川崑《こん》監督で、石坂浩二主演の「金田一耕助シリーズ」の三作目にあたる。「獄門島」には「本鬼頭」と「分鬼頭」と二つの網元があり、一九七七年版の映画では「本鬼頭」の先代「鬼頭嘉右衛門」を東野《とうの》英治郎が、「分鬼頭」の当主「鬼頭儀兵衛」を大滝秀治が演じていた。「本鬼頭」と「分鬼頭」があるということが「獄門島」の枠組みの一つといってよいが、これはいわば「二項対立」の構図といえる。正史の作品には幾つか共通する枠組みやモチーフがあると思われる。

図4は「獄門島」第七回で、「金田一耕助」の顔が描かれる。冒頭を翻字してみよう。漢字字体は保存せず、説明のため行に番号を附す。

1　まへにもいつたとほりの島の住人は信心ぶかい。金田一耕助は、はじ
2　めて寺へ泊つたそのつぎの朝、まだくらいときからお参りに来る善男
3　善女の足音や、お祈りをする声や、がらがらと鳴る鰐口《わにぐち》の音に眼をさ

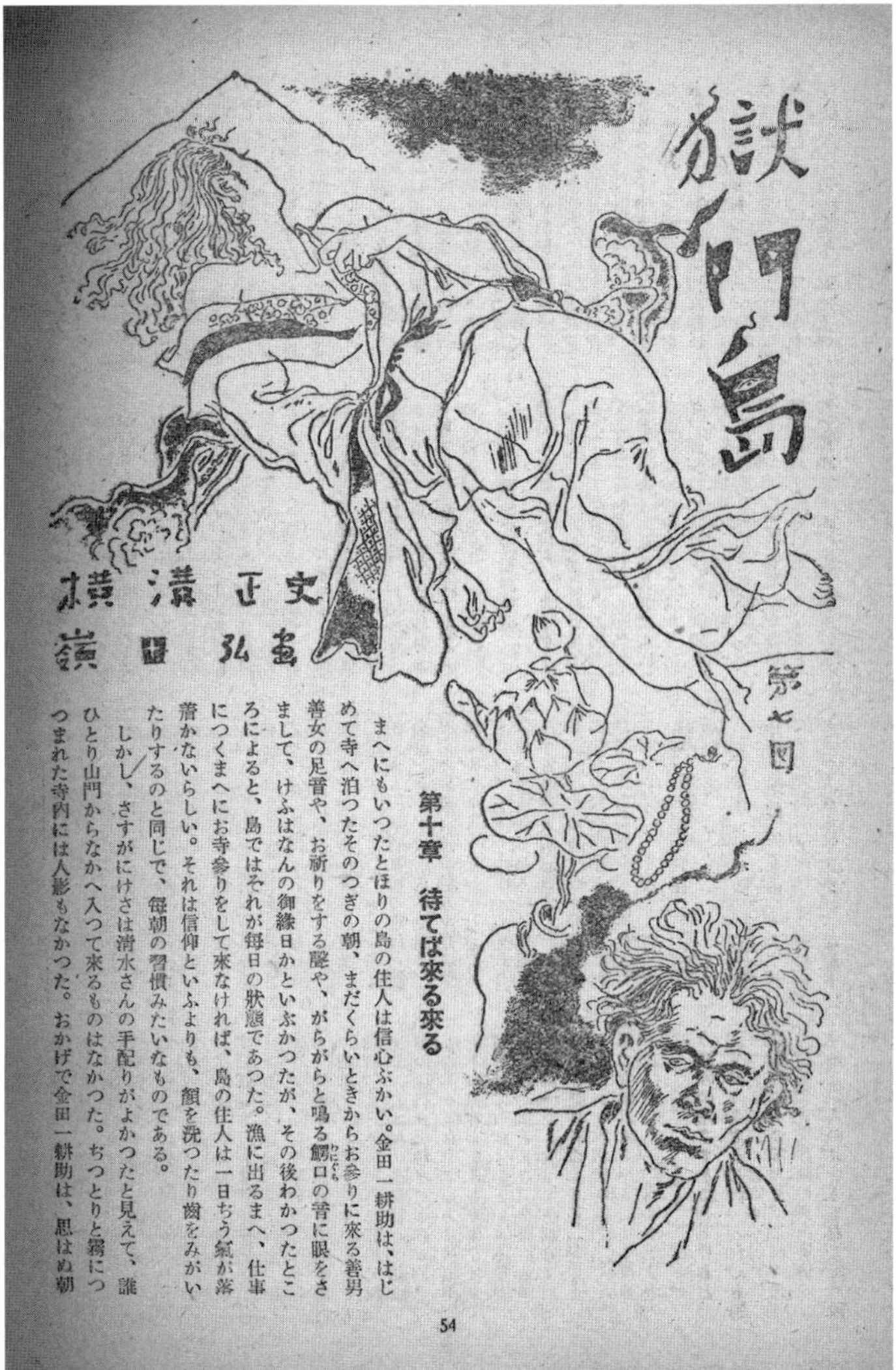

第十章　待てば來る來る

まへにもいつたとほりの島の住人は信心ぶかい。金田一耕助は、はじめて寺へ泊つたそのつぎの朝、まだくらいときからお參りに來る善男善女の足音や、お祈りをする聲や、がらがらと鳴る鰐口《わにぐち》の音に眼をさまして、けふはなんの御緣日かといぶかつたが、その後わかつたところによると、島ではそれが毎日の狀態であつた。漁に出るまへ、仕事につくまへにお寺參りをして來なければ、島の住人は一日ちう氣が落着かないらしい。それは信仰といふよりも、顏を洗つたり齒をみがいたりするのと同じで、毎朝の習慣みたいなものである。

しかし、さすがにけさは淸水さんの手配りがよかつたと見えて、誰ひとり山門からなかへ入つて來るものはなかつた。ちつとりと霧につつまれた寺内には人影もなかつた。おかげで金田一耕助は、思はぬ朝

54

図4　「獄門島」第7回（『宝石』2-8）

まして、けふはなんの御縁日かといぶかつたが、その後わかつたところによると、島ではそれが毎日の状態であつた。漁に出るまへ、仕事につくまへにお寺参りをして来なければ、島の住人は一日ぢう気が落着かないらしい。それは信仰といふよりも、顔を洗つたり歯をみがいたりするのと同じで、毎朝の習慣みたいなものである。

　しかし、さすがにけさは清水さんの手配りがよかつたと見えて、誰ひとり山門からなかへ入つて来るものはなかつた。ぢつとりと霧につつまれた寺内には人影もなかつた。おかげで金田一耕助は、思はぬ朝寝坊をしたにも拘らず、あたりを踏荒らされずにすんだことをよろこんだ。

『金田一さんや、ともかく御飯をおあがり。ゆうべおそかつたで腹がへつたらう。清水さん、あんたもお茶でも召上がれ。仕事はそれからのことぢや。』

『はあ、有難うございます。』

　寺の朝飯は簡単なものである。麦飯に味噌汁、それに沢庵がふたきれみきれ。清水さんは靴をぬぐのを面倒がつて、台所のはしに腰

をおろしたまゝ、典座の了沢君のくんで出した茶をすゝつてゐたが、ふと思ひ出したやうに、
『さうさう、和尚さん、さつき竹蔵にきいたのぢやが、ゆうべの賊はお櫃の御飯を、すつかりさらつていつたといふがほんたうかな。』

角川文庫（一九七一年一〇月初版／使用したのは一九七七年八月に出版された第三八版、一二六～一二七頁）と対照してみよう。初出と異なる箇所はゴシック体にして示した。

　ま**え**にもい**っ**たと**お**り**「のナシ」**島の住人は信心ぶかい。金田一耕助は、はじめて寺へ泊**っ**たそのつぎの朝、まだくらい**うち**からお参りに来る善男善女の足音や、お祈りをする声や、がらがらと鳴る鰐口《わにぐち》の音に眼をさまして、**きょう**はなんの御縁日かといぶか**っ**たが、その後わか**っ**たところによると、島ではそれが毎日の状態であ**っ**た。漁に出るま**え**、仕事につくま**え**にお寺参りをして**こ**なければ、島の住人は一日**じゅう**気が落着かないらしい。それは信仰とい**う**よりも、顔を洗**っ**たり歯をみがいたりするのと同じで、毎朝の習慣みたいなものである。
　しかし、さすがに**今朝**は清水さんの手配りがよか**っ**たと見えて、**だれ**ひとり山門から

なかへ入**っ**て**く**るものはなか**っ**た。**じっ**とりと霧につつまれた寺内には人影もなか**っ**た。おかげで金田一耕助は、思**わ**ぬ朝寝坊をしたにも**かかわ**らず、あたりを踏**み**荒らされずにすんだことをよろこんだ。

「金田一さんや、ともかく御飯をおあがり。ゆうべおそか**っ**たで腹がへ**っ**た**ろ**う。清水さん、あんたもお茶でも召**し**上がれ。仕事はそれからのこと**じゃ**。」

「はあ、**ありがと**うございます。」

寺の朝飯は簡単なものである。麦飯に**みそ**汁《しる》、それに**たくあん**がふたきれみきれ。清水さんは靴《くつ》をぬぐのを**めんどう**が**っ**て、台所のはしに腰をおろしたま**ま**、典座の了沢君のくんで出した茶をす**すっ**て**い**たが、ふと思**い**出した**よ**うに、

「**そ**う**そ**う、和尚さん、さ**っ**き竹蔵にきいたの**じゃ**が、ゆうべの賊はお櫃《ひっ》の御飯を、す**っ**かりさら**っ**てい**っ**たとい**う**がほん**と**うかな。」

初出の「かなづかい」を「現代かなづかい」に変え、促音に小書きの「っ」をあてる以外に、9「誰」、12「拘らず」、20「沢庵」のように、「初出」が漢字で文字化している語を仮名で文字化したり、逆に9「けさ」のように「初出」が仮名で文字化している語を漢字で文字化したりもしている。1は「初出」が「まへにもいつたとほりの島の住人は信心ぶかい」であるが、「いつたとほりの島の住人」は落ち着きがわるい。おそらく「いつたとほりの」の「の」は誤植であろう。角川文庫は「の」を削除している。

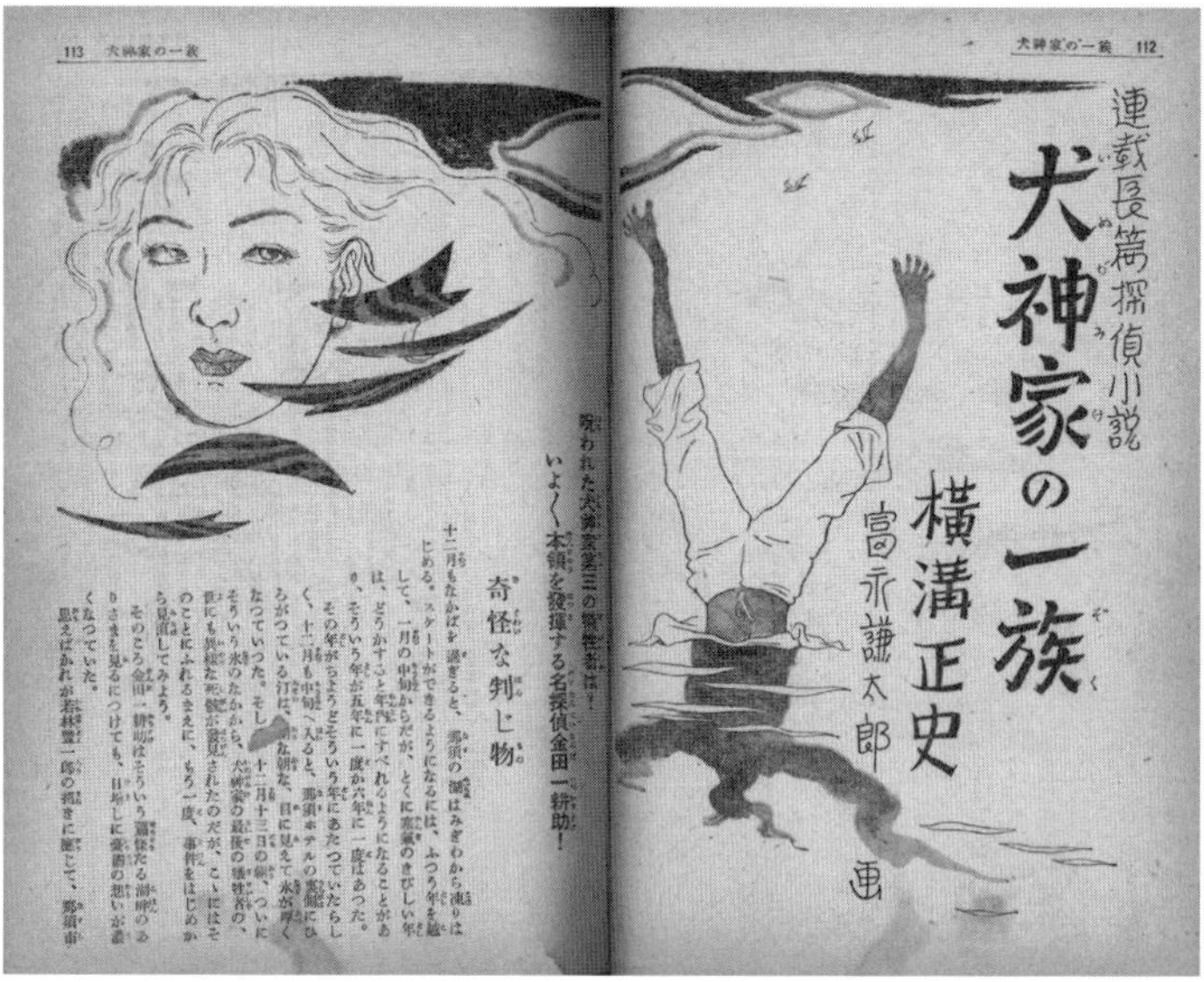

図5 「犬神家の一族」（『キング』27-3）

■「犬神家の一族」

「犬神家の一族」は雑誌『キング』の第二六巻第一号（一九五〇〈昭和二五〉年一月）から第二七巻第五号（一九五一〈昭和二六〉年五月）まで連載され、一九五一年には大日本雄弁会講談社から『傑作長篇小説全集5横溝正史 八つ墓村 犬神家の一族』というタイトルで単行本として出版されている。この本の装幀は恩地《おんち》孝四郎が担当している。

図5は『キング』第二七巻第三号（一九五一年三月一日発行）の一一二～一一三頁。挿絵画家、富永謙太郎（一九〇四～一九八五）の描く、那須湖の「氷の中から突っ立っている」、佐清《すけきよ》の「逆立ち死体」はのち、一九七六（昭和五一）年に公開された市川崑監督による映画の広告ポスターを思わせる。一一三頁側は「珠世」。

横溝正史の作品がまずあって、それが雑誌

に掲載されるにあたり、挿絵画家が作品のある場面や作品から受けとった「イメージ」を挿絵として視覚化（絵画化）し、また映像化されるにあたっても、同様の広告ポスターがつくられたということは、正史の作品がそうした「視覚化・絵画化・映像化」にいわば向いているということになるだろう。それは正史が作品に「ロマンの肉附け」をこころがけていたこととつながっているのではないかと考える。

同じ号の一二四〜一二五頁を翻字しておこう。漢字字体は保存せず、振仮名も必要のないかぎりは省く。

1 展望台のうえから署長が声をかけた。
2 『大丈夫です。心得てます』
3 三人目の刑事が死体の周囲の氷をくだいていく。まえにもいつたように、死体はちよ
4 うど臍のへんから、氷の中に埋《うづ》まつているのである。
5 間もなく氷がくだかれて、ゆすぶると逆立ち死体がゆさゆさゆれはじめた。
6 『おい、もういゝだろう。気をつけてやつてくれ』
7 『おつとしよ』
8 刑事がふたり、脚を一本ずつ持つて、ごぼう抜きに死体を抜きあげたが、そのとたん、
9 展望台のうえに立つたひとびとは、思わず声のない叫びをもらし、息をのんで、手をに
10 ぎりしめた。

仮面の佐清の仮面はうせて、氷の中から逆さに吊りあげられたのは、柘榴のように肉のくずれた、世にも醜怪な顔なのだ。

金田一耕助はいつかいちど、そうだ、佐清が復員してきた直後のことだ、遺言状発表の席で、佐清が鼻のあたりまで仮面をまくりあげるのを見たけれど、そのおぞましい顔をまざまざと正視するのはいまはじめてだつた。しかも、その醜怪な顔は、ひと晩、氷のなかにつかつていたために、紫色にくち果てゝ、その恐ろしさ、おぞましさがいつそう誇張されているのである。しかし、不思議なことに、その死体の頭部には、橘署長が予期したような、傷らしいものはどこにも見当らなかつた。

金田一耕助はしばらく、あのおぞましい顔を見詰めていたのち、やがて顔をそむけたが、そのとき、ふとかれの眼をとらえたのは珠世の顔色である。

男の耕助ですら、ふた眼とは見られぬその顔を、珠世は、瞳をこらして凝視しているのである。あゝ、そのとき珠世の頭を去来するのは、いつたいどういう想いであつたろうか。……

それはさておき、刑事連中《けいじれんぢう》が凍つた死体を、ボートに乗せてかえつてくるとき、警察医の楠田氏があたふたと展望台へ駆けつけてきた。あいつぐ変事に楠田氏はうんざりした恰好で、署長の顔を見てもろくすつぽ挨拶もしなかつた。

『楠田さん、御苦労でもまたひとつ頼みます。詳しいことは解剖してみなければわからんでしょうが、とりあえず、死因と、死後の経過時間を知りたいのだが……』

楠田医師は無言のまゝうなずいて展望台からおりかけたが、そのときだつた。珠世が口をひらいたのは。

『あの、ちよつと、先生……』

階段へ一歩足をかけた楠田医師は驚いたように立ちどまると、珠世のほうへふりかえる。

『えゝ? お嬢さん、なにか御用かな』

『はい、あの……』

珠世は楠田医師と橘署長の顔を見くらべながら、ちよつとためらつたが、やがて思いきつたように口をひらいた。

『もし、あの死体を解剖なさるのでしたら、そのまえに、ぜひとも、右手の手型を……指紋をとつておいていたゞきとうございます』

その一言をきいた刹那、金田一耕助はまるで重い棍棒で、脳天をぶん殴られたようなはげしい衝撃をかん

『新版横溝正史全集10』(白版全集10、一五六頁上段〜一五七頁下段)の「本文」と対照してみよう。初出と異なる箇所はゴシック体にして示した。

展望台のうえから署長が声をかけた。

「大丈夫です。心得てます」

三人目の刑事が死体の周囲の氷をくだいていく。まえにもいったように、死体はちょうど臍のへんから、氷の中に埋まっているのである。

間もなく氷がくだかれて、ゆすぶると逆立ち死体がゆさゆさゆれはじめた。

「おい、もういいだろう。気をつけてやってくれ」

「おっとしょ」

刑事がふたり、脚を一本ずつ持って、ごぼう抜きに死体を抜きあげたが、そのとたん、展望台のうえに立ったひとびとは、思わず声のない叫びをもらし、息をのんで、手をにぎりしめた。

[＊]佐清の仮面はうせて、氷のなかから逆さに吊りあげられたのは、柘榴《ざくろ》のように肉のくずれた、世にも醜怪な顔なのだ。

金田一耕助はいつかいちど、そうだ、佐清が復員してきた直後のことだ、遺言状発表の席で、佐清が鼻のあたりまで仮面をまくりあげるのを見たけれど、そのおぞましい顔をまざまざと正視するのはいまはじめてだった。しかも、その醜怪な顔は、ひと晩、氷のなかにつかっていたために、紫色にくち果てて、その恐ろしさ、おぞましさがいっそう誇張されているのである。しかし、不思議なことに、その死体の頭部には、橘署長が予期したような、傷らしいものはどこにも見当らなかった。

金田一耕助はしばらく、そのおぞましい顔を見詰めていたのち、やがて顔をそむけたが、そのとき、ふとかれの眼をとらえたのは珠世の顔色である。

男の耕助ですら、ふた眼とは見られぬその顔を、珠世は、瞳をこらして凝視しているのである。ああ、そのとき珠世の頭を去来するのは、いったいどういう想いであったろうか。……

それはさておき、刑事連中が凍った死体を、ボートに乗せてかえってくるとき、警察医の楠田氏があたふたと展望台へ駆けつけてきた。あいつぐ変事に楠田氏はうんざりした恰好で、署長の顔を見てもろくすっぽ挨拶もしなかった。

「楠田さん、御苦労でもまたひとつ頼みます。詳しいことは解剖してみなければわからんでしょうが、とりあえず[、ナシ]死因と、死後の経過時間を知りたいのだが……」

楠田医師は無言のままうなずいて展望台からおりかけたが、そのときだった。珠世が口をひらいたのは。

「あの、ちょっと、先生……」

階段へ一歩足をかけた楠田医師は驚いたように立ちどまると、珠世のほうへふりかえる。

「ええ？　お嬢さん、なにか御用かな」

「はい、あの……」

珠世は楠田医師と橘署長の顔を見くらべながら、ちょっとためらったが、やがて思いきったように口をひらいた。

38 「もし、あの死体を解剖なさるのでしたら、そのまえに、ぜひとも、右手の手型を……
39 指紋をと**っ**ておいていた**だ**きとうございます」
40 その一言をきいた刹那、金田一耕助はまるで重い棍棒で、脳天をぶん殴られたような
41 はげしい衝撃をかん

初出の括弧『 』を「 」に変え、促音、拗音には小書きの仮名をあて、繰り返し符号を使わないということは白版全集の「デフォルト」といってよい。それ以外のことでいえば、11では初出の「中」をなぜか「なか」としている。19「その」は、初出の「あの」が誤植の可能性がたかいので妥当であろう。一方、11「＊佐清の仮面はうせて」は、初出では「仮面の佐清の仮面はうせて」となっており、「仮面の」は重複表現のようにもみえるが、「仮面の佐清」をまとまった表現とみれば誤植とも言い切れないであろう。4「埋まつて」は初出では「埋」に「うづ」と振仮名が施されており、「ウヅマッテ」を文字化したものであることがわかる。白版全集10は振仮名が施されていない「埋まって」であるので、現代日本語母語話者は「ウマッテ」を文字化したものとみる可能性がたかい。24「刑事連中」は初出では「けいじれんぢう」と振仮名が施されている。つまり「連中」は「レンジュウ」を文字化したものであった。しかし白版全集10はこの箇所に振仮名を施していないので、現代日本語母語話者は「レンチュウ」を文字化しているととらえる可能性がたかいだろう。「ウマッテ」も「ウヅマッテ」も語義は変わらないし、「レンジュウ」と「レンチュウ」は発音が少し異なるだけ、とみることもできる。そうみれば、あえて述べる必要がないことになるが、「異な

り」とみるのであれば、振仮名を使わないことによって、初出で選択されていた語がのちに「見えなくなる」ことがある。

■「八つ墓村」

「八つ墓村」は雑誌『新青年』の第三〇巻第三号（一九四九〈昭和二四〉年三月）から連載が始まったが、横溝正史の病気のために第三一巻第三号（一九五〇〈昭和二五〉年三月）でいったん休載となった。『新青年』がその直後一九五〇年七月号をもって休刊となったために、雑誌『宝石』の第五巻第一一号（一九五〇〈昭和二五〉年一一月）と第六巻第一号（一九五一〈昭和二六〉年一月）とに二回分を掲載して完結している。

『新青年』第三〇巻第一〇号（一九四九年一一月）に掲載された目次の前に横溝正史、三橋一夫、火野葦平《ひのあしへい》の写真がそれぞれ一頁の大きさで載せられている。「怪奇探偵」を謳う火野葦平の「亡霊の言葉」が巻頭に置かれ、三橋一夫の「湖の畔」、林房雄の「自殺的殺人」、東郷青児の「星を抱いた女」などが載せられている。本号第八回の冒頭を翻字して次に示す。

1 『あゝ、典子さんですか。びつくりしましたよ。』
2 相手が典子だとわかつたので、私はいくらかほつとした。相手が無邪気な典子ならば、
3 なんとかこの場の様子をいひくるめさうな気がしたからである。
4 典子は、

『ふふふ。』

　と、口のうちで笑つて、

『あたしこそびつくりしてよ。だつて、だしぬけに、こんなとこからとび出していらつしやるんですもの。意地悪ね。』

と、典子は珍しさうに瀧の向ふをのぞきこみながら、

『どうしてこんなところにかくれてゐらしたの。この穴のなかに何かあつて？』

典子は私が抜穴の、向ふがはからやつて来たとは気がつかぬらしい。ちよつとした気まぐれから、穴のなかへもぐりこんでゐたのだらうと、思ひこんでゐるらしいのだ。むろん、私にとつてはそのはうが好都合なので、できるだけ、彼女に調子をあはせることにした。

『いえ、なに、ちよつと入つてみたんですよ。なんにもありませんよ。たゞじめじめとした洞穴ですよ。』

『さうね。』

　典子はすぐに洞穴をのぞくことをやめ、私の顔を仰ぎながら、瞳をかゞやかせて、

『でも、どうしていまごろ、こんなところへいらしたの。何か御用がおありだつたんですの。』

『いや、別にさういふわけぢやなかつたんですがね。何んだか気持ちがいらいらして、眠れなかつたものですから、夜風にあたつたら気持ちがよからうと、つい、ふらふらと

とび出して来たんです。』

『さうお。』

典子はちよつと失望したやうにうなだれたが、すぐ、また快活に顔をあげると、

『でも、まあ、いゝわ。お眼にかゝれて嬉しいわ。』

私には典子の言葉の意味がよくわからなかつた。びつくりして、星明りのなかにほのじろくうかんでゐる、典子の横顔を見守りながら、

『典子さん、それ、どういふ意味？』

『うゝん、なんでもないの。ねえ、うちへ寄つてらつしやらない？　おうち、いま誰もゐないのよ。あたし、淋しくつて、淋しくつて…』

『慎太郎さんはゐないのですか。』

『えゝ。』

『どこかへお出掛け？』

『さあ、……あたしよく知らないのよ。このごろ毎晩、いまごろになると、どこかへ出掛けるのよ。どこへいくのか訊ねても、黙つてゝ教へてくれないの。』

『典子さん。』

『なあに。』

『あなたはいまごろ、どうしてこんなところを歩いてたの。』

『あたし？』

典子は大きな眼をあげて、まじまじと私の顔を眺めていたが、やがてふうつと下を向くと、右足で土を蹴りながら、

『あたしね、淋しくて、淋しくてたまらなかつたのよ。それで、いろんなことを考へてると、なんだか急に悲しくなつて……とてもひとりでおうちにゐられないやうな気がして来たの。それで夢中でとび出して、そこらを歩きまはつてゐたのよ。』

『典子さんのおうちどこ？』

『そこよ、すぐ下に見えてるでせう？』

私たちの立つてゐるところは、坂の途中をきりひらいた陰い、幅二三尺の阻しい路で、うしろの崖のうへも、まへのゆるやかな傾斜も、いちめんに深い竹藪でおほはれてゐる。その竹藪をすかして、斜下のはうに小さい藁葺きの屋根と、白く灯の色のさした障子のうへのほうだけがみえた。

『ねえ、寄つてらつしやいよ。あたし、淋し

『新版横溝正史全集8』（白版全集8、一一三頁上段～一一五頁上段）の「本文」と対照してみることにする。二重鉤括弧はすべて一重鉤括弧になっている。初出と異なる箇所はゴシック体にして示した。

「あ**あ**、典子さんですか。び**っ**くりしましたよ」

相手が典子だとわかったので、私はいくらかほっとした。相手が無邪気な典子ならば、なんとかこの場の様子をいいくるめられそうな気がしたからである。

典子は、

「ふふふ」

と、口のうちで笑って、

「あたしこそびっくりしてよ。だって、だしぬけに、こんなところからとび出していらっしゃるんですもの。意地悪ね」

と、典子は珍しそうに瀧の向こうをのぞきこみながら、

「どうしてこんなところにかくれていらしたの。この穴のなかに何かあって？」

典子は私が抜け孔の、向こうがわからやって来たとは気がつかぬらしい。ちょっとした気まぐれから、穴のなかへもぐりこんでいたのだろうと、思いこんでいるらしいのだ。むろん、私にとってはそのほうが好都合なので、できるだけ、彼女に調子をあわせることにした。

「いえ、なに、ちょっと入ってみたんですよ。なんにもありませんよ。ただじめじめ「とナシ」した洞穴ですよ」

「そうね」

典子はすぐに洞穴をのぞくことをやめ、私の顔を仰ぎながら、瞳をかがやかせて、

「でも、どうしていまごろ、こんなところへいらしたの。何か御用がおありだったんで

すの」

「いや、別に**そ**うい**う**わけ**じゃ**なか**っ**たんですがね。何んだか気持ちがいらいらして、眠れなか**っ**たものですから［**、ナシ**］夜風にあた**っ**たら気持ちがよか**ろ**うと、つい、ふらふらととび出して来たんです」

「**そ**うお」

典子はち**ょっ**と失望した**よ**うにうなだれたが、すぐ、また快活に顔をあげると、

「でも、まあ、い**い**わ。お眼にか**か**れて嬉しいわ」

私には典子の言葉の意味がよくわからなか**っ**た。び**っ**くりして、星明**か**りのなかにほのじろく**浮**かんで**い**る、典子の横顔を見守りながら、

「典子さん、それ、どうい**う**意味？」

「う**う**ん、なんでもないの。ねえ、うちへ寄**っ**てら**っ**し**ゃ**らない？　おうち、いま誰も**い**ないのよ。あたし、淋しく**っ**て［**、ナシ**］淋しく**っ**て…」

「慎太郎さんは**い**ないのですか」

「ええ」

「どこかへお出掛け？」

「さあ［**、ナシ**］……あたしよく知らないのよ。このごろ毎晩、いまごろになると、どこかへ出掛けるのよ。どこへいくのか訊ねても、黙**っ**て［＊］教**え**てくれないの」

「典子さん」

「なあに」

「あなたはいまごろ、どうしてこんなところを歩いてたの」

「あたし？」

典子は大きな眼をあげて、まじまじと私の顔を眺めていたが、やがてふう**っ**と下を向くと、右足で土を蹴りながら、

「あたしね、淋しくて、淋しくてたまらなか**っ**たのよ。それで、いろんなことを考**え**てると、なんだか急に悲しくな**っ**て……とてもひとりでおうちに**い**られない**よ**うな気がして来たの。それで夢中でとび出して、そこらを歩きま**わっ**て**い**たのよ」

「典子さんのおうちどこ？」

「そこよ、すぐ下に見えてるで**しょ**う？」

私たちの立**っ**て**い**るところは、坂の途中をきりひらいた隘《せま》い、幅二三尺の阻《けわ》しい路で、うしろの崖のう**え**も、ま**え**のゆるやかな傾斜も、いちめんに深い竹藪でお**おわ**れて**い**る。その竹藪をすかして、斜**め**下の**ほ**うに小さい藁葺きの屋根と、白く灯の色のさした障子のう**え**のほうだけがみえた。

「ねえ、寄**っ**てら**っ**し**ゃ**いよ。あたし、淋し

白版全集8では、促音、拗音には小書きの仮名をあてている。「かなづかい」は「現代かなづかい」になっている。初出の11「抜穴」、27「星明り」をそれぞれ「抜け孔」「星明かり」とする。3

「いひくるめさうな」は初出の誤りで、「いひくるめられさうな」とあるべきであろう。白版全集8ではそのかたちに修正されている。36は初出には「どこへいくのか訊ねても、黙つてゝ教へてくれないの」とあって「＊」の位置に「ゝ」がある。このかたちに問題はないはずで、白版全集8の「どこへいくのか訊ねても、黙って教えてくれないの」も誤りとまではいえないであろうが、どちらかといえば、初出のかたちが自然ではないだろうか。

■「悪魔の手毬唄」

「悪魔の手毬唄」は雑誌『宝石』の第一二巻第一〇号（一九五七〈昭和三二〉年八月）から第一四巻第一号（一九五九〈昭和三四〉年一月）まで連載され、一九五九年に講談社から単行本『悪魔の手毬唄』として出版された。

　雑誌『宝石』に掲載された「悪魔の手毬唄」の挿絵は村上松次郎が担当している。『宝石』は昭和三十年代に入ると必ずしも販売がのびなくなり、一九五七年八月号から、江戸川乱歩編集を謳うようになる。その号の「目玉商品」が「悪魔の手毬唄」であった。

『宝石』の第一二巻第一二号（一九五七年九月）に掲載された第二回の二五六～二五七頁では、挿絵として「金田一耕助」が「仙人峠」のてっぺんあたりで、「ひとりの老婆とすれちがった」場面が描かれている。『新版横溝正史全集14』のその場面の「本文」をあげておく。

　老婆は手拭いを姉さまかぶりにして、背中に大きな風呂敷包みを背負っていた。そのために上体をふたえに折りまげるような姿勢で歩いてくるので、顔はまるで見えなかった。手拭いの下から白髪がほうけ出ていたのと、こまかい縞のもんぺをはいているのが印象にのこったくらいである。足には鼠色によごれた白足袋をはき、尻切れ草履をつっかけていたようだ。陽焼けを防ぐためか、脚に脚絆をまき、手に手甲をはめていたような気がする。……と、それものちになって思いあわせただけのことで、そのときはそれほどふかく気にとめたわけではない。

すれちがうとき、老婆はいっそうふかく頭《こうべ》を垂れて、口のうちでもぐもぐ呟いた。それを聞いて金田一耕助は思わずはっと立ちどまったのである。

「ごめんくださりませ。おりんでござりやす。お庄屋さんのところへ、もどってまいりました。なにぶん可愛がってやってつかあさい」

辛うじてききとれるていどの声でそれだけいうと、老婆はぴたぴたと尻切れ草履をならしながら、鬼首村のほうへ峠をくだっていった。

あとになってそのときの情景を思いうかべるたびに、金田一耕助はいつも肌に粟の生じるのを禁じることができないのである。

この老婆にはほかにも五、六人いきちがったものがある。老婆はそのたびにおなじような口上をくりかえしていったというがそれでいて、まえかがみのあの姿勢と、おりからの薄暗がりのために、だれも彼女の顔をはっきり見たものはなかったのである。

昭和三十年八月十日の逢魔が時を、みずからおりんと名乗る老婆が、それこそ通り魔のように仙人峠をこえてこの鬼首村へやってきたのだ。血も凍るような恐怖と戦慄と、不可解な謎のかずかずを、あのまがまがしい風呂敷にくるんで。……
しかし、その夕方、金田一耕助はそんなこととは夢にも気がつかなかった。
（三一頁上段～三二頁上段）

「悪魔の手毬唄」第二回が掲載されている『宝石』第一二巻第一二号には坂口安吾「樹のごときもの歩く」の第二回も掲載されており、目次において、両者が「二大連載」と謳われている。目次では「樹のごときもの歩く」に「「不連続殺人事件」の姉妹篇、未完の本格名作。第四回には高木彬《あき》光《みつ》氏の挑戦篇を掲載。三万円懸賞犯人探し！」という惹句を附している。坂口安吾「不連続殺人事件」は横溝正史「八つ墓村」に深い影響を与えていることで知られている。この号には加田伶太郎（福永武彦）の「電話事件」、鷲尾三郎の「月蝕に消ゆ」も掲載されている。

横溝正史は一九三七年と一九七一年に「海外探偵小説ベスト10」を選んでいるが、二度ともヴァン・ダインの「僧正殺人事件」を入れており、この作品を高く評価していることがわかる。この号には「ヴァン・ダインは一流か五流か」というタイトルで、小林秀雄と江戸川乱歩の対談が載せられている。[注2]

■「悪魔が来りて笛を吹く」

「悪魔が来りて笛を吹く」は雑誌『宝石』の第六巻第一一号（一九五一〈昭和二六〉年一一月）から

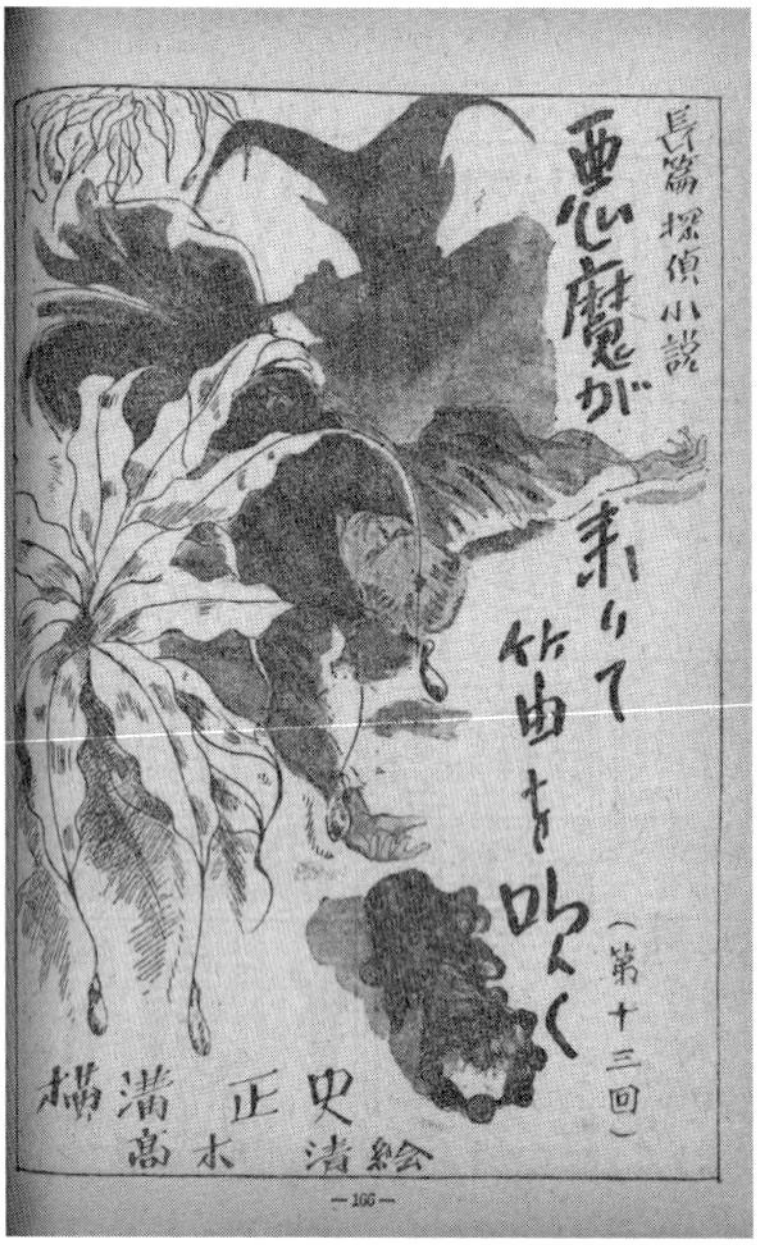

図6　「悪魔が来りて笛を吹く」第13回　扉（『宝石』8-2）

第八巻第一三号（一九五三〈昭和二八〉年一一月）まで連載されている。一九五四年五月には岩谷書店から単行本として刊行されている。

図6は『宝石』第八巻第二号（一九五三年三月一日発行）に掲載されている第十三回の扉ページ。挿絵は、菊池寛の雑誌小説の挿絵をてがけたことで知られている高木清（一九一〇〜一九八八）による。他に横溝正史の作品では、『宝石』に発表された「八つ墓村」の挿絵も担当している。

ここには、温室で死んでいる「新宮利彦」と「ぎたぎたするやうな血で、ぐつしより濡《ぬ》れてゐる」（一六九頁）「風神」と、「食虫蘭」が描かれている。「食虫蘭」はネペンテスのようにみえる。背後には黒いシルエットでフルートを吹く悪魔と思われるものが描かれている。「悪魔が来りて笛を吹く」は、松田定次監督、片岡千恵蔵主演で一九五四年に公開された映画を初めとして、一九七九年に公開された映画（斎藤光正監督、西田敏行主演）、一九七七年にTBS系列で放送されたテレビドラマ（古谷一行が金田一耕助役）、やはりTBS系列で一九九二年に放送されたテレビドラマ（古谷一行が金田一耕助役、全五回）、フジテレビ系列で一九九六年に放送されたテレビドラマ（片岡鶴太郎が金田一耕助役)、同じフジテレビ系列で二〇〇七年に放送されたテレビドラマ(稲垣吾郎が金田一耕助役)、NHKBSプレミアムで二〇一八年に放送されたテレビドラマ(吉岡秀隆が金田一耕助役)など、複数回映像化されている。これらの映像作品の広告などに、初出の黒いシルエットでフルートを吹く悪魔の形、あるいはイメージが影響を与えているように思われる。

タイトルになっている「悪魔が来りて笛を吹く」は作品内にでてくるフルート曲の名前で、これを作曲した人物が、元子爵という設定になっているフルート奏者「椿英輔」、その妻が「椿秌子」である。作品には次のようなくだりがある。引用は『新版横溝正史全集12』(白版全集12)による。


「では、お宅から伺いましょう。お父さんは椿英輔とおっしゃいましたね。おいくつでしたか」

「四十三でした」

「それから?」

「母秌子、秌は火扁にノギ、四十になります。でも……」

(二一一頁上段〜下段)


「美禰子」の母の名前は「アキコ」で「アキ」には「秌」を使うことが作品内ではっきり述べられている。「秌」は通常使う「秋」のパーツが左右いれかわった形をしており、ひろくいえば「秋」の異体字。異体字の中でも、パーツの位置がいれかわっているので、「動用字」と呼ばれる。非常に稀な字というわけではないが、一般的ということでもない。横溝正史はなぜこの字を選んだのか、と思わないではない。白版全集12にはもちろん「秌」が印刷されているが、他の活字よりもほんのわずかに大きく、そのためにほんの少しインクの色が濃くみえる。これは、「炢」だけが特別に作った活字であることを思わせる。それは『横溝正史全集7』（黒版全集）も同様で、やはり少し落ち着きがよくない。それは初出の『宝石』も同じである。正史はことさら「炢」を使いたかったのか、そうではなくて、たまたま使った異体字がずっと使われ続けることになったのか。

第一〇回が載せられている第七巻第九号（一九五二年一〇月）の二九六〜二九七頁には淡路島行きの連絡船「千鳥丸」の「甲板の柵にもたれて海をみてゐる」（二九八頁下段）「金田一耕助」と「出川刑事」（鳥打ち帽をかぶっている）が描かれる。二九五頁上段から「第十九章　淡路島山」が次のように始まる（引用は白版全集12による）。


雨はもうすっかりあがっていたけれど、雲はまだ低く垂れさがって、鉛色をした明石港の海面は、かなりうねりが高かった。

明石の港は巾着《きんちゃく》の口をなかば開いて、南へむかっておいたような形をしており、港のおくに、こわれた舟で作ったような十メートルばかりの桟橋がふたつ、塵埃のいっぱい浮いた穢い海面につき出している。岩屋通いの播淡汽船と、淡路周遊の丸正汽船が、それぞれその桟橋のひとつを使っているのである。

桟橋の根もとには雨にうたれた伝馬船がいっぱい、浪のうねりにあおられて、揺り籠のように揺れている。港の出口にはそれでもいくらかスマートな燈台がひとつ。その向こうに淡路島が墨絵のようにけむっている。

（一三八頁上段）

天気はいよいよ恢復するらしく、低く垂れさがっていた雲が、しだいに吹きちぎられていくと、ところどころ青空さえ見えはじめた。それにしたがって、いままで陰鬱な鉛色をしていた海面も、しだいに明るさを増していく。

やがて港口から連絡船が、舳《へさき》に白い波をあげながら入ってきた。待合室にいた連中も、みんなぞろぞろ桟橋へおりてくる。

（一四〇頁上段）

気がつくと千鳥丸はもう海峡のなかば以上もつっ切って、淡路島山がすぐ眼前に迫っている。雲の切れ間はますますひろがって、爽やかな秋の青空が、眼にしみるようである。海面を見ると、潮の流れのかげんか、縞瑪瑙《しまめのう》のように美しい模様が織り出されている。雨があがったせいか、もう点々と漁船の影が見られる。鷗が群れていた。

（一四一頁下段～一四二頁上段）

バスは岩屋の町を出外れると、海岸線に沿って南下する。道路の左側はすぐ砂浜で、その向こうは海である。右手を見ると半農半漁といった民家が、道路に面してならんでおり、その背後はすぐ爪先のぼりの丘になっている。丘は段々畑になっていて、いたるところに甘薯の葉がしげっていた。

（一四二頁下段～一四三頁上段）

江戸川乱歩は、『宝石』第九巻第八号（一九五四〈昭和二九〉年七月）の「病作家の精進に脱帽―

「悪魔が来りて笛を吹く」を評す」において「横溝君の『悪魔が来りて笛を吹く』は二年に亙ってポツポツ切れて来たので、首尾一貫しないものかと想像していたが、意外によく整っていて、物質的奇術性が少なく、通俗的だけれども雄大な力作だと思った」「この作の大筋はゲーテの「ヴィルヘルム・マイスターの修業時代」あたりから示唆を得たらしい一つの極端な激情を取扱っているが、私としては、「ハハア、やつたな」と横手を打つ感じで、大いに同感したものである。しかし、それが少しコッテリしすぎているので、通俗感を免れないけれども、読みごたえは充分であった」（一七六頁）と述べている。また高木彬光は『宝石』の同じ号において、探偵小説の「本格」を楷書、「変格」を草書だとすると、正史の近年の作品は行書でないかと述べた上で、「正直なところ、この作品を、トリック至上主義の見地から見るならば、不満は禁じ得ないところであらう。たくみな小業は各所に展開されてはゐるが、一読あつと叫ぶような、大業には乏しいといふのが本当のところであらう。そしてまた、「鬼火」のやうに恐ろしくも美しい、人間愛憎の地獄の描写を、まともに期待してゐる人々にとつても、ある種の物足りなさはおさへきれない事だらう。しかし、その両ともに、この作品を鑑賞する正しい立場ではないと、私は思ふ。楷書の基準を以て行書を批判し、草書を見るがごとき眼を以て、行書の筆法を云々する——いずれも正しい鑑賞眼とはいへないのである。この作品の真価は、プロットの展開にある。かくのごとき、驚歎すべき恐しいテーマを探偵小説の分野にとりいれ、実在感を伴ふ各種のトリックを配し、しかも一読巻をおくあたはざる緊迫感と異様なサスペンスを以て、香気の高い一巻の物語を完成したところに、先生の努力がひそんでゐる——と思ふのだ」（一七七頁）と述べている。

乱歩の「通俗」味、高木彬光の「行書」の傑作といった「みかた」は通っているように思われる。中島河太郎《なかじまかわたろう》は「悪魔が来りて笛を吹く」が収められている白版全集12の「解説」において、右に掲げた、乱歩、高木彬光の言説を紹介した上で、正史は「物語的、伝奇的、草双紙的世界が息苦しくなって、純粋本格の境地を望んだはずだったが、物語的趣向を添えてサーヴィスにつとめた観がある。たとえば金田一らが淡路島に在る尼の所在を訪ねる場面を思い返して欲しい。プロットだけを展開させることに急な本格物では、一字一句無用な描写は省くべきだという欧米人の作法はともかくとして、単なる叙景、抒情は削られている。著者の丹念な叙述を直接プロットに関係がないと見る向きがあるかもしれないが、全篇を読了すれば、不必要と思われた描写が、いかに作品意図に合致し、またムードを盛りあげるために大きな役割を果たしているかに気付かれるに違いない。著者の作品を読みはじめたら巻をおけないのも、読み了ってもしばしはその世界から抜けきれないのも、単に謎が解ければ終わりという論理だけではなく、情感をも等しく満足させてくれるからなのである」（三三二頁下段）と述べている。

そもそも「作品意図」とは何か、ということがありそうであるが、今ここではそのことは問わないことにして、作品を構成しているある言語表現が「作品意図」に合致しているかどうかは、作品を一度読了しただけではわからないだろう。あるいはそれは永遠に証明できないことかもしれない。また「ムードを盛りあげる」というようなことも、ごくごく常識的にはわかるとしても、作品を構成する言語表現ということと「ムード」がどのようにつながっているかということもすぐにはわからないかもしれない。一方本書では、作品を評価したり、鑑賞したりすることとは一定の「距離」を置いている。というよりは、そうしたことは本書が述べたいことではないといってもよいかもしれない。

乱歩、高木彬光、中島河太郎の言説は、稿者の枠組み、用語でいえば「ことがら情報」と「感情情報」（本書17頁参照）の後者にかかわる。プロットを支えるのが前者だとすれば、作品には確実に「感情情報」がもりこまれており、それが強い印象を与えることもあるということで、それは正史いうところの「ロマンの肉附け」とかかわる。

正史は『真説　金田一耕助』（一九七九年、角川文庫）において、「悪魔が来りて笛を吹く」のなかの「「金田一耕助西へ行く」から「淡路島山《あわじ》」という章あたりが好きである。これは中島河太郎も指摘しているとおり、筋だけを追う読者にはまどろこしいかもしれないけれど、あわてず騒がず、悠々《ゆうゆう》と筆を進めているところが、われながらあっぱれである」（六四頁）と述べている。

なお、『宝石』第八巻第三号には、『新青年』の編集長をつとめたこともある水谷準（一九〇四〜二〇〇一）の「瓢庵先生　麒麟火事」や戸川貞雄の「一ツ目小僧捕物ざんげ　野良犬」といったいわば「時代物」も載せられており、「探偵小説」と表紙に明示している雑誌『宝石』において、さまざまな作品が「同居」していることが確認できる。

■「蜘蛛と百合」

「蜘蛛と百合」はモダン日本社から出版されていた雑誌『モダン日本』一九三六（昭和一一）年七月号から八月号に連載された。「由利麟太郎」と「三津木俊助」が登場する、いわゆる「由利先生物」にあたる。

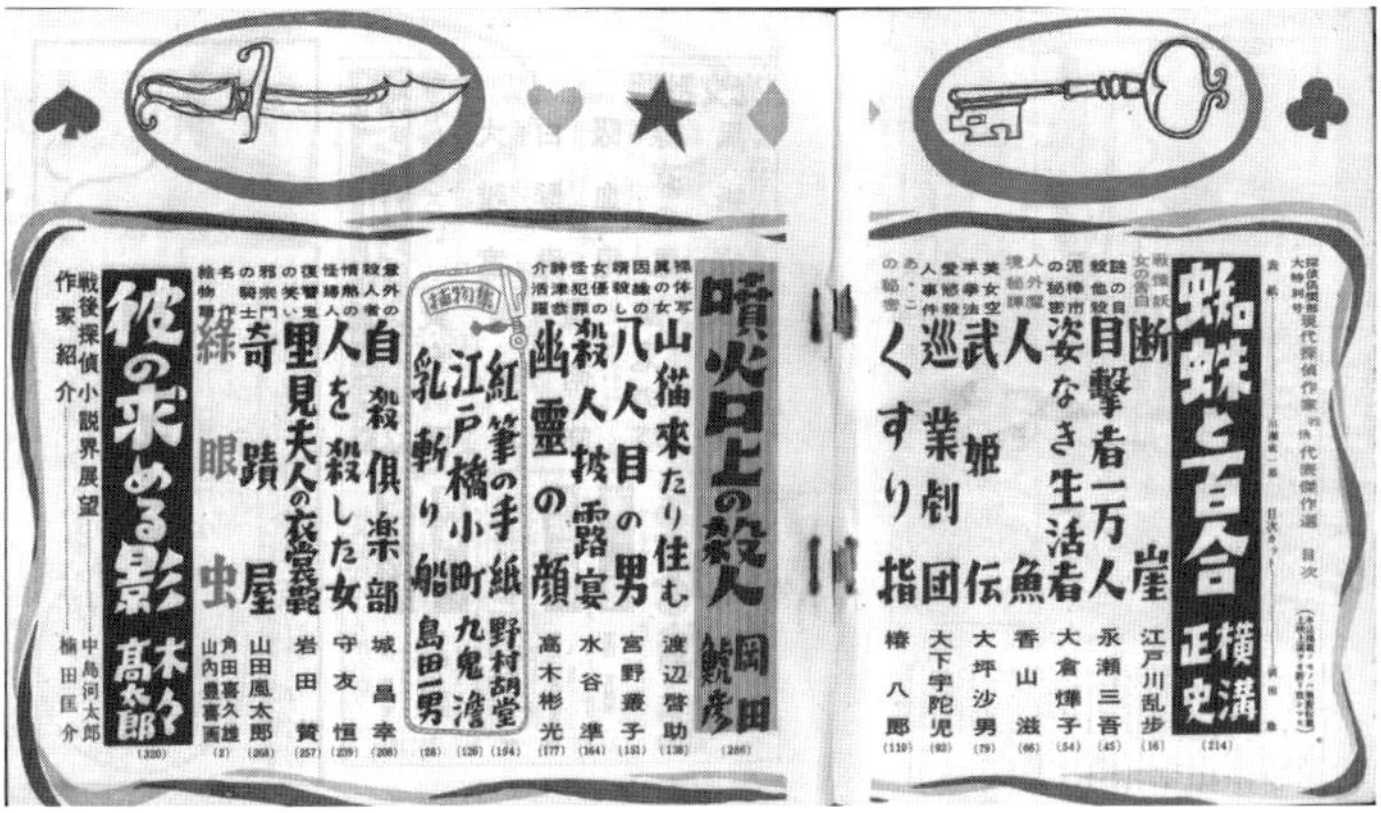

図7　『探偵倶楽部』3-6　目次

図7は、作品が再掲された「現代探偵作家戦後代表傑作選」を謳う『探偵倶楽部』大特別号（第三巻第六号、一九五二〈昭和二七〉年六月、共栄社）の目次（ただし左頁は途中まで）である。右頁の右端にひときわ目立って大きく、横溝正史の「蜘蛛と百合」が示されているが、頁数をみると二一四頁で、これが巻頭に置かれているわけではない。この号の巻頭は江戸川乱歩の「断崖」であるが、正史の「蜘蛛と百合」と同じように目次において大きく表示されている、岡田鯱彦《しゃちひこ》「噴火口上の殺人」、木々高太郎《きぎたかたろう》の「彼の求める影」はいずれも二〇〇頁以降に掲載されている。つまり、目次は目次として、今風にいえばビジュアル的にバランスをとっており、必ずしも作品の掲載順に目次がつくられているわけではない。これはきわめて興味深い。

そして「蜘蛛と百合」の冒頭頁は、昭和探偵小説研究会編『横溝正史全小説案内』（二〇一二年、洋泉社）の「横溝正史の挿画世界」のページにも掲載されている。しかしそこには「『探偵倶楽部』掲載、都竹伸政による「蜘蛛と百合」」とあって、『探偵倶楽部』の第何巻第何号あるいは何年何月号に掲載されているかが示されていない。それが示されているものもあり、まちまちな表示になっている。雑誌についての具体的な「情報」が示されていなければ、掲載されている図に惹かれて、その雑誌を入手しようと思っても、検索もできないことになる。そう考えて、本書ではできる限り具体的な「情報」を示すようにしたが、一部不明のものが残ってしまったので、やむをえないことかもしれない。

図7でわかるように、目次では、江戸川乱歩の「断崖」に続いて、『宝石』の編集長をつとめた永瀬三吾《さんご》の「目撃者一万人」、大倉燁子《てるこ》の「姿なき生活者」、香山滋の「人魚」、大坪沙男の「武姫伝」、大下宇陀児の「巡業劇団」、椿八郎の「くすり指」が並んでいる。

大倉燁子は国学者物集高見《もずめたかみ》の三女。乱歩が香山滋、島田一男、山田風太郎、高木彬光とともに「戦後派五人男」と呼んだ探偵小説作家が大坪沙男（砂男）。

目次では、十手と捕り縄で囲んで「捕物集」と名づけて一応の区別をつけているようにみえるが、野村胡堂《こどう》「紅筆の手紙」、九鬼澹《くきたん》「江戸橋小町」、島田一男「乳斬り船」も載せられている。九鬼澹は、『ぷろふいる』の二代目編集長をつとめ、後に九鬼紫郎《しろう》を名乗る。

『探偵倶楽部』のこの号には、中島河太郎による「戦後探偵小説界展望」も載せられていて、「以上の大家・中堅の錚々《そうそう》たる陣営に続いて岡田鯱《しゃち》彦・岩田賛・永瀬三吾・宮野叢《むら》子・椿八郎の諸氏など、探偵文壇ほどかくれた偉材が、突如として出現するところはない」（二八五頁）と述べている。

■「双仮面」

「双仮面」は雑誌『キング』の第一四巻第八号（一九三八〈昭和一三〉年七月）から第一四巻第一五号（同年一二月）まで連載されている。「三津木俊助」は登場せず、「由利麟太郎」のみが登場する。挿画は嶺田弘が担当している。「双仮面」は『旋風劇場』（一九四二年、八紘社杉山書店）に収録された。横溝正史はこの年の一〇月から一一月にかけて『サンデー毎日』に「仮面劇場」というタイトルの作品を発表しているが、この「仮面劇場」が単行本化されるにあたって、タイトルを変更したものが『旋風劇場』である。

『キング』のこの号には「支那事変画報」が九頁から一六頁まで八頁にわたって載せられている。それぞれの写真には「猛然！　徐州を制圧す」「鄭州・漢口をめざして」「安慶占領」「機雷管制所の爆破」といったキャプションが附されている。また「日本の生命線　南洋を語る座談会」も載せられている。

正史の「双仮面」も「新掲載」の中に置かれているが、そこには「事変小説」という角書きの、諏訪三郎の「老従軍記者」というタイトルの小説も含まれている。

一九三七（昭和一二）年七月七日に盧溝橋事件が起こってから日本と中国の間は戦争状態が続いていく。中島河太郎は角川文庫『双仮面』（一九七七年）の「解説」において、「日華事変の起こった翌十三年になると、時代の風潮は刻一刻探偵小説に不利となった。元老の甲賀が探偵小説休業を宣言する一方、海野十三はいち早く軍事・スパイ小説へ転向し、小栗虫太郎も秘境冒険小説へ移るほどであった」「筆者［引用者補：横溝正史のこと］だけはまだ悠然とかまえて、探偵小説のおもしろさを満喫させようと心がけている」（二四四頁）と述べている。ただし、「人形佐七捕物帳」は一九三八年『講談雑誌』新年号に掲載された「羽子板娘」が第一話であるので、正史の方向転換も行なわれ始めていることがわかる。「人形佐七」については【捕物帳をよむ】で改めて述べることにしたい。

『キング』第一四巻第一一号（一九三八〈昭和一三〉年九月一日発行）には「双仮面」の第四回（「金色の王子」から「裸女と怪人」まで）が掲載されている。この号にも「支那事変画報」が載せられているが、「実語教・童子教」が特別挟込附録とされ、若槻礼次郎の「正義を以て一貫せよ」、楠藤太郎の「陸軍大臣板垣中将出世物語」、「家郷より出征軍人に送る手紙」といった記事が載せられている。「読切小説傑作選」として、大下宇陀児「海底の兇賊」、三角寛の「菜花峠の山女」が掲載されている。前者には「探偵捕物」、後者には「山窩綺譚」という角書きが附されている。

■「吸血蛾」

「吸血蛾」は『講談倶楽部』第七巻第一号（一九五五〈昭和三〇〉年一月）から第七巻第一五号（同年一二月）まで一年間にわたって連載された。挿画は岩田専太郎が担当している。「金田一耕助」が登場するいわゆる「金田一耕助シリーズ」の一つである。横溝正史はこの時期、『小説倶楽部』第八巻第一号（一九五五年一月）から第八巻第一二号まで一年間にわたって「三つ首塔」の連載もしており、連載二つを一年間同時進行している、充実の時期といってよい。

第七巻第四号（一九五五年三月特別号）の目次では、「怪奇探偵」という角書きが附されている。

この号には、森三千代の「浴槽の処女たち」、火野葦平の「海は七色」が掲載されている。巻末には「読者交談クラブ」という「講談倶楽部」にかけた投稿欄が設けられているが、投稿の中に「探偵小説は知的な文学」という見出しのものがある。「新年号より新連載の横溝正史の『吸血蛾』をたのしみにしています。毎年正月がくると、新しい探偵小説の連載が始まるので、ファンとしてもうれしいです。そのためにひとつ年をとった甲斐があるのでしょう。探偵小説はつまらないもの、愚劣なものだという頭が、まだまだ世の識者の頭の中から抜けないのではないでしょうか。探偵小説が、まだまだこんな差別をうけていることについて悲しむものです。これは事実です。講談倶楽部が少しでもこの考えを是正するために、こういう小説を連載して下さることはうれしいことです。探偵小説は、知的な文学であり、百万人の小説です」と記されている。

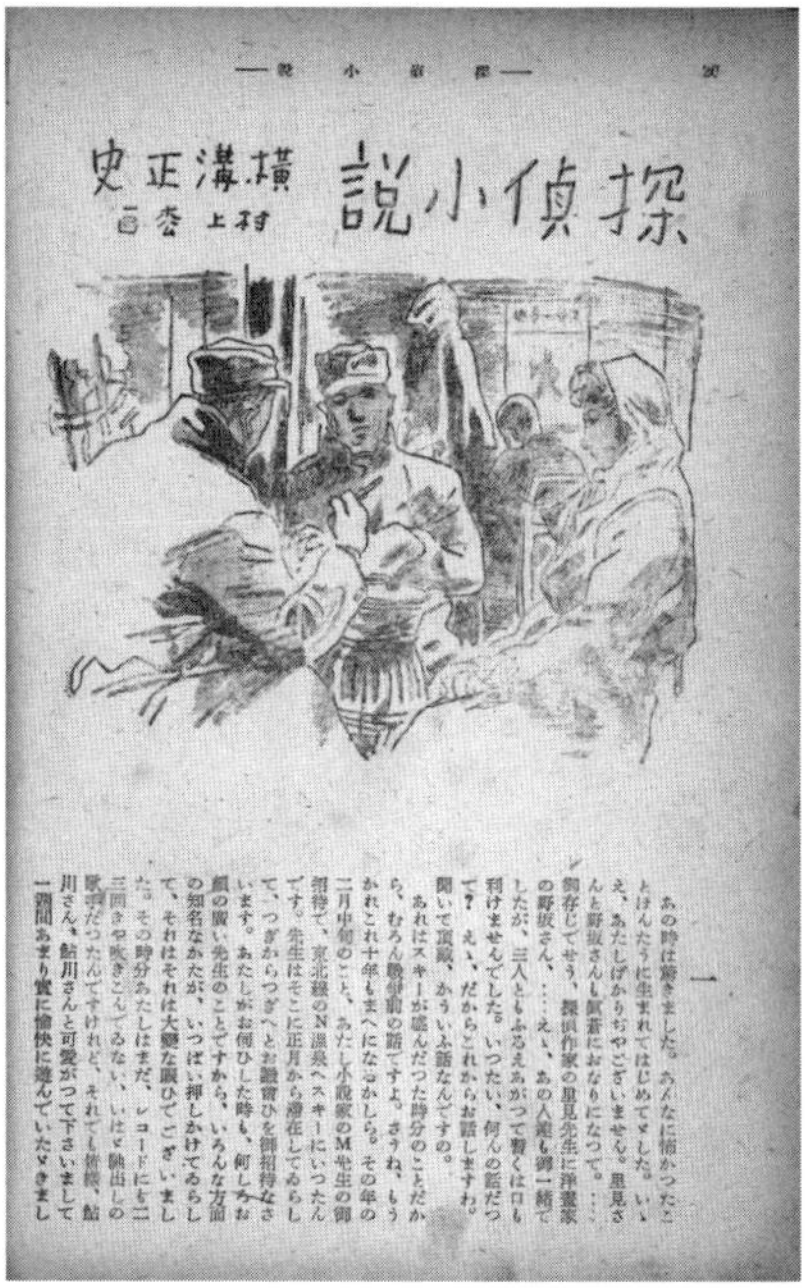
—探偵小說—

探偵小說

横溝正史

村上厺 畫

一

あの時は驚きました。あんなに怖かったことほんたうに生まれてはじめてゞした。いゝえ、あたしばかりぢやございません。里見さんと野坂さんも眞蒼におなりになつて。……御存じでせう、探偵作家の里見先生に挿畫家の野坂さん、……えゝ、あの人達も御一緒でしたが、三人ともふるえあがつて暫くは口も利けませんでした。いつたい、何んの話だつて？ えゝ、だからこれからお話しますわ。聞いて頂戴、かういふ話なんですの。

あれはスキーが盛んだつた時分のことだから、むろん戰爭前の話ですよ。さうね、もうかれこれ十年もまへになるかしら。その年の二月中旬のこと、あたし小說家のM先生の御招待で、京北線のN温泉へスキーにいつたんです。先生はそこに正月から滯在してゐらして、つぎからつぎへとお識合ひを御招待なさいます。あたしがお伺ひした時も、何しろお顔の廣い先生のことですから、いろんな方面の知名なかたが、いつぱい押しかけてゐらして、それはそれは大變な賑ひでございました。その時分あたしはまだ、レコードにも二三回吹きこんでゐない、いはゞ駈出しの歌手だつたんですけれど、それでも皆様、鮎川さん、鮎川さんと可愛がつて下さいまして一週間あまり實に愉快に遊んでいたゞきまし

図8「探偵小説」冒頭（『新青年』27-9）

■「探偵小説」

図8は『新青年』第二七巻第九号（一九四六〈昭和二一〉年一〇月）に掲載された「探偵小説」。挿画は村上厺

が担当している。[注3] この号は「探偵小説特大号」を謳っており、そうした号に「探偵小説」というタイトルの探偵小説を掲載したところに、横溝正史の「意気込み」があらわれているのだろうか。冒頭には、大佛次郎《おさらぎ》（木村荘八画）の「幻燈」、それに続いて久生十蘭《ひさおじゅうらん》（玉井徳太郎画）の「ハムレット」が載せられ、横溝正史の「探偵小説」の前には木々高太郎（三芳悌吉画）の「父性」、その前には乾信一郎（横山泰三画）の「青空通信」が載せられている。

「探偵小説」では作品中で、「探偵作家の里見先生」が「そうですねえ。探偵小説というものは、拵えた文学ですから、ぼんやり考えてたんじゃ纏まりませんね。脳細胞を総動員して、ああでもない、こうでもないと練るんですから、苦労といえば苦労ですが、探偵作家はみんな、そういうことを考えるのが好きだから……いや、そういうことを考えるのが好きな連中が、探偵作家になるんですから、はたでお考えになるほどでもないかも知れませんねえ」（『新版横溝正史全集6』五二頁上段）と述べている。

■「広告面の女」

「広告面の女」は『新青年』第一九巻第一号（一九三八〈昭和一三〉年一月）に掲載された。挿画は岩田専太郎が担当している。この号は「一月特別増大号」を謳って、「探偵作家総動員傑作集」を載せる。目次では、久生十蘭の「魔都」の第四回目に、横溝正史の「広告面の女」が続き、大下宇陀児「未開匣」、海野十三「諜報」、木々高太郎「第四の誘惑」、城昌幸「猟奇商人」、小栗虫太郎《おぐりむしたろう》「賭博者」、甲賀三郎「六月政変」、妹尾アキ夫「カフエ奇談」、渡邊啓助「薔薇悪魔の話」、大阪圭吉「唄はぬ時計」と続く。当時の状況を反映して（といっておくが）、陸・海軍中佐二名による「陸海軍「時局」対談会」が載せられ、「国民精神総動員とは？」「非常時下の国民経済」「英国侵略外交を抉る」といった記事も載せられている。

■「暗闇は罪悪をつくる」

「暗闇は罪悪をつくる」は『オール讀物』第一巻第一号（文藝春秋新社、一九四六〈昭和二一〉年一〇月）に掲載された。挿画は松野一夫が担当している。

『オール讀物』は一九三一年四月から月刊の雑誌となる。この時から、野村胡堂の「銭形平次捕物控」が掲載されていくようになる。戦時中には「オール」をはずし、『文藝讀物』に改題される。一九四六年三月には文藝春秋社が解散して文藝春秋新社が発足し、この年の一〇月に『オール讀物』が復刊する。一九四九年頃から橘外男《たちばなそとお》、久生十蘭、山田風太郎などが執筆するようになる。

したがって、「暗闇は罪悪をつくる」は復刊第一号に掲載されたことになる。目次では、「暗闇は罪悪をつくる」の隣に野村胡堂の「銭形平次　二つの刺青」が置かれている。巻頭に置かれているのは川口松太郎「夜の門」で、連載の第一回であることからすれば、『オール讀物』復刊のために準備されたものであろう。

「暗闇は罪悪をつくる」は「アトリエの殺人」と改題されて『探偵小説』（一九四八年、かもめ書房）に収められている。また、『刺青された男』（一九七七年、角川文庫）に収録された。

図9 「面（マスク）」冒頭（『妖奇』1）

■「面（マスク）」

「面（マスク）」は探偵雑誌『妖奇』（オール・ロマンス社、一九四七〈昭和二二〉年七月）第一号に掲載された。挿画は富永謙太郎。目次によると、「猟奇小説」を角書きにする海野十三「白蛇お由の死」、「探偵小説」を角書きにする大下宇陀児「十四人目の乗客」に続いて、「怪奇小説」を角書きにする横溝正史「面（マスク）」が並び、「怪奇読物」を角書きにする城昌幸「怪奇の創造」がそれに続く。図9でわかるように、「面（マスク）」の上部に城昌幸「怪奇の創造」が置かれている。『妖奇』の第一号、第二号は小型サイズのB六判（縦一八二×横一二八ミリメートル）で、版面の事情もかかわっているのだろうか。第三号からはB五判（縦二五七×横一八二ミリメートル）になる。また一九五二年一一月以降は誌名を『トリック』に変更する。

実は「面（マスク）」は一九三六年六月に発行

された『週刊朝日　特別号』に掲載されたのが「初出」で、『妖奇』は再掲ということになるが、そうしたことも含めてここではあえて『妖奇』を採りあげておくことにする。[注4]

■「執念」

「執念」は雑誌『新青年』第七巻第一三号（一九二六〈大正一五〉年一一月）に掲載された。「執念」は「創作」欄に、山本禾太郎「童貞」、山下利三郎「藻くづ」、江戸川乱歩「パノラマ島奇譚（二）」とともに掲載されている。乱歩は「探偵小説四十年」において、山下利三郎について「山下君は、同時に作品を発表しはじめた好敵手として、私には甲賀君よりも、横溝、水谷両君よりも、最も強く意識された作家であった。それというのが、山下君は私より二つ三つ年上であり、甲賀君などのような、素人作家ではなく、長年、その道で苦労して来たという感じがあり、文章なども達者で、ほんとうの素人の私に、何か敵《かな》わないというようなものを、感じさせたからであろう。それと、山下君の「新青年」への登場が、全く私と同時であったこともある。甲賀君は私より少し後であったし、横溝、水谷両君はまだ年少であったし、結局出発当初の私の目安とすべき作家は、既に一家をなしていた松本泰氏と、それよりずっと小粒だったけれど、やはり山下君、この二人が私に最もそういう感じを与える立場にあった。私の処女作「二銭銅貨」が「新青年」大正十二年四月号にのったとき、同時に肩を並べて、掲載された所謂創作探偵小説は、松本泰「詐欺師」保篠龍緒「山又山」山下利三郎「頭の悪い男」の三篇で、読んでみると、山下君の作が最もあなどりがたいものに思われた。全くの素人の私には、この三人の作家がなんとなく怖かった」（引用は光文社文庫版『江戸川乱歩全集』第二八巻、二八七〜二八八頁より）と述べている。

雑誌『新青年』では、当時の編集長であった森下雨村《うそん》が連作探偵小説という、いわば「手法」を考えだし、一九二六年五月から一〇月まで六回にわたって、連作長編「五階の窓」が掲載された。[注5]第一回の担当者である乱歩が題名も考え、以下、平林初之輔、森下雨村、甲賀三郎、国枝史郎と続き、最終回を小酒井不木が担当している。「五階の窓」には横溝正史は参加していないが、一九二七年一月から『女性』（プラトン社）に連載された「吉祥天女の像」には、甲賀三郎、牧逸馬、高田義一郎、岡田三郎、小酒井不木とともに参加している。一九三〇年九月から翌年二月まで『新青年』に連載された「江川蘭子」では、乱歩の第一回に続いて、正史が第二回を担当している。以下、甲賀三郎、大下宇陀児、夢野久作、森下雨村と続く。また、『新作探偵小説全集』（一九三二年四月〜一九三三年四月、新潮社）全十巻に附録される雑誌として発行された『探偵クラブ』に連載された「殺人迷路」に参加している。「殺人迷路」は第一回を森下雨村が担当し、以下、大下宇陀児、正史、水谷準、乱歩、橋本五郎、夢野久作、浜尾四郎、佐左木俊郎と続き、最終回第十回を甲賀三郎が担当している。さらに、一九三一年に『婦人サロン』に載せられた「越中島運転手殺し」は、大下宇陀児、正史、甲賀三郎、浜尾四郎による連作、『新青年』第一三巻第二号（一九三二年二月）に載せられた「諏訪未亡人」は延原謙、吉岡龍、海野十三、角田喜久雄、正史による連作、『探偵実話』第五巻第四号（一九五四年五月）に載せられている「毒環」は正史、高木彬光、山村正夫による合作であることがわかっている。「越中島運転手殺し」と「諏訪未亡人」とはモダン都市文学Ⅶ『犯罪都市』（一九九〇年、平凡社）に収められている。正史の「執念」掲載号には、「「五階の窓」執筆に就いて」[注6]が掲載された（『合作探偵小説コレクション1五階の窓／江川蘭子』二〇二二年、春陽堂書店 所収）。

■「病院横町の首縊りの家」

「病院横町の首縊りの家」は雑誌『宝石』第九巻第八号（一九五四〈昭和二九〉年七月一日発行）に発表されている。第一回の末尾には「(三回にて完結)」と記されており、当初は三回で完結する予定であったことがわかる。しかし、第九巻第九号（一九五四年八月一日発行）には横溝正史による「『病院横町の首縊りの家』中止について」という文章が載せられる。後に、岡田鯱彦と岡村雄輔によって、二種類の結末がつくられ、『宝石』第九巻第一三号（一九五四年一一月一日発行）に掲載されている。この結末は『鯉沼家の悲劇』（鮎川哲也編、一九九八年、光文社文庫）に収められている。

「病院横町の首縊りの家」が発表された一九五四年の二十一年後には、雑誌『野性時代』の第二巻第一三号（一九七五年一二月）から第四巻第九号（一九七七年九月）まで、二十二回にわたって「病院坂の首縊りの家」というタイトルの長編小説として連載されている。

『真説　金田一耕助』において、正史は「私はとうとう書きあげた。千四百枚の長編を。もちろん私がいままで書いてきた小説のなかでは、いちばんの大長編になってしまった。題して「病院坂の首《くび》縊《くく》りの家」。それにしてもこの小説がなぜこんなに長くなったかといえば、ひとつの長編小説のなかに、長編小説が二編入っているというご趣向なのである。最初からそれがミソであった。それにしてもこれを書きはじめたとき、私はよほどどうかしていたにちがいない。ひとつの長編を百五十枚くらいにして、全部で三百枚か、あるいは三百五十枚で仕上げるつもりであった。ところが書きはじめてみたらなかなかそうはまいらない。年がよると気が短くなるというが、その反対に年をとるとくどくなるともいう」（角川文庫、一四四〜一四五頁）と述べている。また「私はこの完結編で金田一耕助をアメリカへ追放し、そこで蒸発させてしまった」（同前、一四六頁）と述べているように、「金田一耕助」最後の事件となった。

「病院横町の首縊りの家」冒頭を翻字しておくことにする。振仮名は省いた。

『これが病院横町の首縊りの家なんですがね』と、金田一耕助が手文庫から取出してみせたのは、ローライ・コードで撮影して、引伸ばしたらしい、一辺が十センチばかりの正方形の写真である。

金田一耕助が居候をしている、大森のさる旅館の離れのひと間である。

ひさしぶりにかれのもとを訪れた私が、それとなく、ちかごろの業績をたずねていると、突然、かれが取りだしてみせたのがその写真であつた。

『なんのこと？病院横町の首縊りの家というのは？』

私はその呼びかたの異常さに、たちまち好奇心に誘われた。

『いやあ、セザンヌの絵に「オーヴェールの首縊りの家」と、いうのがあるでしょう。それをまねて、私がかりに、病院横町の首縊りの家と名づけてみたんです。どうです。ちよつとよく撮れてるでしよう』

金田一耕助は皓い歯を出してにこにこ笑つている。相手を焦らせるときのかれ独特のわらいかたである。

じつは、その日、私が金田一耕助を訪れたのには、ひとつの目的があつた。さる雑誌社からのつぴきならぬ原稿の依頼をうけた私は、いままで金田一耕助のあつかつたケースのメモを、いろいろひつくりかえしてみたのだがどうも思わしい事件がなかつた。これはと思う事件はあつても、経緯が複雑すぎて、とても指定の枚数におさまりそうになかつたり、また、短篇としてまとまりそうな事件は、いささか単純にすぎて私の意にみたなかつた。

思いあまつた私は、そこで、その日金田一耕助を訪れて、あわよくばかれの口から、手頃な事件を聞きだしてやろうと腹の底で手ぐすねひいてかまえていたのだが、なにしろ、あまりたびたびのことなので、さすが厚顔な私も、あからさまにそれと切出しかねていたところである。

金田一耕助はしかし、はじめから私の目的を知つていたの

「病院横町の首縊りの家」が載せられているこの号には、渡辺啓助の「キュラサオの首」、永瀬三吾の「遺言フォルテシモ」、白家《しらが》太郎（＝多岐川恭）の「砂丘にて」などの作品が掲載されている。それぞれ、「キュラサオの首」には「情欲俘囚」、「遺言フォルテシモ」には「桂井助教授」、「砂丘にて」には「怪奇永遠」、そして「病院横町の首縊りの家」には「王座中篇」という、「角書き」が附されている。この時期に、横溝正史作品は「王座」とみなされることがあったことがわかる。

■「人面瘡」

「人面瘡」は『講談倶楽部』第一巻第一二号（一九四九〈昭和二四〉年一二月一日発行）に掲載された。富永謙太郎が挿画を担当している。「金田一耕助物」に改稿されて『続刊金田一耕助推理全集』第二巻「支那扇の女」（一九六〇年、東京文芸社）に収められる。もともとの作品は『横溝正史探偵小説コレクション』三「聖女の首」（二〇〇四年、出版芸術社）に収められている。

「人面瘡」は「大長篇傑作読切」として、山本周五郎「泥棒と若殿」とともに載せられている。「大評判四大連載」は、坂口安吾「現代忍術伝」、覆面作家の「新編八犬伝」、船橋聖一「砕ける女」、角田喜久雄「緋牡丹盗賊」の四作品である。

　この号には新年号の広告が載せられているが、「小説読むなら講談倶楽部　ズバ抜けて面白い小説陣」を謳い、田村泰次郎「情熱山河」、角田喜久雄「死人谷」、吉屋信子「鏡の花」、土師清二《はじせいじ》「うぐいす賭博」が紹介されている。その横には「十万円大懸賞つき　犯人探し探偵小説」として横溝正史の「迷路の花嫁」が広告されている。「犯人は果して誰か？　当てた方には賞金贈呈！」「これは挑戦探偵小説で、作者と読者の智的《〔ママ〕》スポーツである。読んで面白がるだけではなく、読みながら、作者が随所に用意しておく伏線を観破《〔ママ〕》して下さい。と横溝先生は言つています」とある。

　ここまで、横溝正史の作品がまずどのようなかたちで発表されたかを確認してきた。雑誌に掲載されるにあたっては挿画が附されることが多く、現物では挿画も同時に確認することができる。また、「初出」が雑誌である場合には、どのような書き手のどのような作品が同時に掲載されているかについても可能な限り言及することをこころがけた。一つの雑誌に載せられている作品は、大袈裟にいえば「時空」をともにしているといってよい。正史のユニークな面を主張するためには、例えば、正史と同時代に発表されている作品がこうであるから、ということを確認しておく必要がある。夏目漱石以外の同時代の状況を確認しないで、夏目漱石がユニークだと主張することができないことはいうまでもない。しかし、作品が全集などに収められ、その全集に収められたかたちを起点とすると、「同時代の状況」は目に入りにくくなる。「初出」にふれることによって、「まわり」が少し目に入ってくる。

雑誌の目次にもできるかぎり目配りをした。目次は目次として独立した存在で、作品の掲載順に目次がつくられているわけではない。雑誌の編集部が、当該号の「目玉」と思っている作品を、大きな文字でまず掲げる。いろいろな作品について「カテゴリー」を設けてまとめて掲げる。個々の作品に「角書き」を附す。特に「角書き」には注目する必要がある。「角書き」はもっともコンパクトな「レッテル」で、当該時期にどのような「レッテル」があったかを知ることができる。もちろん、雑誌ごとにどのような「レッテル」を貼るか、という編集方針も異なっていると思われるので、雑誌が異なれば「レッテル」も異なる。そうした意味合いでは、当該雑誌がどのように当該作品を「売ろう」としているか、とみるのがいいかもしれない。文学研究においては、「プロレタリア文学」や「自然主義文学」といった「レッテル」がつくられ、それがひろく使用される。それが研究の分野を決めてしまう場合もあるだろう。雑誌の「角書き」はもっと具体的なものであるが、それだけに当該作品が具体的にどのようにとらえられていたか、ということを窺うてがかりになると考える。

「面（マスク）」を採りあげたところで述べたが、「面（マスク）」は一九三六年六月に発行された『週刊朝日　特別号』に掲載されたのが「初出」で、図9として掲げた『妖奇』は再掲ということになる。こうしたことが少なくない。

例えば、『探偵実話』第六巻第三号（一九五五年二月一五日）は「炉辺増刊号」であり、さらに「情欲探偵怪奇実話特選集」を謳う。「情欲探偵怪奇実話」というくくりかたにまず驚くが、『新青年』第二一巻第三号（一九四〇年二月）に発表された正史の「孔雀屏風」を再掲載している。『増刊宝石』第一〇巻第一二号（一九五五年八月一〇日）は「エロティック・ミステリー」を謳う。この『増刊宝石』では冒頭に、『大衆文芸』第一巻第七号（一九二六年七月）に発表された「お勢登場」を載せている。この作品は不倫を扱ってはいるが、エロティックとはいえないだろう。「レッテル」は売るためのものとみるべきであろうが、かといって作品が無関係ということでもない。場合によっては「レッテル」と少しの重なりがあったり、隣接していたりというように、「レッテル」と作品との関係はさまざまであろう。それでも「レッテル」に注目することには一定の意義があると考える。

先にふれた「情欲探偵怪奇実話特選集」には、正史の「丹夫人の化粧台」が載せられている。「丹夫人の化粧台」は雑誌『新青年』第一二巻第一四号（一九三一年一一月）に発表され、それが「初出」ということになる。「丹夫人の化粧台」が「情欲探偵怪奇実話」にあたるかあたらないかは措くことにするが、この『探偵実話』第六巻第三号が「初出」ではないことになる。

文学作品については、多くの場合「自筆原稿」、「初出」、単行本として出版された場合の「初版」、

「全集」についての情報が確認されている。しかし、テキストのバリエーションということでいえば、右のような再収録されたものも、当該作品のテキストの一つということになる。この再収録についての情報は必ずしも蓄積されていないと思われる。今後はそうしたテキストにも留意していく必要があるだろう。

注1　『新青年』第一八巻第一号（一九三七年）新春増刊号に掲載された「海外長篇探偵小説を傑作順に十篇」選ぶというアンケートにおいて、編集部の水谷準がアンケート結果をもとに選んだ十作品の一位が「黄色い部屋」となっている。正史はルブランの「八一三」を一位に、「黄色の部屋」を二位、ドイルの「バスカーヴィル家の犬」を三位にあげている。

注2　小林秀雄はシャーロック・ホームズシリーズについて「文章に無駄のないこと。一種の名文だな。やはり、探偵小説の古典というとドイルですかかな。ポーじゃないね。ポーっていうのはやっぱりあれは、ポーという人間があんなふうなものを書いちゃつたというふうなものでね。本格的探偵小説という事になるとやつぱりドイルだな」（二三四頁）とドイルについて述べ、さらに「ドイルには必要以上の芝居つ気はない。沈着に書いている。ヴァン・ダインの心理的饒舌はかなわない」と述べる。これに対して乱歩が「ペダントリーでしよう」と述べるが、小林秀雄は「ペダントリーですかな。ペダントリーまで達していますかかな。まるででたらめな博識ではないですか。それから心理学のようなものを探偵小説の中に持ち込んだということ、これも賛成出来ない。心理小

説では他に大小説が沢山ありますからね」「探偵小説家が心理学に迷い込むのは邪道ではないですかね。やはり探偵小説の推理の基本原理はアリバイですからね。僕はむしろこのごろのエラリー・クインという人の方が好きですね。ヴァン・ダインより後輩なんでしょう。後輩の方がいいですよ。大げさな身振りはないでしょう。やっぱり筋はちゃんと通っているしね。「Xの悲劇」の方が「僧正殺人事件」よりよい作だと思いますよ」と述べており、小林秀雄はヴァン・ダインをあまり評価していないことがわかる。

注3　『横溝正史全小説案内』(二〇一二年、洋泉社)は「横溝正史の挿画世界」一一頁に『新青年』に掲載された「探偵小説」の挿画を載せているが、『新青年』の巻数号数あるいは刊行年が示されていない。この挿画は本書が採りあげた『新青年』第二七巻第九号のもの。「横溝正史の挿画世界」にはさまざまな挿画が掲げられていて、興味深いが、掲載誌の情報が附されているものとそうでないものとがあり、やはり書誌情報はあったほうが読者のためには親切であろう。

注4　ミステリー文学資料館編、甦る推理雑誌④『「妖奇」傑作選』(二〇〇三年、光文社)には、山前譲編の「「妖奇」「トリック」総目次」が附録され、第一巻第一号から第七巻第四号(別冊)まで、全二一巻別冊一巻にどのようなものが掲載されていたかがわかる。また「「妖奇」「トリック」作者別作品リスト」も附録されている。このリストによれば、横溝正史作品は「面(マスク)」の他には、一九五〇年一月に「蠟人」が掲載されたのみであることがわかる。この全二一巻別冊一巻の複製版が三人社から刊行されている。『「妖奇」傑作選』に載せられている「独自の妖しい世界を貫いた「妖奇」」において山前譲は「一九四五年八月十五日の終戦によって推理小説(探偵小

説）は復活し、「ロック」や「宝石」など数多くの専門誌が誕生した。だが、やがて見舞った出版不況のため、「宝石」を除くとほとんどが二、三年で廃刊となってしまう。そうしたなか、四七年七月に創刊され、五年半ほど、月刊誌として毎月きちんと発行されたのが「妖奇」である。創刊号と第二号はＢ６判で、三号以降はＢ５判となった。創刊当初の「妖奇」の目次から作家名を挙げてみると、海野十三《うんのじゅうざ》、大下宇陀児《おおしたうだる》、城昌幸《じょうまさゆき》、横溝正史《よこみぞせいし》、甲賀三郎《こうがさぶろう》、木々高太郎《きぎたかたろう》、山本禾太郎《やまもとのぎたろう》……と、じつに錚々たる名前が並んでいる。戦前派の著名作家が総登場といった趣だが、四五年二月に亡くなった甲賀三郎の名もあるのに、疑問をもつかもしれない。べつに遺稿が掲載されたわけではなかった。じつは、初期の「妖奇」に掲載された作品はほとんどアンコールなのだ。「新青年」掲載作品を中心に、戦前に発表された佳作を再掲載するアイデアで雑誌を成功させたのが、オール・ロマンス社社長の本田喜久夫《ほんだきくお》である。（略）たしかにアンコールでよければ、定評ある作品を掲載して読み応えのある雑誌が作れる。戦災によって蔵書を失った人も多い。戦後、ブームが訪れたといっても、旧作が復刊される作家は限られていた。たとえば、浜尾四郎《はまおしろう》や夢野久作《ゆめのきゅうさく》の著書は戦後しばらくなかった。その意味で、ファンには歓迎されたに違いない。山本禾太郎の『小笛事件』が連載されたりもした（犯人当ての懸賞をつけたのは理解しがたいが）。海外の雑誌には先例があるが、なかなかのアイデアであった。しかし、再録する作品の選択にしだいに困ってくる。旧作に限りがあるのは明らかだった。創刊三年目の四九年からは新作も増えていく。その新作がまた「妖奇」らしさを醸し出していた。投稿に頼っていたらしく、見慣れない作家が多い。しかも、エログロを強調した作品が多いのである。なかには捕物帳の読み切り短編を長く連載した島本春《しまもとはる》雄《お》や、怪奇小説の潮寒二《うしおかんじ》のように、ほかでも活躍した作家もいるけれど、ほとんどが無名であり、覆面作家名義がやたらと多いのが特徴的だった。たとえば尾久木弾歩《おくぎだんぽ》という作家がいる。「本田喜久夫」を逆に読んで作られたペンネームだと言われたが、「妖奇」と姉妹誌である「オール・ロマンス」に生硬な本格ものを連載している。地方の投稿作家であり、他誌で活躍することはなかった。香山風太郎《かやまふうたろう》という人気作家の名前を足して二で割った作家もいる。探偵作家クラブから抗議を受けたほどのあざといペンネームだが、作風がさまざまで、たったひとりのペンネームとは思えない。創刊から廃刊まで途切れなく作品を発表した華村《はなむら》タマ子も謎の作家である」（六〜八頁）と述べている。一度発表された作品を再掲載する（アンコールする）ことによって、テキストが増え、変容することになる。それが「初出」と近い時期に行なわれている場合、その「再掲載」の目的などによって、テキストがどのように変わるのか、ということを観察する恰好の機会になる。それは、テキストの「外側」にどのような「環境」や「条件」が存在しているかを窺う機会でもある。

注5　中島河太郎は『日本推理小説史』第三巻（一九九六年、東京創元社）において「合作というのは、平素は個人で発表している作家が、一体となって構想執筆したものをいい、連作は各作家が連続して一篇に纏めたものと解したい」（二三六頁）と述べている。本書もこの「定義」に従いたい。一つのタイトルのもとに、章立てをして、その各章を別々の作家が担当して書き継いでいくような場合は、連作と呼ぶことにするが、結局はその書き継いだ全体が一つの作品ということで、合作と連作とは分けにくい。「五階の窓」「江川蘭子」「殺人迷路」は春陽文庫に収められているが、「合作探偵小説」と銘打たれている。

注6　「五階の窓」執筆メンバー六名による感想エッセイ。国枝史郎は「不満《ふまん》二三」という見出しのもと、「二回目平林氏の作中、舟木新太郎と想像される人間が、貼紙をして立ち去つた件は、どうにも解釈に苦しみました。つまり、どう夫れを受けついで、どう展開してよいものかと苦しんだ訳です。四回目甲賀氏の作に就いては、既にマイクロホンで春生氏が指摘して居りましたが、艶子の親と西村との関係を、探偵することによつて結び附けず、作者が説明して了つたのは些か探偵小説の約束を破つた感があつて鳥渡私には変に思はれました。フロイドの精神分析を持ち出した以上、それであれだけの関係を発見すべきだと思ひます。何んのお世辞無く、一回目江戸川氏の作と三回目森下氏の作からは、私としては欠点を目附け出すことは出来ませんでした。作全体として各人物の性格がハツキリしなかつたのは合作としては止むを得ないことでせうが不満と云へば不満とも云へます。しめくゝりをする小酒井氏の作を読んでゐない現在にあつては是以上申し上げることも無さゝうです。牧逸馬、本田緒生、横溝正史、城昌幸、水谷準諸氏の如き若手作家で再び合作をされては如何?」と述べ、「五階の窓」に不十分な点があったことを指摘している(振仮名を省いて引用した)。

文庫でよむ

■横溝正史ブーム

横溝正史「私の一九七五年」（『横溝正史の世界』一九七六年、徳間書店 所収）には、一九七五年の六月一三日に「角川書店の当時の局長、現在の新社長の角川春樹君」が正史に「先生、そう出し惜しみをしないでドンドン作品をくださいよ。この秋までに二十五点揃えて、五百万部を突破させ、十月の文庫祭りを『横溝正史フェア』でいきますから」（二二一頁）と言ったことが紹介され、それに続いて「私はしんじつドキッとした。因《ちな》みに同書店の若い人が、去年の暮れに持ってきてくれた集計によると、私の文庫本、十六点か十七点でたしか三百三万部であった。それを十カ月で二百万部刷ろうというのだから、いかに点数がふえるとはいえ、こいつはアタマから無理な注文だと思わざるをえなかった。そこで私曰く、「あんまり無理をしないでよ。」ところがそれがじっさいに実現したのだから、私にとってはアレヨアレヨというオドロキ以外のなにものでもない」（二二二頁）とある。

角川文庫「緑三〇四」は、背表紙が黒地で、そこに緑色の文字でタイトルと作者名「横溝正史」が印刷されたシリーズである。杉本一文がほとんどの表紙を描いている。その一冊目として「八つ墓村」が刊行されたのが、一九七一年四月二六日であるので、そこから四年ほどの間に、「十六点から十七点」の累計が「三百三万部」に達していたことになる。「緑三〇四」の十七冊目にあたる『びっくり箱殺人事件』が一九七五年一月に刊行されているので、「去年の暮れに持ってきてくれた集計」は十六冊目の『真珠郎』までであろう。これ以降、一九七九年一月に刊行された『横溝正史読本』までの九十九冊が、「緑三〇四」の角川文庫として出版されている。九十九冊のうち、四十八『羽子板娘』（一九七七年四月）、四十九『神隠しにあった女』（一九七七年五月）、五十『舟幽霊』（一九七七年五月）は、合計二十四作品を収めた、黒地に赤文字背表紙の「自薦人形佐七捕物帳」、八十『迷宮の扉』（一九七九年七月）、八十一『怪獣男爵』、八十二『夜光怪人』、八十三『黄金の指紋』、八十四『仮面城』（いずれも一九七八年一二月）、八十五『金色の魔術師』、八十六『蠟面博士』、八十七『まぼろしの怪人』、八十八『大迷宮』（いずれも一九七九年六月）、八十九『真珠塔・獣人魔島』、九十『白蠟仮面』、九十一『幽霊鉄仮面』、九十二『青髪鬼』（いずれも一九八一年九月）、九十四『姿なき怪人』（一九八四年一〇月）、九十五『風船魔人・黄金魔人』（一九八五年七月）は黒地に黄色文字背表紙で「推理ジュヴナイル」作品を収めている。

消費税が導入されて、「緑三〇四」から「よ五」というナンバリングになる。この「よ五」シリーズとしては黒地に黄緑文字背表紙のものがまず出版され、ライトグレー地に黒文字背表紙のものがあとから出版されている。WEBサイト「横溝正史エンサイクロペディア」では、前者を「旧よ五」、後者を「新よ五」と呼んでいるので、ここでもそれに倣うことにする。ここからは、「横溝正史エンサイクロペディア」の情報を参照して簡単にまとめることにするが、「旧よ五」シリーズは一から四十九まであるが、十六、二十〜二十二、二十四、三十七、四十一〜四十七は「緑三〇四」から「移行してすぐに欠番になった模様」と述べられている。つまり、実際には移行されなかったということであろう。「横溝正史エンサイクロペディア」は「このシリーズの後期に、「金田一耕助ファイル」と背表紙に白抜き文字が記された二十タイトルが登場し」、一九九七年四月中旬から「新よ五シリーズに置き換えが行われたため、このシリーズ〔引用者補：「金田一耕助ファイル」と白抜き文字がある二十タイトル〕が、「黒地に緑文字背表紙」の最後となった」と述べている。

二〇二二年八月に神田の古本街で探してみたが、「緑三〇四」を実際に店頭で入手するのは、困難であった。行く前は、店の前のワゴンに一冊百〜二百円ぐらいで入っているのではないかと勝手に想像していたが、考えてみれば、「緑三〇四」が刊行されていた一九七五〜一九八〇年は、すでに四十年以上前ということになり、認識の甘さと自身の年齢を改めて思い知らされることになった。文庫本が古書店、古書展の目録に載せられることは少ない。そうなると、インターネット上で探すことになる。現在では、インターネットオークションなどさまざまな場所で探すことはできるが、正確な情報が附帯していなければ、自身が探しているものを入手することは難しいであろう。オークション出品者が、「緑三〇四」と「よ五」とを区別していないことはあるだろうし、掲げている写真と商品とが異なる場合があります、ということだってある。もっともそれは、正史の文庫に限ったことではなく、版本の江戸刷りと明治刷りとを区別しない出品者もある。本書は、「横溝正史の日本語をよむ」をテーマとしている。横溝正史作品が載せられているテキストについての情報も本書のテーマに深く関わるので、そうした情報も併せて示しているが、文庫テキストについてはここまで整理してきたような概略的な情報を示すにとどめることにする。具体的な作品を採りあげて、横溝正史作品を「文庫でよむ」ということについて考えていくことにしたい。

■『LOCK』掲載「蝶々殺人事件」

「蝶々殺人事件」は「探偵雑誌」と銘打って、筑波書林から刊行されていた『LOCK』の第一巻第三号（一九四六〈昭和二一〉年五月一日）に第一回が載せられ、第一〇号（一九四七〈昭和二二〉年四月一日）まで八回にわたって連載されている。「由利麟太郎」「三津木俊助」が登場する。

坂口安吾が一九四七年八月二五日の『東京新聞』（第一七八一号）に掲載された「推理小説についての」という記事において「探偵小説の愛好者としての立場から、終戦後の二、三の推理小説に就て、感想を述べてみよう。横溝正史氏の「蝶々殺人事件」は終戦後のみならず、日本における推理小説では最も本格的な秀作で、大阪の犯行を東京の犯行と思わせるトリック、そのトリックを不自然でなく成立せしめる被害者のエキセントトリックな性格の創造、まことによく構成されておって、このトリックの点では世界的名作と比肩して劣らぬ構成力を示している」と述べていることがわかっている。

図1は『LOCK』第一巻第三号に載せられた第一回の冒頭二ページである。今、ここでは、この初出の二ページと角川文庫「緑三〇四」の『蝶々殺人事件』（一九七三年八月一〇日初版、一九七七年四月三〇日 一六版。以下単に角川文庫と呼ぶのはこのテキストのこと。ここで実際に使っているのは、一一六版）とを対照するようなかたちで、「横溝正史作品を文庫でよむ」ということについて考えて

新連載長篇

蝶々殺人事件

横溝正史

序曲

ある春の午後のことである。私は急に思ひ立つて國立《くにたち》の由利先生を訪れた。

由利先生はもと麹町に住んでゐられたのだが、戰爭がはじまると間もなく、思ひきりよく麹町の家をひとに預けて自分はさつさと國立へ引越されたのである。その時分、私は先生の用心深さを嗤つたものだが、その後度重なる空襲に、嗤つた私が御叮嚀にも三度も燒出されたのに、用心深く郊外へ引越していかれた由利先生の麹町の家はかへつて燒殘つたのだから、世の中は皮肉に出來てゐる。

三度目に燒出されて、たうとう着たきり雀になつた時はさすがに私もまへに嗤《わら》つた手前もあり、先生に會ふのが恥かしかつた。しかし先生は穏かに笑はれたきりで、かへつて次ぎのやうな言葉をもつて私をはげまして下すつたものである。

「なに、それでいゝんだよ。君みたいに若い人は、またい

図1　「喋々殺人事件」第1回　冒頭（『LOCK』1-3）

つか取返しがつくさ。君自身《きみじしん》、意識してゐなくても、それだけの自信があるんだよ。私みたいな老人にはそれがないからしぜん用心深くなる。つまり用心深いといふことは、老境に入つた證據かも知れないよ」

そして先生は奥さんに差圖して、私の身に合ひさうな物をなにかと出して下すつた。それのみならず終戰後は、麹町のお宅の住人に交渉してそこの二階の一室を、私に提供するやう取計《とりはか》らつて下すつたのである。私がいま戰災者としては非常に惠まれた境遇にあるのはさういふわけからで、かうなるとまへに先生の用心深さを嗤つた自分がいよいよ恥かしいわけだ。

さて、その日私が國立のお宅を訪問すると、先生は若い奥さんと二人で、甘蔗の苗床作りに餘念がなかつたが、私の顔を見るとすぐに手を洗つて書齋《しよさい》へ入つて來られた。

「しばらく。その後どうだね。新聞の方は……」

美しい銀髪をふさふさと波打たさせ先生は淺黒いお顔にいつに變らぬ懐かしい微笑をうかべて私を迎へて下すつた。

「相變らずですよ」

「ちかごろは新聞の紙面がせまいうへに、刑事事件などは問題ぢやないやうだから、三津木俊助君、くさつてゐるだらうと、この間も家内と話したことだよ」

、先生はさういつて穏かに笑はれた。

「そんな事はありませんよ。新聞社に席をおいてゐれば、これでまた相當の仕事《しごと》はあります。私より先生こそどうです」

「私……？」

「先生こそ、麹町のお宅が戀しくなりやしませんか。まさか。このまゝ、田舎で、甘蔗作りやなんかで終るおつもりぢやないんでせうな」

この事はいつも私の氣になつてゐるところなので、この機會に訪ねて見ると、先生は美しい白髪を撫でながらからからと笑はれた。

「君、田舎は酷だよ。これでも立派な文化都市だよ。しかし、君のいま言つた事だが……」

と、先生は少し眞面目になると、

「それや私だつて變つた事件があれば扱つて見たいが、こゝ當分は駄目だね」

「駄目とは？」

「かういふ時代には殺伐な事件はあつても、念入りに計畫された犯罪なんてないものだ。誰も彼も浮足立つてゐるから、犯罪のはうでも念入りに計畫をたてる餘裕なんかなくなつてゐる。それに殺人事件も、社會の秩序が保たれて、人命が尊重されてゐてこそ刺戟的だが、こんなに人の生命《いのち》

みたい。

角川文庫には大坪直行による「解説」が三八九頁から四〇〇頁まで附されているが、そのどこにも、また「解説」以外の箇所にも、角川文庫がいかなる「本文」を底本としているかが記されていない。「底本」が示されていないのだから、「編集方針」も示されていない。こうしたことは角川書店から出版されている文庫本ばかりではなく、文庫本には一般的に少なくないといえよう。そのことからいえることは、文庫本は「底本」を気にしていないということで、さらにいえば、「本文」のありかたについて気にしていないということであろう。

ここでは、角川文庫を採りあげるが、角川文庫がどのような「本文」を「底本」としているかを探るということではなく、角川文庫の「本文」と初出である『LOCK』の「本文」とを対照することで、どのようなことが窺われるか、ということを検証してみたい。

この角川文庫、すなわち角川文庫版『蝶々殺人事件』が出版された一九七三（昭和四八）年は、「現代仮名遣い」が内閣告示される一九八六（昭和六一）年よりも前で、「常用漢字表」が内閣告示される一九八一（昭和五六）年よりも前であるので、一九四六（昭和二一）年一一月一六日に内閣告示された「現代仮名づかい」と「当用漢字表」、一九四八（昭和二三）年二月一六日に内閣告示された「当用漢字音訓表」、一九四九（昭和二四）年四月二八日に内閣告示された「当用漢字字体表」のもとにあることになる。一九四六（昭和二一）年三月には「送りがなのつけ方（案）」が、文部省で編修、作成する各種の教科書、文書などの表記法を統一する規準を示すためのパンフレットの一つとしてつくられている。この「送りがなのつけ方（案）」は一九四七（昭和二二）年九月に発行された「公文用語の手びき」中の「送りがなのつけ方」の項におおむねが承け継がれている。「送りがなのつけ方（案）」では複合動詞について、基本的には「前のにも後のにも送りがなをつける」ことを「通則」とし、例として「思ひ立つ」「譲り渡す」があげられている。そして「注意」として「右において、前の動詞が二音節で、接頭語のやうに用ひられてゐるもの及び誤読のおそれのないものは、その送りがなを省くことができる」と述べ、「差出す」「引受ける」「成立つ」「割当てる」を示している。「サシダス」「ヒキウケル」「ナリタツ」「ワリアテル」の「サシ」「ヒキ」「ナリ」「ワリ」は動詞としての語義が稀薄で、「接頭語」的になっているという判断であろう。

『LOCK』に「蝶々殺人事件」が掲載された一九四六年五月一日には、「現代仮名づかい」「当用漢字表」「当用漢字音訓表」「当用漢字字体表」は内閣告示されておらず、「公文用語の手びき」も発行されていなかった。先に述べたように、「緑三〇四」は第一冊目が一九七一年四月二六日から出版が始まっている。

角川文庫はどのような「本文」を底本としているか示していないが、角川文庫の「本文」からは、どのような文字化をしようとしているかを窺うことができなくはない。右に述べたことからすると、「現代仮名づかい」と「当用漢字表」「当用漢字音訓表」「当用漢字字体表」を基調としていることがまずは推測できる。そうしたことをもとに、角川文庫の文字化ルールを推測してみよう。

a　「かなづかい」は「現代仮名づかい」に従う。

b 「当用漢字表」に載せられている漢字の字体は「当用漢字字体表」に掲げられている字体に従い、音・訓は「当用漢字音訓表」に示されている音・訓に従う。

c 「当用漢字表」に載せられていない漢字の字体は、適宜判断し、漢字が「当用漢字表」に載せられていない場合、「当用漢字音訓表」に示されていない音・訓によって使用されている場合は振仮名を使って理解を助ける。

d 促音・拗音には小書きの文字をあてる。

e 繰り返し符号「〻」には文字を入れる。

f 動詞Aと動詞Bとが複合して複合動詞となっている場合、AにもBにも送り仮名をつける。

例：(焼残るではなく) 焼け残る

g 登場人物名を含めて、地名などの固有名詞には、必要に応じて初出箇所に振仮名を施す。「初出」はページを単位とすることもある。

右の「文字化ルール」に従って、図1『LOCK』の冒頭二ページ分を翻字してみる。行どりは『LOCK』のままとし、説明のために行番号を附す。

1 ある春の午後のことである。私は急に思い立って国立《くにたち》の

2 由利《ゆり》先生を訪れた。

3 由利先生はもと麹町に住んでいられたのだが、戦争がは

じまると間もなく、思いきりよく麹町《こうじまち》の家をひとに預けて自分はさっさと国立へ引越されたのである。その時分、私は先生の用心深さを嗤ったものだが、その後度重なる空襲に、嗤った私が御叮嚀にも三度も焼出されたのに、用心深く郊外へ引越していかれた由利先生の麹町の家はかえって焼け残ったのだから、世の中は皮肉に出来ている。

　三度目に焼け出されて、とうとう着たきり雀になった時はさすがに私もまえに嗤った手前もあり、先生に会うのが恥かしかった。しかし先生は穏かに笑われたきりで、かえって次ぎのような言葉をもって私をはげまして下すったものである。

「なに、それでいいんだよ。君みたいに若い人は、またいつか取り返しがつくさ。君自身、意識していなくても、それだけの自信があるんだよ。私みたいな老人にはそれがないからしぜん用心深くなる。つまり用心深いということは、老境に入った証拠かも知れないよ」

　そして先生は奥さんに差図して、私の身に合いそうな物をなにかと出して下すった。それのみならず終戦後は、麹町のお宅の住人に交渉してそこの二階の一室を、私に提供するよう取り計らって下すったのである。私がいま戦災者としては非常に恵まれた境遇にあるのはそういうわけからで、こうなるとまえに先生の用心深さを嗤った自分がいよいよ恥かしいわけだ。

さて、その日私が国立のお宅を訪問すると、先生は若い奥さんと二人で、甘蔗の苗床作りに余念がなかったが、私の顔を見るとすぐに手を洗って書斎へ入って来られた。

「しばらく。その後どうだね。新聞の方は……」

美しい銀髪をふさふさと波打たさせ先生は浅黒いお顔にいつに変らぬ懐かしい微笑をうかべて私を迎えて下すった。

「相変らずですよ」

「ちかごろは新聞の紙面がせまいうえに、刑事事件などは問題じゃないようだから、三津木《みつぎ》俊助《しゅんすけ》君、くさっているだろうと、この間も家内と話したことだよ」

先生はそういって穏かに笑われた。

「そんな事はありませんよ。新聞社に席をおいていれば、これでまた相当の仕事はあります。私より先生こそどうです」

「私……？」

「先生こそ、麹町のお宅が恋しくなりやしませんか。まさか。このまま、田舎で、甘蔗《いも》作りやなんかで終るおつもりじゃないんでしょうな」

　この事はいつも私の気になっているところなので、この機会に訪ねて見ると、先生は美しい白髪を撫でながらからからと笑われた。

「君、田舎は酷だよ。これでも立派な文化都市だよ。しかし、君のいま言った事だが……」

　と、先生は少し真面目になると、

「それや私だって変った事件があれば扱って見たいが、ここ当分は駄目だね」

「駄目とは？」

「こういう時代には殺伐な事件はあっても、念入りに計画された犯罪なんてないものだ。誰も彼も浮き足立っているから、犯罪のほうでも念入りに計画をたてる余裕なんかなく

58　なっている。それに殺人事件も、社会の秩序が保たれて、
59　人命が尊重されていてこそ刺戟的だが、こんなに人の生命《いのち》

『LOCK』の「本文」では、28の漢字列「甘蔗」には振仮名がなく、44の漢字列「甘蔗」には「いも」と振仮名が施されているので、44の漢字列「甘蔗」に「いも」と振仮名を施した。59の漢字列「生命」は振仮名が施されていなければ漢語「セイメイ」を文字化したものとみるのが（現代日本語母語話者にとっては）自然であろうと思われるので、『LOCK』の「本文」に施されていた「いのち」をそのまま振仮名とした。『LOCK』の「本文」には振仮名が何箇所か施されているが、現代日本語母語話者には、振仮名がなくても理解できると判断したものは省いた。

　右の翻字が角川文庫の「本文」と一致するのであれば、角川文庫の「本文」は、初出である『LOCK』の「本文」を稿者が推測した「文字化ルール」に従って翻字した「本文」ということになる。稿者が推測した「文字化ルール」はひとまずは一般的といってよいであろうし、明確なルールではある。

　しかしそれでも、右の翻字を「文字化ルール」に沿って、『LOCK』の「本文」に確実に戻せるか、といえばおそらく「確実に」は戻せないだろう。例えば、9「焼け残った」、10「焼け出されて」は『LOCK』では「焼残った」「焼出されて」となっている。「焼残った」「焼出されて」はルールfによって、「焼け残った」「焼け出されて」となるが、1の「思い立って」は『LOCK』では「思ひ立つて」となっており、「思立つて」とはなっていない。つまり、動詞Aと動詞Bが複合して複

合動詞となっている場合、『LOCK』の「本文」はつねにAの送り仮名を省いているかといえばそうでもない。おおむねは省いているが、そうなっていないものも混在している。そうなると、翻字が「焼け残った」であれば、必ずもとの「本文」は「焼残った」であるとみることはできなくなる。実際、右の翻字と角川文庫の「本文」とにはかなりの違いがある。以下では、それらの違いについて考えていくことにする。また、以下においては「角川文庫の「本文」では」という述べ方をする。すでに構築されている何らかの「本文」がそのまま角川文庫の「本文」となっている場合、この述べ方は正確な表現ではないことになるが、先に述べたように、ここでは、『LOCK』の「本文」と角川文庫の「本文」とを対照することで、一九四六（昭和二一）年頃から一九七五（昭和五〇）年頃の日本語について考えることを目的としているので、そのことを念のために一言述べておくことにする。

■『LOCK』と角川文庫――句読点

句読点については、五箇所に違いがある。角川文庫は4の行末「預けて」のうしろ、10の行末「なった時は」のうしろに読点がある。現代日本語の感覚でいえば読点があってもよい箇所であるが、『LOCK』の印刷では、これらの箇所が行末になったために、読点を次の行頭に置くことを避けて、省いたと推測できる。現代日本語においても、行頭での句読点の使用を避けているが、『LOCK』が出版された時点でもそうした「心性」があったことがわかる。こうしたことは、『LOCK』の「本文」と対照してみなければわからない。

角川文庫においては、30「しばらく。」が「しばらく、」、43「まさか。」が「まさか、」となっている。現代日本語の感覚では、43「まさか」のうしろは読点が自然かと思われるが、絶対に句点が使われない箇所、すなわちこの句点が初出印刷時の誤植であった、とまでは断定できないだろう。30はさらにそうであろう。

また、角川文庫においては、23「(戦災者と)しては」のうしろに読点がある。ここも現代日本語の感覚では、かなり長く文が続いていくので、読点があってもよい箇所と感じるが、絶対ではないだろう。

■『LOCK』と角川文庫——送り仮名

角川文庫においては、32「変らぬ」、34「相変らず」、44「終る」、52「変った」がそれぞれ「変わらぬ」「相変わらず」「終わる」「変わった」となっている。「カワル」「オワル」という動詞の送り仮名をどこから送るかということであるが、「カワ」「オワ」が語幹であるので、『LOCK』の「本文」のように、活用語尾から送ればいいし、「変る」「終る」が特に読みにくいということはないと思われるが、角川文庫は多めに送り仮名を送っている。

■『LOCK』と角川文庫——振仮名

『LOCK』の「本文」においては、1「国立」、5「引越された」、6「嗤った」、16「君自身」、19「老境」、23「取計らつて」、29「書斎」、40「仕事」、44「甘蔗」、56「浮足立つて」、59「生命」にそれぞれ「くにたち」「ひつこ」「わら」「きみじしん」「らうきやう」「とりはか」「しよさい」「しごと」「いも」「うきあした」「いのち」と振仮名が施されている。右の中で、「当用漢字表」に載せられていないのは「嗤」だけであるので、『LOCK』の「本文」がどのような場合に振仮名を施しているかはにわかには推測しにくい。「嗤」は「常用漢字表」にも載せられていない。

角川文庫においては、6・25「嗤った」に振仮名「わら」を施している。これは「文字化ルール」cに従ったものといえよう。しかしまた、角川文庫は28「苗床」、44「田舎」にそれぞれ「なえどこ」「いなか」と振仮名を施し、59「生命」には振仮名を施さない。漢字列「田舎」によって「イナカ」を、漢字列「生命」によって「イノチ」を文字化するのは、漢字側からみれば、当該漢字の音・訓に従わない文字化であるので、振仮名があってよい。しかし、角川文庫は『LOCK』の「本文」で「生命」に施されていた振仮名「いのち」をはずしている。あらためていうまでもなく、漢字列「生命」は漢語「セイメイ」に使われる漢字列であるので、振仮名が施されていなければ「セイメイ」を文字化したものとみるのが自然であろう。右では、直前に「人命が尊重されていてこそ刺戟的だが」とあって、漢語「ジンメイ（人命）」が使われているので、振仮名のない漢字列「生命」は漢語「セイメイ」を文字化したものだと読み手に思われやすい箇所でもある。角川文庫の「生命」が漢語「セイメイ」を文字化したものであるとすれば、『LOCK』においては和語「イノチ」が使われていたのだから、語の選択が異なっていることになる。

また、角川文庫においては、28「甘蔗」、44「甘蔗《いも》」が「甘藷」となっている。漢字列「甘蔗」は「サトウキビ」の文字化に使われる漢字列で、「甘藷」は「サツマイモ」の文字化に使われる漢字列で、発音も「カンシャ」「カンショ」と異なる。「先生は若い奥さんと二人で」「苗床作りに余念がなかった」とあるので、ここは「サツマイモ」の苗床を作っているとみるのが自然であろう。また『LOCK』の44には「甘蔗《いも》」とあるので、「イモ」を文字化しようとして漢字列「甘蔗」を使っていることがわかる。したがって、「甘蔗」を「甘薯」に変えるのは、「誤植の修正」といってもよい。しかしながら、『LOCK』の「本文」を修正する場合には、こういう理由でこの箇所は修正したということを「メタデータ」として記しておくのがいいだろう。また、44に「甘蔗《いも》」とあることからすれば、そもそも選択されている語は「イモ」で、その文字化に使った漢字列が『LOCK』ではふさわしくなかったということであろうから、漢字列を「甘薯」に修正しても、振仮名「いも」は残すのがよいと考える。そして、この一連の処理を記録しておく。そうすれば、その「記録」によって、「読み手」は『LOCK』の「本文」すなわち初出の「本文」がどうであったかがわかる。

■『LOCK』と角川文庫――漢字をめぐって

角川文庫においては、39「事」が「こと」となっている。しかし46「この事」は「このこと」とはなっていないので、39の「事」を「こと」とした理由は不分明である。

角川文庫においては、7「御叮嚀」が「御丁寧」になっている。一九五六（昭和三一）年七月五日に行なわれた第三十二回国語審議会総会において「同音の漢字による書きかえ」が文部大臣あての報告として提示された。この報告には「当用漢字の使用を円滑にするため、当用漢字表以外の漢字を含んで構成されている漢語を処理する方法の一つとして、表中同音の別の漢字に書きかえることが考えられる。ここには、その書きかえが妥当であると認め、広く社会に用いられることを希望するものを示した」とある。この「同音の漢字による書きかえ」は新聞社などにおいても参照されている。この表中に「叮嚀」を「丁寧」とする書き換えが示されている。59の「刺戟」が角川文庫では「刺激」になっている。これも「同音の漢字による書きかえ」にあげられている例にあたる。

角川文庫は、20「差図」を「指図」とする。一八九一(明治二四)年に完結した辞書『言海』は「普通用」の漢字列として「指図」を掲げている。「差図」も室町期に編まれた辞書である古本『節用集』などにみられる。したがって「差図」は「古い」といえようか。こうした箇所で、「本文」であるので、その初出の「本文」を尊重するならば、あるいは保存して未来に伝えようとするなら(を構築した人)の「判断」が窺われるといってよい。すなわち、『LOCK』の「本文」は「差図」ば、誤植以外の箇所にはできるだけ手をいれない。手をいれる場合には、どのような理由でどこに手をいれたかということを「メタデータ」として記録しておくというのが一つの「態度」であろう。もう一つの「態度」は現代日本語母語話者がわかりやすいということを最優先して、現代日本語側に「本文」を寄せるというものだ。

47「訪ねて」を角川文庫は「訊ねて」とする。〈質問する〉ということであろうから、漢字をあてるのであれば、「訪問」の「訪」ではなく「訊問」の「訊」がふさわしいといえよう。この漢字のあてかたは一般的であると思われるので『LOCK』の「訪ねて」はあるいは誤植であったかもしれない。

■『LOCK』と角川文庫――「本文」の変更

『LOCK』の「本文」を上に、角川文庫の「本文」を下に示す。

7　三度も焼出されたのに	三度焼け出されたのに
13　次ぎのような	次のような
18　しぜん用心深くなる	用心深くなる
31　銀髪をふさふさと波打たさせ	銀髪をふさふさと波打たせて
36　くさっているだろうと	くさっているんだろうと
43　なりやしませんか	なりゃしませんか
47　美しい白髪を	美しい銀髪を
52　それや私だって	そりゃ私だって
55　殺伐な事件はあっても	殺伐な事件があっても

7助詞「モ」を使うか使わないか、55助詞「ハ」を使うか「ガ」を使うかというようなこと、36「くさっているだろうと」を「くさっているんだろうと」に変えるといったようなことについては、横溝正史がいずれかの時点で手入れをする可能性はある。その一方で、誤植の可能性もなくはない。

13についていえば、「常用漢字表」は「次」に「つぐ」「つぎ」二つの訓を認めているが、「当用漢字音訓表」は「次」に「つぐ」という訓しか認めていない。そのために「ツギ」を文字化していることを明らかにするために『LOCK』の「本文」は「ぎ」を送っていると思われる。そのことからすれば、角川文庫も「次ぎ」であってもよいことになる。18では、『LOCK』で使われていた「シゼン（自然）」が角川文庫の「本文」にはない。

47では『LOCK』の「白髪」が角川文庫では「銀髪」になっている。『LOCK』においては、31の箇所に「美しい銀髪」という表現がみられる。しかしまた、「ギンパツ（銀髪）」の語義は〈銀色の髪の毛。白髪〉（『広辞苑』第七版）であるのだから、「ギンパツ（銀髪）」を「ハクハツ（白髪）」と言い換えることは可能であるし、その逆も可能であろう。一度作中で「ギンパツ（銀髪）」という語を使ったからといって、ずっと「ギンパツ（銀髪）」を使い続けなければならないということは原理的にはない。ただし、現代日本語母語話者は、表現及び文字化が統一的であることに非常に気を使う。そうした「心性」がいつ頃からはっきりしてきたか、ということについては今後検証していきたい。現時点では「当用漢字表」「当用漢字音訓表」が告示されてから徐々に醸成されたものので、「常用漢字表」が告示された一九八一（昭和五六）年以降はそれがはっきりとしていったのではないかと予想する。

43の「なりや」は「ナリャ」を文字化したものである可能性がある一方で、なお「ナリヤ」を文字化したものであある可能性もあると思われ、「なりゃ」としてよいかどうか。52「それや」は「ソレヤ」を文字化したものである可能性はないが、「ソリャ」を文字化したものであるのならば、「そりや」となぜ文字化しなかったのか、という疑問がある。あるいは「ソリャ」は「それや」「そりや」二通りの文字化があったか。

ここまで検証してきてわかるように、『LOCK』の「本文」二ページと角川文庫を対照するだけでも、一九四六（昭和二一）年頃から一九七五（昭和五〇）年頃までの三十年間の日本語にかかわるさまざまな知見が得られ、またその間の変化を窺うことができるとわかった。

■春陽文庫『人形佐七捕物帳全集』「狐の宗丹」

次に「人形佐七捕物帳」シリーズの作品を採りあげることにする。シリーズ第一〇六話にあたる「狐の宗丹」は「傑作小説」と題された『旬刊ニュース』増刊第三号（一九四八〈昭和二三〉年一一月一日）に掲載された。以下ではここに掲載された「本文」（及び次に示す翻字）を初出と呼ぶことにする。この号は「傑作書下し捕物帳」を並べており、横溝正史の「狐の宗丹」とともに、野村胡《こ》堂《どう》「遠眼鏡の殿様」、「七之助捕物帖」で知られる納言《なごん》恭平（一九〇〇～一九四九）の「宿借り仏」、『上総風土記』で第十二回直木賞を受賞した村上元三《げんぞう》「岡蒸気の女」、城昌幸「十六剣通し」が掲載されている。

春陽文庫『人形佐七捕物帳全集』（一九七三年三月～一九七五年一〇月）は「人形佐七捕物帳」一八〇篇のうち一五〇篇を収めている。この春陽文庫の新装版『人形佐七捕物帳全集12』（一九八四年一〇月五日新装第一刷発行、一九九八年四月二〇日、新装第四刷発行）に「狐の宗丹」が収められている。この春陽文庫版の「本文」と初出とを対照してみることにする。

初出の冒頭の二ページを、先に示した「文字化ルール」（257頁）に従って翻字する。春陽文庫版全集が平仮名にしている箇所をゴシック体で表示した。19の「茶岸」「法服」はあるいは誤植か。

狐の宗丹が殺された。殺されて**狐**の正体をあらわした。宗丹はやっぱり**狐**であったそうなという**噂**は、当時江戸中で大評判だった。

狐の宗丹、本名を渋川宗丹といって町医者である。町医者といっても馬鹿にはならない。そんじょそこらのしがない竹の子医者とちがって、宗丹は牛込神楽坂に堂々たる門戸をはり、出るにも**入**るにも黒塗りの網代の**立派**な乗物、慈姑頭《くわいあたま》のお供がついて、どうかすると大名屋敷からもお迎えが**来**ようという身分。

　いったい医者というやつは**昔**から、技倆《うで》がよいだけでは流行らない。風采がよくて、如才がなくて、**適当**に横柄で、お**高**くとまって、身辺を**飾**っていなければならない。つまりヤマコを張るというやつである。

　渋川宗丹はその**点**、申分ない資格を**持**っていた。年齢は四十五、**丈高**く、色**浅黒**く、鼻がピンと**高**くて眼つきが鋭い。いつも**苦虫**をかみつぶしたような顔をしているところは、芝居の敵役みたいに**愛嬌**に**乏**しいが、その**代**り威厳があって名医らしい。

　宗丹も**自分**の容貌押し出しをよく**心得**ていると**見**えて、当時医者といえば、坊主頭か**慈姑**

頭としたものだが、宗丹にかぎって四方髪、生絹《すずし》の道服に茶岸の法服袴をはき、鮫の小脇差しというのだから、とんと芝居に出て**来**る由井正雪といったかっこうである。これで黒塗り網代を乗りまわすのだから、まっとうな医者にはよくいわれない。

　あいつは山師だ、**狐**医者だ、あいつの**面**を**見**るがいい、眼がつりあがって口がとンがって、**狐**にそっくりじゃないか。**狐**の**匙**加減なんて**怪**しいものだ。世の**中**は盲千人というが、**狐**医者にたぶらかされるなんて情ない**話**だ、などと、そこは法界悋気もまじって悪口をいう。これがいつか**伝**わって、神楽坂の**狐**医者、**狐**の宗丹と評判が**高**くなったが、それがちっとも人気にさわらないのだから**偉**いものである。

　宗丹もまた**人**を**喰**ったやつで、**狐**の宗丹の評判が**高**くなると、**自**ら**狐**を飼い**出**した。どこで手に**入**れたのか老白**狐**、いかにも化けそうなやつを、これ**見**よがしに飼いはじめたから、**狐**の宗丹の評判いよいよ**高**くなり、ちかごろでは、さすがは宗丹先生である。飼うものにことかいて**狐**とは恐**入**った。やっぱり一見識持った人はちがったものだと**嬉**しがるやつも**出**て**来**て、いつの**間**にやら**狐**のあだ名も、**狐**を飼っているところから出たものであろうと、感ちがいする**粗々**っかしいのも**出**て**来**るしまつ。それでこのまま**事**がすすめば、市が栄えて**目出度**し**目出度**しというところだがどっこいそうはいかない。ここにひとつの椿事が持ち上ったのである。

「へえ、あれはたしか朝の五つ半ごろ（九時）のこってしたねえ。兄哥も御存じのとおり、**昨日**はいちんちじゅうビショビショ小雨が降ってました。そんなお天気の日にゃ、**御**近所の**若**え衆が、閑つぶしにやって**来**て、むだ

話に花を咲かせるんですが、どういうものか**昨日**はひとりも客がなかった。もっとも、朝が早かったせいかも**知**れませんがね。で、あっしゃ店をひととおり掃除させると、下剃りの留の野郎は使いにいったし、で、まあ火**鉢**をかかえて一服やっていたンです。**昨日**は妙に底冷えがしましたからねえ。ところがそのうちひょいと向うを**見**ると、お濠端の柳の**下**に……いや、そうじゃねえや。それよりまえに金太さんがやって**来**たんだっけ。いや、やっぱりそうじゃねえ。お濠端のがさきだった。……いや、そうじゃねえかな。金太さんがさきだったかな。さあ、わからなくなりやがった。お濠端がさきか、金太さんがあとか金太さんがさきか、お濠端があとか……」

「おいおい、親方、何をいってるンだよう。おいらがききたいのは**狐**医者の一件だ。お濠端も金太さんもあるもんか」

「そやそや、金太さんのとび出すのは飴の**中**ときまったもンや。うだうだいわンと、はよ**狐**医者の話をせんかいな」

と、こう左右から詰め**寄**った**二人**を、いまさらどこの**誰**と**御**紹介申上げるまでもあるまい。神田お玉が池は人形佐七の二人の乾分、

『完本人形佐七捕物帳一』(二〇一九年、春陽堂書店)の巻末には浜田知明、補訂本多正一による「解題」が附されている。そこには「著者生前の最終校閲本は春陽文庫全集版となるが、春陽文庫は昭和三〇年代中ごろから本文を当用漢字へ機械的に置き換えることを通則としており、原文尊重主義を主流とする今日においては、本全集の底本とすることを控えた。本全集[引用者補:『完本人形佐七捕物帳』のことと思われるが、「全集」という表現はどこからきているのか。こうしたことが後になって誤解や疑問をうみだすことがある]では、その[春陽文庫全集のことであろう]直前の集成となる講談社定本版(一〇四篇)と廣済堂版(二四篇)を底本とし、そこに春陽文庫全集版での加筆・改稿点を組み入れることで、著者本来の文字遣いを極力活かすことに努めた。横溝正史による最終的な文字遣いとしてご理解をいただきたい。春陽文庫全集版にのみ収められた作品(二五篇)については行き過ぎた文字遣いの書き換えをもとに戻した。その際、初出、初刊、講談社新書版、金鈴社新書版などを参照しつつ、講談社定本版、廣済堂版の文字遣いに近づけるよう努めている」(五一二〜五一三頁)と記す。

この言説においては、春陽文庫版全集が「著者生前の最終校閲本」すなわち横溝正史が校閲したテキストであることを認めながら、それを「底本とすることを控えた」と述べられている。正史が最終校閲をした春陽文庫版全集ではないテキストの文字化を「著者本来の文字遣い」とみなし、正史が最終校閲をした春陽文庫版全集の文字化のしかたを「行き過ぎた文字遣い」とみなす時の、「著者本来」は、編者や編集者が思うところの「著者本来」ということになるであろうし、「本来」をどうやって決めるのだろうか。そしてまた「行き過ぎた」とみるにあたっては、何がどう行き過ぎているのだろうか。編集過程でそのように判断するにあたっての検証内容がわかるとよかった。いずれにしても、『完本人形佐七捕物帳』においては、春陽文庫版全集の「本文」は評価されていないと思われる。[注1]

一つ一つについて述べることは控えるが、「高」「自分」「心得」「話」「人」「下」「何」「中」など、「当用漢字表」に載せられ、「当用漢字音訓表」において認められている訓であっても、平仮名にしている漢字が相当数ある。

初出と春陽文庫——片仮名の使用

「狐の宗丹」初出では、9「ヤマコ」、12「ピンと」、51「ビシヨビシヨ」が片仮名によって文字化されており、25「とンがって」、59「いたンです」、69「何をいってるンだよう」、73「きまったもンやー」「うだうだいわンと」には片仮名「ン」が添えられている(本書271〜275頁)。後者は「はなしことば」の発音にちかづけるために添えられていると思われる。

これらのうち、春陽文庫版全集が初出どおりに片仮名で文字化しているのは、9・12・51の三箇所で、後者の25・59・69・73はいずれも「ン」が「ん」で文字化されている。

9「ヤマコ」について、『日本国語大辞典』第二版では「やまこをはる」を「「やま（山）をかける」に同じ」と説明されている。あげられている二つの使用例「＊裸に虱なし〔1920〕〈宮武外骨〉大本教で云ふ神憑「紙屑買の婆に神が憑（つ）いたと云ってヤマコを張（ハ）った王仁のヤマが旨く当ったもんだと嘲る者ばかりで、綾部には一人の信者もありませぬ」＊漫才読本〔1936〕〈横山エンタツ〉貞操問題「君は知らん癖に直ぐにヤマコを張る」」はいずれも漢字をあてていない。

また12・51はオノマトペの類で、こうした語も（場合によっては）片仮名で文字化されることがある。

春陽文庫版全集は、3「馬鹿にはならない」を「バカにはならない」とし、66「わからなくなりやがった」を「わからなくなりゃアがった」とする。「わからなくなりゃアがった」は「ワカラナクナリャーガッタ」とまで長音にはなっていないにしても、「ナリャ」と「ガッタ」の間になにほどかの長音が存在している発音を思わせる。しかし、そのまま「ワカラナクナリヤガッタ」という発音である可能性があるので、ここは横溝正史が表現を少し「はなしことば」に近づけるための手入れをしたか。

■初出と春陽文庫——漢字列がいかなる語を文字化しているか

5「慈姑頭」の漢字列「慈姑」は漢語「ジコ」にもあてられる漢字列であるが、下に「頭」とあることからも、「クワイアタマ」の「クワイ」を文字化していることがほぼ確かであろう。7「流行らない」の漢字列「流行」は漢語「リュウコウ」にあてられる漢字列であるが、下に「らない」とあることからすれば、ここでは「ハヤラナイ」の「ハヤラ」の文字化に使われていることが確実であろう。このように、当該漢字列があらわしている語が、ほぼ特定できる場合は、漢字を平仮名にしても、「書き手」が選択した語は変わらないことになる。

初出では19「生絹」に「すずし」と振仮名が施されている。「スズシ」は〈まだ練らないままの絹糸・生糸〉であるが、和語「キギヌ」、漢語「ショウケン」「セイケン」いずれも漢字列「生絹」によって文字化される。そうであれば、「生絹」の振仮名をはずした春陽文庫版全集の判断はよかったかどうか。

51「昨日はいちんちじゅう」、55「昨日はひとりも客がなかった」、59「昨日は妙に底冷えがしましたからねえ」はいずれも会話文中での使用であるので、「昨日」は「きのう」を文字化したものであるとみるのが自然であろう。春陽文庫版全集はこれらすべてを「きのう」としている。しかしながら、会話文中でなければ「サクジツ」の可能性もあり、漢字列「昨日」がつねに「キノウ」を文字化したものとみることはできない。

こうしたことにかかわることとして、『完本人形佐七捕物帳十』(二〇二一年、春陽堂書店)の浜田知明「校訂通則―全巻校訂を終えて」では次のように述べられている。

本全集[引用者補:『完本人形佐七捕物帳』のこと]では当用漢字仕様にもとづく漢字の置き替

えや仮名へ開かれた箇所を（主として作品内での統一といった形で）元に戻していく作業を行ったのだが、一方、作者自身の書き癖の変移もあり、

・「見る」「聞く」「思う」「考える」「感じる」「行く」「来る」「上」「中」「下」といった知覚動詞や日常生活に頻出する動詞
・「一昨日」「昨日」「今日」「明日」「昨夜」「今朝」といった読み方が多様でルビの振り分けを要する語
・「私」「俺」「手前」「お前」などの人称代名詞

などは、集成時に仮名書きに改められており、これらについては仮名書きを優先することとした。

ただ、作品の配列を発表順とした結果として、本全集では執筆年代による作者の書き癖の変遷をも強く反映した形になっており、今後の順不同の配列にし直す刊行物に当たっては、さらなる文字遣い・表記の統一が必要となってくる。（五五四頁上段）

『完本人形佐七捕物帳一』（二〇一九年、春陽堂書店）の浜田知明、補訂本多正一による「解題」では、講談社新書版、金鈴社新書版、講談社定本版、廣済堂版、春陽文庫全集版、出版芸術社版を「代表的な作品集成」と呼んでいる。右に掲げた、『完本人形佐七捕物帳十』の「校訂通則」中では「昭和四〇年代からの四度にわる《［わたる］》加筆・改稿を経た〈集成系〉」「〈集成系〉では当用漢字仕様への配慮から、各社が独自の仕方で漢字の置き換えや仮名へ開く変更を行っている」と述べられているの

で、「集成時に仮名書きに改められており」は「集成系」のテキストが編集され出版された時に、ということであろう。しかしそれは「仮名書きを優先する」という。

11「年齢」を春陽文庫版全集は「とし」とする。初出には振仮名がなく、原理的には「トシ」を文字化したものか「ネンレイ」を文字化したものかわからない。11は「トシ」であろうとは思うけれども、絶対に「ネンレイ」ではないともいいきれない。横溝正史は「年齢《とし》」を使うことが少なくない。『完本人形佐七捕物帳十』の「解題」に「作者の書き癖の最たる語句である「呼吸《いき》」「年齢《とし》」など、漢字での厳密な意味をルビで和らげる表記法は最大限に活かすつもりでいたのだが、戦前発表作品の初出で「息」「年」が混用されていたため、〔初出・初刊系〕で「呼吸《いき》」「年齢《とし》」が使用されていた箇所に限った（一部作品では作品内での統一をはかっている）。戦後は当用漢字仕様により、当て字的なルビが徐々に排され、平仮名書きや音読みルビが多くなっていくが、そんな中にもときおり「呼吸《いき》」「年齢《とし》」が入り交じっていることを鑑みれば、これらは全作品に適用すべきだった」（五五七頁）とある。「漢字での厳密な意味をルビで和らげる表記法」は理解しにくいが、それはそれとして、右では「戦前発表作品の初出」で「イキ」「トシ」を「息」「年」によって文字化することもあり、また「呼吸《いき》」「年齢《とし》」と文字化することもあることが述べられている。つまり、正史は「戦前発表作品の初出」において「息」と「呼吸《いき》」、「年」と「年齢《とし》」とを併用していた。「戦後」は「いき」「とし」といった平仮名書きが多くなっていくが「そんな中にもときおり「呼吸《いき》」「年齢《とし》」が入り交っている」のであれば、戦後は「いき」「呼吸《いき》」、「とし」「年齢《とし》」が併用されているということになる。ここから導き出される「観察」は正史は「イキ」を「息」とも、「呼吸《いき》」とも、「いき」とも文字化することがあった。正史は「トシ」を「年」とも、「年齢《とし》」とも、「とし」とも文字化することがあった、ということであり、これらすべての文字化が正史に「承認」されていたということのはずだ。このような「観察」から、どうして「呼吸《いき》」「年齢《とし》」に統一すべきであったということになるのだろうか。それは校訂者や編集者が、「呼吸《いき》」「年齢《とし》」という文字化こそが「作者の書き癖」、「著者本来の文字遣い」（『完本人形佐七捕物帳一』五一三頁上段）とみなしているからではないか。

7「技倆《うで》」を春陽文庫版全集は「技術」とする。振仮名がないので、「技術がよいだけでははやらない」の「技術」は「ギジュツ」を文字化したものとみるしかない。「ギジュツガヨイ」はそもそも日本語として不自然であり、この文字化は右の範囲ではもっとも不適切にみえる。

■初出と春陽文庫――「本文」にかかわることがら

19「鮫の小脇差し」の箇所を春陽文庫版全集は「鮫皮《さめかわ》の小わき差し」とする。「サメカワ（鮫皮）」は「刀の柄を巻くのに用いる鮫の皮」のことであるが、『日本国語大辞典』第二版の見出し「さめ」の語義の二つ目には次のようにある。

> 「さめがわ（鮫皮）」の略。＊太平記〔14C後〕三三・公家武家栄枯易地事「只今為立てたる鎧一縮に、鮫（サメ）懸けたる白太刀」＊浮世草子・西鶴織留〔1694〕四・一「商売見せも、二条通りに、鮫（サメ）・木薬・書物屋ありと、諸国の人も見およびし」＊随筆・異説まちまち

〈1748〉二「闘死の者を見るに、柄はくだけてぐゎたぐゎたするやうに有しとぞ。然れども鮫は掌のうちにくひ入て、死後に取放に掌の皮むけたりと云

あげられているのはいずれも〈サメガワ（鮫皮）〉の語義で使われている「サメ」の例で、初出19「鮫の小脇差し」は誤植ではないと思われる。この修正が横溝正史によるものであるならば、いずれかの時点で、正史が、〈サメガワ〉の語義の「サメ」がわかりにくいと判断し「サメガワ」に変えたものであろう。これが正史によるものでないとすれば、あるいは〈サメガワ〉の語義をもつ「サメ」という語を承知していなかった人物が誤植と勘違いし、修正したか。

『完本人形佐七捕物帳』は完本を謳う。ここまで述べてきた箇所を中心に、初出と春陽文庫版全集、春陽堂完本全集の「本文」を並べてみることにしたい。

	初出	春陽文庫版全集	春陽堂完本全集
3	馬鹿にはならない	バカにはならない	馬鹿にはならない
7	技倆《うで》がよいだけでは	技術がよいだけでは	技術《うで》がよいだけでは
7	流行らない	はやらない	流行《はや》らない
11	年齢は四十五	としは四十五	年齢《とし》は四十五
19	生絹《すずし》の道服に	生絹の道服に	生絹《すずし》の道服に
19	鮫の小脇差し	鮫皮《さめかわ》の小わき差し	鮫皮《さめかわ》の小脇差し

50	兄哥も御存じのとおり	兄いもご存じのとおり	兄哥《あにい》もご存じのとおり
51	ビショビショ小雨が	ビショビショ秋の小雨が	ビショビショ秋の小雨が
77	二人の乾分	ふたりの子分	ふたりの乾分《こぶん》

春陽堂完本全集の7、11、19、50、77は初出と春陽文庫を折衷、混成したかたちになっていることがわかる。それは言い換えれば、かつて存在しなかった新しい「本文」ということになると思われる。そのことと「原文尊重主義」(『完本人形佐七捕物帳一』の「解題」五一二頁下段)ということをどのように結びつけて理解すればいいのだろうか。

ここまで角川文庫「蝶々殺人事件」、春陽文庫版全集「狐の宗丹」を具体的に採りあげて、「文庫で横溝正史をよむ」ということについて考えてきた。誤解はないと思うが、念のためにいえば、文庫で横溝正史作品をよむことが不都合であると主張したいのではない。手軽によむことができるテキストとして、文庫本はこれまでもこれからも読者を楽しませてくれるであろう。そしてまた、角川文庫「緑三〇四」が出版され始めた一九七五年から二〇二三年まで、四十八年が経過している。三十年を一世代とすれば、一世代半ぐらいにあたる。稿者はその三十年を実際に生き、日本語を使ってきている。そのことからすれば、その間に日本語はそれほど変化していないだろうとまずは思ってしまう。しかし、虚心坦懐に振り返ってみれば、この間に日本語はかなり変化してきていることが窺われる。

初出と文庫とを対照することによって、そうした日本語の変化を窺うことができる。対照作業そのものは、気分としていえば「辛気くさい」し、誰もが楽しいと感じるとは限らないが、そうした対照がおもしろいと感じる人も少数ではあってもいると思いたい。また、自身が生きている時期の言語変化は、日々使っている言語についてのことであるので、実感しにくい。しかし、右のような「方法」を採れば、ある程度まで、短い時間幅における言語変化をひろいだすことができる。

稿者は、過去に成ったテキストをできるだけそのままのかたちで将来に伝えていくことには一定の意義があると考える。デジタル的な画像は「そのままのかたち」をさながらに将来に伝える一つの「方法」であることはたしかであるが、言語情報としては使うことができない。言語情報として使うためには、電子的に安定した「翻字〈文字化〉」を行なう必要がある。そうしたことを考えていくためにも具体的なテキストの観察が必要になる。ここで述べたことがそうした手がかり、きっかけになることを期待したい。

注1　しかしながら、『完本人形佐七捕物帳十』の「校訂通則―全巻校訂を終えて」の「＊3」においては「本全集が〈最終形〉である春陽文庫『人形佐七捕物帳全集』の本文にもとづきながらも、同・文庫を〈底本〉としなかったのは、主として漢字に戻す作業が膨大になるのを避けるためでもあった」〈五五九頁〉とあり、この『完本人形佐七捕物帳』は春陽文庫全集版の「本文にもとづ」いていると述べられている。基づいているけれども、「底本」ではない、ということを理解することはむずかしいのではないか。

III

横溝正史の作品世界

翻訳作品をよむ

■横溝正史の翻訳

横溝正史は、「恐ろしき四月馬鹿《エイプリル・フール》」が雑誌『新青年』の懸賞小説一等に当選し、第二巻第四号（一九二一〈大正一〇〉年四月）に掲載されて、作家としての活動を開始する。一九二六年には江戸川乱歩の紹介で博文館に入社し、短編集である『広告人形』（聚英閣）が刊行される。一九二七年には『新青年』の編集長に就任する。

『新版横溝正史全集18探偵小説昔話』（一九七五年、講談社）に附録されている、中島河《なかじまかわ》太郎《たろう》編の「年譜 目録」には、正史は一九一二年、小学校四年生の時に「三津木春影の「呉田博士」（小学生）を愛読した」（三〇〇頁）と記されている。

三津木春影《みつぎしゅんえい》（本名は三津木一実《かずみ》、一八八一～一九一五）は早稲田大学の英文科を卒業し、当初は自然主義文学を志していたが、一九〇八年に「閃電子」の名で、押川春浪《しゅんろう》（一八七六～一九一四）が主筆をつとめていた『冒険世界』の編集に携わる。

末國善己は『探偵奇譚 呉田博士 完全版』（二〇〇八年、作品社）の「編者解説」において次のように記している。

春影を一躍有名にしたのは、一九一一年一二月に中興館書店から発売したR・オースティン・フリーマンのソーンダイク博士シリーズを翻案した「呉田博士」の成功であろう。「呉田博士」は、途中からソーンダイク博士ものに加えて、A・コナン・ドイルのシャーロック・ホームズ譚の翻案も交えながら全六冊を刊行。これと平行して、モーリス・ルブランの『813』(一九一〇年)を翻案した『古城の秘密』前後篇(武侠世界社、一九一二年一一月、一九一三年二月)や、同じくルブランの『奇巌城』(*L'aiguille Creuse*,1909)を翻案した『大宝窟王』(中興館書店、一九一二年一二月、一九一三年三月)などアルセーヌ・ルパンものも手掛け、少年少女向けの(翻案)探偵小説作家として大活躍している。

(四七六頁下段〜四七七頁上段)

正史は「続書かでもの記11」(『横溝正史自伝的随筆集』二〇〇二年、角川書店所収)において、次のように述べている。

いまにして思えば私の小学校六年のときに、第一次世界大戦が勃発している。国際情勢が緊迫するとスパイ小説が流行するのだそうだが、三津木春影のそれも純粋な推理的探偵小説とはいいにくくアクションの多いスパイ小説であった。但し当時の少年にはスパイという言葉には無理があったとみえ、間諜小説と銘うってあった。私はいまでもおなじ推理小説の系列に属するとはいえ、スパイ小説はあまり好きになれないのだが、三津木春影のそれはいずれは翻案だったろうと思われるが、毎回トリッキーで、大道具小道具の扱いかたがどこか探偵小説的であり、これが私と探偵小説との最初の出会いであったろう。げんに私はそのページだけ切り抜いて、何回かをまとめ、それに画用紙の表紙をつけ、絵の具で幼い絵を描き、「間諜！ 三津木春影」と、表題をつけて長く秘蔵していたものである。

（一二九頁）

そのうち私は三津木春影が、「少女の友」にも連載物を書いているのに気がついた。このほうは一年連載の長編小説だったが、私はそれを古本屋で買い集めた（もちろんお店の売りあげをくすねて）。そして、全部集まったところで貪り読んだものだが、このほうが間諜よりもよほど面白かった。これも十二冊切り抜いて画用紙の表紙をつけ、「まぼろしの少女 三津木春影」と、幼い字と絵で書きつけておいたものである。この小説は現在私が心酔している、謎解き探偵小説とは趣きがちがっているが、「間諜」よりははるかに探偵小説的で、私をいたく感動させたものである。春影は少年雑誌にはアクションの多いスパイ小説を書いていたが、少女雑誌には人情味のあるより探偵小説的なものを書いていたらしく、「少女画報」に二回か三回にわたって分載された「破れピアノ」のごときは、いまでもストーリーを憶えているくらいである。

その春影に「呉田博士」なる著書があることをしって、さっそく古本屋で買いもとめてきたものだが、これが私の探偵小説愛好癖を決定的なものにした。私がシャーロック・ホームズの名前をしったのはいつごろのことなのか、もうひとつ記憶がさだかでないのだが、長いこと私は「呉田博士」の原本をシャーロック・ホームズ物だとばかり思いこんでいたのだが、じっさいはオースチン・フリーマンのジョン・ソーンダイク物だったということに気がついたのは、それよりだいぶん後のことである。（一三〇頁）

正史は小学校四年生の時にすでに三津木春影の「呉田博士」を読んでおり、それは「正史と探偵小説との出会い」ということになる。「正史と探偵小説との出会い」という表現および「とらえかた」は正史が「探偵小説」というものがどういうものであるかを知ったという「とらえかた」であり、それはそのように「抽象的なとらえかた」といってよい。

東方社から「由利・三津木探偵小説選」という全七巻のシリーズが一九五六年から一九六一年にかけて出版されている。「金田一耕助」の前の探偵役として「由利麟太郎」がいるが、シャーロック・ホームズ物でいえば「ワトスン」役にあたる「三津木俊介」という登場人物がいる。この「三津木」が三津木春影から採られているのだとすれば、三津木春影は正史に具体的な影響を与えているといえる。

言語面からいえば、正史は、探偵小説をかたちづくる言語＝日本語に小学生の時からふれていることになる。それがどのように正史の作品にあらわれているかを、言語に即して具体的に探ることは難しいが、正史の作品にかたちを与えている日本語に影響を与えている可能性はたかいといえよう。

小学生の頃に海外の作品にふれていた正史は自らも翻訳を行なっている。中島河太郎編「「新青年」所載主要作品総目録」（中島河太郎『日本推理小説史』第二巻附録）、浜田知明編「横溝正史翻訳リスト」（昭和ミステリ秘宝、横溝正史翻訳コレクション『鍾乳洞殺人事件／二輪馬車の秘密』二〇〇六年、扶桑社）によれば、一九二二年八月の『新青年』夏季増刊号探偵小説傑作集（第三巻第一〇号）に、ロバート・ウィンストンの作品を「二つの部屋」というタイトルで正史が翻訳したものが載せられている。同年の九月号（第三巻第一一号）にはビーストンの作品の翻訳「シャロンの淑女」が、一九二四年の新春増刊探偵小説傑作集（第五巻第二号）には、やはりビーストンの作品の翻訳「過去の影」が、一九二五年の新年増大号探偵小説名作集（第六巻第一号）にはカール・ヂ・ホッヂスの作品の翻訳「狐と狸」、レスリー・トーマスの作品の翻訳「弱点に乗ぜよ」が載せられている。浜田知明編「横溝正史翻訳リスト」には一九二二年から一九四〇年までの翻訳作品が掲げられているが、ほぼ毎年、年によってはかなりの数の翻訳を発表していることがわかる。そのことからすれば、翻訳作品は「横溝正史の作品世界」の一画を成しているといってよい。

■「鍾乳洞殺人事件」

本章ではウイップルの「鍾乳洞殺人事件」を採りあげることにしたい。

横溝正史による翻訳「鍾乳洞殺人事件」は雑誌『探偵小説』第二巻第五号（一九三二〈昭和七〉年五月）に掲載された。図1は目次の左半分であるが、「単行本式／読切長篇」という角書きで「鍾乳洞殺人事件」が載せられており、作者は「ロンハ・ウィップル」、訳者は「川端梧郎」となっている。目次は雑誌の見開きよりも大きいサイズになっており、見開きを超える部分を折り畳むかたちになっている。折り畳んだ状態が図2で、活字の大きさなどから、この号では村山有一「女性と犯罪・各国五人女」、エレリー・クイーン作、伴大矩訳「和蘭陀靴の秘密」、K・D・ウイツプル作、岡田照木訳「鍾乳洞殺人事件」、宮武繁「ダートモーアの破獄事件」が「売り」であったことがわかる。

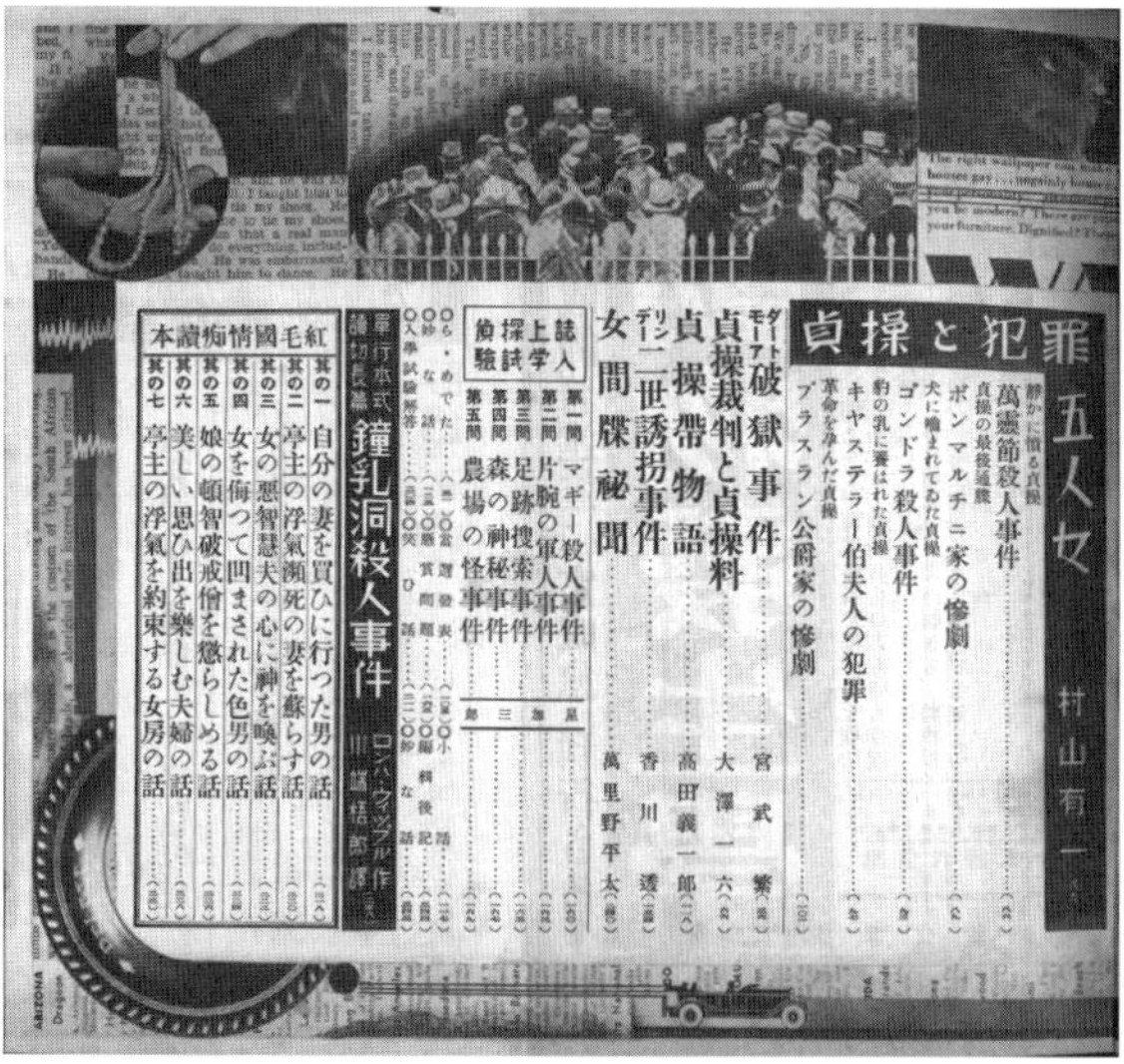
罪犯と操貞

五人女　村山有一

静かに悩る貞操　萬靈節殺人事件

貞操の最後通牒　ボンマルチニ家の惨劇

犬に噛まれてゐた貞操　ゴンドラ殺人事件

豹の乳に養はれた貞操　キャステラー伯夫人の犯罪

革命を孕んだ貞操　プラスラン公爵家の惨劇

ダートモーア破獄事件　宮武繁

貞操裁判と貞操料　大澤一六

貞操帯物語　高田義一郎

デリンジャー二世誘拐事件　香川透

女間諜秘聞　萬里野平太

誌上入学試験

第一問　マギー殺人事件

第二問　片腕の軍人事件

第三問　足跡捜索事件

第四問　森の神秘事件

第五問　農場の怪事件

星無三郎

単行本式讀切長編　鐘乳洞殺人事件　ロンバ・ウィップル作　川端梧郎譯

紅毛國情癡讀本

其の一　自分の妻を買ひに行つた男の話

其の二　亭主の浮氣瀕死の妻を蘇らす話

其の三　女の悪智慧夫の心に神を喚ぶ話

其の四　女を侮つて罰された色男の話

其の五　娘の頓智破戒僧を懲らしめる話

其の六　美しい思ひ出を樂しむ夫婦の話

其の七　亭主の浮氣を約束する女房の話

図1『探偵小説』2-5 目次（左半分）

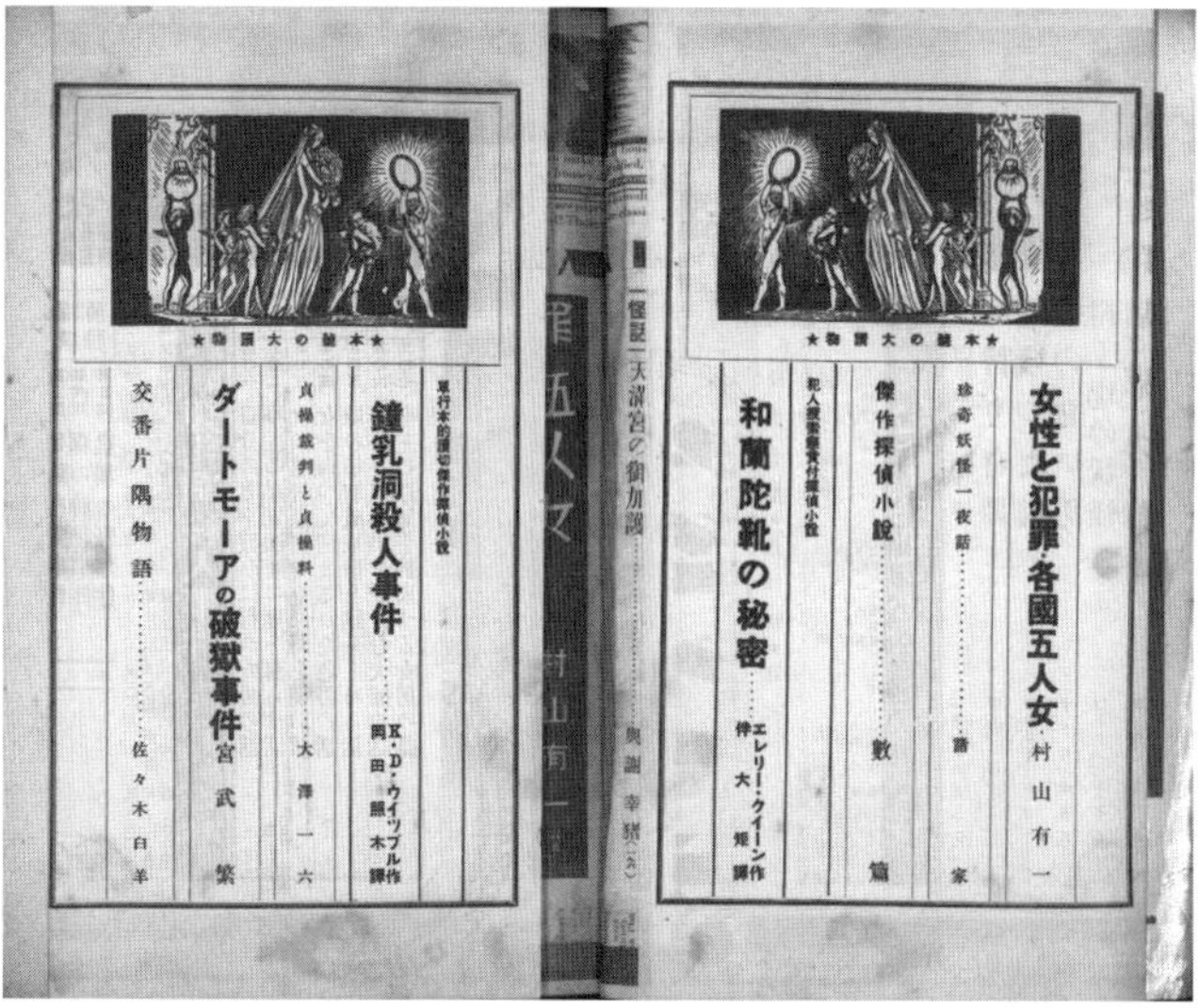
★本誌の大讀物★

女性と犯罪・各國五人女　村山有一

珍奇妖怪一夜話……諸家

傑作探偵小説……數篇

和人探偵懸賞付探偵小説

和蘭陀靴の秘密……エレリー・クイーン作　伴大矩譯

怪談　大漢宮の御加護……與謝幸猪

★本誌の大讀物★

単行本的讀切傑作探偵小説

鐘乳洞殺人事件……K・D・ウイップル作　岡田照木譯

貞操裁判と貞操料……大澤一六

ダートモーアの破獄事件　宮武繁

交番片隅物語……佐々木白羊

図2『探偵小説』2-5 目次（折り込み）

「和蘭陀靴の謎」はエラリー・クイーンの「*The Dutch Shoe Mystery*」の翻訳であると思われるが、訳者名「伴大矩」は「バンダイク」とよめそうで、そうだとするとフランドル出身の画家Anthony Van Dyck（ヴァン・ダイク）を思わせる。作品名のオランダにひっかけた名前にみえる。「鍾乳洞殺人事件」の訳者は、開いた目次では「川端梧郎」、裏側では「岡田照木」となっていて、どちらもいわゆるペンネームである可能性がたかい。

「鍾乳洞殺人事件」は単行本で世界探偵傑作叢書第五巻『鍾乳洞殺人事件』（一九三五年、黒白書房）に収められるにあたり、横溝正史の名が掲げられており、正史の翻訳作品であることが認められている。[注1]

さらに横溝正史翻訳コレクション『鍾乳洞殺人事件 二輪馬車の秘密』（二〇〇六年、扶桑社）の「校註・付録」には「本書における底本については、以下の通りである。「鍾乳洞殺人事件」に関しては、昭和十年十月二十五日発行の黒白書房「世界探偵傑作叢書」第五巻『鍾乳洞殺人事件』を底本とし、適宜、初出である雑誌「探偵小説」昭和七年五月号を参照した」とあり、この本が黒白書房版を底本としていることがわかる。初版である黒白書房版と扶桑社文庫版については後に述べることにする。

また、WEBサイト「横溝正史エンサイクロペディア」を初めとしてすでに指摘されていることがらであるが、一九四九年三月号から翌一九五〇年三月号まで、雑誌『新青年』で連載された「八つ墓村」の「春代の激情」という章の冒頭において、登場人物「寺田辰也」が次のように語っている。『新版横溝正史全集8』によって引用する。

私はずっと以前に、鍾乳洞を舞台にした、探偵小説を読んだことがある。

その小説のトリックやプロットはともかくとして、鍾乳洞における殺人という着想が、私にはたいへん興味ふかかったし、また鍾乳洞の光景の、ロマンチックな描写が、当時私を魅了し、そんなに美しいところなら自分もいちど、いってみたいなどと、夢のようなことを考えたものである。

いまその本が手許にないので、ハッキリとしたことはいえないが、ウロ憶えに憶えている、記憶の底をさぐってみると、そこには次のような文章があったように思う。

――入口からしばらくの間は、石灰岩の天井がひくく垂れ下がって、頭をかがめなければ歩けないのですが、行くほどに天井もしだいに高くなり、螢石の結晶した壁が、百千の宝石をちりばめたように、うつくしく、燦然《さんぜん》と、闇の中にかがやいているのでした。……

それからまた、鍾乳洞にある天然の大広間については、つぎのような描写があったのを憶えている。

――天井の高さは百呎《フイート》もありましたろうか。幾百、幾千と知れぬうつくしい鍾乳石が、氷柱のように一面に懸垂しています。しかも大広間の天井の中央からは、真珠色をした巨大な天然のシャンデリヤの総《ふさ》がキラキラと垂れ下がり、周囲の壁には、奇怪な天然の彫像や唐草模様が、燦然として、眼も綾な色彩を織りなしているのです。それはまるで、古代の宮殿をそのまま、さらに幾倍か崇高華麗にしたかのような眺めでした。……　（一五七頁上段〜下段）

図3は『探偵小説』第二巻第五号の二五四・二五五頁である。最後の段落が右の引用と対応しそうな箇所で、さらに二五六頁にも対応しそうな箇所があるので、それをあげてみる。振仮名はひとまず省く。

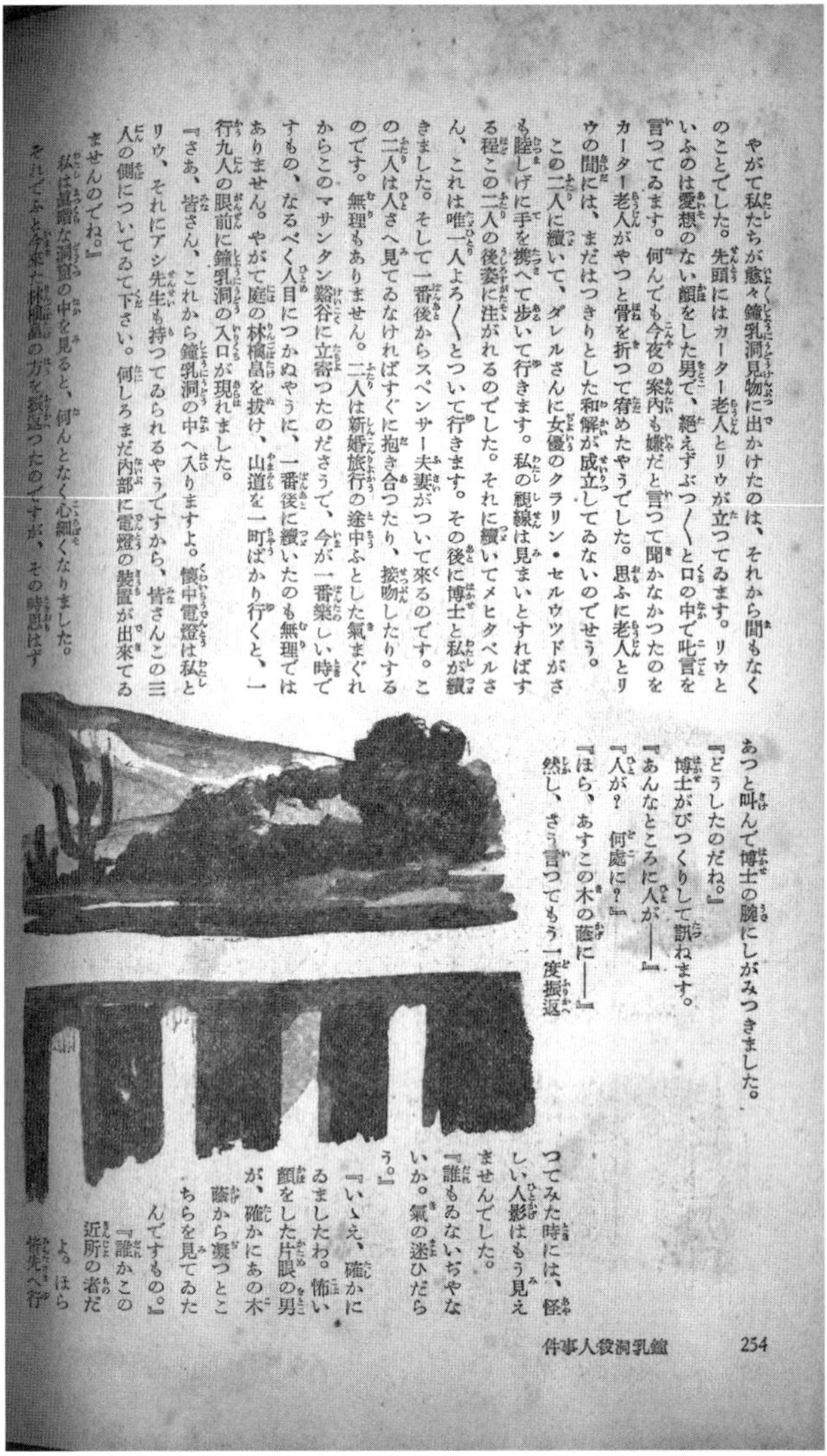

やがて私《わたし》たちが愈々《いよ〳〵》鍾乳洞見物《しようにゆうどうけんぶつ》に出《で》かけたのは、それから間《ま》もなくのことでした。先頭《せんとう》にはカーター老人《らうじん》とリウが立《た》つてゐます。リウといふのは愛想《あいそ》のない顔《かほ》をした男で、絶《た》えずぶつ〳〵と口《くち》の中《なか》で叱言《こごと》を言《い》つてゐます。何《なん》でも今夜《こんや》の案内《あんない》も嫌《いや》だと言《い》つて聞《き》かなかつたのをカーター老人《らうじん》がやつと骨《ほね》を折《お》つて宥《なだ》めたやうでした。思《おも》ふに老人《らうじん》とリウの間《あひだ》には、まだはつきりとした和解《わかい》が成立《せいりつ》してゐないのでせう。

この二人《ふたり》に續《つゞ》いて、ダレルさんに女優《ぢよいう》のクラリン・セルウツドがさも睦《むつま》しげに手《て》を携《たづさ》へて歩《ある》いて行《ゆ》きます。私《わたし》の視線《しせん》は見《み》まいとすればする程《ほど》この二人《ふたり》の後姿《うしろすがた》に注《そゝ》がれるのでした。それに續《つゞ》いてメヒタベルさん、これは唯《たゞ》一人《ひとり》よろ〳〵とついて行《ゆ》きます。その後《あと》に博士《はかせ》と私《わたし》が續《つゞ》きました。そして一番後《ばんあと》からスペンサー夫妻《ふさい》がついて來《く》るのです。この二人《ふたり》は人《ひと》さへ見《み》てゐなければすぐに抱《だ》き合《あ》つたり、接吻《せつぷん》したりするのです。無理《むり》もありません。二人《ふたり》は新婚旅行《しんこんりよかう》の途中《とちう》ふとした氣《き》まぐれからこのマサンタン谿谷《けいこく》に立寄《たちよ》つたのださうで、今《いま》が一番樂《たの》しい時《とき》ですもの、なるべく人目《ひとめ》につかぬやうに、一番後《ばんあと》に續《つゞ》いたのも無理《むり》ではありません。やがて庭《にわ》の林檎畠《りんごばたけ》を拔《ぬ》け、山道《やまみち》を一町《ちやう》ばかり行《ゆ》くと、一行九人《かうくにん》の眼前《がんぜん》に鍾乳洞《しようにゆうどう》の入口《いりくち》が現《あらは》れました。

『さあ、皆《みな》さん、これから鍾乳洞《しようにゆうどう》の中《なか》へ入《はい》りますよ。懷中電燈《くわいちうでんとう》は私《わたし》とリウ、それにアシ先生《せんせい》も持《も》つてゐられるやうですから、皆《みな》さんこの三人《にん》の側《そば》についてゐて下《くだ》さい。何《なに》しろまだ内部《ないぶ》に電燈《でんとう》の裝置《さうち》が出來《でき》てゐませんのでね。』

私《わたし》は薄暗《うすぐら》な洞窟《どうくつ》の中《なか》を見《み》ると、何《なん》となく心細《こゝろぼそ》くなりました。それでふと今來《いまき》た林檎畠《りんごばたけ》の方《はう》を振返《ふりかへ》つたのですが、その時思《おも》はずあつと叫《さけ》んで博士《はかせ》の腕《うで》にしがみつきました。

『どうしたのだね。』

博士《はかせ》がびつくりして訊《たづ》ねます。

『あんなところに人《ひと》が――』

『人《ひと》が？　何處《どこ》に？』

『ほら、あすこの木《き》の蔭《かげ》に――』

然《しか》し、さう言《い》つてもう一度《ど》振返《ふりかへ》つてみた時《とき》には、怪《あや》しい人影《ひとかげ》はもう見《み》えませんでした。

『誰《だれ》もゐないぢやないか。氣《き》の迷《まよ》ひだらう。』

『いゝえ、確《たし》かにゐましたわ。怖《こは》い顔《かほ》をした片眼《かため》の男《をとこ》が、確《たし》かにあの木蔭《かげ》から凝《じつ》とこちらを見《み》てゐたんですもの。』

『誰《だれ》かこの近所《きんじよ》の者《もの》だよ。ほら皆先《みなさき》へ行

件事人殺洞乳鍾　254

図3　「鍾乳洞殺人事件」（『探偵小説』2-5）

私《わたし》はアシ博士《はかせ》に促《うなが》されて、その腕《うで》に縋《すが》りついたまゝ急《いそ》ぎ足《あし》で人《ひと》人《ひ》の後《あと》を追《お》ひました。カーター老人《ろうじん》の照《て》らす懐中電燈《くわいちうでんとう》が奥底《おくそこ》知《し》れぬ闇《やみ》の地殻《ちかく》を照《て》らしてゐます。その後《あと》にスペンサー夫妻《ふさい》が出來《でき》るだけ體《からだ》を擦合《すりあは》せて續《つゞ》いてゐました。その後《うしろ》にリウ、それからメヒタベル老孃《らうぢやう》、その後《あと》へ私《わたし》たちが追《お》ひつきましたので、ダレルさんと女優《ぢよいう》のクラリン・セルウッドが今度《こんど》は一番殿《ばんしんが》りになりました。二人《ふたり》は賑《にぎ》やかに笑《わら》ひさんざめきながら、時々後《ときどきうしろ》から私《わたし》の背中《せなか》をつゝいたりします。

入口《いりぐち》から暫《しばら》くの間《あひだ》は、石灰石《せきくわいせき》の天井《てんじやう》が低《ひく》く垂《た》れ下《さが》つて、頭《あたま》をかゞめなければ歩《ある》けないのでしたが、行《ゆ》く程《ほど》に天井《てんじやう》も次第《しだい》に高《たか》くなり、螢石《ほたるいし》の結晶《けつしやう》した壁《かべ》が、

『まあ、メルトン、隨分久し振りぢやないの、御挨拶の印に接吻をして頂戴。』女優のクラリン・セルウッド孃は美しい唇をつき出した。

255　鐘乳洞殺人事件

入口から暫くの間は、石灰石の天井が低く垂れ下つて、頭をかゞめなければ歩けないのでしたが、行く程に天井も次第に高くなり、螢石の結晶した壁が、（ここまで図3）百千の宝玉をちりばめたように、美しく、燦然と闇の中に輝いてゐるのでした。

天井の高さは百呎《フイト》もありましたらうか、幾百、幾千と知れぬ美しい鍾乳石が、氷柱のやうに一面に懸垂してゐます。しかも大広間の天井の中央からは、真珠色をした巨大な天然の装飾燈《シャンデリヤ》の総がきらく／＼と垂れ下り、周囲の壁には奇怪な天然の彫像や、唐草模様が燦然として眼も綾な色彩を織りなしてゐます。それはまるで、古代の宮殿をそのまま、更に幾倍か崇高華麗にしたかのやうな眺めでした。

（二五六頁上段）

ほぼ一致しているといえる。[注2] こうしたことも、横溝正史と「鍾乳洞」との強いつながりを思わせる。

■初出テキスト

先に述べたように、「鍾乳洞殺人事件」はまず雑誌『探偵小説』第二巻第五号（一九三二年五月）に発表され、三年後の一九三五年に黒白書房から出版された『鍾乳洞殺人事件』に、ドイルの「猶太の胸甲」、ビーストンの「一月二百磅」とともに収められている。

『探偵小説』二五八〜二五九頁を翻字し、その範囲内で看取されることがらを緒としたい。行論のために番号を附した。漢字字体は保存せず、「かなづかい」はそのまま、振仮名はひとまず省いた。

一体どのくらゐの間私たちは、息を飲み、眼を洞ろに見張つてその死体を眺めてゐたことでせう。闃とした暗黒の奥から、今にも物凄い半獣半人の怪物が現れて来さうで、時々頬をかすめて飛ぶ蝙蝠の羽ばたきにも、私たちは思はず心臓を戦かせるのでした。

然しまさか妖怪が鍾乳石の剣を揮はうとは思はれない。とすれば、犯人は我々八人の間にゐるのでせうか。それとも、我々一行の他に、何物かゞこの暗黒の鍾乳洞の中にひそんでゐるのでせうか。あゝ、どちらにしてもそれは何んといふ怖ろしい出来事だつたでせう！

『一体、誰がこんな事をやつたのだね。』ダレルさんが薄暗い灯の下から、一同の顔を睨め廻しながら言ひました。『とに角こりや素晴らしい新聞種だぜ。』

私はこの時ばかりは本当にダレルさんを憎らしいと思ひました。だつて、女たちはもうまるで魔女や幽霊のやうに色蒼ざめ、生きた心地もなく打慄へてゐたんですもの、

『兎に角至急警官に知らせなきやならん。それまでは誰もこの場を動くことはなりませんぞ。』博士が言ひました。『リウ、お前大急ぎで洞窟を出て警官にこの事を知らせて来てくれ。』

『あたしも一緒に参りますわ。』突然女優のクラリン・セルウツドが前に進み出ました。

『こんな怖ろしい洞窟の中で、死体と睨めつこをしてるなんて、あたし真平よ！』

『セルウツドさん、さういふわけには参りませんよ。それにあなたはカーター老人とは友人だつたのぢやありませんか。』

『いくら友人だつてあたし御免蒙りますわ。これから先どんな恐ろしいことが起るか分らないのに、こんなところで凝つと辛抱してなんかゐられるもんですか。誰だつてあたしを引止める事は出来ませんよ。』

　何んといふ我儘な言分でせう。彼女は言ふだけの事を言つてしまうと、さつさとリウの後について出て行つて了ひました。博士は苦笑を浮べながらその後を見送つてゐましたが、やがて、さつきから明滅してゐる心細い唯一個の懐中電燈を一同の真中に置きました。

『警官が来るまで、電池がうまく続いてゐてくれゝばいいがな。』

　それを聞くと一同は思はず顔を見合せました。この真暗な洞窟の中では懐中電燈の光が唯一つの頼りなのです、もしそれが消えて了つたら――？　しかもカーター老人の死体は数呎と離れぬところに転がつてゐるのです。

『あゝ、さうだ、先生！』突然その時ダレルさんが口を切りました。

『僕はどうもあのリウといふ男が怪しいと思ひますよ。洞窟の権利についてカーター老人といさかひをしたといふぢやありませんか。若し彼奴が犯人だつたとすれば、奴警察へは行かずに、そのまゝずらかつて了ふかも知れませんぜ。さうなりや我々は電燈はなくなる、救ひは来ないで、一体どうなるといふんです。』

『馬鹿な事を言つて婦人がたを脅かすものぢやない。万一そんな事があつたところで、セルウツド嬢といふものがある。』

『あたしセルウツドの方が余程怪しいと思ひますわ。』とこれはメヒタベル女史です。

『女優なんて顔ばかり綺麗でも、信用の出来ないものですからね。』

　ゼームス・スペンサアがそれに続いて口を開きました。

『私にはまさか一行八人の中に犯人がゐるとは思はれません。我々の他に何物かゞこの洞窟の中に隠れてゐるのぢやないでせうか。』

『まあ、嫌！　あたし』可愛い花嫁さんが悲鳴をあげました。『そんな怖いこと言はないで頂戴！まあ何んて恐ろしい場所へあたしを引張つて来たの？　これでも一体新婚旅行なの？』

　懐中電燈の光は愈々心細くなつて参ります。メヒタベル女史と私とは、左右からひしとダレルさんに縋りつきました。次ぎの瞬間、心臓の鼓動も停りさうな暗闇が我々の上にのしかゝつて来たのです。誰一人カーター老人の死体の方を振返つてみる者もありません。

　と、その時、俄かに入口の方から忙しい跫音が聞えて来たかと思ふと、やがてリウを先頭に立てゝ、中年の警部が大きな照明電燈を引下げて入つて来たのです。あゝ、その時の嬉しさ！それこそ孤島の漂流者が、通りすがつた汽船の黒煙を見附けた時の喜びもかくやと思はれるばかりでした。

『死体は何処だ、何処だ？』

　後で知つたのですがこの警部の名はクレー・ブランデギーといつて獰猛な、見るからに尊大ぶつた男です。横柄な眼でギロリと一同を睨め廻すと、いきなりさう口を開きました。そしてカーター老人の死体を一応検分すると、博士の口から当時の事情を聴取し、直ぐに訊問を開始したのです。

『ふん、成程、ところであなたはカーターの悲鳴が聞えた時、どの辺に居りましたね？』

　博士は壁の一方を指しました。

『カーチスさん、それに違ひありませんか。成程よろしい。おいリウお前はその時何処にゐたんだ？』

『俺はあの三人と一緒にゐましたよ。』とリウはメヒタベル女史とスペンサア夫妻を指しながら、『そこの隧道口から「響の洞」といふのを見せてゐたんです。三人ともあの岩の上に腰を下ろしてゐましたよ。』

『さあ、あたしにはよく分りませんわ。』花嫁のカロルが今度は警部の訊問に答へました。『何しろ「響の洞」を見せて戴いてゐるうちに、急にリウの懐中電燈が消えてしまつたんですもの。』

『おい、リウ！』警部はいきなりリウの方へ向直つて、『貴様はどうして懐中電燈を消してしまつたんだ。』

『俺が消したんぢやありません。実はかうなんです。「響の洞」の説明が済んだので、

71 電燈を灯のついたまゝ岩の上に置いたんですが、その時すうと手が出て来て、いきなり
72 電燈を引攫つて行つてしまつたんです。』
73 『然し、お前は今懐中電燈を持つてゐるぢやないか。』
74 リウは何かしら吶りながら、『それがをかしいのですよ。アシ先生の声を聞いて、駆
75 けつけて来ようとすると、暗がりの中に何か足に触るものがあります。拾つてみるとそ
76 れが懐中電燈なのです。』

■初出から窺われること――漢字の選択

初出『探偵小説』には次のようなくだりがある。第何章かを算用数字で示し、その後ろに初出の頁と上下段の別を示した。

① ダレルさんが薄暗《うすぐら》い灯《ひ》の下《した》から、一同《どう》の顔《かほ》を睨《ね》め廻《まは》しながら言《い》ひました。（3：二五八頁上段）
② こんな恐《おそ》ろしい洞窟《ケーヴ》の中《なか》で、死体《したい》と睨《にら》めつこをしてるなんて、（3：二五八頁下段）
③ 横柄《わうへい》な眼《め》でギロリと一同《どう》を睨《ね》め廻《まは》すと（3：二五九頁上段）
④ 警部《けいぶ》はきつと我々《われ々々》を睨《ね》め廻《まは》しながら（4：二六一頁下段）
⑤ 警部《けいぶ》はぢろりとメルトンさんを睨《にら》みましたが（8：二七六頁下段）
⑥ 彼女《かのぢよ》は大《おほ》きな眼《め》でぢろりと私《わたし》たちの方《はう》を睥《ね》めつけると（9：二八一頁下段）
⑦ 警部《けいぶ》は醜悪《しうあく》な形相《ぎやうさう》をして、ぐつと若者《わかもの》を睨《にら》みつけてゐましたが（13：三〇五頁上段）

⑧ 警部《けいぶ》は、傍《かたは》らで苦笑《くせう》してゐるメルトンを忌《いま》／々《いま》しさうに睥《にら》みつけながら（15：三一五頁下段）
⑨ 警部《けいぶ》は嶮《けは》しい眼《め》で男《をとこ》を睥《みつ》めながら（15：三一七頁下段）
⑩ ギロリと警部《けいぶ》を一睥《にら》みしたゞけで口《くち》も利《き》きません。（15：三一八頁上段）
⑪ その他村《たむら》の人々《ひと々々》大勢《おほぜい》を睥睨《へいげい》しながら、（16：三一八頁下段）
⑫ 犯人《はんにん》が洞窟《どうくつ》の中《なか》に隠《かく》れてゐることと睨《にら》んでゐたんだ（16：三一九頁上段）
⑬ 博士《はかせ》はギロリとカロル嬢《ぢやう》を睨《にら》んだやうだが（17：三二八頁下段）

②・⑤・⑦・⑫・⑬は和語「ニラム」の文字化《もじか》に漢字「睨」を使い、⑧・⑩は漢字「睥」を使っている。⑪では漢語「ヘイゲイ（睥睨）」が使われている。「睥」字についていえば、『康熙《こうき》字典』は「睤」字を掲げ、そこに字義などの説明を置き、「睥」には「睤」と同じという『字彙』の情報を記しているだけであるので、「睤」「睥」両字とも「康熙字典体」といえるが、後者「睥」は前者「睤」の異体字とみてよいだろう。「睤・睥」には〈みる・にらむ〉という字義があるので、和語「ニラム」を「睥」字によって文字化することは自然なことといってよい。

①・③・④は「ネメマワス」を「睨め廻す」と文字化している。『日本国語大辞典』第二版は見出し「ねめまわす」を「まわりをぐるりとにらむ。また、まわりからなめるように見つめる。にらみ回す」と説明し、見出し「ねめる」を「にらむ。ねまる」と説明しているので、和語「ネメル」に漢字「睨」をあてることは自然なことといってよい。⑥では「ネメツケル」の「ネメル」に漢字

「睥」をあてている。

⑨では「ミツメ」に漢字「睥」をあてている。この箇所を扶桑社文庫版は「警部は嶮しい眼で男を凝《みつ》めながら」（一五五頁）とする。「睥」字には〈みる・にらむ〉という字義があるのだから、和語「みつめ」を「睥め」と文字化することは自然といってよい。「凝」字の字義は〈こる・こらす〉であり、漢語「ギョウシ（凝視）」は〈一箇所に視線を集める〉という語義をもつ。したがって、「凝」字単独で考えた場合は、和語「ミツメル」には（いわば「睥」字よりも）あてにくく、「ギョウシ（凝視）」という漢語の存在を背景にして可能な文字化といってよい。

初出においては、「ニラム」「ネメル」に「睥」「睨」両字が使われている。一つの和語の文字化に複数の漢字が使われ、一つの漢字が複数の和語の文字化に使われるという、右のような状況は、昭和一〇年頃を考えた場合に、特殊な状況ではない。江戸期、明治期、大正期にずっとみられる日本語の状況といってよい。それは一つの語は、可能なかぎり一つの文字化をする、という「常用漢字表」のあり方とはいわば「相いれない」状況でもある。しかしそれが実際であった。

■外来語をどう文字化するか

次に初出『探偵小説』で外来語をどのように文字化しているかについて観察してみる。

⑭　『婦人持ちのハンカチだね。』
『誰のハンカチ？』

見るとハンカチの隅には明かに血潮と分る黒い斑点がこびりついてゐましたが、その反対側の隅には、C・Sといふ頭文字が絹糸で刺繍してあるのです。

『クラリン・セルウッドの頭文字だね、』と博士、『この血痕の由来も大抵想像がつく。然しそれにしても、カーターの死骸からこんなに離れたところに、どうしてこのハンカチが落ちてゐるのだらう。』（5：二六六頁下段～二六七頁上段）

⑮ この血のついたクラリンのハンカチや、壊れた懐中電燈の意味はよく分らないね。（6：二六八頁上段）

⑯ 博士はポケットから例のハンカチを取出して渡しながら、『そして若しそれが事実であるとすれば、目的はこんなところにあつたのぢやないかと思ふのです。』

警部は奪ふやうにしてそのハンカチを取上げると入念に調べました。（6：二六九頁下段）

⑰ 『ぢや、あのハンカチのC・Sといふ頭文字はどう説明しますね。』（9：二八〇頁下段）

⑱ あの時博士は確かに、あのC・Sの頭文字の入つた**ハンケチ**を拾ふ前に、何か手紙のやうなものをポケツトへ捩ぢ込んでゐたが、あれこそこの手紙ではなかつたかでせうか。と、すればやはりあのハンカチはクラリンのものだといふ事になつて来るではありませんか。（9：二八一頁上段）

⑲ 枕の下からC・Sといふ頭文字の入つたハンカチが出て来ましたが（10：二八四頁上段）

⑳ 博士が岩から垂れる清水をハンカチに浸ませて私に吸はせてゐました。（11：二八八頁上段）

㉑ C・Sといふ頭文字の入つた**ハンケチ**が、クラリンの枕の下から発見されたのも（11：二九〇頁下段）

㉒『クラリンのハンカチを拾つたのはこの墜道《とんねる》の入口《いりくち》だつたのだよ。』(14：三一二頁下段)

㉓メヒタベル嬢はこれを聞くと俄然**ハンケチ**を眼に当てゝ痛々しく泣き出しました(17：三二八頁上段)

㉔彼女―彼の時々しぼる涙の**ハンケチ**は、最も同情深く吾々の心をうつた。(18：三三七頁上段)

㉕手紙や、C・Sの文字入りの**ハンケチ**なぞは故意と室に残した(18：三三八頁上段)

初出においては「ハンカチ」が十二回、「ハンケチ」が五回使われている。そのことをもって、語形「ハンカチ」の使用が優勢であったということはできる。しかし、⑱をみると、隣接して「ハンケチ」「ハンカチ」が使われている。そのことをもって、初出テキスト全体を、「ハンカチ」「ハンケチ」両語形が併用されているとみることもできる。

稿者が考える言語のモデルは、共有されている標準的な言語形式の周囲に必ずしも共有はされていない非標準的な言語形式がある、というものだ。右の場合でいえば、この時期は「ハンカチ」が標準的な語形で、「ハンケチ」はそうではなかったとみるのがよいだろう。そうであっても、「ハンカチ」のみが使われていたわけではない、というとらえかたが大事であろう。

右のような状況をみると、現代日本語母語話者は「なぜ統一しないのか」「何か使い分けているのか」という疑問をもつことが多い。「なぜ統一しないのか」という疑問に対しては、「なぜ統一しないといけないのか」という疑問を返したい。多くの場合は共有されている言語形式を使うが、時にやや非標準的な言語形式を使う。きわめて自然なことと思われる。「多様性を認めましょう」という言説はいろいろなところで耳にするようになったが、言語に関しては、そうでもないように感じる。

㉒には「墜道《とんねる》」「入口《いりくち》」とある。「隧道《とんねる》の入口《いりくち》」（1：二五二頁上段・2：二五六頁下段）のように、「トンネル」に漢字列「隧道」をあて、振仮名は「とんねる」と平仮名で施し、「入口」の振仮名が「いりくち」である場合がある。その一方で、「五つの隧道《トンネル》」「どの隧道《トンネル》」（5：二六六頁下段）、「この三つの未知《みち》の隧道《トンネル》」（5：二六七頁上段）などのように「トンネル」と片仮名で振仮名を施している箇所もある。さらには「その墜道《トンネル》」（7：二七二頁下段）のように、「トンネル」に漢字列「墜道」をあてている場合もあれば、「あの墜道《とんねる》の入口《いりくち》」（10：二八六頁上段）のように、「とんねる」を振仮名にしている場合もある。

「イリクチ」「イリグチ」についていえば、「鍾乳洞《しようにうどう》の入口《いりくち》」（2：二五四頁上段）、「隧道《とんねる》の入口《いりくち》」（2：二五六頁下段）がある一方で、「入口《いりぐち》」（2：二五五頁上段）、「入口《いりぐち》と出口《でぐち》」（2：二五六頁下段）がある。「イリクチ」「イリグチ」も併用されている。もちろん、「イリクチ」と「イリグチ」とで語義が異なるわけではない。小異のある語形ということになるが、それでも現代日本語においてはほぼ「イリグチ」専用であることを思えば、ある時期までは「イリクチ」「イリグチ」が併用されていたことを知ることが無意味だとは思えない。

『日本国語大辞典』第二版の見出し「いりぐち」には次のように記されている。

いりぐち【入口】〔名〕（「いりくち」とも）（一）そこからはいっていく所。はいり口。＊玉塵抄〔1563〕二七「神武門はみやこの入口の門なり」＊文明本節用集〔室町中〕「入口イリクチ」＊虎明本狂言・地蔵舞〔室町末〜近世初〕「在所のいりくちに、制札があらふがお見やらなんだか」＊天草本伊曾保物語〔1593〕イソポの生涯の事「コノフロヤノ iri-cuchini（イリクチニ）トガッタイシガアッテデイリノヒトノアタトナッタ」＊西洋道中膝栗毛〔1870〜76〕〈仮名垣魯文〉一一・下「船は次第に地中海を西へ西へと進み行その入口（イリグチ）なるジブラルタルの瀬戸を目的（めがけ）て乗入りつつ」（二）物事のはじめ。端緒。＊玉塵抄〔1563〕二六「もの云こと、次第ていとうあるぞ。ひょっひょとのちにいわうず入り口に云ことはわるいぞ」＊西国立志編〔1870〜71〕〈中村正直訳〉一・九「この実事習験の学問に比すれば、特に入門〈注〉イリクチ）の初歩に過ざるのみ」＊病牀六尺〔1902〕〈正岡子規〉九「今日から見るとそれは誠に病気の入口に過ぎないので」（三）はいりこむことのできる地位。勤め場所。奉公先。くち。＊仮名草子・都風俗鑑〔1681〕二「それ者の人をきがか、こちにまかしゃれと手に取やうに請合、諸方をかけまはりて、入くちを聞出し」＊浮世草子・風流曲三味線〔1706〕二・五「幸ひの入口（イリクチ）あり。〈略〉此つとめ奉公に五年切れば金子百両がらりに渡すといへば」

「天草本伊曾保物語」に「iricuchi」とあることからすれば、十六世紀末頃に確実に「イリクチ」という語形があったことが確認できる。おそらくは「イリクチ」がまずあって、連濁した「イリグチ」が後から派生したか。

「墜」の字義は〈おちる〉、「隧」の字義は〈みち〉で、漢語「ズイドウ（隧道）」には〈地下の通路・トンネル〉という語義があるので、「トンネル」を文字化することができる。『大漢和辞典』は「隧」と「墜」とが通時的に用いられることを指摘しており、「墜道」もそうしたものと思われる。そう考えると、「トンネル」にあてる漢字列としては、まずは「隧道」であろうが、「墜道」もあり得ることになり、初出においては両者が併用されている。その「併用されている」状況を具体的に確認できることには価値がある。

初出は外来語には片仮名を使っているので、振仮名があらわしている語が外来語の場合は、「カーター洞窟《ケーヴ》」（1：二五一頁上段）のように片仮名で文字化されている。そのことからすれば、「トンネル」は片仮名であることが自然ということになる。しかしそれでも少なくない数の「とんねる」がある理由はすぐには説明できないが、そうであることは記録しておきたい。

■「俺」の振仮名――わし・あっし・わっし・おれ

初出『探偵小説』において単漢字「俺」にはいろいろな振仮名が施されている。

㉖ 一応この俺《わし》に検分させて鍾乳洞に箔をつけようといふ肚なんだらう。どうだ、行ってくれるかね。（1：二五〇頁下段）：「わし」アシ博士

㉗『なあに、フーカー洞窟なんて、俺《わし》んとこのと較べたらお話にはなりませんよ。まるで山腹の洞穴みたいなものですからな』（1：二五一頁下段）：「わし」カーター老人

㉘『俺《あつし》はあの三人と一緒にゐましたよ。』（3：二五九頁下段）：「あつし」リウ

㉙『忘れてゐたんです。俺《わつし》と一緒に洞窟を出たんですが、ヴァージニアさんに報らせに行つたのです。』（3：二六〇頁下段）…「わつし」リウ

㉚『えゝ、持つてゐました。アシ先生と俺《あつし》と三人が懐中電燈を持つて入つたのです。』（3：二六一頁上段）…「あつし」リウ

㉛『お早う、クレー君、ヴァージニアの電話によると何か俺《わし》に用事があるといふ話ぢやが。』（6：二七〇頁下段）…「わし」リンゼー・フーカー

㉜『い、いゝえ、俺《わつし》は何も見ません』（7：二七六頁上段）…「わつし」リウ

㉝『俺《わし》の訊ねてゐるのはその方が此処へ来合せてゐたのは果して偶然かどうかといふ事を訊いてゐるのだ』（8：二七九頁上段）…「わし」ブランデギー警部

㉞『俺《わし》はあなたの熱烈な結婚の申込を受けて以来といふもの』（9：二八一頁上段）…「わし」カーター老人

㉟『ど、どうしまして、俺《あつし》やあの女から鐚一文だつて貰やしませんよ。』（10：二八五頁下段）…「あつし」リウ

㊱『俺《あつし》も腹が空いてるんですが。』（12：二九七頁上段）…「あつし」リウ

㊲『お聴きなさい、ヴァージニヤ、俺《わし》は特に値段もふん張つて五万弗支払はうと言つてゐるのですぞ。どうです。』（12：二九八頁上段）…「わし」リンゼー・フーカー

㊳『俺《わし》は拳銃《ピストル》など持つちやゐませんよ。』（14：三一〇頁上段）…「わし」リウ

㊴『警部、ぢや俺《あつし》はこゝで待つてゐよう。』（14：三一〇頁下段）…「あつし」アシ博士

㊵『俺《わし》はカーチス嬢と、こちらの墜道《とんねる》の方を探ってみませう。』(14：三二一頁上段)…「わし」アシ博士

㊶『俺《おれ》は最初から犯人が洞窟の中に隠れてゐることと睨んでゐたんだ。』(16：三一九頁上段)…「おれ」ブランデギー警部

㊷『俺《わし》は早速奴をウヰンチエスターの、監獄へ護送して行くつもりだ。』(16：三一九頁上段)…「わし」ブランデギー警部

㊸『兄貴、俺《わし》は女なんか殺さないよ。』(16：三二〇頁下段)…「わし」バッヂ・ボイー

若くはないと思われる「アシ博士」「リンゼー・フーカー」「ブランデギー警部」「バッヂ・ボイー」が「ワシ」を使い、「リウ」が「アッシ」を使っているのはいわば「役割語」といってよいだろう。ところが、㉜では「リウ」が「ワッシ」という別の語形を使っている。そして㊳では「リウ」が「ワシ」を使っている。㊴では「アシ博士」が「アッシ」を使っているので、三二〇頁あたりの振仮名を施した人物に錯誤があったようにもみえる。㊶では「ブランデギー警部」が「オレ」を使っているので、あるいはそのあたりで振仮名が不安定になったか。

■勘違いはどこで?——あわてる・章周てる・周章てる

初出『探偵小説』において「アワテル」の漢字をみていく。

㊹警部は電話をかけようとするダレルさんを章周《あわて》て引止めました。(4：二六四頁上段)

㊺　博士はそれを見ると章周《あわて》て彼の体を抱き止めながら、（13：三〇三頁下段）
㊻　彼等は、章周《あわ》て〻広間の方へ駆けつけて来たのです。（18：三三二頁上段）

「アワテル」にあてられる漢字列は「周章」であるが、初出は三箇所とも字順が逆になった「章周」を使っている。（横溝正史ではなく）初出編集者が錯誤したものか、それとも正史が「周章」を「章周」と思い込んでいるか。本書98頁でふれたように、「鬼火」の初版にも「章周」がみられる。そのことからすれば、正史が「章周」と思い込んでいる可能性もかなりありそうに思われる。

■テキストの対照

ここでは、『探偵小説』（一九三二年）に掲載された「初出テキスト」、世界傑作叢書第五巻『鍾乳洞殺人事件』（一九三五年）に収められた「初版テキスト（黒白書房版）」、横溝正史翻訳コレクション『鍾乳洞殺人事件　二輪馬車の秘密』（二〇〇六年）に収められた「扶桑社文庫版」を対照してみることにする。対照の目的は、まずは「初出テキスト」と「初版テキスト」が具体的にどのように異なるかということを示すことにある。初出と初版との刊行時期は三年しか隔たっておらず、看取された「異なり」を当該時期の日本語という枠組みの中でどのようにとらえ、考えるかということがさらなる目的といえよう。

先に引用したように、扶桑社文庫版に附された「校註・付録」において、「鍾乳洞殺人事件」について、「昭和十年十月二十五日発行の黒白書房「世界探偵傑作叢書」第五巻『鍾乳洞殺人事件』

を底本とし、適宜、初出である雑誌「探偵小説集」昭和七年五月号を参照した」（五一五頁）と述べられており、さらに「原本は、旧かな・旧字で表記されているが、現代の読者の便宜にあわせて新かな・新字に直した。また、原本は総ルビであるが、難読字や特殊なふりがなのみ、振り直した」（同前）と述べられている。

「新かな・新字」はひとまず、「現代仮名遣い」「常用漢字表に載せられている漢字字体」と理解しておくことにする。この理解に基づいて、稿者の表現を使って、扶桑社文庫版の「本文」について説明するならば、「初版を底本とし、初版のかなづかいを現代仮名遣いに変え、漢字字体については、常用漢字表に載せられている漢字についてはそれを使う。振仮名ははずし、難読字や特殊な振仮名のみ振仮名を変更することがある。必要に応じて初出「本文」も参考にした」ということになるだろう。「難読字」「特殊な振仮名」は誰が難読と感じるか、誰が特殊と感じるかということがあり、誰にでも分かる「方針」とはいえないだろう。稿者は「原本」が復元できるかということを重視するので、扶桑社文庫版の「本文」は、右にあげたことがら以外については「原本」どおりとみてよいのかどうかについて検討してみたい。

■版と振仮名

初出『探偵小説』を翻字した2行目（297頁）には「今《いま》にも物凄《ものすご》い半獣半人《はんじうはんじん》の怪物《くわいぶつ》が現《あらは》れて来《き》さうで」とある。初版（黒白書房版）は漢字列「半獣半人」に振仮名「はんじうはんにん」を施している。『日本国語大辞典』第二版には見出し「はんじんはんば」と「はんにん」とがある。それぞれ次のように記されている。

はんじんはんば【半人半馬】〔名〕西洋神話の半神で、頭部は人、胴部以下は馬の形をしたもの。半身半馬神。＊慶応再版英和対訳辞書〔1867〕「Minotaur 半人半馬詩中ニ用ユル妖物」

はんにん【半人】〔名〕（一）一人前と数えられない人間。転じて、中途半端な人間。＊正法眼蔵〔1231〜53〕仏教「この宗旨挙拈するときは、ただ仏祖のみなり、さらに半人なし、一物なし、一事未起なり」＊洒落本・遊僊窟烟之花〔1802か〕二「半人のこっぱにんに無心でも言われたらう」＊白居易・詠身詩「周南留滞称二遺老一漢上羸残号二半人一」（二）半日だけ仕事をすること。＊雑俳・柳多留・初〔1765〕「半人で仕廻ふ大工に菰をやり」

「ハンニン（半人）」の語義（一）は「ハンニンマエ（半人前）」の「ハンニン」で、このことからすると、2の「半獣半人」は「ハンジュウハンジン」を文字化したものとみるのがよいだろう。扶桑社文庫版はこの箇所の振仮名を省いているので、「ハンニン」か「ハンジン」かという「迷い」はないが、現代日本語母語話者が読みにくくはないだろうか。

あるいは初出の46行目（299頁）には「心臓《しんぞう》の鼓動《どうき》も停《とま》りさうな暗闇《くらやみ》」というくだりがある。初版は漢字列「鼓動」に「こどう」と振仮名を施している。扶桑社文庫版には振仮名がない。漢字列「鼓動」は漢語「コドウ」を文字化するにあたってもっとも自然に使われる漢字列であるので、振仮名がなければ「コドウ」を文字化したものとみるしかない。

初出における、漢字列「鼓動」の振仮名「どうき」は誤りだろうか。『日本国語大辞典』は見出し「どうき」を「胸がどきどきする感じがすること。また、心臓の鼓動を不快感をもって自覚すること。鼓動が強くなる場合、早くなる場合、不規則になる場合などがある」と説明している。見出し「こどう」の説明は「心臓が収縮運動によって律動的にどきどきと動いて胸に響きを伝えること。また、その響き。動悸（どうき）」で、この説明からすれば、「コドウ」と「ドウキ」とは案外と語義がちかい。初出の「鼓動《どうき》」は「ドウキ」という漢語を文字化するにあたって、ひろく使われている漢字列「動悸」ではなく、類義の漢語「コドウ（鼓動）」を文字化するにあたって使われる漢字列を使って文字化した例にあたる。こうした文字化は、明治期、大正期には少なからずみられる。

初出には、右の「鼓動《どうき》」の他に「通信《でんしん》」（7：二七五頁下段）、「凄愴《せいさん》」（17：三二九頁上段）、「復活《くわいふく》」（17：三三一頁下段）、「同道《どうかう》」（18：三三三頁上段）などがみられる。初版は、それぞれを「通信《つうしん》」（六九頁）、「凄愴《せいさう》」（二〇〇頁）、「同道《どうだう》」（二一二頁）とする。扶桑社文庫版はそれぞれを「通信」（六四頁）、「凄愴《せいそう》」（一七八頁）、「同道」（一八七頁）としており、これは初版を底本にしているという「方針」どおりの「本文」である。

やはり、初出の振仮名が誤植であったかどうかということにかかわる。先に述べたように、例えば初出の「凄愴《せいさん》」が過誤を含まないものであったとすると、「セイサン」という、通常は漢字列「凄惨」によって文字化する漢語を、他の漢語「セイソウ」を文字化するにあたって使われる漢字列「悽愴」を使って文字化した例ということになる。『日本国語大辞典』は「セイサン（凄惨）」の語義を「目をそむけたくなるほどむごたらしいこと。いたましいこと。また、そのさま。悲惨」と説明し、「セイソウ（悽愴）」の語義を「ひどく悲しむこと。非常にいたましいさま。すさまじいさま。また、ものさびしいさま」と説明しており、「セイサン」は〈むごたらしい・悲惨〉で、「セイソウ」は〈すさまじい・ものさびしい〉で、語義に違いはもちろんあるが、〈いたましい〉という語義に重なり合いがある。したがって、「セイサン」を漢字列「悽愴」で文字化することは可能といえよう。「セイサン」を（漢字列「凄惨」ではなく）漢字列「悽愴」によって文字化することは、「直球」か「変化球」かという表現で説明するならば、「変化球」ということになる。初出は「変化球」を投げた。しかし初版はそれを受けとめず、「直球」に変え、それがずっと継承されているという説明になるだろう。日本語の歴史、日本語のありかたの観察を重視するならば、やはり初出が「変化球」を投げたことはおさえておきたい。「変化球」であるがために、同時期あるいは近接する時期においても、その「変化球」がうけとめられずに、「暴投」すなわち誤植ととらえられる可能性はつねにある。初出の「変化球」を初版がうけとめなかったということもいわば「事実」であり、そうした「事実」も日本語の歴史や日本語のありかたの観察においてはおさえておきたいことがらになる。このようなことを考え併せると、ある時期の日本語使用者が、「これは誤植だろう」とみることも、慎重に判断する必要があることになる。そうなれば、読者を考えて、その想定される読者がよみやすいように「本文」に手入れをすることはあってよいが、その「手入れ」の「方針」を明示し、その「方針」を知れば、「手入れ」をした人でなくても、もともとの「本文」に戻すことができるような「手入れ」がのぞましいと考える。

■振仮名を省くことで「本文」が変わる?

ここでは扶桑社文庫版が振仮名をはずした箇所について検討していくことにする。第十八章に次のようなくだりがある。

㊼ 朝餐《てうさん》のテエブルに集《あつま》つた一同《どう》の眼《め》は魂《たましひ》もぬけ果《は》てたやうでした。(初出三三二頁下段)
朝餐《てうさん》のテエブルに集《あつま》つた一同《どう》の眼《め》は魂《たましひ》もぬけ果《は》てたやうでした。(初版二一一頁)
朝餐《ちようさん》のテエブルに集まった一同の眼は魂もぬけ果てたようでした。(扶桑社文庫版一八七頁)

㊽ 味覚《みかく》のない朝餐《あさはん》を食べてゐました。(初出三三三頁上段)
味覚《みかく》のない朝餐《あさはん》を食べてゐました。(初版二一二頁三行目)
味覚のない朝餐《あさはん》を食べていました。(扶桑社文庫版一八七頁)

㊾ 自宅《じたく》の朝餐《てうさん》へ歸《かへ》つたからです。(初出三三三頁上段)
自宅《じたく》の朝餐《てうさん》へ歸《かへ》つたからです。(初版二一二頁七行目)
自宅の朝餐へ帰ったからです。(扶桑社文庫版一八七頁)

『日本国語大辞典』には「ちょうさん」という見出しはあるが、「あさはん」という見出しはない。見出し「ちょうさん」は「(「ちょうざん」とも)あさめし。朝食。ちょうそん」と説明されている。

初出において、㊼「朝餐のテエブル」の漢字列「朝餐」に振仮名を施した人物と、㊽「朝餐を食べてゐました」の漢字列「朝餐」に振仮名を施した人物とが異なるという可能性も、「可能性」としてはある。そうであっても、一人は漢字列「朝餐」をみて「チョウサン」という語を文字化したものだと思い、一人は漢字列「朝餐」をみて「アサハン」という語を文字化したものだと思ったという点において、当該時期に「チョウサン」「アサハン」両語形が存在していたとみることができる。これらの振仮名について横溝正史が、例えば校正などのプロセスにおいて認めていたか、正史は校正にはかかわっていなかったからあずかりしらないか、ということもある。しかしそうであっても、雑誌の編集者、単行本の編集者は校正をしているだろう。そうした人物が、当該時期の日本語のあり方と、ことさらにかけはなれている、当該時期の日本語をよく知らない、とみることは不自然きわまりない。となれば、正史が認めていなくても、編集者が認めたと考えることによって、「アサハン」はどちらかといえば存在した語形とみるのが自然ということになるだろう。

今、ここでは「チョウサン」「アサハン」両語形があったと前提する。実際に、初出、初版はそういう状況を示している。そこで、扶桑社文庫版であるが、扶桑社文庫版は㊾の例になぜ初出、初版に基づいて「ちょうさん」という振仮名を施さなかったのであろうか、と思う。現代日本語母語話者の感覚からすれば、同じ漢字列が三回続き、「ちょうさん」「あさはん」と振仮名が施されていて、三回目に振仮名がなければ、直前の振仮名「あさはん」と同じだから振仮名を省いたとみるのではないだろうか。もしもそうでなかったとしても、「ちょうさん」「あさはん」両語形が使われていることからすれば、「ここはどっち?」と思うだろう。

㊿ 奴警察《やっけいさつ》へは行《ゆ》かずに、そのまゝずらかつて了《しま》ふかも（初出二五八頁下段）

奴《やつ》警察《けいさつ》へは行《ゆ》かずに、そのまゝずらかつて了《しま》ふかも（初版二七頁）
奴《やつ》警察には行かずに、そのままずらかって了《しま》うかも（扶桑社文庫版二八頁）

右では初出・初版ともに「警察へは行かずに」とある箇所を扶桑社文庫版が「警察には行かずに」とする。これは扶桑社文庫版の編集者の無意識の選択によって「へ」が「ニ」に変えられた例と推測される。テキストの「本文」はテキストが編まれた時期の言語（日本語）の影響を確実に受ける。場所をあらわす「ニ」が次第に方向をあらわす「へ」の領域においても使われるようになっていくが、それは中世期から顕著になっていく。「Xニ動詞」では「X」を場所のようにとらえているが、「Xへ動詞」では動詞に方向をともなった動きをみており、その「方向」が含まれているという感覚が助詞「へ」を（おそらくは無意識に）選択させる。江戸期、明治期以降、この「ニ」と「へ」との交替はいつでも起こるといってよいだろう。

さてまた、次のような例がやはり第十八章にある。

(51) 彼女《かのぢよ》の室《しつ》の前《まへ》を通《とほ》りかゝつた折《をり》（初出三三七頁上段）
彼女《かのぢよ》の室《しつ》の前《まへ》を通《とほ》りかゝつた折《をり》（初版二二〇頁）
彼女の室《へや》の前を通りかかった折（扶桑社文庫版一九五頁）

(52) メルトンがクラリンの室《しつ》で喧嘩《けんくわ》の仲直《なかなほ》りをして（初出三三七頁下段）
メルトンがクラリンの室《しつ》で喧嘩《けんくわ》の仲直《なかなほ》りをして（初版二二二頁）

メルトンがクラリンの室《へや》で喧嘩の仲直りをして（扶桑社文庫版一九六頁）

(53) 彼《かれ》は、自分《じぶん》の室《しつ》へ引《ひ》いて行《ゆ》き（初出三三八頁上段）
彼《かれ》は、自分《じぶん》の室《しつ》へ引《ひ》いて行《ゆ》き（初版二二二頁）
彼は、自分の室へ引いて行き（扶桑社文庫版一九七頁）

(54) クラリンのハンドバツグやコートを彼女《かのぢょ》の室《しつ》から持《も》ち出《だ》し、手紙《てがみ》や、C・Sの文字《もんじ》入《い》りのハンケチなぞは故意《わざ》と室《しつ》に残《のこ》した（初出三三八頁上段）
クラリンのハンドバツグやコートを彼女《かのぢょ》の室《しつ》から持《も》ち出《だ》し、手紙《てがみ》や、C・Sの文字《もじ》入《い》りのハンケチなぞは故意《わざ》と室《しつ》に残《のこ》した（初版二二二頁）
クラリンのハンドバッグやコートを彼女の室から持ち出し、手紙や、C・Sの文字入りのハンカチなぞは故意《わざ》と室に残した（扶桑社文庫版一九七頁）

(55) 私《わたし》の室《へや》へ來《き》て、メルトンがクラリンの室《へや》で徹夜《てつや》したらしいと（初出三三八頁下段）
私《わたし》の室《へや》へ來《き》て、メルトンがクラリンの室《へや》で徹夜《てつや》したらしいと（初版二二三頁）
私の室へ来て、メルトンがクラリンの室で徹夜したらしいと（扶桑社文庫版一九七頁）

「ヘヤ」は和語、「シツ」は漢語で、ともに語義は（建造物内で）〈一定の人の用にあてる区画〉ということになる。漢語「シツ」には「室」をあてるので、この「室」によって和語「ヘヤ」を文字化することもできる。それが「室《へや》」である。漢字「室」側から説明するならば、「室」は和語「ヘヤ」も漢語「シツ」も文字化できる文字ということになる。

初出、初版の、(51)〜(54)の「室」は「シツ」を文字化したものであることが施されている振仮名によって確認できる。その一方で、初出、初版には(55)の例もあり、(55)の二つの「室」は和語「ヘヤ」を文字化したものであることが振仮名によって確認できる。(55)の振仮名が「錯誤」であるという可能性は可能性としては払拭できないが、ここでは「シツ」「ヘヤ」が両用されていると前提する。

扶桑社文庫版は、といえば、まず(51)・(52)が疑問といえよう。扶桑社文庫版は初版を底本としているのだから、底本すなわち初版にしたがって、「室《しつ》」とすればよいはずであるが、なぜかこの二箇所においては、初版とは異なる「へや」を振仮名として施す。そして、(53)・(54)・(55)においては、「室」に振仮名を施さない。「常用漢字表」においては、漢字「室」には音「シツ」、訓「むろ」を認めている。(51)〜(55)の文脈で「室」が「ムロ」を文字化したものとは考えにくく、現代日本語母語話者は、振仮名のない「室」は「シツ」を文字化したものとまずは推測するだろう。そうであると、(55)の「室」は「シツ」を文字化したものと推測することになり、もともとの振仮名が「ヘヤ」であったことからすると、もともと選択されていたのではない語を想定することになってしまう。やはり、(51)・(52)はなぜ扶桑社文庫版が「へや」という振仮名を施しているかがわからないが、とにかく初出・初版が選択していたのではない語を積極的に振仮名で示していることになる。ささいなことと思う方もいるかもしれないが、横溝正史が選択したのではない語に導くことは、「よみやすさ」というようなこととはまったく異なることといえよう。

(54)においては、初出・初版の「ハンケチ」を扶桑社文庫版が「ハンカチ」とする。初出において「ハンカチ」が十二回、「ハンケチ」が五回使われていることについては先に述べた。つまり初出は

「ハンカチ」「ハンケチ」を両用している。日本語の観察ということからすれば、その「両用」が興味深い。現在においては、「ハンカチ」が標準語形といってよいだろう。そうであれば、54を「ハンカチ」としたのは、やはり扶桑社文庫版編集者の現代日本語の感覚による無意識の選択ということになる。「編集方針」をしっかりたてていたとしても、このような、当該時期の日本語の影響を払拭することは難しいかもしれない。

第四章に次のようにある。

56 あんたを疑《うたぐ》つてなんかゐやしないが（初出二六二頁下段）
あんたを疑《うたぐ》つてなんかゐやしないが（初版三八頁）
あんたを疑ってなんかいやしないが（扶桑社文庫版三六頁）

扶桑社文庫版の「疑って」は現代日本語母語話者はほとんどすべての人が「ウタガッテ」を文字化したものと推測するだろう。しかし、右に示したように初出、初版には「うたぐ」という振仮名があるので、これは「ウタグッテ」を文字化したものであった。「ウタガウ」も「ウタグル」も同義であるといえなくもない。ただし、『日本国語大辞典』は見出し「うたぐる」を「「うたがう（疑）」のやや俗な言い方」と説明している。現代日本語においてもそうであろう。そうであれば、「アンタ」という人称、「イヤシナイガ」という表現と「ウタグル」はいわば「セット」であったことになる。稿者は、現代日本語母語話者が「疑って」をかなりな程度で「ウタガッテ」と推測するのであれば、「疑って」を「ウタグッテ」と読ませるのは、「難読」といってよいと考える。そうであれば、振仮名を残しておいてもよかったのではないだろうか。もっとも、「難読」かそうでないかについては、「判断」をする人物が存在する。その人物がある文字化を「難読」と思うか思わないかは他の人物にはわからない。「疑って」を「うたぐって」と読ませるのは、稿者には「難読」と思われるが、扶桑社文庫版の編集者はそうは思わなかったということにつきるのかもしれない。

第五章には次のようなくだりがある。

(57) 何《な》んとかいゝ智慧《ちゑ》を借《か》して下《くだ》さらない？（初出二六六頁上段）
何《な》んとかいゝ智慧《ちゑ》を借《か》して下《くだ》さらない？（初版四五頁）
何んとかいい知恵を貸して下さらない？（扶桑社文庫版四三頁）

初出、初版には「借《か》して」とある。現代日本語においては、「カリル」に「借」を使い、「カス」には「貸」を使うことが多い。現代日本語の「感覚」からすれば、初出、初版のように「カシテ」に「借」字をあてるのは「誤植」であろう。しかし、「カリル：借」「カス：貸」のような漢字の使い方が定着したのはごく最近のことといってよい。明治期においては、そうした使い方が「絶対」ではなかった。そのことからすれば、「鍾乳洞殺人事件」に「借《か》して」とあることは、大袈裟に表現すれば「歴史的事実」であり、それはしっかりと残しておきたいと思う。

第一章に次のようなくだりがある。

㊽　カーチスさん、急《きふ》に明朝《みやうあさ》旅行《りよかう》しなければならなくなつたのです。（初出二五〇頁上段）
カーチスさん、急《きふ》に明朝《みやうてう》旅行《りよかう》しなければならなくなつたのです。（初版五頁）
カーチスさん、急に明朝旅行しなければならなくなったのです。（扶桑社文庫版九頁）

㊾　さう、ぢや明朝《みやうあさ》十時《じ》に、旅装《りよさう》を整《とゝの》へてユニオン停車場《ていしやぢやう》まで來《き》て下《くだ》さい。（初出二五〇頁下段）
さう、ぢや明朝《みやうあさ》十時《じ》に、旅装《りよさう》を整《とゝの》へてユニオン停車場《ていしやぢやう》まで來《き》て下《くだ》さい。（初版六頁）
そう、じゃ明朝十時に、旅装を整えてユニオン停車場まで来て下さい。（扶桑社文庫版一〇頁）

同じ漢字列「明朝」に、初出は二回とも「みやうあさ」を振仮名として施し、初版は「みやうてう」「みやうあさ」と異なる振仮名を施している。扶桑社文庫版は振仮名を施していないが、漢字列「明朝」を現代日本語としてみれば、「ミョウチョウ」を文字化したものとみるのがもっとも自然である。つまり、振仮名が施されていない漢字列「明朝」は「ミョウチョウ」を文字化したものとほとんどすべての人が思うだろう。初出と初版の振仮名に基づけば、当該時期には「ミョウアサ」という語があり、また「ミョウチョウ」も使われていたと判断するのが妥当だろう。『日本国語大辞典』は「みょうあさ」を見出しとしている。

みょうあさ【明朝】〔名〕「みょうちょう（明朝）」に同じ。＊洒落本・遊子方言〔１７７０〕「明（ミャウ）あさ、およりなんし」＊人情本・英対暖語〔１８３８〕四・二〇章「今晩はお肴が沢山ござゐますよ。それに明朝（ミャウアサ）はやくといふ仕出しのお誂がござゐますから」

「遊子方言」「英対暖語」の例があげられており、このことからすれば、「ミョウアサ」は江戸時代には確実に使われていたと思われる。その語形を正史も使ったのであろう。初版では一箇所はそれをそのまま承け継いだが、一箇所は「ミョウチョウ」に変えた。あるいは「変わってしまった」と表現するべきかもしれない。扶桑社文庫版は振仮名をはずしたので、扶桑社文庫版において「ミョウアサ」という、正史が使ったであろう語形が姿を消したことになる。

■リウとリュウ

初出『探偵小説』を翻字した13・68・74行目（297頁～）に「リウ」とあるのは「カーター洞窟」の発見者ということになっている人物「リウ・ボイー」のことであるが、初出、初版（黒白書房版）の「リウ」が扶桑社文庫版ではすべて「リュウ」になっている。事件の舞台となっている洞窟は「アンドリウ・カーター老人」（初出二五一頁上段）が所有しているので「カーター洞窟」と呼ばれているが、この老人も扶桑社文庫版では「アンドリュウ・カーター」と表示されている。「リウ」を「リュウ」と変えることについては扶桑社文庫版の「校註・付録」では述べられていない。そのことからすれば、扶桑社文庫の読者は、初出、初版においても「リュウ」と文字化されていると思うだろう。

人名、地名などにみられる「andrew」[ǽndruː]は、現在の英語の発音では、仮にその「聞こえ」

を片仮名であらわすならば「アンドルー」にちかく聞こえる。つまり、「アンドリウ」でもなければ「アンドリュウ」でもないといえよう。

エリザベス二世女王の第三子で次男（第二王子）のAndrew Albert Christian Edwardも現在の日本の新聞では「アンドルー・アルバート・クリスチャン・エドワード」と表示されることが多いが、二〇〇五年頃には「アンドリュー」表示もみられる。

これは、日本語ではない言語の発音をどのように「聞きなし」、それを日本語をあらわすために用意されている文字セットによってどのように文字化するかということで、「もともとの言語の発音」と、文字化されたかたちから、「日本語の発音として還元された発音」との間に何らかの「乖離」があることはむしろ当然といってよい。したがって、「アンドリウ」は古くてだめで、「アンドリュウ」が適切であるともいえない。「アンドリュー」という表示もあり得るだろうし、「アンドルー」ももちろんある。

「字音かなづかい」は、漢字音をどのように仮名によって文字化するかという「ルール」といってよいが、これも漢字音という日本語ではない言語＝中国語の発音をどのように文字化するかということがらにあたる。明治期以降は「字音かなづかい」を一覧表にしたものもみられるが、「リュー」と発音する漢字の音の「字音かなづかい」は「リウ」が大部分で少数が「リフ」となる。「字音かなづかい」側からいえば、「リウ・リフ」の発音は「リュー」ということになる。初出、初版の「リウ」を扶桑社文庫版が「リュウ」としたことの背景にはあるいはこうした「字音かなづかい」の「感覚」がはたらいていた可能性があるか。

■二重鉤括弧と句点

初出『探偵小説』を翻字した8～9行目（297頁）には「『一体、誰がこんな事をやつたのだね。』ダレルさんが薄暗い灯の下から、一同の顔を睨め廻しながら言ひました。」とある。「一体、誰がこんな事をやつたのだね」は「ダレルさん」のことばということになる。現代日本語においては、会話文などを一重鉤括弧に入れて、それが会話文であることを示すことがある。二重鉤括弧は書名を表示する場合、一重鉤括弧の中に一重鉤括弧が入る場合などに使うことが多い。

また、初出・初版では二重鉤括弧に入れた会話文の最後（二重鉤括弧内）に句点が置かれている。扶桑社文庫版は、初出・初版の二重鉤括弧を一重鉤括弧に変え、二重鉤括弧末尾の句点を省いている。ささいなことかもしれない。二重鉤括弧でも一重鉤括弧でも同じでしょうと思う人にはどちらでもいいことになるし、句点の有無も「本文」には関係無いという「みかた」もありそうだ。しかし、句点の有無が「本文」に関わらないのだとすれば、句点がなくてもいいということになる。あるいはどこにあってもいいということになる。そこまではいえないだろう。

鉤括弧をどう使うか、句読点をどう使うか、ということは文字化のしかた＝「表記のアーキテクチャ」にかかわることがらといってよい。

■漢字の選択――燈と灯

第三章の章題は「懐中電燈の行方」で、翻字1～76行目の範囲において、「懐中電燈」という語が七回（24・27・45・66・68・73・76）、「電燈」が三回（33・71・72）、「照明電燈」が一回（50）使われている。その一方で、8には「薄暗《うすぐら》い灯《ひ》」、71には「電燈《でんとう》を灯《ひ》のついたまゝ岩《いは》の上《うへ》に置《お》いた」（初出二五九頁下段）とあって、「灯」も使われている。しかし、扶桑社文庫版は「燈」を使わず初出・初版の「燈」をすべて「灯」によって表示している。つまり、初出・初版には「燈」と「灯」とが使われていたが、それが「灯」のみになっているということである。ちなみにいえば、『日本国語大辞典』は「照明電灯」を見出しにしていない。このように『日本国語大辞典』が見出しにしていない語が横溝正史作品において使われていることがある。

「常用漢字表」は「灯」を掲げ、その後ろに丸括弧に入れて「燈」字を示す。「常用漢字表」の「表の見方及び使い方」には「丸括弧に入れて添えたものは、いわゆる康熙《き》字典体である」とあるので、「常用漢字表」は「燈」が「明治以来行われてきた活字の字体」（康熙字典体）であるとみなしていることがわかる。「当用漢字表」は「燈」を採る。

「燈」と「灯」とは字形がまったく異なることから想像がつくが、もともとは別の漢字であった。『大漢和辞典』は「燈」の字義を「ともしび。あかり」と説明し、「灯」の字義を「ひ。はげしい火」と説明している。そしてどちらも『康熙字典』に掲げられているので、「燈」が「康熙字典体」で「灯」が『康熙字典』に載せられていない、中国でひろく使われることがなかった「非康熙字典体」ということではない。そう考えると、現在の「常用漢字表」の掲出のしかた（及び「表の見方及び使い方」の記事は、この漢字に関しては）誤解をまねくかもしれない。

初出・初版は「電燈《でんとう》を灯《ひ》のついたまゝ岩《いは》の上《うへ》に置《お》いた」とする。「電燈」では「燈」字を使い、その直後に「灯」を使っていることをいわゆる「うっかりミス」とは考えにくい。うっかりしすぎている。「燈」と「灯」とをどのように使うか、という、その使い方の「ルール」はすぐにはわからないけれども、初出の「うっかりミス」ではないとすれば、「燈」「灯」両字を使うという使い方が確実にあったことになる。

『大漢和辞典』の「灯」の説明によって、『康熙字典』が出版される前に明の張自烈が編み、一六八〇年に刊行された辞書『正字通』が「灯、俗燈字」すなわち「灯」は「燈」の俗字であると述べていることがわかる。そうであれば、「灯」と「燈」とは別の字であったが、中国においてもある時期に「灯」が「燈」と同じように使われることがあったことになり、そうした使い方が日本に伝われば、日本でもそのような使い方が行なわれるようになっていくことが予想される。またそもそも別の字であることからすれば、使用者の何らかの「基準」に基づいて、「燈」「灯」両字をともに使うということもありそうで、初出・初版はそれがあらわれたものである可能性がたかい。

令和の時代に生きる現代日本語使用者に分かりやすいように、昭和期に出版されたテキストを「常用漢字表」「現代仮名遣い」に従って、書き換えるということは一つの考え方として理解できる。そういうテキストがあってよい。しかしまた、過去がどうであったかをできるだけさながらに未来に伝えることが大事であることもいうまでもない。「過去」を「現在のデフォルト」に落とし込むことによって、「過去」は「口当たりのよい過去」「わかりやすい過去」になる。しかし、それはもはや「過去そのもの」ではないともいえるだろう。何を大袈裟な、ということかもしれない。「日本文化を守りましょう」といった時の「日本文化」から何が想起されるだろうか。雅楽、能、狂言、歌舞伎だろうか。アニメやコミックだろうか。いずれも「日本文化」といってよいが、「燈」と

「灯」とをどう使っていたか、ということも「日本文化」であるはずで、具体的な、したがっていわば「細かい」あるいは「小さな」「日本文化」が確実にある。そうした「細かい日本文化」「小さな日本文化」が集積したものが「トータルとしての日本文化」であると考えれば、右のようなことには注意しておく必要がある。扶桑社文庫版の本文を掲げておくことにする。

⑥⓪ カーターとリュウの灯《ひ》が見えなくなったのです。（2：二〇頁）
巨大な天然の装飾灯《シャンデリヤ》の総がきらきらと垂れ下り（2：二一頁）
今にも灯が消えそうなのでした。（2：二一頁）
リュウの顔がぼんやりと灯《あかり》の中に現れて来ました。（2：二二頁）
ダレルさんが薄暗い灯《ひ》の下から（3：二六頁）
電灯を灯《ひ》のついたまま岩の上に置いた（3：三〇頁）
小さな黄色い灯《あかり》が燃えて（5：四七頁）
妖しい黄色い灯《ひ》は隧道《トンネル》の外へ消え（6：四八頁）
懐中電灯の灯《ひ》が遠ざかって行きました。（10：九一頁）
博士は懐中電灯を掲げて幽《かす》かな灯《ひ》で（11：九九頁）
懐中電灯を蹴とばして行ったものですから、灯《あかり》が消えて（14：一三八頁）
微かな電灯《トーチ》の灯《ひ》で照し出されている納屋の一隅（16：一七三頁）
突然車体も灯も闇の中に掻き消されて（17：一八一頁）

■拗音をどう文字化するか

第四章に次のようなくだりがある。振仮名を省いて引用する。

(61) 誰が懐中電燈を奪ひとつたか、それをよく検べなけやならん。（初出二六一頁下段）
誰が懐中電燈を奪ひとつたか、それをよく検べなけやならん。（初版三六頁）
誰が懐中電燈を奪いとったか、それをよく検《しら》べなきゃならん。（扶桑社文庫三五頁）

初出、初版には「よく検べなけやならん」とある。これは、現代日本語母語話者の感覚に基づくと（それは「常識的には」ということであろうが）、「ヨクシラベナキャナラン」を文字化したものであろう。扶桑社文庫はそのようになっている。拗音「キャ」をどう文字化するかということについて、現代日本語母語話者は迷わないであろう。それは拗音をどう文字化するかということがいわば「ルール」化されているからだ。

「ルール」は「現代仮名遣い」の中に示されていて、「本文」「第1」の「2」に「拗音」の文字化のしかたが例示されている。そして〈注意〉には「拗音に用いる「や、ゆ、よ」は、なるべく小書きにする」と記されている。「キャ」という音と文字化した「きゃ」との間に、きれいな対応があると感じるのは、「キャ」を「きゃ」と文字化することになれているからに他ならない。「けや」はいわば「キャ」の文字化のしかたの一つであって、「きゃ」に比べてことさらに妙であるわけではない。かつて「けや」によって「キャ」を文字化していたであろうことは記録されていてよいことであろう。

注1　浜田知明の「横溝正史翻訳リスト」においては、「筆名が、その場限りの思いつきであることが、横溝氏の作家活動の全貌を見いだすことを困難にしている。「横溝正史・著」「横溝正史・訳」として刊行されたものは、そこからさかのぼって逆に、筆名が判明する一方、「霧島クララ」のように、編集をともにしていた渡辺温氏と共同で用いて、それぞれが単独作品を書いている場合もあって、（渡辺温氏の作品であることが確実なのは「風船美人」）、いちがいには横溝「作」「訳」であるとは断言できない（横溝氏が編集していた「新青年」「文藝倶楽部」「探偵小説」掲載の、無署名やあからさまな筆名での創作・翻訳は、横溝氏の手によるものである可能性がある。と同時に、他の編集担当者である可能性も同じくらいある）。同じ筆名が、横溝編集長時代でなくなった後年に再使用された例など、時々の編集担当者によって使い回されている可能性も大きい。原作者名にしても、「F・G・ハースト」というのは、横溝氏の創作で、作者名不記載の作品を訳した際に用いたものというが、これは延原謙氏もかなり多く使っている。逆に『鍾乳洞殺人事件』の予告および目次裏で用いられて、横溝氏の筆名かと考えられた「岡田照木」（ちなみに実際の本文扉では、「川端梧郎」名義となっている）は、延原氏が先行しており、ほぼ延原謙氏が単独で用いたものに間違いない」（五七三～五七四頁）と述べられている。

延原謙（一八九二～一九七七）は、一九二八年に博文館に入社して、一九二八年一〇月号から一九二九年七月号まで雑誌『新青年』の編集長をつとめ、一九三一年には雑誌『探偵小説』の編集長をつとめている。ドイルのシャーロック・ホームズ全作品、短中編小説などの翻訳で知られている。浜田知明の右の言説には「岡田照木」について「ほぼ延原謙氏が単独で用いたものに間違いない」とあるが、目次裏に「岡田照木」とあることについて、どのように考えればよいか、というところまでは述べられていない。

注2　これもWEBサイト「横溝正史エンサイクロペディア」に指摘があるが、角川文庫『不死蝶』の、中島河太郎による「解説」において「八つ墓村ではフィナーレを飾る殺人と宝探しの場面が、鍾乳洞を効果的に使って、印象深い作品に仕上げられているが、この物語は一部どころでなく、徹頭徹尾鍾乳洞と結ばれている。そういえば著者はもっと鍾乳洞と深い縁があった。昭和六年から七年にかけて、横溝氏は博文館の雑誌「探偵小説」を任されていた。「新青年」の他にもう一つ翻訳専門誌を出すというのは、そもそも短命を予想させるようなものだったが、海外名作長篇を紹介した功績は大きい。その中にアメリカの作家D・K・ウィップルの「鍾乳洞殺人事件」があって、昭和十年には著者の名で刊行されている。セナンドアの渓谷で発見された鍾乳洞見物にはいった一行九人のうち、暗闇の中で三人があい次いで、尖った鍾乳石で刺し殺された事件である。それには連絡地下道が利用されているが、いかにも著者好みの舞台装置であった」（三七二頁）と述べられている。

また、横溝正史翻訳コレクション『鍾乳洞殺人事件 二輪馬車の秘密』（二〇〇六年、扶桑社）の「解説」（杉江松恋執筆）においては、正史の「不死蝶」の冒頭に、「金田一耕助」が『八つ墓村』事件について「附近に鍾乳洞があるというのも面白いではないか。金田一耕助はかつて手がけた、『八つ墓村』のあの恐ろしい連続殺人事件のさいの、鍾乳洞の殺人を思い出していた。」（金田一耕助探偵小説選『不死蝶』（一九七六年、東京文芸社、一四頁）と回想する場面があることを指摘し、「中途に鍾乳石の突き刺さった死体が登場するが、『鍾乳洞殺人事件』に対する横溝のオマージュだろう」（五五〇頁）と述べられている。また、「地下の大トンネルに続く邸の抜け穴が重要な役割を果たす『迷路荘の惨劇』（一九七五年書き下ろし）や、水蓮洞と紅蓮洞という双子の洞窟が登場する『悪霊島』（「野性時代」一九七九年一月号〜一九八〇年三月号。一九八〇年単行本化）などの諸作も忘れがたい」（同前）と述べ、さらに「金田一耕助も初期作品では「オイコラ」警官に邪険に扱われていたものだが、もしかすると起源はこの作品［引用者補：「鍾乳洞殺人事件」のこと］にあるのかしらん。そういえば本書の探偵も、一箇所推理を述べながら頭を掻きむしる場面があったっけ」（五五一頁）と指摘している。第十八章「殺人鬼の罠」に「博士は頭の髪《け》を掻きむしつて、『さう八方責めにしてくれるなよ。何だか頭脳《あたま》がごちゃ〳〵して来た。質問は後で纏めて答へる――一通り私に話さして呉れ、話はとても複雑なんだ』」（三三六頁上段）というくだりがあることの指摘であろう。

杉江松恋の「解説」も指摘しているが、「八つ墓村」について、正史は『真説金田一耕助』（一九七九年、角川文庫）の「「八つ墓村」考Ⅲ」において、昭和一三年におこった「津山三十人殺し」にふれ、「八つ墓村」の「発想の引金となったのは、坂口安吾氏の「不連続殺人事件」である」（一三九頁）と述べ、さらに「岡山県のあちこちの村や島で青年学校の先生をしていた」（一四〇頁）加藤一氏から「「八つ墓村」のモデルになった村」（同前）を教えてもらったことを述べている。正史は「そこに鍾乳洞があるときいて俄然私の興味が盛りあがったのは、以前アチラの小説で「鍾乳洞殺人事件」というのを読んだことがあるからである」（同前）と述べているが、正確には翻訳したことがあるというべきか。

ジュブナイル作品をよむ

■「夜光怪人」

本章では横溝正史の少年少女向け作品をよむことにする。

具体的には「夜光怪人」を取り上げる。「夜光怪人」は『少年少女譚海《たんかい》』の創刊号（一九四九〈昭和二四〉年五月）から翌年の五月号まで（一九五〇年の二月号は休載）、全十二回にわたって連載され、一九五〇年四月には偕成社から単行本として出版されている。

図1は第二回が掲載されている第一巻第二号（一九四九年六月刊）の表紙で、「ハリキリ痛快読物号」とある。「譚海」は少年少女向け雑誌のタイトルとしては「堅い」ともいえよう。「譚」には〈語る〉という字義がある。『大漢和辞典』は「譚海」を「種々のものがたりをあつめたもの。はなしのうみ」と説明している。

目次をみると、この号には、「豹《ジャガー》の眼」で知られる高垣眸《ひとみ》（一八九八～一九八三）の「科学小説 恐怖の地球」、野村胡堂《こどう》の「時代小説 南蛮手品」、「絶唱」で知られる大江賢次（一九〇五～一九八七）の「感激小説 友情《こころ》の虹」などが掲載されている。

■バスカーヴィル家の妖犬

図2は扉で、夜光怪人と夜光怪人が連れている「クワッとひらいた狼《おおかみ》のような口から」「渦巻《うずま》くようなほのおを吐」き「怪しい光を全身からはなっている」「おそろしい妖犬《ようけん》」（横溝正史少年小説コレクション３『夜光怪人』、二〇二一年、柏書房、一九八～一九九頁）が描かれている。以下、「夜光怪人」の「本文」の引用は、特に断らない限りは、本書（以下、柏書房版）による。

角川文庫版『夜光怪人』（一九七八年）の山村正夫による「解説」では、冒頭でコナン・ドイルの「バスカーヴィル家の犬」（*The Hound of the Baskervilles*, 1901）にふれ、「夜光怪人」の連れている犬が、「まさしくバスカーヴィル家の妖犬と同じといっていい」（二四八頁）と述べている。「*The Hound of*

図1『少年少女譚海』1-2

図2「夜光怪人」扉（『少年少女譚海』1-2）

the Baskervilles」では、「姿は猟犬に似てはいるが、かつて人の目に触れたこともない巨大な化け物であった」（第二章：二八頁）、「伝説に出てくる地獄の魔犬の描写と寸分も違《たが》わぬ化け物」（第三章：四三頁）と表現されている。引用はシャーロックホームズ全集5『バスカヴィル家の犬』（二〇〇二年、河出書房新社）によった。

「夜光怪人」はといえば、「つばの広い帽子」をかぶり「ダブダブのマント」（二〇〇頁下段）を着て、「お能《のう》の面のようにツルツルとしてとりすました顔」（同前）をしている。

■江戸川乱歩「黄金仮面」との類似

江戸川乱歩「黄金仮面」第一回は『キング』第六巻第九号（一九三〇〈昭和五〉年九月一日発行）に掲載された。挿画は吉邨《よしむら》二郎による。「際物《きわもの》喜劇」「黄金仮面」の主人公の描写であるが、実は「黄金仮面」であったことがわかる。「全身をダブダブしたマントようの金色の衣裳で包んだ」「金色のお能面のような顔」（『江戸川乱歩全集4』〈一九五四年、春陽堂〉九頁下段、以下乱歩の「黄金仮面」はこのテキストから引用する）をした「怪物」と描写されている。

「夜光怪人」では、「銀座デパートの八階で開催される貿易促進展覧会」に、「真珠王小田切準造《しんじゅおうおだぎりじゅんぞう》翁《おう》」が出品する「「人魚の涙」とよばれる一連の首飾り」（二一〇頁下段）が「夜光怪人」に盗まれる。乱歩の「黄金仮面」では、「東京都主催の産業博覧会」（四頁上段）に「三重県の真珠王」が出品した「価格五千万円をとなえる国産大真珠」「志摩《しま》の女王」が「黄金仮面」に盗まれる。

「夜光怪人」には次のようなくだりがある。

夜光怪人とは、実に黒木探偵そのひとだったのです。それでさっそく警視庁とも連絡して、丸の内にある黒木探偵事務所をおそったのですが、相手もさるもの、早くもそれと気づいたのか、風をくらって逃亡してしまいました。ところで、いつかもあなたがお話しになったように、黒木探偵というのも、夜光怪人にとってはひとつの仮装に過ぎないので、本名は大江蘭堂《おおえらんどう》、この蘭堂というやつは変装の名人で、その他、さまざまな名前のもとに、世間をあざむき住んでいる形跡があります。しかし、いまのところ、われわれは、黒木探偵以外、大江蘭堂の変装は、少しもわかっておりません。

（二八四頁下段～二八五頁上段）

■固有名詞――大江蘭堂

「夜光怪人」の「本名は大江蘭堂」とあるが、「大江蘭堂」は江戸川乱歩「恐怖王」において、「恐怖王」に狙われている探偵作家の名前である。また乱歩の「陰獣」には、乱歩自身をモデルにしたといわれている探偵小説家「大江春泥」が登場する。「陰獣」が雑誌『新青年』に発表されたのが、一九二八年、「恐怖王」が雑誌『講談倶楽部』に発表されたのが、一九三一年六月から翌年五月までなので、いずれも横溝正史の「夜光怪人」よりも前に発表されている。

雑誌『新青年』の第一一巻第一二号（一九三〇年九月号）から第一二巻第二号（一九三一年二月号）まで、リレー形式の連作長編として「江川蘭子」という作品が掲載されている（『合作探偵小説コレクション1五階の窓／江川蘭子』〈二〇二二年、春陽堂書店〉収録）。第一回が江戸川乱歩、第二回が横溝正史、それに甲賀三郎、大下宇陀児《うだる》、夢野久作、森下雨村《うそん》と続く。「江川蘭子」は「女妖」として設定されている登場人物の名前である。「江川蘭子」は文字についていえば「江戸川乱歩」のうちの二字を使っており、発音についていえば「エドガワランポ」の七拍のうち五拍が重なっている。江戸川乱歩という筆名が、アメリカの小説家**Edgar Allan Poe**（エドガー・アラン・ポー）からとられていることはよく知られており、乱歩は、作品の登場人物の名前もいろいろと吟味していたと思われる。そこに作品の何らかの鍵を潜ませるということもあったと思われるが、正史も同様であろう。

正史の「呪いの塔」には「大江黒潮」という探偵小説作家が登場し、「双生児」のようであったと作品内で述べられている「白井三郎」という人物も登場する。「大江黒潮」はおそらく「オオエコクチョウ」と発音するのだろうが、この「大江黒潮」が乱歩の「陰獣」に登場する「大江春泥」を意識したものであるという指摘がこれまでになされている。

乱歩と正史につながりがあることはむしろ当然といってよい。しかし、その「つながり」を具体的に確認することには一定の意義があると考える。なぜならば、「つながり」がどのようなかたちで、具体的に言語化されるか、ということを観察することによって、どのような「情報」が言語によってどのようにかたちづくられるか、ということを考えるための緒となるからである。

■「大宝窟」

「夜光怪人」には次のようなくだりがある。

はははは、おまえのおやじも用心ぶかいやつだったよ。息子の肌にかくし彫りをしておいて、そのいれずみのあらわれる薬のほうは、娘のおまえにあずけておいたのだ。つまり息子と娘のふたりが揃わぬうちは、大宝窟《だいほうくつ》のありかがわからぬという仕掛けだ。あっはっは、よく考えたものだよ。

（二九六頁上段）

右には「大宝窟」という、現代日本語ではあまり使わない語が使われている。もちろん「ホウクツ（宝窟）」という語が当時も使われていなかったわけではない。『日本国語大辞典』第二版は「ほうくつ」を見出しにしている。

ほうくつ【宝窟】〈名〉宝物で満ちた洞窟。＊嚼氷冷語〈1899〉〈内田魯庵〉「モントクリストは〈略〉孤島の宝窟（ハウクツ）を我物とし」＊葱〈1920〉〈芥川龍之介〉「お君さんにとって田中君は、宝窟の扉を開くべき秘密の呪文を心得てゐるアリ・ババと更に違ひはない」＊韋荘‐和薛先輩見寄初秋寓懐即事之作二十韻「採㆑珠逢㆓宝窟㆒、閲㆑石見㆓瑤林㆒」

横溝正史が子供の頃に三津木《みつぎ》春影《しゅんえい》の作品を読んでいたことについては、すでにふれたが、三津木春影にはモーリス・ルブランの『奇巌城』（*L'aiguille Creuse*）を翻案した『大宝窟王』（一九一二年一二月、一九一三年三月、中興館書店）がある。また、大日本雄弁会講談社から刊行されていた『少年クラブ』第四〇巻第一号（一九五三年一月号）から第四〇巻第一四号（同年一二月号）まで連載された正史の作品のタイトルが「大宝窟」であった。この作品は「青髪鬼」と改題されて一九五四年四月に偕成社から出版されている。

作品にどのようなタイトルをつけて発表するか、一つの作品内にどのような章題をつけるかは当該作家にとって重要なことであり、そこで使われることばは、当該作家のキー・ワードでもある。また章題は、作品をかたちづくる枠組みであり、章題が喚起する「イメージ」が作品を包み込み、「イメージのフレーム」を形成する。拙書『乱歩の日本語』(二〇二〇年、春陽堂書店)においては、第二章「乱歩の語り―物語を支える枠組み―」において、江戸川乱歩の「孤島の鬼」「蜘蛛男」「吸血鬼」の章題について採りあげた。

正史には「女王蜂」「仮面舞踏会」「迷路の花嫁」など、同一タイトルで、内容の異なる作品があり、これらのタイトルが使いたくなった結果、とみることもあるいはできるのではないか。

正史にとって「大宝窟」という語は、作品のタイトルに使うような、いわば重みのある語であった。「夜光怪人」においても、「地底の大宝窟」という章題が使われている。山村正夫のリライト版ではこの章題が「地底の大宝庫」に変えられており、あるいは山村正夫は正史が「宝窟」という語に対して有している「心性」に気づかなかったか。[注1]

乱歩の「黄金仮面」においては、「アルセーヌ・ルパン」が登場するが、「黄金仮面」は結局「ルパン」であった。作品の終わりちかくで、「ルパン」は隠れ家にしていた「奈良の大仏よりも大きいというコンクリート仏」(二五六頁下段)を爆破する。この隠れ家としての「大仏」は「*L'aiguille Creuse*」=うつろの針、空洞の針と重なる。

「夜光怪人」には「国立《くにたち》の奥にひっこんで、すっかり探偵業から手をひいて」(二六六頁上段)いた「由利先生」(由利麟太郎)と「新日報社」の記者という設定になっている「三津木俊助」も登場する。

このようにみてよいのであれば、「夜光怪人」には「三津木春影」「アルセーヌ・ルパン奇巌城」「乱歩の黄金仮面・恐怖王」「バスカヴィル家の犬」が流れ込んでいることになる。

■「獄門島」

「夜光怪人」の「孤島の海賊」の章では、「由利先生」「三津木俊助」「御子柴少年」「一柳藤子」が瀬戸内海の「竜神島」へ向かう。「一柳藤子」は八幡船の頭目、龍神長大夫が隠した莫大な財宝を探している考古学者「一柳博士」の子であるが、「藤子」は江戸川乱歩の「黄金仮面」において、「怪盗ルパンの恋人」として登場する「大島不二子」の「不二子」と発音が通じる。


「竜神島というのへ、この船も寄るのかね」

「とんでもない。竜神島は無人島もおなじですから、そんな島へ寄りやしません」

「フーム、すると、竜神島へわたるには、どうしたらよいのかね」

「なに、それならば、竜神島のとなりにある、獄門島《ごくもんとう》というのへ立寄《たちよ》って、そこの網元《あみもと》の鬼頭《きとう》さんというのにたのめばよいのです。鬼頭さんはあのへん一帯に漁場《りょうば》をもっていますから、しけやなんかのとき、逃げこめるようにと、竜神島にかんたんな小屋をたてているんです。さっきいった博士の先生も、そうして竜神島へわたったのですよ」

(三二五頁上段〜下段)

それはさておき、由利先生の一行が、獄門島の桟橋《さんばし》へあがると、そこに島のお巡りさんの、清水さんが出迎えていました。

「ああ、あなたが由利先生ですか。私が清水巡査です。じつはさっき、笠岡の本署から電話がかかってまいりまして、これからこういう方がいくから、粗忽《そこつ》のないようにとのことでしたので、お迎えにまいりました」

（三一七頁下段）


横溝正史の「獄門島」は雑誌『宝石』の第二巻第一号（一九四七年一月）から第三巻第八号（一九四八年一〇月）まで連載された。先に述べたように、「夜光怪人」が『少年少女譚海』に発表されたのが、一九四九年五月から翌一九五〇年五月までの期間であるので、「獄門島」が完結してから、七ヶ月ほどしか経っていない。

「獄門島」には「網元の鬼頭」、「清水」巡査がでてくる。


島には、駐在所が一軒しかない。お巡りさんはひとりである。しかも、そのお巡りさんは陸上と水上の両警察を受け持って、モーター・ボートを一艘持っている。漁区の監視、漁期の注意、漁師の鑑札調べなど、島のお巡りさんは陸上よりもむしろ水上のほうに仕事が多いのである。獄門島のお巡りさんは、清水さんといって、四十五、六のいつも無精髯をはやした好人物である。耕助とはもう馴染みになっていた。

（『新版横溝正史全集6』一六三頁下段）

右でわかるように、「獄門島」はいわゆる「金田一耕助物」である。したがって（といっておくが）、「由利先生」と「清水巡査」は初対面でいい。しかし、「夜光怪人」は、柏書房版の「編者解説」（日下三蔵執筆）が指摘するように、「七十五年の朝日ソノラマ版で山村正夫《やまむらまさお》氏によって金田一耕助《きんだいちこうすけ》ものにリライトされ、その本文が、そのまま文庫版［引用者補：朝日ソノラマ文庫・角川スニーカー文庫を指す］に引き継がれていた」（五〇五頁）。右の「七十五年の朝日ソノラマ版」は「少年少女名探偵金田一耕助シリーズ6」と銘打たれたもので、翌一九七六年には朝日ソノラマ文庫本が出版されている。

リライトされた「本文」においては「由利先生を金田一耕助に変えたために、『獄門島』事件で旧知のはずの清水《しみず》巡査から初対面の挨拶《あいさつ》をされるという、ちぐはぐな内容になってしまった」（同前）。朝日ソノラマ文庫版『夜光怪人』（一九七六年）には「金田一耕助登場」という見出しがたてられている。そこには次のようにある。

いかにもそれは金田一耕助だった。例によってよれよれの着物にはかますがたで、スズメの巣のようなもじゃもじゃの髪の毛を、手でかきまわしている。

三津木俊助はあまりの意外さに、しばし、ぼうぜんとして立ちすくんでいたが、やがて、うれしそうに金田一探偵にとりすがると、

「金田一さん、ほんとうに金田一さんですね。あなたがどうしてここに……？」と、そこま

でいって、思いだしたように、キョロキョロあたりを見まわすと、

「それにしても、さっきの少年は、どうしました。あの怪少年は……?」金田一耕助はにっこり笑うと、

「ハッハッハッ、怪少年はよかったね。おい、怪少年、こっちへでてきたまえ」

すぐさま、はいと答えて、カーテンの影からあらわれた少年の顔を見て、三津木俊助は目を丸くしてびっくりした。

「や、や、や、き、きみは御子柴進くん……!」

(一一九頁)


もともとは次のようだった。


いかにも、それは由利先生でした。由利先生、五十にはまだ間のある年ごろですが、頭髪雪《ゆき》のごとく、白くやせぎすながら、鋭い眼光の持主《もちぬし》。じっとにらめば、いかなる秘密も見とおさずにはおかぬという眼差《まなざ》しですが、にっこり笑えば、幼児もなつこうという温顔《おんがん》でもありました。三津木俊助はあまりの意外さに、しばし、ぼうぜんとして立ちすくんでいましたが、やがて、狂気のごとく由利先生にとりすがると、

「先生、ほんとうに先生ですね。先生がどうしてここに……」と、そこまでいって、思いだしたように、キョロキョロあたりを見まわすと、

「それにしても、さっきの少年は、どうしました。あの怪少年は……」

由利先生はにっこり笑うと、

「はっはっは、怪少年はよかったね。おい、怪少年、こっちへ出てきたまえ」

言下《げんか》にはいと答えて、カーテンのかげからあらわれた、怪少年の顔を見て、三津木俊助は眼《め》を丸くしてびっくりしました。

「や、や、や、き、きみは御子柴進君……」

（二七一頁上段〜同頁下段）


リライトによって「由利先生（由利麟太郎）」を「金田一耕助」に変えたために、「金田一」と「三津木俊助」が出会うという場面になった。一九三二年に新潮社の書き下ろし長編叢書として企画された「新作探偵小説全集」の一冊として刊行された、横溝正史の『呪いの塔』には「由比耕作」という人物が登場する。「由比」の発音は「ユイ［yui］」だろうから「ユリ［yuri］（由利）」とは［r］があるかないかの違いしかない。「耕助」と「耕作」は「耕」が共通している。

■章題の変更
横溝正史「夜光怪人」と山村正夫のリライト版との章題を対照してみたい。文字化のしかたも含めて完全に一致しているものに◎を附した。◎は二十四ある。

	横溝正史版	山村正夫版
1	隅田川の怪	モーター・ボートの怪人

	2	追わるる少女	追われる少女
	3	少女と怪獣	夜光るイヌ
◎	4	つぶやく怪人	つぶやく怪人
◎	5	防犯展覧会	防犯展覧会
◎	6	人魚の涙	人魚の涙
◎	7	真珠王	真珠王
	8	トランクの怪	トランクの物音
◎	9	怪人出現	怪人出現
◎	10	女神の両腕	女神の両腕
	11	檻の内外《うちそと》	オリの内外《うちそと》
	12	とどろく呼笛	追われる怪人
	13	滴《したた》る血潮	したたる血しお
◎	14	怪少女	怪少女
◎	15	仮装舞踏会	仮装舞踏会
	16	姫君と侍女	姫ぎみと侍女
	17	クロロフォルム	麻酔薬
	18	開かぬ扉	ひらかぬ扉
◎	19	人間消失	人間消失

	20	西洋鎧の怪	西洋よろいの怪
	21	大曲芸	はなれわざ
◎	22	哀れ人質	哀れ人質
	23	歎きの古宮氏	古宮家のなげき
◎	24	海賊の宝物	海賊の宝物
◎	25	藤子の運命	藤子の運命
◎	26	怪少年	怪少年
◎	27	極東サーカス	極東サーカス
	28	由利先生登場	金田一耕助登場
◎	29	解ける謎	解ける謎
◎	30	ブランコの女王	ブランコの女王
	31	飛来の短剣	飛んできた短剣
◎	32	ライオンの声	ライオンの声
◎	33	地底の妖犬《ようけん》	地底の妖犬
◎	34	疑問の藤子	疑問の藤子
◎	35	夜光怪人の実験	夜光怪人の実験
◎	36	かくし彫り	かくし彫り
◎	37	のぞく片腕	のぞく片腕

38　蘭堂いずこ　変装の名人
◎39　吉祥天女の像　吉祥天女《きっしょうてんにょ》の像
40　床の血溜《ちだま》り　血ぞめの短刀
◎41　孤島の海賊　孤島の海賊
42　龍神島の血戦　龍神島の撃ち合い
43　覆面の首領　ふくめんの首領
44　地底の大宝窟　地底の大宝庫

一九四九年に発表された横溝正史版も、一九七五年にリライトされた山村正夫版も、ともに少年少女向けであることを考えれば、右の変更は、それぞれの発表時を考える必要があろう。

2「追わるる少女」が「追われる少女」に変えられているのは、いわゆる「文語形」を「口語形」に変えたもので、いわばわかりやすい。その一方で、18「開かぬ扉」は漢字を仮名に変えてはいるが、口語「ひらかない」には変えていない。章題についてどの程度山村正夫が意を注いだかということがまずあろうが、逆にごく自然に章題の変更を行なったのであれば、いろいろな意味合いで一九七五年の少年少女向けではない章題に手入れをしたことになる。

12「とどろく呼笛」は「本文」中に「まえには二人づれの夜警が、これまた夜光怪人の姿を見つけたのでしょう。呼笛《よびこ》を口にあてると、「ピリピリピリ……」夜の百貨店の内部をつらぬき、鋭い呼笛の音がとどろきわたりました」（二二四頁下段）とあることを受けての章題と思われる。柏書房版の「本文」においては漢字列「呼笛」に「よびこ」と振仮名が施されている。このテキストの巻末には「ルビは編集部にて適宜振ってあります」とある。初出は図3でわかるようにいわゆる「総ルビ」ではないので、「よびこ」が初出時からあった振仮名か、そうでないかは初出を確認しないとわからない。初刊（偕成社版）では「よびこ」と振仮名が施されている。「ヨビコ・ヨブコ」は「人を呼ぶ時などに、合図として吹く小さな笛」のことで、現代社会では使われていないといってよいだろう。こうした語は山村正夫版では書き換えたと思われる。

31「飛来の短剣」の「ヒライ（飛来）」も「飛んできた」といわばやわらげられている。例えば『三省堂国語辞典』第八版（二〇二二年）は「文章語」に「文」というマークを附しているが、見出し「ひらい　飛来」には「文」マークが附されており、現代日本語においては「ヒライ」は文章語という判断をすることがあるのがわかる。

■初出でよむ「夜光怪人」

図3を翻字してみよう。便宜的に行番号を附す。振仮名は省いた。柏書房版と異なる箇所をゴシック体で示した。

1　御子柴進少年が上野の杜で、奇怪な夜光怪人と妖
2　犬に出會つてから、半月ほどのちのことでした。
3　東京銀座にある銀座デパートの八階では、防犯展

防犯展覽會《ぼうはんてんらんかい》

御子柴進《みこしばすすむ》少年が上野の杜《もり》で、奇怪な夜光怪人と妖犬《ようけん》に出會つてから、半月ほどのちのことでした。

東京銀座にある銀座デパートの八階では、防犯展覽會というのが開かれていました。

大きな戰爭のあつたあとでは、どこの國でも犯罪《はんざい》がふえるものです。日本でもその例にもれず、ちかごろめつきり、悪いことをする人間がふえて來たので、どうしたら泥棒に見舞《みま》われずにすむか、どういう用心をしたら、人にだまされたり、スリにお金をスラれたりしないでいられるか、と、そういうことを世間《せけん》の人々に知つてもらうために、どこの都會でも時々、防犯展覽會というのがひらかれます。主催《しゆさい》は、たいていその土地の新聞社ですが、銀座デパートの防犯展覽會というのも、日本でいちばん發行部數《はつこうぶすう》が多いといわれる新日報社《しんにつぽうしや》の主催で、これがたいへんな人氣でした。

さて、五月の第一日曜日は、防犯展覽會の第三日目にあたつており、しかもその日はお誂《あつら》え向きの快晴《かいせい》だつたので、銀座デパートはたいへんな人出で、まるで芋《いも》を洗うような混雜《こんざつ》でしたが、そういう人ごみに揉《も》まれながら、いましも八階まであがつて來た中學生がある。いうまでもなく御子柴進少年。

御子柴少年はポケットから招待券《しようたいけん》を出すと、スーッと會場へ入つてゆきましたが、すると受付《うけつけ》に坐つていた一人の青年紳士《しんし》が、

「やあ、進君、よく來たね。今日はたぶん來るだろうと思つて、さつきから待つていたよ」

と、にこにこしながらそばへよつて來ました。

「あゝ三津木《みつぎ》さん、招待券を有難うございました」

「なあに、君に招待券を送るのはあたりまえだよ。だつて夜光怪人のことを教えてくれたのは君だからね」

「夜光怪人――たいへんな評判《ひようばん》ですね」

「うん、おかげでなかなかうまく出來たよ。それでぜひ君に見てもらいたいと思つてね。たぶん、實物《じつぶつ》とそつくりだと思うんだ」

「えゝ僕もぜひ見せてもらいたいと思つています」

―(74)―

図3「夜光怪人」74・75頁（『少年少女譚海』1-2）

こんな話をしながら、青年紳士と御子柴少年、ほかの見物にまじつて會場を見てまわります。

この青年紳士というのは新日報社の花形記者で、三津木俊助《みつぎしゅんすけ》という人物、花形記者というのは新聞社内で、若手《わかて》でしかも腕利《うでき》きの記者のことをいうのだが、この三津木俊助こそは、花形記者という言葉がいかにもぴつたり當てはまりそうな人物です。

年はたぶん三十四、五でしょう。色の淺黒い、きりりとひきしまつた男振《ぶ》り、スポーツできたえあげたたくましい體つき、それに言語動作《げんごどうさ》がキビキビしているから、はたから見ても胸のすくような氣持ちのよい人物でした。

この人の得意《とくい》とするところは、犯罪事件の解決《かいけつ》でその方面にかけての腕前は、本職《ほんしょく》の刑事《けいじ》や探偵《たんてい》でも舌《した》をまいて驚くくらい、いま〻でにも世間を騷《さわ》がせた大事件や怪事件を、もの〻見事に解決して、あッと人々を驚かせたことが少くありません。だからちかごろでは何か變な事件が起ると、三津木俊助はどうしているかと、世間の人々はいちように、新日報社を注目するくらいです。

御子柴少年がどうしてこのような偉《えら》い新聞記者を知つているかというと、まえに一度、御子柴少年の身邊に、妙な事件が起つたとき、三津木俊助がものの見事に解決したことがあるからです。そのとき御子柴少年も、三津本俊助の片腕《かたうで》となつて働いたのでそれ以來、二人は兄弟も及ばぬ親密《しんみつ》な仲になつたのです。だから今度も上野の杜で、あの奇怪な夜光怪人に出會うと、御子柴少年はすぐそのことを、三津木俊助に話しました。その話からヒントを得て、俊助はさつそく防犯展覽會の會場に、夜光怪人の一場面を加《くわ》えたのですが、果然《かぜん》、それが大評判になつて、今度の展覽會の大呼物《おおよびもの》になつたというわけでした。

（前號のあらすじ） 世の中には時々妙なことがおこるものである。ある年の春、帝都に夜光怪人《やこうかいじん》が出現《しゅつげん》して東京中を騷《さわ》がせた。はじめ夜光怪人は隅田川《すみだがわ》にあらわれ、次に神宮外苑《じんぐうがいえん》にあらわれた。いつも美少女を追っているのだった。そしてついにある夜、御子柴進《みこしばすすむ》少年が上野の杜《もり》で夜光犬に追《お》われる美少女を救《すく》い、夜光怪人の魔手《ましゅ》をのがれたが、はたして夜光怪人は何を目的に美少女を追うのであろうか？　チラと夜光怪人が洩らした大寶庫とは何か？

覧會というのが開かれていました。大きな戰爭のあつたあとでは、どこの國でも犯罪がふえるものです。日本でもその例にもれず、ちかごろめつきり、惡いことをする人間がふえて來たので、どうしたら泥棒に見舞われずにすむか、どういう用心をしたら、人にだまされたり、スリにお金をスラれたりしないでいられるか、と、そういうことを世間の人々に知つてもらうために、どこの都會でも時々、防犯展覧會というのがひらかれます。主催は、たいていその土地の新聞社ですが、銀座デパートの防犯展覧會というのも、日本でいちばん發行部數が多いといわれる新日報社の主催で、これがたいへんな人氣でした。

　さて、五月の第一日曜日は、防犯展覧會の第三日目にあたつており、しかもその日はお誂え向きの快晴だつたので、銀座デパートはたいへんな人出で、まるで芋を洗うような混雑でしたが、そういう人ごみに揉まれながら、いましも八階まであがつて來た中學生がある。いうまでもなく御子柴進少年。

御子柴少年はポケツトから招待券を出すと、スーッと會場へ入つてゆきましたが、すると受付に坐つていた一人の青年紳士が、

「やあ、進君、よく來たね。今日はたぶん來るだろうと思つて、さつきから待つていたよ」

と、にこにこしながらそばへよつて來ました。

「あゝ三津木さん、招待券を有難うございました」

「なあに、君に招待券を送るのはあたりまえだよ。だつて夜光怪人のことを教えてくれたのは君だからね」

「夜光怪人——たいへんな評判ですね」

「うん、おかげでなかなかうまく出來たよ。それでぜひ君に見てもらいたいと思つてね。たぶん、實物とそつくりだと思うんだ」

「えゝ僕もぜひ見せてもらいたいと思つています」

こんな話をしながら、青年紳士と御子柴少年、ほかの見物にまじつて會場を見てまわります。

この青年紳士というのは新日報社の花形記者で、三津木俊助という人物、花形記者というのは新聞社内で、若手でしかも腕利きの記者のことをいうのだが、この三津木俊助こそは、花形記者という言葉がいかにもぴつたり當てはまりそうな人物です。

　年はたぶん三十四、五でしよう。色の浅黒い、きりりとひきしまつた男振り、スポーツできたえあげたたくましい體つき、それに言語動作がキビキビしているから、はたから見ても胸のすくような氣持ちのよい人物でした。

　この人の得意とするところは、犯罪事件の解決でその方面にかけての腕前は、本職の刑事や探偵でも舌をまいて驚くくらい、いまゝでにも世間を騒がせた大事件や怪事件を、ものゝ見事に解決して、あッと人々を驚かせたことが少くありません。だからちかごろでは何か變な事件が起ると、三津木俊助はどうしているかと、世間の人々はいちように、新日報社を注目するくらいです。

御子柴少年がどうしてこのような偉い新聞記者を知つているかというと、まえに一度、御子柴少年の身邊に、妙な事件が起つたとき、三津木俊助がものの**見事**に解決したことがあるからです。そのとき御子柴少年も、三津木俊助の片腕となつて働いたのでそれ以來、二人は兄弟も**及**ばぬ親密な仲になつたのです。だから今度も上野の杜で、あの奇怪な夜光怪人に出會うと、御子柴少年はすぐそのことを、三津木俊助に話しました。その話からヒントを得て、俊助はさつそく防犯展覧會の會場に、夜光怪人の一場面を**加**えたのですが、**果然**、それが大評判になつて、今度の展覧會の大呼物になつたというわけでした。

柏書房版の「本文」では、右の18「お誂え向き」が「おあつらえむき」、20「芋を洗う」が「いもを洗う」、20「人ごみに揉まれながら」が「人ごみにもまれながら」、24「坐つていた」が「すわつていた」、29「有難うございました」が「ありがとうございました」（以上、二〇四頁下段）、43「言葉」が「ことば」、44「當てはまりそうな」が「あてはまりそうな」（以上、二〇五頁上段）、47「たくましい體つき」が「たくましいからだつき」、53「ものゝ見事に」が「もののみごとに」（以上、二〇五頁下段）、56「世間の人々」が「世間の人びと」、60「ものの見事に」が「もののみごとに」、63「兄弟も及ばぬ」が「兄弟もおよばぬ」、67「一場面を加えた」が「一場面をくわえた」、68「果然」が「がぜん」となっている。

柏書房版の巻末には「本選集の底本には初刊本を用い、旧字・旧かなのものは新字・新かなに改めました。なお、山村正夫氏編集・構成を経て初刊となった作品および単行本未収録作品については初出誌を底本としました。明らかな誤植と思われるものは改め、ルビは編集部にて適宜振ってあります」とある。

「夜光怪人」は『夜光怪人』（一九五〇年、偕成社）が「初刊本」であるので、右の異同はすべて初刊本に一致していなければならないことになるが、それは一致している。

ただし、初刊本が68「果然」を「がぜん」にしていることについては疑問がある。「果然」は「カゼン」を文字化したもので、「ガゼン」ではない。「カゼン（果然）」は果たして然り、であるので、語義は「結果が、考えていたとおりであるさま。予想どおりであるさま」（『日本国語大辞典』見出し「かぜん」）で、「ガゼン（俄然）」の語義は「にわかなさま。だしぬけなさま。突然なさま」（『日本国語大辞典』見出し「がぜん」）で、両語の語義は異なる。初刊本にはそうしたことが何も記されていないので、初刊本の製作に横溝正史がどの程度かかわっていたのかについては不分明で、初出の「果然」を正史が初刊本出版にあたって「ガゼン（俄然）」に修正した可能性は、（可能性であるので）ゼロではないが、おそらくそうではなく、他の例と同じように、初出が漢字によって文字化していたものを、初刊本が仮名による文字化に変えるにあたって、「果然」を誤って「がぜん」と文字化したと推測する。そうであれば、これは初刊本編集時のミスということになる。この「がぜん」は朝日ソノラマ文庫版（二四頁）にも、角川文庫版（二四頁）にも承け継がれている。右の予想通り、初刊本がミスをしているのだとすれば、そのミスがずっと継承されていることになる。こうしたことは、初出「本文」を確認しなければわからないことといえよう。

右のことによって、「だからつねに初出を確認しなければいけない」ということを主張したいのではない。そうではなくて、右のような偶然のミスによってもテキストの「本文」は変容することがあるということだ。

右には「防犯展覧会」なる展覧会が話題になっている。正史は「八つ墓村」に関して、「防犯展覧会」のことについて述べている。

昭和十三年に起こった、この世にも恐ろしい事件を、私がはじめて聞いたのは終戦後のことだった。われわれ一家が昭和二十三年の七月まで疎開先の岡山県吉備郡岡田村字桜（現在の吉備郡真備町岡田）に住んでいたことは、たびたび触れているが、あれは二十二年の秋か二十三年の春ごろのことだったろう。土地の新聞の主催で県警の刑事部長と対談したことがある。そのときである、ひとりの男が一夜にして、三十人もの男女を銃殺あるいは斬殺《ざんさつ》したという、世界犯罪史上類例のないこの恐ろしい事件の話を聞いたのは。昭和十三年といえば私は胸を患って、信州上諏訪に転地療養中のことだったが、おなじ国内にこのような酸鼻《さんび》をきわめた事件があったとは、ゆめにもしらなかったので私はじっさい愕然《がくぜん》とした。

（『真説　金田一耕助』「八つ墓村」考Ⅰ、一九七九年、角川文庫、一三四〜一三五頁）

土地の新聞の主催で岡山の県警の刑事部長と対談し、そのひとから津山事件の大要をきかされてからまもなくのことだったが、おなじ新聞社の主催で、岡山市のデパートで「防犯展覧会」というのが催されたことがある。私は新聞社の招待でその展覧会を観たのだが、そこに津山事件の被害者の、世にも凄惨《せいさん》な現場写真のかずかずが陳列されているのには驚いた。

（同前「八つ墓村」考Ⅱ、一三五〜一三六頁）

山口直孝は『横溝正史研究6』において「世田谷文学館所蔵のスクラップブックには、当該対談が収められており、掲載紙・時期・参加者を知ることができる」（一四三頁）、「正史が参加したのは、『合同新聞』一九四八年四月十六日、十七日に掲載された「〈座談会〉春と犯罪」（上）・（下）である。冒頭のリード文によれば、正史は十五日に防犯展を見学し、同日午後に岡山県警の楠田亀吉岡山県警刑事部課長と中之町浩養軒で座談会を行ったらしい。記事には、展示に見入る正史の写真も掲げられている」「防犯展は、同年四月一日から三十日まで、岡山市の百貨店天満屋五階、六階で開かれていたもの。夕刊岡山社主催で、岡山県、岡山市、検察庁、裁判所、岡山医大が後援した」（一四四頁）と指摘している。

「八つ墓村」を執筆するきっかけとなった「防犯展覧会」は正史の記憶にとどまり、「夜光怪人」にまた話題として採りあげられることになった。

注1　木村由花「名探偵・金田一耕助論―由利先生との比較―」（ノートルダム清心女子大学日本語日本文学会『清心語文』第一一号、二〇〇九年七月）は由利先生版「夜光怪人」と金田一版「夜光怪人」とを対照しているが、章題の変更について、全四十四章のうち、具体的に十四（1・3・8・12・17・21・22・23・28・31・38・40・42・44）の章題をあげ「右のいくつかは子供には分かりにくい単語を言い換えたものである」と述べている。しかし木村由花は、由利先生版（すなわち横溝正史版）について、「由利先生物は児童向け作品のため「ですます調」にしたものだろう」と述べていることと矛盾しないだろうか。木村由花いうところの「由利先生物」が「由利麟太郎」が登場する作品ととらえていいのだとすれば、「真珠郎」「蜘蛛と百合」「仮面劇場」などは「由利先生物」ということになり、これらを「児童向け作品」とくくることはできないだろう。「夜光怪人」は『少年少女譚海』に連載されたので、「児童向け作品」とみることができる。しかしまた、山村正夫は、すでにできあがっていた（「ですます調」の）横溝正史の「夜光怪人」を「である調」にリライトしたのであって、横溝正史が「である調」を「ですます調」に変えたのではないという点において論述の「方向」が逆にみえる。そしてまた、その当否は措くとして、木村由花は「由利先生版」を「児童向け作品」と述べたのだから、「少年少女名探偵金田一耕助シリーズ」としてリライトし、山村正夫が設けた章題が「子供には分かりにくい単語を言い換えた」という「みかた」は成り立たないと思われる。少年少女向けにつくられた横溝正史「夜光怪人」を、やはり少年少女向けに山村正夫がリライトしていることからすれば、一九四九年の少年少女と、一九七五年の少年少女の「違い」を考えるべきではないか。

捕物帳をよむ

■横溝正史の捕物帳

横溝正史は『講談雑誌』一九三七（昭和一二）年四月号に「不知火捕物双紙」第一話「からくり御殿」を発表している。これが正史の「捕物帳物」の初めと目されている。旗本「不知火甚左」を主人公としたこの「不知火捕物双紙」は第八話で終わる。その後、『日の出』第九巻第八号（一九四〇年八月）から第一〇巻第二号（一九四一年二月）まで、八丁堀同心「鷺坂鷺十郎」を主人公とする「鷺十郎捕物帳」を五話発表し、一九四一年七月には単行本『紫甚左捕物帳』（今日の問題社）を、同年八月には『緋牡丹銀次捕物帳』を春陽堂書店から出版している。この年の一二月八日には太平洋戦争が始まる。

一九四二年九月には「不知火甚内」を登場人物とする『南無三甚内』（文松堂）を出版し、『講談雑誌』一九四四年一月号から一九四五年一〇月号まで、「朝顔金太」が活躍する「朝顔金太捕物帳」「金太捕物聞書帳」が連載される。

「人形佐七捕物帳」は、『講談雑誌』一九三八年一月号に第一話「羽子板三人娘」（「羽子板娘」）が掲載され、一九六八年に新編人形佐七捕物文庫⑦『浮世絵師』（金鈴社）に収められた「浮世絵師」

まで、戦前戦後を通して一八〇話が書き継がれていくことになる。

「人形佐七物」が発表された後も、『日光』第二巻第八号（一九四九年八月）から第三巻第三号（一九五〇年三月）まで連載された「左門捕物帳」、『京都新聞』に連載された「黒門町の伝七捕物帳」（六作）、『小説の泉』一九五七年一一月号から一九五八年八月号、さらに『週刊漫画Times』一九五九年二月四日号から一九六〇年一月二七日号まで連載された「お役者文七捕物暦」などもある。「お役者文七捕物暦」の長編四作、中短編三作のうち、『蜘蛛の巣屋敷』は一九五九年四月に東京文藝社から単行本として出版されている。また二〇〇〇年代には、『比丘尼御殿』『蜘蛛の巣屋敷』『花の通り魔』『謎の紅蝙蝠』『江戸の陰獣』が徳間文庫から出版されている。

本章では「人形佐七捕物帳」をよむことにする。『完本人形佐七捕物帳一』（二〇一九年、春陽堂書店）の「解題」（浜田知明、補訂本多正一）冒頭には「横溝正史の『人形佐七捕物帳』は近年の調査により全一八〇篇であることが確定し、『定本人形佐七読本』（創元推理倶楽部秋田分科会、二〇〇〇年）および『横溝正史全小説案内』（洋泉社、二〇一二年）に作品リストが掲載された。本全集『完本人形佐七捕物帳』はその成果に基づき初めて全作品を集成する試みとなる。「完本」を称する由縁でもある」（五一二頁上段）とある。本章では、『横溝正史全小説案内』の作品リストで附されている番号を記すことにしたい。

「人形佐七捕物帳」一八〇篇の中には、もともとは「不知火捕物双紙」中の作品として発表されていた「南京人形」を改作して「捕物三つ巴」（第四十二話）としたものや、「南無三甚内」を改作して「三日月おせん」（第一四三話）としたものなどがある。これらは「捕物帳」を改作したものということになるが、もともとは「由利先生物」であった「黒衣の人」を「紅梅屋敷」（第三十六話）に、「嵐の道化師」を「嵐の修験者」（第三十九話）に、「血蝙蝠」を「蝙蝠屋敷」（第五十一話）に、「盲目の犬」を「狼侍」（第五十三話）に改作したものがある。

■「人形佐七捕物帳」の位置づけ

横溝正史が「人形佐七捕物帳」をつくるにあたって、岡本綺堂の「半七捕物帳」と野村胡堂《こどう》の「銭形平次捕物控」を参考にしたことはよく知られている。「半七捕物帳」第一話にあたる「お文の魂」の末尾ちかくには次のように記されている（『半七捕物帳』上下巻〈一九二九年、春陽堂〉より引用）。

> 幼《をさな》いわたしの頭脳《あたま》にはこの話《はなし》が非常《ひじやう》に興味《きようみ》あるものとして刻《きざ》み込《こ》まれた。併《しか》しあとで考《かんが》へると、これ等《ら》の探偵談《たんていだん》は半《はん》七としては朝飯前《あさめしまへ》の仕事《しごと》に過《す》ぎないので、それ以上《いじやう》の人《ひと》を衝動《シヨツク》するやうな彼《かれ》の冒険仕事《アドヴエンチユアー》はまだまだ他《ほか》に沢山《たくさん》あつた。彼《かれ》は江戸時代《えどじだい》に於《お》ける隠《かく》れたシヤアロツクホームスであつた。
>
> （上巻二一三頁）

また、第二十八話にあたる「雪達磨」の冒頭には次のように記されている。

> 上巻《じやうくわん》のはしがきに書《か》いた通《とほ》り、これから紹介《せうかい》する幾種《いくしゆ》の探偵《たんてい》ものがたりに、何等《なんら》かの特色《とくしよく》があるとすれば、それは普通《ふつう》の探偵的興味《たんていてききようみ》以外《いぐわい》に、これらの物語《ものがたり》の背景《はいけい》をなしてゐる江戸《えど》のお

もかげの幾分《いくぶん》をうかゞひ得《え》られるといふ点《てん》にあらねばならない。

（下巻二六頁）

右の「上巻」は『半七捕物帳』上下巻（一九二九年一月一日、春陽堂）の上巻を指している。この春陽堂版には「半七捕物帳」のうち四十四編が収められている。「上巻のはしがき」には次のようにある。

半七捕物帳が装幀をあらためて、再び読者にまみえる事になつた。若しこれらの物語に何等かの特色があるとすれば、それは普通の探偵的興味以外に、これらの物語の背景をなしてゐる江戸のおもかげの幾分をうかゞひ得られるという点にあらねばならない。したがつて、わたしは半七老人の物語を紹介するに就て、江戸時代でなければ殆ど見出されまいかと思はれるやうな特殊の事件のみを輯録することにした。

（上巻一頁）

「装幀をあらためて」は、一九二三年四月から一九二五年四月にかけて四十三編を全五巻として出版された『半七捕物帳』（新作社）を指すと思われる。岡本綺堂は二つのことを述べている。一つは「半七」が「シヤアロツクホームス」であるということで、これは「半七捕物帳」が、コナン・ドイルの「シャーロック・ホームズ物」のような「探偵小説」を標榜しているということの謂いとみてよいだろう。もう一つは「江戸のおもかげ」を窺わせるような作品であることを目指していたということだ。

「なめくじ長屋捕物さわぎ」の作者でもある都筑道夫《つづきみちお》は『半七捕物帳』（一）（二〇〇一年、光文社）の「解説」において、「first hand」「second hand」という語を使って次のように述べている。

私たちが捕物帳を書く時には、まず資料で、江戸を勉強しなければならない。新しい味をくわえようと、海外のミステリイを読む時には、安くて便利なので、つい翻訳にたよってしまう。どちらも、セカンド・ハンドの知識になるわけだ。綺堂は「文芸倶楽部」から、短篇小説の連作を依頼されたとき、江戸を背景にしたシャーロック・ホームズ物語を、書こうとした。

「文芸倶楽部」はこのシリーズに、「江戸探偵名話」という肩書をつけた。創作意図が、江戸を舞台にした犯罪冒険物語だったことは、それらによって明らかだろう。そのとき、骨格となる探偵小説と、背景となった江戸とは、「first hand」の知識だった。

岡本綺堂はイギリス公使館に書記として勤めていた岡本敬之助の長男として、一八七二年に高輪、泉岳寺の近くにうまれている。岡本経一『綺堂年代記』（二〇〇六年、青蛙房）には、綺堂の父親が勤めているイギリス公使館の書記官アストンと綺堂が神保町を二人で歩いていた時のことが記されている。綺堂が「ロンドンやパリの町にこんな穢《きたな》いところはありますまいね」と話しかけると、アストンが「東京の町はいつまでも此儘《このまま》ではありません。町は必ず綺麗になります、路も必ず広くなります。東京は近き将来に於て、必ず立派な大都市になり得ることを私は信じて疑ひません」（四四頁上段）とこたえたという。綺堂は、ロンドンやパリの町を向こうに見ながら、江戸から東京へと移っていく町を見ていたのであろう。消えゆく江戸も、ロンドンのホームズも、綺堂にとっては「first hand」であった。

ただ原書でシャーロック・ホームズを読んだ、というだけではない。公使館のイギリス人にヴィクトリア朝ロンドンの話を聞いて育って、コナン・ドイルが生きて、書いていた同時代に、ホームズを読んだのである。しかも、ホームズ・ストーリイが、当時のほかの大衆犯罪小説とどう違うか、見きわめる鑑賞眼を綺堂は持っていた。だから、このシリーズの骨格は、つねに近代推理小説なのだ。その上に、幕末の江戸人たちの生きかた、ものの考えかたを、自然に肉づけしたのは、すぐれた劇作家、岡本綺堂の人間をえがく力による。この二本足でしっかり立っているから、「半七捕物帳」はいつまでも新しいと考える。

野村胡堂は一八八二年に岩手県にうまれている。一九三一年に『文藝春秋オール讀物號』創刊号に捕物帳の執筆を依頼されて、「銭形平次」を主人公にした「金色の処女」を発表。それが「銭形平次捕物控」の第一話となる。以後、一九五七年まで三八三編を発表している。

野村胡堂は『百話以後銭形平次捕物控』一巻(一九四一年、学藝社)の「作者の言葉」において次のように述べている。振仮名を省いて引用する。

日本の捕物小説は、犯罪のために犯罪を描いた西洋の探偵小説のやうであつてはいけない。大岡政談が一つの人道主義を標榜してゐるやうに、私は「銭形平次捕物控」に於て、精一杯「悪徳と偽善とを憎む心」を強調した積りである。平次は聡明で、無欲で、純情で、江戸ッ児気質で、そして洒落つ気に富んで、岡つ引のくせに人を縛ることが大嫌ひだ。私の理想型の男である。

銭形平次、百二十七篇、私は何時でも私の子供達や、親友達の顔を思ひ浮べ乍ら書き続けた。人の子を毒するものや、大きな聲を出して読んで顔を赤らめるやうなものを書き度くないと思つたからである。私は不道徳な思想や、変質者や、常規を逸した恋愛や、やくざ者を書かないと誓つた。捕物小説を書く上に、それは大きなハンデイキヤツプであつたが、私は最後まで忍んだ。

銭形平次の捕物談は、興味本位の物語ではあるが、その一つ一つに少しばかりの教訓と私の道徳観を暗示し、前線銃後の娯楽読物たると共に、学者大人にも頭を一つ捻らせる謎を用意した。平次の明朗さ、八五郎の忠実さに拍手を送り乍ら、作者と共に暫くこの捕物「ゲーム」を楽しんで下されば幸せである。

「前線銃後」という表現は、右の「作者の言葉」が記された一九四一年の「状況」をよくあらわしている。そうした「状況」をふまえて、右の言説を理解する必要はあろうが、すでに「百二十七篇」をつくりあげた後の言説であるので、「不道徳な思想や、変質者や、常規を逸した恋愛や、やくざ者を書かな」かったということはそのままうけとめていいだろう。右には「人道主義」という表現も使われている。

あるいはまた『銭形平次捕物全集』第一巻（一九五三年、同光社磯部書房）の「序」において次のように述べている。

銭形平次三百篇を通じて、私は読んで後口の良いもの、明るいもの、無智と善意と純情を罰《ばっ》しないものを書かうと努《つと》めた。四十枚や五十枚の短篇に、何《なに》ほどのことも書けるものでは無いが、それでも三百篇を通して読んで下すつた読者は、私が何を書かうとして居るかを、洞察して下すつたことゝ思ふ。

捕物小説は江戸時代への郷愁《ノスタルヂア》であると言はれるが、それは時代の呪《のろ》はしき制度や、封建的なものへの郷愁では無く、時を距てゝ、浄化され美化された、江戸時代の良きものを、我等の情操の上に再現した、無可有郷《ユートピア》への郷愁である。平次は屢々恐れ気もなく犯人を逃した。それは捕物小説の無可有郷《ユートピア》の法律である。捕物小説を描くものゝ楽しさは、ここであると申し度い。

一方には、捕物小説は「季《き》の文学」であると言はれてゐる。江戸の年中行事を捕物小説の背景とする手法は、流祖《りうそ》岡本綺堂先生の創《はじ》められたことであるが、我々はそれを承《う》けて、捕物小説を興趣豊かなもの、日本人の誰にでも愛されるものにしようとして居る。

そして最後に捕物小説は江戸の庶民の生活の記録であり、詩であり、歪められた権力階級への反抗であると解するのもまた自由である。江戸市民の生活の延長に過ぎない、今日の都会人もまた、捕物小説の詩《し》と正義の世界に没交渉であり得ない。

右では「時を距てゝ、浄化され美化された、江戸時代の良きものを、我等の情操の上に再現」と述べられており、岡本綺堂がいわば「リアルな江戸」を作品に描きこもうとしたことと対照的といってよい。右には「捕物小説の無可有郷《ユートピア》」という表現がみられるが、「銭形平次捕物控」は

「無可有郷《ユートピア》としての捕物小説」を標榜していたといえよう。

「半七捕物帳」と「銭形平次捕物控」とは「リアルな江戸」という点において、大きく異なる。そしてそれに正史の「人形佐七捕物帳」が続く。

■「謎坊主」

第二話「謎坊主」は次のように始まる。引用は『完本人形佐七捕物帳一』(二〇一九年、春陽堂書店)による。

俗にいう化政度《かせいど》。——すなわち文化から文政へかけての時代は、江戸文化の爛熟期《らんじゅくき》で、芸苑《げいえん》芸界あらゆる方面に、名人雲のごとく輩出《はいしゅつ》したが、そのなかにあって、いっぷう変わった名人というのは、神田お玉が池の人形佐七。

これが当時、江戸ひろしといえども、その右にでるものがない、と、いわれたくらいの捕物名人。

捕物の名人なんていうと、あんまり、有難くないようなものだが、この佐七にかぎって、当時、江戸っ児のあいだに、湧くがごとき人気のあったのは、まことにふしぎなくらいである。

それというのがこの男、人形という、異名《いみょう》でもわかるとおり、男でもほれぼれとするような、男振りをしているうえに、としが若く気前がよくて、しかも、捕物にかけちゃ、人形どこのさわぎじゃない、鬼神もはだしのもの凄さで、それでいてまた、やることが人情をはずれない。

わるいやつは遠慮容赦なくふんじばるが、あやまって、罪をおかしたような不幸な連中には、いつも涙のあるはからいで、つまり酸《す》いも甘いも、かみわけたそのやりくちが、めっぽう江戸っ児をうれしがらせたわけ。

なるほどこれじゃ、ひとに嫌われる職業《しょうばい》をしていながら、みょうに人気のあったのもむりではない。

さて、この佐七がにわかにぱっと売り出したのは、文化十二年春のこと。（二〇頁上段〜下段）

右から、「人形佐七捕物帳」は文化文政年間（一八〇四〜一八三〇）頃を作品内の時間として設定していることがわかる。[注1] 作品の書き手である横溝正史は一九〇二（明治三五）年生まれであるので、明治時代の日本語が「母語」ということになる。つまり、「人形佐七」の設定されている時空は一九世紀であるが、作品をかたちづくっている日本語は明治生まれの正史の日本語で、いかに一九世紀を時空としていたとしても、その時期の日本語によって作品をつくることはできない。注1の「考証ミス」とはいわば「ことがら情報」（本書17頁参照）における過誤であるが、作品をかたちづくっている言語についてはあまり検証されないといってよい。本章では、そうしたことにも留意しながら、「人形佐七捕物帳」をよんでいくことにしたい。

■「舟幽霊」
第一五四話「船幽霊」は『別冊宝石』四〇号（一九五四〈昭和二九〉年九月一〇日発行）に掲載さ

れた。日本画家、鴨下晁湖《かもしたちょうこ》（一八九〇〜一九六七）が挿画を担当している。鴨下晁湖は岡本綺堂の「半七捕物帳」や、柴田錬三郎の「眠狂四郎無頼控」でも挿画を担った。

この号の目次には「江戸好色捕物帳十九人集」が謳われている。目次では野村胡堂の銭形平次「美男番附」をまず置き、それに水谷準の瓢庵先生「鮫女」、城昌幸の若さま侍「好色罪あり」、戸川貞雄の「通り魔」、「黒門町伝七」の中心作家として活躍した佐々木杜太郎《もりたろう》の「白蠟処女」、島田一男の「幽霊の風車」が続く。目次の左端に横溝正史「船幽霊」が置かれ、その前に、渡辺啓助の「幽霊笛」、土師清二《はじせいじ》の「贋金道楽」、やはり「黒門町伝七」の中心作家であった陣出達朗の「姦氷」が置かれている。『新青年』に作品を発表していた水谷準、城昌幸、渡辺啓助、正史らが「江戸好色捕物帳」と括られる作品を提供していることには注目したい。『新青年』は「探偵小説雑誌」を謳っているが、「探偵小説」と呼ばれる作品も、「捕物帳」と呼ぶことができる作品も、同じ作家が書くことは珍しくなかった。

図1は冒頭の二頁（三三〇頁・三三一頁）であるが、翻字を示す。振仮名は省き、行番号を附す。

1 「ほんとにすみません。もうそろそろかえ
2 つてくる時分だと思うんですが、ついでのこ
3 とにもう少々お待ち
4 くださいましたら…」
5 「おかみ、折角だがそ

うはいかねえ。もうだいぶ、約束の時刻もすぎたようだ。辰、仕方がねえから駕籠でも拾うよ」

「へえ、親分、それじやそういうことにしますか。おかみさん、すまなかつたねえ」

「いえもう、とんでもない。こちらこそ。……久蔵も長吉も、いつたい、なにをしているんだろうねえ」

　そこは柳橋の舟宿、井筒の二階である。

　川向うに用事があつて、舟で繰込むつもりのお玉ケ池の佐七は、巾着の辰をひきつれて、なじみの舟宿井筒へやつてきたが、あいにく舟はみんな出払つて留守。

　仕方がないから二階で一杯やりながら、四半刻（半時間）ほど待つてみたが、いつこう舟のかえつてくるもようもないので、とうとうしびれを切らして、立ちあがつたふたりであ

図1 「船幽霊」冒頭（『別冊宝石』40）

人形佐七捕物帖

船幽霊

横溝正史　野下晃湖画

小梅の寮の汐入りの池に浮んだ柳橋美妓の死体は・

とにもう少々《しようしよう》お待《ま》ちくださいましたら……」

「おかみ、折角《せつかく》だがそうはいかねえ。もうだいぶ、約束《やくそく》の時刻《じこく》もすぎたようだ。辰《たつ》、仕方《しかた》がねえから駕籠《かご》でも拾《ひろ》おうよ」

「へえ、親分《おやぶん》、それじゃそういうことにしますか。おかみさん、すまなかつたねえ」

「いえもう、とんでもない。こちらこそ。……久《きう》蔵《ぞう》も長吉《ちようきち》も、いつたい、なにをしているんだろうねえ」

そこは柳橋《やなぎばし》の舟宿《ふなやど》、井筒《いづつ》の二階《かい》である。

川向《かわむこ》うに用事《ようじ》があつて、舟《ふね》で繰込《くりこ》むつもりのお玉《たま》ケ池《いけ》の佐《さ》七は、巾着《きんちやく》の辰《たつ》をひきつれて、なじみの舟宿《ふなやど》井筒《いづつ》へやつてきたが、あいにく舟《ふね》はみんな出払《ではら》つて留守《るす》。仕方《しかた》がないから二階《かい》で一杯《ぱい》やりながら、四半刻《はんとき》（半時間《はんじかん》）ほど待《ま》つてみたが、いつこう舟《ふね》のかえつてくるもようもないので、とうとうしびれを切《き》らして、立《た》ちあがつたふたりである。

「ほんとうに申訳《もうしわけ》ございません。そういううちにも、誰《だれ》かかえつて来《き》やあしないか……」

おかみのお徳《とく》は未練《みれん》たらしく、二階《かい》の手《て》すりから身《み》をのりだして川《かわ》のあちこちを見《み》わたしている。

今夜《こんや》は中秋名月《ちゆうしゆうめいげつ》。

空《そら》にはおあつらいむきの満月《まんげつ》があかるくかかつているが、隅田川《すみだがわ》のうえには薄靄《うすもや》がたれこめて、両岸《りようぎし》の家々《いえいえ》も、川《かわ》のうえをいきかう舟《ふね》もいぶしたような銀色《ぎんいろ》の底《そこ》にしずんでいる。

— 331 —

る。

「ほんとうに申訳ございません。そういううちにも、誰かかえつて来やあしないか……」

おかみのお徳は未練たらしく、二階の手すりから身をのりだして川のあちこちを見わたしている。

今夜は中秋名月。

空にはおあつらいむきの満月があかるくかかつているが、隅田川のうえには薄靄がたれこめて、両岸の家々も、川のうえをいきかう舟もいぶしたような銀色の底にしずんでいる。

21に「四半刻《はんとき》（半時間《はんじかん》）」とある。江戸時代においては、日の出と日の入りをもとにした不定時法が行なわれていたので、季節により、また昼と夜で異なるが、「一時・一刻」は現在のほぼ二時間（一二〇分）にあたる。「イットキ」の四分の一が「シハントキ」であるので、「シハントキ」は現在のほぼ三〇分にあたることになる。そのことを示しているのが丸括弧内の「半時間」であろう。つまり「(半時間《はんじかん》)」は「注釈」にあたる。

その他、例えば「八ツ半（三時）」という形式で時間が表示されている。これは、岡本綺堂が「朝の四ツ（十時）」（半七捕物帳「石灯籠」）のように表示したことが、野村胡堂「銭形平次捕物控」にも、横溝正史「人形佐七捕物帳」にも継承されているようにみえる。

正史が「船幽霊」というタイトルの作品を執筆する。文化文政期頃の話として作品をつくっているので、使う日本語は、「横溝正史の日本語」であっても、現代日本語そのものということでもない。しかしまた、文化文政期頃の頃の日本語でもない。文化文政期頃風の日本語とまでいえるかどうか、であろう。現代日本語を母語とする「読み手」がほとんどひっかかりなくわかるのだから、どちらかといえば現代日本語を基調とし、そこに文化文政期頃を思わせる語あるいは表現をちりばめるというところであろう。「文化文政期頃を思わせる語」と述べたけれども、そうした語がはっきりと特定されているわけではない。そうであれば、「文化文政期頃を思わせる表現」あるいは「イメージ」ということになる。

正史は、いくつかの文献[注2]をもとにして、文化文政期頃をイメージし、それを自身の使う日本語によって言語化したことになる。「シハントキ」は江戸時代の時間のとらえかたという「制度」を背景とした語であり、こうした語を使うことによって、作品が現在時のものではないことを「読み手」に思わせる。しかしまた、そうであれば、その語についての「注釈」が必要になる。そうしたことが「四半刻《はんとき》（半時間《はんじかん》）」にあらわれていると考えられる。

■「舟幽霊」——不自然・気魄

「船幽霊」で使われている幾つかの語についてみてみよう。初出の『別冊宝石』四〇号より振仮名を省いて引用する。

中村富五郎はまだ二十五、現今の歌舞伎役者の年齢からいえば、若手も若手、まだかけだしの年頃だが、早熟なその時代の役者でも、とりわけ早熟だつた富五郎は、すでにもう大立者としての貫禄を身につけており、親方という呼名さえそう不自然ではなかつた。
それだけに開きなおると、ちよつと鋭い気魄がこもる。
（三三六頁上段〜下段）

右で使われている「不自然」は「フシゼン」を文字化したものと思われる。『日本国語大辞典』第二版の見出し「ふしぜん」には次のようにある。

ふしぜん【不自然】〔名〕〔形動〕自然でないこと。わざとらしいこと。また、そのさま。＊野の花〔1901〕〈田山花袋〉五「そんな醜い不自然な事をしてこの美しい初恋の空想を全然壊して了ふにはいかにしても忍びない処がある」＊吾輩は猫である〔1905〜06〕〈夏目漱石〉五「此不自然なる姿勢を維持しつつ」＊雁〔1911〜13〕〈森鴎外〉一七「人に親切らしい事を言ったりする言語挙動の間に、どこか慌ただしいやうな、稍不自然（フシゼン）な処のあるのを認めるだらう」

「自然」は日本語の中で早くから使われていたと思われるが、「フシゼン」はそうではない可能性がある。『日本国語大辞典』は二〇世紀の使用例しか示していない。だからといって、それ以前に「フシゼン」が使われていなかったということにはならないが、『日本国語大辞典』があたったような文献では使用例が確認できなかったということではある。「自然でないこと」という意味合いで使われる「フシゼン」は思いのほか新しいのかもしれない。

「気魄」はどうだろうか。『日本国語大辞典』には次のように記されている。

きはく【気魄・気迫】〔名〕はげしい気力。強い精神力。＊吾輩は猫である〔1905〜06〕〈夏目漱石〉一一「絶後に再び蘇へる底の気魄がなければ」＊囚はれたる文芸〔1911〕〈島村抱月〉六「人世の行路に悩み疲れたる、気魄悄沈、寒枯痩貧の生命なり」＊星座〔1922〕〈有島武郎〉「明治維新の気魄は元老と共に老い候得者」＊朱子全書・孟子・公孫丑・上「人若有二気魄一、方做二得事成一」

『孟子』において使われていることが確認できるので、漢語「キハク」は古典中国語〔古代中国語〕といってよい。しかし、日本での使用例の最初は夏目漱石の「吾輩は猫である」で、この語も、日本語の語彙体系内でずっと使われ続けていた語であるかどうかが不分明にみえる。すなわち江戸時代に「キハク」という語が使われた可能性があるかどうか。

こういうことを気にしながら「人形佐七捕物帳」をよむ人はおそらくほとんどいないであろうし、それでいい。この語は江戸時代にはないはずだからおかしい、と一々憤慨する必要はない。しかし、語がもつ語義は、その語が束ねている抽象的な概念であるとみることもできる。その語によって抽象的な概念化が行なわれる。その語がうまれたことによって、そうした概念化が可能になった、あるいは概念化にともなってその語がうまれたとみてもよい。語がなかったとしたら概念がなかったということで、そうした意味合いにおいても、一九〇二（明治三五）年生まれの横溝正史がつくった「人形佐七捕物帳」は正史が身につけている現代日本語によってかたちづくられていることはたしかなことといってよい。それは言語上は、明らかな「現代劇」ということになる。

■「連載まかりならぬ」時代

人形浄瑠璃や歌舞伎においては脚本を「世話物」「時代物」とわけることがある。「世話物」は人形浄瑠璃や歌舞伎が演じられる江戸時代に材を求めたもので、江戸時代における「現代劇」とみることができる。「時代物」は江戸時代以前に材を求めたもので、江戸時代における「時代劇」ということになる。注3

現代のテレビドラマや映画なども、「時代劇」という枠組みにあてはまるものがある。鎌倉時代を舞台としたテレビドラマは「時代劇」であるが、登場人物が話している日本語は鎌倉時代語風にアレンジされた現代日本語で、実際には鎌倉時代には使われていなかったと思われる漢語が使われたりする。そしてそのことを気にする視聴者はおそらくほとんどいないであろう。この場合、視聴者は何を見ているのだろうか。時代物風の世話物であろうか。世話物風の時代物であろうか。稿者には、結局は「世話物」すなわち「現代劇」を見ていると感じられる。視聴者は、鎌倉時代には現代と異なるどのような日本語が使われていたかということに興味があるわけではないだろうし、現代と異なるどのような「思考」「思想」があったかということに興味があるわけではないだろう。鎌倉時代を舞台としたテレビドラマから鎌倉時代がどのような時代であったかをよみとろうとしているのではないと思われる。そうであれば、それは鎌倉時代の風味をほんの少しつけた「現代劇」ということになる。

歌舞伎においては、「世話物」に「時代物」風な演技や演出をはさみこんだものを「時代世話」と呼ぶことがあるが、「人形佐七捕物帳」シリーズを初めとする「捕物帳」は作品の「時空」を江戸時代に求め、江戸時代風な「演技や演出」をちりばめた「世話物」という意味合いでの「時代世話」とみるのがよいともいえようか。

横溝正史は『真説　金田一耕助』(一九七九年、角川文庫)に収められている「人形佐七捕物帳I」において次のように述べている。

日華事変(日中戦争のこと)が泥沼《どろぬま》の様相を呈してきた昭和十三、四年頃から、探偵小説は不健全で好ましからぬ読物として、軍や情報局から圧殺されてしまったが、捕物帳のほうはふしぎにお目こぼしにあずかった。しかし、それも長くはつづかず昭和十七年頃、その人形佐七にも弾圧が下った。雑誌連載まかりならぬということになったのである。そのときの身を切るようなつらさを、私はいまでも思い出すことが出来る。(一〇七頁)

大筋は右のとおりであろう。ただし「まかりならぬ」の「内実」はさまざまである可能性がたかい。実際に発行さしとめが出版社などに伝えられることはあるだろう。あるいは出版社側がそうした「雰囲気」を察知して、いわば自主的に作品の発表を控えることもあると思われる。ここではその「内実」ではなく、「探偵小説」が「不健全で好ましからぬ読物」であるとみなされた時になぜ「捕物帳」が「お目こぼしにあずかった」のかということを考えてみたい。

正史は「不健全」という語を使っている。「軍や情報局」がこの語を使ったかどうかをつきとめることは難しい。難しいが、いわば「当事者」である正史が「不健全」という語で事態を理解しているのだから、「不健全」を入口にしてみよう。

『広辞苑』第七版は見出し「ふけんぜん」を「①健康的でないこと。「—な生活」②精神・思想・もののあり方などが普通でなく、かたよっていること。「—な思想」」と説明している。また、見出し「けんぜん」を「①心身ともにすこやかで異常のないこと。たっしゃ。②ものごとに、欠陥やかたよりがないこと。堅実であぶなげがないこと。「—な娯楽」「—財政」」と説明している。右の『広辞苑』の語釈では「かたより」があるかどうかということが説明の軸になっていると思われる。

永井荷風は自身の住居を「偏奇館」と名づけるが、「不健全」が「偏奇」の謂いであるとするならば、「探偵小説」の真髄はその「偏奇」にあることになる。「軍や情報局」が「探偵小説」を「圧殺」しながら、「捕物帳」を「目こぼし」したのは、「探偵小説」が現実世界を「舞台」とし、その現実世界の中で「偏奇」をいわばリアルに展開していることを不都合とみたのではないか。設定されている「時空」がリアルで、作品を構成している日本語が（「軍や情報局」を含む）「読み手」の母語であるのだから、作品はトータルとしてリアルなものとして提示され、そのように受けとめられる。

「捕物帳」をかたちづくっている日本語は、実は「読み手」の母語と隔たったものではない。隔たっていないからこそ、「読み手」は作品をほぼそのまま理解できる。しかし、設定されている「時空」が現実世界（現代）ではないことによって、作品が見かけ上、現実世界を離れる。そのほんのわずかな非現実感によって、「捕物帳」の存在が認められていたのではないだろうか。そしてまた、稿者が感じるのは、ほとんど「書き手」が使っている日本語であるにもかかわらず（つまり正史が江戸時代の日本語で作品をかたちづくろうとはつゆほども考えていないにもかかわらず）、「時空」が現代ではないことによって、作品には「感情情報」（本書17頁参照）がもりこみにくくなっているのではないかということだ。作品に「感情情報」がもりこまれないとなれば、作品は「ことがら情報」を並べただけのものになり、限りなく「あらすじ」に近づく。「探偵小説」が人間が備えている「気持ち・感情」にはたらきかけ、それが「探偵小説」の一つの要素であるとすれば、そのはたらきかけが稀薄であることになり、「読み手」のいわば負の「気持ち・感情」が動き出さないのだとすれば、それは「不健全」ではないことになる。「探偵小説」のリアルさに対して、「捕物帳」の非リアルさ、水っぽさが「お目こぼし」につながったのではないだろうか。

「捕物帳」に「好色」が冠されるということは、「捕物帳」には「探偵小説」が備えていた幾つかの「偏奇」的な要素のうちの、そうした要素が残されていたことになる。あるいは、表現を変えればそれを残すことによって、「探偵小説」の代替え品としての「捕物帳」が存在していたことになる。それは「軍や情報局」が文学作品を「圧殺」するような時代に、文学作品を文学としてふみとどまらせていた「装置」といってもよいかもしれない。しかし、結局「人形佐七捕物帳」はその点において「連載まかりならぬ」ということになる。

■江戸時代と現在との架け橋としての捕物帳

第四話「山雀供養」（『講談雑誌』一九三八年四月号）には次のようなくだりがある。、引用は『完本人形佐七捕物帳一』（二〇一九年、春陽堂書店）による。振仮名を省いて引用する。

その手証がねえから弱っているのさ。しかしなアお万、芝の伊予屋の娘の嫁入衣裳が、ズタズタに切り裂かれていたときにゃ、おまえたしかにあの近所で山雀を使っていたね。それから浅草で、若い娘の銀簪が抜かれたときも、おまえは丁度そばにいたそうだ。（六六頁下段）

「手証」「銀簪」にはそれぞれ「てしょう」「ぎんざし」と振仮名が施されている。『日本国語大辞典』第二版はどちらの語も見出しにし、次のように記している。

てしょう【手証】〔名〕犯罪などの行なわれた確かな証拠。犯行の現場。＊洒落本・青楼昼之世界錦之裏〔1791〕「手しゃうもみねへ事がなんといはれるものか胸でおさめてゐて気をつけなんしな」＊歌舞伎・善悪両面児手柏（妲妃のお百）〔1867〕一幕「いくらお庇ひなされましても、手証（テショウ）は上ってをりまする」＊くれの廿八日〔1898〕〈内田魯庵〉二「妾だって手証（テショウ）を見たわけぢゃなし」

ぎんざし【銀差】〔名〕銀製のかんざし。＊童謡・山の姫御〔1920〕〈藤森秀夫〉「金差・銀差（ギンザシ）もらふた」

「テショウ（手証）」には洒落本と歌舞伎の使用例があがっており、江戸時代に使われていた語であることがわかる。内田魯庵《ろあん》（一八六八〜一九二八）の「くれの廿八日」の使用例もあがっているので、江戸時代に使われていた語が明治期にも使われていた例ということになる。

一方「ギンザシ（銀簪）」は一九二〇（大正九）年の例があげられているだけで、江戸時代の使用例があがっていない。横溝正史には人形佐七捕物帳「銀の簪」（第八十三話）というタイトルの作品もある。しかしここでは、「ギンザシ」という語を使っている。正史はどこでこの語に接し、自身の作品で使ったのか、ということになる。正史が「半七捕物帳」などを読んでいる時に知り、それを江戸時代の雰囲気をもった語として自身の作品で使ったのか。あるいは草双紙を読んでいて知ったのか、歌舞伎で知ったのか、などいろいろな可能性がありそうだが、現時点ではわからない。

江戸時代に使われていた語がどうやって明治期さらには大正期以降へと継承していくのか、いかないのか、ということは日本語の歴史を知る上で明らかにしておきたいことがらである。

■テキストをどのような形で将来に伝えるか

現在、物理的に存在しているテキストをできるだけそのまま将来に伝えるということはもちろんまず考えるべきことであるが、時間の経過とともに紙が劣化することは避けられず、「物理的な保存」には限界があることが予想される。

そうであれば、テキストを物理的にそのまま保存するのではなく、何らかの形に置き換え、その置き換えたテキストを将来に伝えるということを考える必要があることになる。その場合、まず考えられるのは、画像として保存するということで、これは現在いろいろなかたちで行なわれている。国立国会図書館に蔵されているテキストのうち、著作権が消滅しているテキストはデジタル化して、「国立国会図書館デジタルコレクション」として公開されている。今後も、こうした保存、公開はひろがっていくと思われる。

その一方で、紙に印刷するということはあいかわらず行なわれているが、現在においては、紙に印刷の前段階で「電子化」が行なわれることは少なくないだろう。その「電子化」されたかたちのままデジタルテキストが流通、公開されることもある。電子化は、これからテキスト流通の主流になっていく可能性があるだろう。電子化されたテキストは保存においても、情報交換、情報収集（検索）においてもすぐれている。

例えば明治期や江戸時代以前に出版されたり、文字化されたりしているテキストの場合、保存のためにもとのテキストを「翻字」するというプロセスがある。もとのテキストをどのように「翻字」するかということは、どのような「読み手」の、どのような目的のためにテキストを「翻字」するかということによって決まるが、このことは案外検討されていないことがある。

「どのような読み手を想定するか」「どのような目的のためにテキストを翻字するか」という二つ

の観点を軸にし、横溝正史にひきつけてさらに整理してみよう。

「どのような読み手を想定するか」ということでいえば、例えば「①近代文学研究という枠組みの中で横溝正史について研究をしている人」「②横溝正史のコアなファン」「③一般の読み手」という「読み手」を想定してみよう。③の「一般の読み手」は正史の作品を読んでみたいと思った人ぐらいの感じで、例えば文庫本を購入して読む人としておこう。②は最初は③だったかもしれないが、横溝正史作品を次々と読むうちに、正史のコアなファンになって、正史個人についてもいろいろと知りたくなっている人。最初に作品が雑誌『新青年』に発表されたということを知ると、（実際にその『新青年』を入手しようとはしないまでも）それを読んでみたいと思うような人。もしくは「初出」や「初版」を入手している人。①は正史の作品について研究論文を書くような人とする。

①に関していえば、文庫本のみを使って論文を書く人はいないとまではいえないが、まずいない。それは論じようとしていることの、いわば「繊細さ」にテキストとしての文庫本が対応していないからだ。正史の文字化について論じようと思えば文庫本を使って論じることはできない。なぜならば、文庫本は出版された時期の言語使用者がなめらかに読めるように文字化のしかたを変えることが多いからだ。

例えば、「八つ墓村」は一九四九（昭和二四）年三月に発行された雑誌『新青年』に第一回が発表されている。「当用漢字表」も「現代仮名づかい」も一九四六（昭和二一）年に内閣告示されているが、一九四九年に発表された「八つ墓村」は本書212頁でわかるように、「新漢字・新仮名」ではな
い。一方、一九七一（昭和四六）年四月二六日に初版が発行された『八つ墓村』（角川文庫）は、当

然のことながら、「新漢字・新仮名」である。「「新漢字・新仮名」である」と表現したが、それは印刷されている「結果」からそのように印刷しているのだろうと見当をつけたということであって、角川文庫『八つ墓村』には、何を「底本」とし、どのような「方針」に基づいてこの文庫本の「本文」がつくられているかが記されていない。「読み手」は提供された文庫本の「本文」をそのまま受け入れることになる。それでは不都合だと述べようとしているのではない。「テキスト」にはつくられる目的があるのだから、その目的にしたがって「テキスト」がつくられ、読まれることに不都合があるはずがない。しかしそうであれば、文庫本を使って論文を書くことは難しいことになる。

①のような人であっても、研究の目的によって、全集の「本文」を使って研究をする人、それでは不十分で、「初出」「初版」の「本文」を参照する人などさまざまであろうから、①のような人と一つに括ることはできない。また、正史のように、いったん中断した作品を書き継いで作品を完成させたり、短篇をもとに中篇や長篇をつくったり、「由利先生物」を「金田一耕助物」に書き換えたりする「書き手」の場合、もとの「本文」を読んでみたくなったり、対照して読んでみたくなったりするのは自然なことであろう。あるいは「鬼火」のように、いったん削除された箇所がどのようであったか（本書【「鬼火」のテキスト群】参照）を知りたくなるのもいわば「人情」であろう。②と③はつねに一定数いると思われるが、③の中から②にちかづいていく人もいるだろうから、②と③とが截然とわかれるわけではもちろんない。

稿者は、どのような「翻字」をしてもいいと思っているが、本として出版する際には「翻字」の「方針」を明記して、できれば、その「翻字方針」によって、「もともとのテキストのかたち」が再現できるといいと思っている。これは、「もともとのテキスト」を大事にしたいということでもある。したがって、「もともとのテキスト」の姿にはこだわらないという場合は、「テキスト」にかかわるいろいろな「情報」が明示されていなくてもいいことになる。当然そういう「読み手」もいる。

さて、「翻字」に際し稿者が大事だろうと思っていることをあげてみたい。

a　どのような「テキスト」に依拠してつくられた「本文」であるかを明示する。

b　依拠した「テキスト」にどのような手入れをしたか「編集方針」を明示する。誤植と判断して修正した場合は、できればその箇所を明示する。

c　手入れはできれば最小限にする。

右のa〜cが徹底していれば、「もとのテキスト」のかたちが再現できる。「もとのテキスト」を再現することを重視する場合は、その重視の度合いに応じて、「手入れ」する箇所を減らせばよい。[注4]

■「八目鰻」のさまざまなテキスト

右で述べたことを考え併せながら、第一〇三話「八目鰻」を採りあげることにする。「八ッ目鰻」は『天狗』創刊号（一九四八〈昭和二三〉年六月一日発行）に掲載された。「八目鰻」が収められているテキストの出版された時期を整理し、さらに日本語の文字化にかかわりそうなことがら（◎）を加えてみよう。

◎「現代かなづかい」「当用漢字表」の内閣告示　一九四六（昭和二一）年
『天狗』創刊号　一九四八（昭和二三）年六月一日……初出
『女虚無僧』一九五一（昭和二六）年……初版
『人形佐七捕物帳シリーズ4女刺青師』一九六五（昭和四〇）年……講談社新書版
『新編人形佐七捕物文庫⑩』一九六八（昭和四三）年……金鈴社新書版
『定本人形佐七捕物帳全集6』一九七一（昭和四六）年……講談社定本全集
『人形佐七捕物帳全集3』一九七三（昭和四八）年……春陽堂文庫全集
◎「常用漢字表」の内閣告示　一九八一（昭和五六）年
◎「現代仮名遣い」の内閣告示　一九八六（昭和六一）年
『完本人形佐七捕物帳六』二〇二〇（令和三）年……春陽堂完本全集

一九四六年には「現代かなづかい」と「当用漢字表」が内閣告示されているので、初出である『天狗』創刊号が発行されたのも、初版である『女虚無僧』が出版されたのも、内閣告示以降ということになる。しかし両テキストとも、「現代かなづかい」「当用漢字表」にしたがって、印刷されてはいない。『女虚無僧』は「現代かなづかい」「当用漢字表」の内閣告示から五年が経過した時点での出版であるが、それでも同様であるので、印刷出版においても、内閣告示されたからといってすぐにそれに従っていたのではないことがわかる。

『女虚無僧』についで出版されたテキストが、一九六五年に講談社から新書版全十巻に一〇〇篇を収めた『人形佐七捕物帳シリーズ』である。新書版がのちの講談社定本全集のもとになったといってよいだろう。講談社新書版の「本文」に横溝正史がどの程度かかわったかについては、新書版に記述がないので不分明としかいいようがない。また、講談社定本全集にもそうした記述はみられない。のみならず、講談社定本全集には、いかなる「本文」をもとにして講談社定本全集の「本文」がつくられているかについての記述がまったくない。そのことからすれば、「本文」ということに無関心な時代であったといえるだろう。それは正史においてもそうであったのか、出版社がそうであったのか。正史においてもそうであったとすれば、講談社新書版、講談社定本全集は、講談社の「判断」によって構築されている可能性がたかくなる。

そのように表現すると、書き手である正史を離れた、正史のあずかり知らない「本文」のように聞こえてしまうかもしれないが、そのようなことを述べようとしているのではない。正史があずかり知らないという観点からすれば、正史の没後に出版された横溝正史作品の「本文」はすべて正史があずかり知らない「本文」ということになる。そうであれば、『完本人形佐七捕物帳』（春陽堂書店）もそうした「本文」ということになる。

稿者は書き手の「承認」という概念をいろいろな場面で提唱している。右のことでいえば、講談社新書版、講談社定本全集の、具体的な「本文」構築に正史がかかわっていなかったとしても、自身がかかわらずに「本文」を構築することを承認していたはずで、つまりは出版社にまかせたということであろう。そう考えれば、講談社新書版、講談社定本全集の「本文」は正史が承認し、納得したものであったことになる。

「講談社の判断」は具体的には、直接「本文」構築（編集）にかかわった人物の「判断」であろうが、それが当該時期の日本語母語話者の「心性」や「感覚」とかけはなれたものであるとは考えにくい。「共時態」という概念を使うのならば、「共時態」内で共有されている日本語としてアウトプットされているとみるのがもっとも自然であろう。そのように考えるならば、一九七一年に出版された講談社定本全集の「本文」は正史が承認した「本文」ということになる。

■横溝正史と江戸川乱歩の共時態

江戸川乱歩は、一九三一（昭和六）年五月から翌年五月にかけて、初めての全集である『江戸川乱歩全集』全十三巻を平凡社から出版し、一九三八（昭和一三）年九月から翌年九月にかけて、新潮社から『江戸川乱歩選集』全十巻を出版する。この二つの全集、選集についで、一九五四（昭和二九）年一二月から翌年一二月にかけて、全十六巻の『江戸川乱歩全集』を春陽堂から出版する。その第一巻の「自序」には次のようにある。

> 私の小説は、これまでいろいろな形の本になつて繰返し出版されているが、どの本も校正が厳密でなく、誤植が多いので、この全集は出来るだけそれらの誤植を正すとともに、伏せ字はことごとく埋め、古い用法の漢字を改め、仮名はすべて新仮名遣いに直すことにした。（五頁）

「新仮名遣い」は「現代かなづかい」（一九四六年告示）を指すと思われる。右では、「当用漢字表」に従うといっているのではなく、「古い用法の漢字を改め」と述べているので、あくまでも「用法」ととらえるべきであろうが、乱歩が一九五四年頃には、右に掲げたような発言をしていることには注目したい。そして、乱歩に通じるような「心性」を横溝正史も有していたのではないかと推測する。

東京文芸社から「金田一耕助探偵小説選」第一期五巻が一九五四（昭和二九）年に、第二期五巻（ただし第一巻「不死蝶」は未刊）が一九五五（昭和三〇）年に、第三期五巻が一九五六（昭和三一）年に出版されている。例えば、第一期の第五巻は『本陣殺人事件』であるが、「現代かなづかい」「当用漢字表」にしたがって印刷されていると思われる。ただし、促音・拗音には小書きの仮名をあてていない。このかたちはひろくみられるので、以下では、これを「新仮名＋新字＋促・拗音並字」形式と呼ぶことにする。第三期の第一巻は『三つ首塔』であるが、これも「新仮名＋新字＋促・拗音並字」形式で印刷されている。

その一方で、一九五六（昭和三一）年から一九六一（昭和三六）年にかけて東方社から出版された「由利・三津木探偵小説選」全六巻は、「非新仮名＋新字＋促・拗音並字」という、少し異なる形式で印刷されている。やはり、乱歩が感じていたようなことは正史も感じていただろうし、それが昭和三〇年前後の「共時態」のありかたであったと推測していいだろう。

当然のことながら、正史は「八目鰻」の初出である『天狗』や、初版である『女虚無僧』の印刷形式を「承認」していた。同じように、一九六五（昭和四〇）年に出版された講談社新書版『人形佐七捕物帳シリーズ』、一九六八（昭和四三）年に出版された金鈴社新書版『新編人形佐七捕物文庫』、一九七一（昭和四六）年に出版された『定本人形佐七捕物帳全集』（講談社）、一九七三（昭和四八）年に出版された『人形佐七捕物帳全集』（春陽堂）を「承認」していた。正史が「承認」しているにもかかわらず、具体的な「本文」が異なることのもっとも大きな原因は、出版時の日本語の「共時態」のありかたが異なっているからといえよう。それは、正史の「文字遣い」ということではない。正史が、自身がなじんでいる「非新仮名」で作品を発表することはおそらくできなくはないだろう。しかし、そうした選択はしていない。

昭和四〇年代に出版されている、講談社新書版、金鈴社新書版、講談社定本全集、春陽堂文庫全集が「新仮名＋新字」で印刷出版されているのは、それを正史が「承認」したからであり、さらにいえば、その時期の「共時態」がそれを自然なものとしていたからといえるだろう。

漢語「インキョ」を漢字によって文字化するにあたって「隠居」とするか、「隱居」とするかということが「当用漢字表」に載せられている漢字字体を使うか使わないか、という判断とひとまずはいえよう。これは「漢字字体」にかかわることがらで、もちろんどちらを使うかということを「選択」することになる。「新字」かどうかという時にまっさきに思い浮かぶのはこのことであるが、日本語の文字化ということからすれば、この「漢字字体の選択」はさほど大きなことでもないともみられる。

ここまでの言説の中では、行論がわかりにくくなることを避けるために話題にしてこなかったが、一九四六（昭和二一）年に「当用漢字表」が内閣告示された二年後の一九四八（昭和二三）年二月一六日に「当用漢字音訓表」が、三年後の一九四九（昭和二四）年四月二八日に「当用漢字字体表」が内閣告示されている。漢字字体については、この「当用漢字字体表」によってはっきりと示されたとみるのがよいが、一般的には「当用漢字表」によって漢字の字種とともに漢字字体もとらえていたと思われるので、あえてそのように述べなかった。さて、稿者がより重要だと思うのが「当用漢字音訓表」である。「常用漢字表」（一九八一〈昭和五六〉年）は表内で音、訓を示しているが、「当用漢字」に関しては、この「当用漢字音訓表」が当該漢字の音、訓を示している。

「八目鰻」は「池之端仲町の裏店にすむ、青山福三郎という浪人者」という一文で始まる。例えば「店」であれば、音として「テン」、訓として「みせ」が「当用漢字音訓表」で認められている。しかし「たな」という訓が認められていない。初出（一九四八年）の「裏店《うらだな》」は和語「ウラダナ」を「裏店」と文字化した例ということになる。初版（一九五一年）には振仮名が施されていないが、初版の「読み手」はこの漢字列「裏店」が「ウラダナ」を文字化したものであることがわかる、ということであろう。一八九一（明治二四）年に刊行を終えた辞書『言海』は、見出し直下に、見出しになっている語を文字化するにあたっての「普通用」の漢字列を示しているが、見出し「うらだな」には「裏店」が示されている。このことからすれば、以降に言語生活を行なっていた人は、漢字列「裏店」が和語「ウラダナ」をあらわしていることを、（振仮名が施されていなくても）わかっていた。

「当用漢字表」、「当用漢字音訓表」によって言語生活を送り、自身の漢字使用の「感覚」「心性」をつくりあげた人が、内閣告示の十年後ぐらいから増えてくることが推測できる。「当用漢字表」

「当用漢字音訓表」に従うならば、和語「ウラダナ」は「裏だな」と文字化するか「うらだな」と文字化するしかない。後者を選択したのが、講談社定本全集ということになる。

仮に一九四九（昭和二四）年に小学校六年生、十二歳であった人物は、一九五五年に十八歳になっている。この人物は一九三七（昭和一二）年生まれということになる。その親は、三十年一世代で計算すると、一九〇七（明治四〇）年生まれになる。親も、江戸時代の日本語で育ってはいないし、明治時代の日本語で育ったといえるかどうか、ということになる。

つまり、昭和三〇年前後に、江戸時代の日本語、それを継承した明治時代の日本語が言語（日本語）としても稀薄になり、そうした稀薄さが、一八九四（明治二七）年生まれの乱歩にも感じられた。そのことが春陽堂版『江戸川乱歩全集』を「新仮名＋新字」で印刷出版しようと思わせたのではないか。乱歩や正史のように、多くの「読み手」とつねに対峙していた「書き手」が「共時態」のありかたに敏感であるのは当然のことといってよい。「共時態」が何を求めているかについてはつねに感じていたであろう。正史には「著者本来の文字遣い」（『完本人形佐七捕物帳一』二〇一九年、春陽堂書店、「解題」五一三頁上段、本書275頁参照）が一貫してある、という「みかた」があるのだとすれば、それは現代日本語母語話者特有の「みかた」であろう。そしてそれは、過去に継続的に行なわれてきた印刷出版に価値を認めず、印刷出版を超えたところに作家としての「書き手」が「鎮座」しているというような、作家に優位を認める「みかた」に思われる。印刷出版はそれぞれの出版社の「都合」によってさまざまなかたちで行なわれる。しかし、そうした「都合」を超えたところに一貫した視点をもった「書き手」が存在する。

「書き手」横溝正史はほんとうは「当用漢字表」「当用漢字音訓表」には従いたくなかった。しかし、当該時期の出版事情によって、従わざるを得なかった。だから、その時期に出版されたテキストは本来的なものではない。本来的な、すなわち「作者旧来の文字遣い」を正史以外の人物が探り出して、それによるテキストをつくるという「みかた」は成り立つのだろうか。

初出も、初版も、昭和四〇年代に出版されたものも、すべてが正史に「承認」された、横溝正史のテキストといってよい。「共時態」のありかたが変われば、当該時期に出版されるテキストのありかたも変わる。その「テキストの変容」を、「共時態」のありかたを確認しながら、時間軸に沿って観察するのが「通時態」としての観察であろう。

注1　『完本人形佐七捕物帳十』(二〇二一年、春陽堂書店)の「解説」において末國善己は「文化文政期は、規制が厳しかった寛政の改革と天保の改革の間で、享楽的な徳川十一代将軍家斉の治政下だったため、浮世絵では葛飾北斎、喜多川歌麿、東洲斎写楽、歌川国貞、歌川広重、戯作では山東京伝、式亭三馬、曲亭馬琴、柳亭種彦、十返舎一九らを輩出するなど、町人文化が花開いた。女道士が誘拐した美男剣士を決闘させる奇想を描いた『美男狩』(「報知新聞」一九二八年七月～一九二九年六月)などの伝奇小説を手掛けていた野村胡堂は、将軍暗殺を目論む邪教集団と戦う『銭形平次捕物控』の第一話「金色の処女」(「オール讀物」一九三一年四月号)を徳川三代将軍家光の時代にしたが、これは平次を巨悪に挑む伝奇小説のヒーローにするためだったように思える。た

だ『銭形平次捕物控』をミステリにシフトさせた胡堂は、物語の舞台を町人を活躍させ易い文化文政期に移している。おそらく横溝も、胡堂と似た理由で文化文政期を選んだ可能性が高いが、現代の視点で読むと時代考証のミスが少なくない。例えば、「艶説遠眼鏡」(『完本人形佐七捕物帳』第六巻所収)に出てくる質屋の伊勢屋が本郷菊坂で創業したのは明治に入った一八六九年なので、佐七の時代には存在していない。本書に収録されている「江戸名所図会」は、斎藤長秋編、長谷川雪旦画の『江戸名所図会』が事件解決のヒントになるが、同書は第一巻から第三巻が一八三四年、第四巻から第七巻が一八三六年と、いずれも天保(一八三〇年~一八四四年)の刊行なので、佐七が目にすることはなかったはずだ。こうした考証ミスを指摘するのは批判が目的ではなく、横溝の持っていた江戸のイメージを明らかにするためである」(五六〇頁上段~下段)と述べ、「明治維新の立役者といえる木戸孝允、大隈重信、山縣有朋、伊藤博文、三条実美らはすべて天保生まれ」(五六一頁上段)で「江戸の再評価が天保以降の幕末を生きた人たちの回顧から始まったことを踏まえれば、横溝が安政頃から明治初期の風俗で『人形佐七捕物帳』を書いたのは当然なのである」(同前)と述べる。

注2　横溝正史は「続・途切れ途切れの記」に乾信《いぬい》一郎が療養中の正史に「捕物帳をシリーズ」で書くことをすすめ、「春陽堂文庫にはいっていた『半七捕物帳』と『右門捕物帳』それから『銭形平次捕物控』をそれぞれ数冊ずつ、ほかに当時、江戸の研究家として有名だつた三田村鳶魚さんの『捕物の話』」を送ってくれたことを述べている。

注3　『日本古典文学大辞典』第三巻(一九八四年、岩波書店)の見出し「時代物」(二〇一頁中段)に

おいては、「「時代物」は、狭義には、近世以前の武将の事跡を脚色するものをさすが、広義には、王代物も御家物も含め、世話物に対立する戯曲全般をさすものといえる」と述べた上で、「江戸歌舞伎は、儀式性・様式性が強く、元禄歌舞伎でも、時代物的題材が多用され、純粋な世話物は十八世紀末まで生まれなかったが、十八世紀前期から、二つ以上の世界、とくに時代の世界と世話の世界を組み合わせる綯交《ないまぜ》がさかんに行われ、この劇作法が十九世紀の鶴屋南北の生世話物を生む基盤となった。要するに歌舞伎の時代物の目ざすところは、純粋に過去の時代を描くことではなく、現代の政治的社会的事件の脚色を志向しつつも（中略）当局からの制約に阻まれ、過去の時代をかりて現代を表わすことを余儀なくされたところに生じた特殊形態であるため、常に「世話」や「お家」の現代劇的要素を抱えこむ形となっている」と述べている。「捕物帳」という作品群がつねに「現代の政治的社会的事件の脚色を志向」しているわけではないと思われるが、「捕物帳」である以上、それは「事件簿」であることになる。その事件が政治的な要素を含むこともあるだろうし、社会的な要素をつよく含むこともあると思われる。

注4　例えば岡本綺堂『半七捕物帳』巻の一（一九九八年、筑摩書房）には「註」「註解」「巻末資料」（半七の一生・江戸の町制・江戸の時刻・江戸の金銭と米・半七捕物帳事件年表・巻の一挿画・原典目録）が附されているが、この「本文」がいかなる「テキスト」を底本にしてつくられているかが記されていない。そうであれば当然のことになるが、どのような「編集方針」でつくられているかも記されていない。つまり、この『半七捕物帳』はそうしたこととは切り離されて存在していることになる。

おわりに

市川崑監督のもと、石坂浩二が「金田一耕助」を演じた『犬神家の一族』は一九七六年一一月に全国公開され、この年の邦画第二位の配給収入を記録する。前年の一九七五年八月には、横溝正史作品の角川文庫が二十五冊五百万部発行されており、横溝正史ブームの真っ最中といってよい時期だった。この時に稿者は十八歳だった。二本の足が湖から突き出た映画ポスターは印象的だった。今回、本書をまとめるにあたって、横溝正史の作品が発表された雑誌などをできるだけ入手するようにした。本書の装幀も誌面からデザインしたものであるし、挿絵そのものも205頁に掲げている。この二本の足が湖から突き出ている絵柄は、「犬神家の一族」を連載した雑誌『キング』で挿絵を担当した富永謙太郎によるものであることを初めて知った。そういう発見もあった。

作品が発表された最初の形を「初出」と呼ぶ。どんな場合でも、この「初出」をみてみたいと思う。それは作品が最初にアウトプットされた形であるからだが、もしも可能な場合は、「初出」の前、すなわち「初出」を印刷するために書き手が書いた「自筆原稿」をみてみたいと思う。今回はそれが可能な状況になり、「八つ墓村」について、横溝正史の自筆原稿と初出を対照することができた。あらゆる作品の「自筆原稿」を見ることができるわけではないので、運がよかったと感じている。初出は新聞や雑誌であることが多い。雑誌の場合、同号には他の書き手の作品も載せられているし、場合によっては読者からの投稿などが載せられていることもある。それらの書き手はその時期に使われていた日本語を共有している。つまり、雑誌のある号に載せられている「作品」はその時期に使われていた日本語の共時的なサンプルのようなものになる。雑誌の「雑」はそう考えると、言語の幅を観察するためにはかっこうの「雑」ということになる。

そう思っていたところ、今回はもう一つの発見があった。本書229頁に掲げた「蜘蛛と百合」が載せられている雑誌の目次は「初出」ではなく、「蜘蛛と百合」が再掲載された時の目次である。雑誌をずっと出し続けていくと、探偵小説も、捕物帳も、新作を揃えることが難しくなる。そうするといろいろな作家の代表作を並べるとか、捕物帳で既発表作品を並べるといったような「特集号」が組まれる。今までそうしたことにあまり目がいかなかった。文学研究においては初出の「本文」を確認すればよさそうであるが、言語の研究においては、再掲載されたものも、テキストの一つとみることができる。どういう文字化がされるかということは、稿者の関心事の一つであるので、再掲載も観察対象になる。

また楽しみが増えたのか、また大変さが増したのか、わからないけれども、すなおに「発見」をよろこんでおくことにしよう。本書には「捕物帳をよむ」という章がある。「捕物帳」の日本語をめぐる構造はおもしろいことにも気づいた。横溝正史の作品、そして日本語はさまざまな気づきを与えてくれた。そのおもしろさ、奥深さが少しでも読者のみなさんに伝わることを願う。

二〇二三年七月末　尋常ではない暑さの中で

今野真二

今野真二

1958年神奈川県生まれ。1986年早稲田大学大学院博士課程後期退学。
清泉女子大学教授。専攻は日本語学。

『仮名表記論攷』（清文堂出版、2001）第30回金田一京助博士記念賞受賞
『百年前の日本語』（岩波新書、2012）
『盗作の言語学』（集英社新書、2015）
『北原白秋』（岩波新書、2017）
『漢字とカタカナとひらがな』（平凡社新書、2017）
『日日是日本語—日本語学者の日本語日記』（岩波書店、2019）
『乱歩の日本語』（春陽堂書店、2019）
『ことばのみがきかた—短詩に学ぶ日本語入門』（春陽堂書店、2020）
『言霊と日本語』（ちくま新書、2020）
『「鬱屈」の時代をよむ』（集英社新書、2023）
『日本とは何か—日本語の始源の姿を追った国学者たち』（みすず書房、2023）ほか

装　　丁◉髙林昭太
装　　画◉富永謙太郎
（「犬神家の一族」『キング』27-3、1951年3月、大日本雄弁会講談社）
D　T　P◉春陽堂書店
校　　正◉鷗来堂
図版提供◉二松学舎大学、日本近代文学館

横溝正史《よこみぞせいし》の日本語《にほんご》

2023年9月11日　初版第1刷発行

著　者 ——————— 今野真二《こんのしんじ》

発行者 ——————— 伊藤良則
発行所 ——————— 株式会社 春陽堂書店
〒104-0061
東京都中央区銀座3丁目10-9　KEC銀座ビル
TEL: 03-6264-0855（代表）
https://www.shunyodo.co.jp/

印刷・製本 —————— ラン印刷社

ISBN978-4-394-77008-4　　C1095